《诗探索》编辑委员会在工作中始终坚持：

发现和推出诗歌写作和理论研究的新人。

培养创作和研究兼备的复合型诗歌人才。

坚持高品位和探索性。

不断扩展《诗探索》的有效读者群。

办好理论研究和创作研究的诗歌研讨会和有特色的诗歌奖项。

为中国新诗的发展做出贡献。

诗探索 ⑪

POETRY EXPLORATION

作品卷

主编 / 林莽

2018 年 第 3 辑

作家出版社

主　　管：中国当代文学研究会

主　　办：首都师范大学中国诗歌研究中心

北京大学中国诗歌研究院

《诗探索》编辑委员会

主　　任：谢　冕　杨匡汉　吴思敬

委　　员：王光明　刘士杰　刘福春　吴思敬　张桃洲　苏历铭

杨匡汉　陈旭光　邹　进　林　莽　谢　冕

《诗探索》出品人：北京人天书店有限公司

社　　长：邹　进

《诗探索·理论卷》主编：吴思敬

通信地址：北京市西三环北路 83 号首都师范大学

中国诗歌研究中心《诗探索·理论卷》编辑部

邮政编码：100089

电子信箱：poetry_cn@163.com

特约编辑：王士强

《诗探索·作品卷》主编：林　莽

通信地址：北京市丰台区晓月中路 15 号

《诗探索·作品卷》编辑部

邮政编码：100165

电子信箱：stshygj@126.com

编　　辑：陈　亮　谈雅丽

目　录

诗坛峰会

诗人崔宝珠

作者简介

　　崔宝珠，女，笔名翩然落梅，河南睢县人。二十世纪七十年代生。2000年开始诗歌创作，作品散见诗歌刊物及选本等。参加《诗刊》社第28届"青春诗会"、是鲁迅文学院第31届中青年诗人高研班学员。

诗人崔宝珠

崔宝珠创作年表

2000年起，开始以"翩然落梅"为笔名在"天涯社区""榕树下""秋雁南回"等网络论坛发表诗歌。

2009年：组诗《春事》首发《诗刊》"新星四人行"栏目，并入选《2009中国最佳诗歌》。

2010年：组诗《我的麦地》发表在《诗刊》"青年诗人动车组"栏目。另有组诗在《中国诗人》《诗林》等刊物发表；入选《三月三诗歌年选》《2010年中国年度诗歌》等选本。

2011年：组诗《胭痕》发表在《诗刊》4月号"青春诗会直通车"栏目；诗歌《衣服》等四首入选《诗刊》"2011年度诗选年度新诗人推荐"栏目。在《诗歌月刊》《诗林》《天涯》等重要栏目发表组诗。入选《21世纪诗歌精选（第三辑）》《2012年诗历》等选本。

2012年：组诗《养在体内的猫咪》入选发表在《诗刊》第5期"双子星座"栏目。诗歌五十首《翩然落梅：虚无客栈》入选《诗歌EMS》周刊。9月参加《诗刊》社第28届"青春诗会"。组诗《零点》发表在《诗刊》第12期"青春诗会专号"栏目。

2013年：组诗《不安》发表在《诗刊》第9期。在《绿风》《诗选刊》等刊物发表。入选《中国当代诗歌选本》《2012中国年度诗歌》《中国2012年度诗歌精选》《2012年度好诗三百首》《2013中国年选》等选本。

2014年：在《青年文学》《西部》等刊物发表作品。

2015年：《蜉游》组诗在《诗刊》第6期发表。

2016年：5月参加由中国作家协会港澳台办公室、《创世纪》诗刊、《诗刊》社主办的"2016两岸桃花潭畔青年诗歌创作交流座谈会"。出版诗歌集《虚无客栈》。12月，参加鲁迅文学院第31届中青年诗人高级研讨班。

2017年：组诗《阳光灿烂》在《诗刊》第6期"每月诗星"栏目发表。

暗中变形（创作随笔）

崔宝珠

我与身边的事物产生了隔膜，一扇玻璃横在中间。我与另一个我，隔着玻璃相望，当我们向对方走近，玻璃碎裂了。这一刹，无数亮点在黑暗中闪烁。一些记忆或想象的碎片，一些无意义的叠在一起的影像，比如，某个不熟悉的人走过身边时眨了下眼睛；太阳照到脸上那种令人惊讶的恍惚感；下雨天，坐在潮乎黑暗的教室里偷偷抠破雨衣上的泡泡；用小铲子轻轻铲起雨后平滑的土地，露出美丽的纹理；夜里偷偷在镜子里看自己开始发育的身体……再如，触摸到某个黑夜，又软又凉又糯的黑夜。

在黑夜里，没有人盯着你，害羞自闭的孩子得到了全身心的放松，在黑夜里，看不见自己，可以给自己安装上一双翅膀，飞翔。在黑夜里，所有的事物都放弃了自己，或是隐藏或是随意变成其他的事物。这其中的转换不需要理由，也不需要被谁看见。我喜欢在黑夜里走动，当我还是一个小女孩的时候，我伸出手去，摸到了黑夜的质地。

六岁时，我们搬了家，新家在荒僻的村头，我端着一盏油灯走着，油灯照亮了我的脸，却把周围变得更黑，我的一小圈光环，向黑夜渗透着微微的颗粒。一颗老槐树突然出现，它粗糙的皮碰到了我的肩，随即离开了。脚下变得磕磕绊绊，越来越高的草，我偏移了小路，走到了坟地，当我害怕并停了下来的时候，风吹熄了油灯。灯熄了，黑夜就变亮了，尽管没有月和星，但事物微微露出了轮廓，虫子的鸣叫也格外清脆。从蟋蟀的复眼中看我，我是什么？一只巨大的羞怯的新蟋蟀。我"唱"出声音，它们听呆了。我张开"翅膀"在草地里飞行，失去重量。直到父亲打着手电焦急地喊我的名字，我才慌张变回自己。那夜，我梦到了更黑的夜，梦到了黑熊一样的巨人掳走了我，走向黑暗的深处。

十三岁，我长成一个农家少女，夏天的一个夜晚，从玉米地里干完活儿独自归家。夜越走越深，我沿着垄沟小心翼翼地走着，垄沟两边是黑漆漆的过人头的玉米，夜风把人吹得越来越轻，方向消失了，走路成了无目的地飘荡，沟边的坟头也在向上长，一座魔鬼的城堡正在缓慢地形成。玉米森林里有种莫名的香，黏稠又滑动，你几乎不能再放进任何东西，除非将自身隐形。我突然强烈感受到自己的小，像是在黑夜无边

诗探索 11 作品卷 2018年 第3辑

无际的肉体中，扎进了一根尖刺，一根颤抖的无地自容的刺，带着些快乐的痛感。我在城堡的地下通道中潜行，一不小心会跌倒在某个死去的人身上。有个"鬼"在辨认我，他试图从我身上取出诗；他真的诵读起来——这声音至今还保存着它自己的记忆，有时它会醒过来呼吸，在我逐渐老去的皮肤上。很多个梦里，成年的我和那时的我，从夜的两头焦灼地寻找，呼唤着同一个名字，但至今也没有相遇。

又提及我常常感受的隔膜感，对，玻璃。玻璃的质感不是黑夜，它是黑夜的对立，亮、虚伪，对我来说，是冰冷坚硬的拒绝，而非接纳。只有在黑夜里玻璃才能消除，某个秋天，在山顶，黑夜是从山脚下的草丛中升起的，直到山顶，没过我们的脚踝。玻璃融化了，而世界毫无保留地出现在我面前，包容了我。那是美妙的体验，黑夜，一杯滑腻的朱古力咖啡，山峰上的亮光，糖水中的蓝莓果丁。

这黑暗恰是诗歌产生之地，黑暗中万物的隐身、变形和融合，即是神秘的再创造。我时时想起那年上学路上，在黑暗中唱起的歌，在微微的恐惧和期待中，听到了渴望的回应，这是诗发芽的地方，也是梦开花的地方。起于晦暗而终于黑暗，在有光的地方，我们读过的字迹，慢慢失去了意义，暗下来的时候，生命终结，诗神却和死神一起，开始了伟大的合唱。

崔宝珠诗二十八首

薪　火

微醺的风
久久吹拂着院角的
一棵桃树
太阳耀眼的斑点
晃悠着
抚摸新媳妇隆起的腹部

她坐下来去择菜
婆婆低声对她说
那年三月
我抱柴烧火时
肚子突然痛起来
未跑到房里
儿子就落地了
快得让人羞臊哎

桃花摇动
象灶前的火光
映红了这两个女人
干净的、抿起的嘴唇

阳光灿烂

台阶上摊着的芝麻快要爆裂了
土豆隐忍些
体内的汁水正慢慢转化为淀粉

但还在等

诗探索 11　作品卷　2018年　第 3 辑

婆媳两个把玉米也摊开来
一个已经老了

一个准备老去
两个女人各怀心事
默然无言

阳光灿烂
金子般发烫
金子般虚幻

薄　霜

"今夜很冷了，外婆"
"是啊！我刚停下纺车
去院子里看看。月亮已经升高
满地轻霜
打湿了鞋子。我就回房间
给你远在洛阳的外公
写一封回信"

"妈妈，今夜下霜了"
"你邻家的嫂子
出来抱柴草时
突然生下了孩子
阿弥陀佛
还好母子平安"
霜打的干草上留下了产妇的血
和新生儿响亮的啼哭

"南京天气怎么样
我的女儿？"
"我十一点从图书馆回宿舍
路灯里看到霜花降下

诗人崔宝珠 三 诗坛峰会

心里很安静
好像突然长大了，妈妈"

我在院子里走动，搬走两盆菊花
经霜的花朵那么沉
像是岁月，走过去，留下了根

母亲院子里的野草

母亲上了年纪
她的院子，还留着几小块菜地
种着茄子、大葱和西红柿
甚至有两三株罂粟
为了拿那汁液养一两处小病
她每天慢慢在院子中踱步
但野草还是暗暗地跟上来
从墙角开始，绕过废弃的羊圈
两只鸭子的窝
已经走到台阶下面
这让我想到外祖母去世后
被荒草整个淹没的院子
这些草寂无声息
像蛇一样潜行
在夜晚它们喜欢唉声叹气
我总怕有一天，它们会爬上藤椅里发呆的
母亲膝头
像我们当年的样子
像我们用成长催老了母亲
这几年，每走过一次那院子
我都要在裙角上细细抖落
藏在丝线中的细小草籽

诗探索11　作品卷　2018年　第3辑

有意思的事

"这有什么意思！"她哭着，转身跑进雨里
"一切都没有意思！"
年轻的时候，她常说
而我现在觉得
那些误解、傲慢、煎熬和甜蜜
甚至雷暴
将我们整个搅碎的大风雪
都多么有意思啊
如果我能
终于长成一个白发的老太太
万物万事，都有意思
连同手里捧着的温茶，一扇半开的窗
街角上两个人吵架
都是那么有意思
不再有梦想的生活也有意思
你看，菊花开了
多好。如果再来一场
长长的、有意思的小雨

为什么还不下雪呢

为什么还不下雪呢
那些疏落的房屋和
过去的人，正在淡去
成了一棵树
一片黑瓦，或半只破碎的陶器
为什么还不下雪呢

失望的鸟儿已经飞走
喜鹊留下了黑色的巢
在高高的空树枝上摇晃
为什么还不下雪呢

这世界需要一场葬礼
来为旧日子送行
一场干净的葬礼

窗台蒙上了一层尘土
玻璃总也擦不干净
闷闷不乐的人笼着手
长时间的发呆
为什么还不下雪呢

摇　晃

走廊外面一株竹子在轻轻摇晃
当我走近时
它的摇动便具有了一些暗示

我的身体总是先于我
感觉到事物的情绪，并预知它的形状
在某种程度上说，我的身体

比我的思想活得久，因此具有了
一种哲学性
比如说吧；当我酣睡时

牡丹开了，夜气浸入
梦魂欢顸而颠倒
而身体因深知

其虚无
而无动于衷
静如落叶

诗探索 11　作品卷　2018年　第 3 辑

秋　香

清早，无事可做让我心安。打开门
并不为出去，只想对谁含笑说：请进来吧
像羞涩的邻家少女
踮着脚轻轻进房。她从哪里来，我不知道，也不去深究
她绕过书架，抚摸念书的孩子的小脸
又进了厨房，让糯米桂花粥更甜
她逗了沙发上的猫咪，它喵喵叫着
跳到了花盆后面
那或许是爱，更像是被突然赋予了
知感的灵魂……我相信她认识我，远在我认识她之前

天　火

当黑色森林突然燃起了天火
当星星突然一起坠落
当孩子们爬到高高的垃圾堆里寻找贝壳
当姑娘红着脸跑过萧条的集市
当失联的飞机忽然出现在河的下游
当窗棂和云朵一起朽烂
当你在夜里辗转反侧
当毒药变成甜甜的果汁
能喂养花朵
当花朵集体暴动
从被锁住的根系中突围
当突围出去的人茫然看着灰蓝色的天空
当天空与大海混在一起
当白色挣扎着从灰蓝中脱身
这时我决定去爱你
这时我决定去爱这个千疮百孔的美丽世界

局外人

这清凉的早晨与我无关
除非我是那个牧人
正迎着朝霞把羊儿放到山坡上
这早餐的一碗稀粥与我无关
除非我是农夫
正扛把锄头去田里
露水打湿了裤腿
或是他束围裙的妻子
把鸡窝打开，然后去打水煮饭
这园中的花开与我无关
除非我是蜜蜂
但绝不为了人类
不为他们口中的一点甜劳作
对你们来说，我是地狱
对坐在摩天轮上的你们来说
你们上来时经过我
下来时也必经过我
像经过路旁的一座坟墓
我是灰色天空中更灰的一阵风
我正在消逝像破败的月亮
同时也是某个墙角下无声仰望月亮的
一只病恹恹的猫
我是局外人，拒绝加入人群

凌晨两点的音乐

先是梦撤退的声音
马嘶、挽歌、旗子被风撕裂
然后是身体内部的
孩子轻轻叹息
耳畔的寂静摩擦着翅膀
一千只蟋蟀合奏

诗探索
11
作品卷　2018年　第3辑

间或有遥远的
犬吠击打着鼓点
阁楼上一只玻璃球上下弹跳
一颗按捺不住的心悸动起来
远处有嘶声呼喊的电台
太远
只剩下隐约的喁喁私语
什么鸟在梦里噶的惊叫一声
又睡去了
夜猫子迈着轻靡的步子
走近我
把它的鼻息喷到我脸上来
它是侦察兵——
我知道
梦的大军在悄悄潜回
你听，弯月举起了他的
柔光的手
要为那些徇梦者演奏安魂曲了

美妙的眩晕

我喜欢一种蓝白色野花
那时我还很小刚刚认识天空
在我是个叛逆少女的时候
我们喝一种蓝牌啤酒
我暗恋上一个穿海魂衫的士兵
而在我三十岁前
我一直没见过大海
在那漫长的年月它在我的梦里
越来越开阔
富于韵律——
阳光下海水柔软如绸缎
衣带般的水藻
摇摆在

金枪鱼群中
当我情不自禁地
从高处向那片蓝色
坠落
鱼群涟漪一样忽然散开
我们之间，共有了一种瞬间的
美妙的眩晕
恰如面对一张蓝色地图
我脱口说出的一个词——
嗨，海！

蓝 马

他们已不再相信真的有
蓝色的马
吹口哨的长发少年在放牧它们
他们已放弃
去白云深处的湖泊寻找
蓝色的马
在那里，雨水清凉
顺着它们透明的鬃毛落到草地上

我已不年轻了但还耽于想象
是因为一匹蓝马
进入了我以梦为名的国度
当我抚摸它的时候
溪流一样的风就会涌动
当它带着我奔跑的时候
大海就会翻卷起来

如果它突然嘶鸣
小跑进落日磅礴的草原
请转告他们：那一定是因为
我在这一刻
感到了自在和幸福

诗探索 11　作品卷　2018年　第 3 辑

失重状态

湖光潋滟，游客们
把沉重的肉体置放在船上
享受着飘荡的眩晕感
在房间
当我读到一种句子时
房子会向一侧
微微倾斜

怎么办呢？词语有轻有重
它们并不会均衡分布
如果我刻意想用
一堆废铁和石头来造一艘船
我要用什么
让它们处于失重状态
我需要很多类似于
水或空气的东西
融掉的冰块也行
我需要虚无，或一种气息
让星星长久在宇宙中做悬浮运动

重与轻

我想写一首轻盈的歌
随手摸到的词语
却都变成了石头
沉默的石头
越来越多的石头
越来越凌乱的石头
总把我绊倒的石头
当我烦躁起来我会随手抄起一块
击打另一块
它们碎成
更多更乱的石头

没有躯体只有大头的一堆
越滚越多的一堆
黄昏时
我放弃了将它们排整齐的念头
坐在乱石山上发呆
十一点
看到"月亮在白莲瓣般的
云朵里穿行"
而夜风如此清凉
我仰起脸，唱出了一首轻轻地歌

春　天

春天来了。我莫名其妙
胖了三斤
每走一步，小路就快活地
哆嗦一下
一只鹧鸪鸟叫得好听
我踮起脚尖寻找它
树叶已经长出来
我想学那个写生的女孩子
拿起水彩笔
给自己涂上红裙子、绿腰肢
把鸟啼
涂成一串彩虹糖
假如糖块洒下来
正好掉进我的嘴巴
我就能开口
说出又软又嫩又甜蜜的
七色谜语

诗探索11　作品卷　2018年　第3辑

A，或是爱

"两个陌生人
因为心灵的一点相通
被互相吸引
越来越近
直到他们终于相见并
交融在一起"

仰望那遥不及的
金字塔顶部，我会猜想
在最高处
他们看到了什么？

是照彻了肉体与灵魂的
满天璀璨星光
还是
生铁一般的庞大黑夜
吞没了他们？

那是通往虚无的梯子
是燃烧的火焰的
尖端，是我们唤出的第一个
颤抖的声音还是
被命运死死框住的三角形？

"他们，要么在寒冷之美中
死去
要么，沿着另一端走下来
在山下，看到高耸的电线塔，冷冷冒出火苗"

庭 院

风吹庭院，它在旧诗词中
发生了微微的抖动
我忧虑的是
这个词的古典性太浓了
我不得不动用
更多的名词与形容词
诸如斜阳、月色、梨花
分叉的小径
诸如深深深几许
来进入它，然而它日渐稀薄
好像就要
从发黄的纸页上淡出
假如换一条路径
就不得不经过旧时光
黄昏
一家人坐在柿子树下
我写下一副对联来记述
"因来月色频添酒
为纳春风不掩门"
而此刻那样的情境是虚幻的
事实是
我坐在逼仄的阳台上
等着焦躁的斜阳
绕过移动公司大楼在 5 点到 5 点 30 分来看我

小夜曲

春天，我把一个旧蜂箱
放在你经过的花丛里

我想，我也许不是爱你
我只是爱爱情本身

诗探索 11　作品卷　2018年　第 3 辑

我不是爱这繁花与溪水
我只是爱这时光

我不是爱蜂巢中的蜜糖
我只是爱它梦幻的甜

我不是爱甜味
我只是怜悯我历经酸苦的味蕾

我也许并不是爱你
我只是爱着，那沉船般的身体中生锈的

钉子与情欲。也爱着苹果里的
酒精爱着那些微风拂过之间
小小的迟疑

我爱着所有稍纵即逝的事物
爱着灰烬我是
迷路的工蜂也爱着腹内的一根针

交　换

一只灰地鼠窸窸窣窣地穿过草叶
它啜着露水说它看到过
天与海的界限
海中升起的月亮远比你们看到的
大而明亮
母地鼠们成群踏着草尖上的月光跳舞
我请求它让我看看
那个世界的月亮
它们的、蚱蜢、蟾蜍的
它提出与我交换身体
那夜
家人说看到我

在逼仄的房间里踮起脚尖站立
双手交叠着举起来
象在祈祷
我真的在梦里看到了
草叶间升起的月亮
在天海之间
车轮一样骨碌碌滚动
而那晚一只灰地鼠
获得了半个夜晚
独自仰望
窗角一颗小行星时的莫名忧伤

布 谷

夏日舞台上报幕的孩子
藏在深绿的绉纱里
只能偶尔看到它的
一双金翅膀
扯起一缕喝醉的小风
飞过北山落一阵雨
飞过南地，麦子就熟了
飞过我的窗子
紫楝花就落了满地
布谷布谷
你家在哪里
布谷布谷
就在你屋后
布谷布谷
飞得多高啊
一直要飞过林梢上的夏天
布谷布谷
飞得多快啊
我怕它会渐渐飞出我的生命

诗探索 11 作品卷 2018年 第 3 辑

草原上的月亮

不是云在晃荡
是月亮

不是月亮在晃
是脚下的尘世

也不是尘世
是尘世下方
绵延不绝的草原

也不是草原
是一颗被洗了又洗
适于安放的心

在平缓的山冈上
生着小葵花的山冈上

在羊群中
在不言不语、睡梦中反刍着的羊群中

邻 居

黄昏时，我左边的新邻居搬走了
我没来得及认识他们
透过白墙看到隔壁空空的房间
一丛丛蜀葵正在虚白中飞快地生长开花
有一朵从窗子里探出头来
仿佛热情、妩媚的女主人
她的笑脸使我的梦变得温暖
时令已近小雪，我右边的邻居
在院子里劈柴，他汗湿的脸热气腾腾
我亦从未拜访过住在我后边的邻居

我想像她在深夜里像我一样

铺开稿纸，写下诗句

我坐在小房间里勾画我

周围的邻居，也许隔了万水千山

他们模糊的脸上有明亮、亲切的眼睛

不久，一场大雪将降下

掩埋你我之间的路径

我们都是拿孤独提炼钻石的人

当尘世上所有的灯都熄灭

世界黑暗，这些钻石将上升

变成星星

正是我们共有的孤独构成了星空的完整

七 月

是预言家复活的日子

他在空无一人的街上走着

阳光夸张地炙烤着

街道的一侧

没有风，连喧嚣的鸽哨

也静止了

他在热浪汹涌的柏油马路上走着

脚步发出空空的声音

另一侧，巨大的

钟楼的阴影

夺取了一片三角形的阵地

他意识到

似乎有不安的眼睛

在窗子内部向外张望

巷子那头

突然从阴影中冲进来

一个玩滑板的女孩

她大红的裙裾

一面冲锋舟上的旗子

诗探索 11 作品卷 2018年 第 3 辑

正在燃烧
预言家静静地伫立着
他感觉胸口有些什么在跳动
他喃喃说了一句什么
女孩没有听到
他看着那背影消失在
钟楼那里
他想到秋天
天气转凉以后
七月就要过去了
一定有什么事情即将发生

在湖畔

傍晚，夕阳和上弦月同时出现
在青白色的湖面上
两个圣者，默然而慈悯地看着这宏大又轻飘
摇摆不定的人世

披黑衣的使者正在前来，将我们
将万物，一点点擦去。很快，无数灯火
像魂灵，在空气中飘移
明朝，那被拭去的，有些
会重新浮起，有些则永归于寂

蔷薇架

一座梦的博物馆
推开任一扇门
都会看到同一个女人
裸着身体
以一种迷人的慵懒姿态
在沉睡
那只斑斓的猛虎

低下头
嗅着她微微潮湿的头发
"醒醒！醒醒！"
如果我
对一朵蔷薇轻轻呼唤
一阵清风将把这声音
送到他们背后
那蓝得发颤的
大海深处

春分，湖畔

周末。寻春者成群
桃李们认真张罗红白喜事
湖水则吊儿郎当。
这尘世刚从又一层生死中
逃回，不免慌慌张张
大人和孩子
扑到东又扑到西
纷乱中，也有人轻易认出自己的前世：
那姑娘指着不远处跃出的一条鱼
她坚持相信它吐出的泡泡里
闪烁着隔世的誓言；
一只戴冠的鹤
落在春水路边的栏杆上
迷惘地辨认路牌
转过身我就又看到它
在短松岗边的石凳上小憩
外套敞开着，白发上盖着今晚的时报
"白羊是怎么变成树的呢？"
儿子问。
他忙着，从白杨林中赶回羊群
又把它们放牧到枝头
只有纸鹞志向高远，搭载了一些人的梦

一鼓作气飞上了白云
又被谁的手拽回尘埃——
有三五人，因此被弄丢了魂魄
日斜
远处萧寺的钟声
催促公共汽车归巢
丢魂的人只来得及带走身体
而我还在湖面上滑翔
散漫，混沌，失去性别
儿子惊讶地说
他看到一只鸥鹬，刚在树丛后面
偷偷换上了我的衣服

无忧寺

这世上唯有时间可消忧
时间把无忧寺埋掉
河流改道，佛陀头顶上住满麦子
我们到来的时候
一群背影模糊的人，刚刚起身离去

碧蓝天幕倒垂
一大块琉璃。被风吹着
那些影子在里面
晃动着，越来越淡，眼看着

就要消失了——
喂！我们中间，是谁
忍不住喊了一声

琉璃碎裂，化为光点
我们面面相觑，忽然
惊讶于彼此，变得干净的脸

五官还在，只是眼前的无忧寺塔
只剩一半了
锈迹斑驳，沉默着
只能供人用眼睛攀登

你说，沿着塔顶上
枯草的芒穗
再往上，就能进入白云和安宁
我却说白云也有忧愁

天色已晚，我们相信
已经把重负交出
可以轻松的转身了
枯草下虚无的河水，吃饱了

蛋黄般的落日
浮在我们脚下的小径上
一个人回头
迟疑了一会，旋即被它带走

诗人潘志光

作者简介

潘志光，浙江宁海人，生于1942年11月。中国作家协会会员。诗作入选多种诗歌年选和其他重要选本。著有《春天像开场锣鼓》《冬天与春天》《闪烁的星群》（合集）等诗集。

跟上队伍（创作随笔）

潘志光

时间的车轮奔跑在高速公路上，眨眼我跨过七奔向八了。

想想几十年前在学校读书的一天晚上，在建筑工地脚手架上，我头一次看见火花四迸、色彩绚丽、新月傻望的电焊场景。我心跳加快了，血流加速了，晚上失眠了，总想写一写这一场景。过了一段时间，我化名写的一首电焊工的诗在《浙江工人报》刊登了。那是1958年。

上段时间，我翻阅了杨东标的《如意之灯》，里边说到我的诗集《冬天与春天》，还说到我在部队时已经在《解放军文艺》《人民日报》发表诗歌。是的，我在二十多岁时已在《解放军文艺》《人民日报》发表诗歌，那是二十世纪六十年代中期。

诗人、诗评家点赞我是二十世纪中后期浙江诗歌的中坚分子，为浙江诗歌的繁荣和知名度做出了自己的贡献。2017年8月《浙江诗人》在"浙诗星宿"栏目中推出我的诗十六首，同时推出了我的随笔、简介、著作集影、诗观、手稿和近照。

诗的起步受到时代的局限，就像我们这代人那时男的都穿中山装，女的都穿列宁装，所读的诗几乎都是直白式的"传统诗"。

二十世纪七十年代末八十年代初，吹来了现代诗风，这对我们四十来岁的诗人面临着考验和选择，是原地踏步，还是跟上队伍，继续前进？如前辈宁海籍诗人、作家薛家柱（曾任杭州市作家协会主席、浙江省作家协会诗歌组组长）他经过三思，扔掉诗歌，专心去搞他的散文和电视剧，硕果累累。

写作有点像吃菜，一个人喜欢吃某种菜在短时间内要改为喜欢吃另外一种菜，这对有些人来说很难适应。也有点像运动员，一个原来是扔铅球、掷标枪的要改为举重、打乒乓球，这也会不适应。但再坚持扔铅球、掷标枪已很难出成绩，甚至有被淘汰的危险。我知道如果原地踏步，诗就会离开我。经过思考，我选择了继续前进，跟上队伍。但继续前进，跟上队伍又谈何容易呢？这就像一个人写字，已经定型了，而要改成写另一种字体，需要花多少的工夫啊！"传统诗"和"现代诗"的感受方式、想象方式、表达方式都不一样。要继续前进，跟上队伍，必须向年龄挑战，跳出原来的写作模式，突破自己。

突破自己，就要学习，因为不学习，就跟不上队伍，就会掉队，就会被淘汰。发扬"钉子"精神，读二十世纪早期中国新诗，读波特莱尔、马拉美、瓦雷里，读庞德、勃莱，读希尼、毕肖普，读叶赛宁，读米沃什、扎加耶夫斯基和巴列霍等，读中国新时期优秀诗人的诗，从中汲取营养。但又不能全盘西化，力求中外古今的融合。

二十世纪八十年代中期起，我在《文学港》《西湖》《芒种》《创作》《东海》《大众阅读报》《诗歌报》《星星》《江南》《诗江南》《扬子江》《文学报》《上海文学》《诗探索》等报刊发诗。还获得台湾中华文化协会举办的"世界新古诗奖"、浙江省作家协会举办的"奥康杯"诗歌大赛奖。1990年，我已在《诗刊》发诗。2000年《诗刊》4月号"青春方阵"栏目上发了我的《桃子》和《伞》两首诗，这两首诗，是两个编辑发的。《桃子》这首是邹静之老师发的，他写了封短信来，说诗写得很有意思，留用。另一首《伞》是林莽老师发的，在发之前，他从北京给我打了个电话，说要将诗的最后一句"我和儿子聊天"删掉。我解释说，这一句跳跃大了些，和内容还是有关的，请他不要删掉。发表时果然没有删去。我当时想，这位"白洋淀诗群"名诗人为了一句诗的删与不删，专门给我这个普通的、又不熟悉的作者打来长途电话，听取我的意见，觉得他很尊重人，也很大度。这两首诗刊登时，和一些青年诗人邹汉明他们的诗放在了一起。过了一些时日，浙江省作家协会诗歌创作委员会主任张德强打电话问这两首诗是不是我写的，一些外地诗友也打电话问我这两首诗是不是我写的。看来，从某种意义上说，我这个当时快六十岁的老人"挤"进了青年诗人的队伍。以后，我的诗，在《诗刊》发了不少，有两组诗受到《诗刊》编者加按语郑重力荐，先后在头条推出。《诗刊》组织的"春天送你一首诗"活动，也常有我的诗，如《门外有人走动》还编入了《诗刊》编的《新世纪5年诗选》。再以后，我有的诗作入选《中国年度最佳诗歌》《中国年度诗选》《中国诗选》等多种权威选本。《诗刊》创刊50周年，荣登创作谈。并于同一年加入了中国作协。2002年《诗刊》5月号刊登了我的《肉骨头》（外三首）。诗前所附的编发手记作有如下的评点："作者在平静的叙事中暗藏奇崛之笔"（蓝野）；"有新意，在朴拙中体现情感，这一点十分可取"（林莽）。《肉骨头》这首诗入选《中国诗选·水仙卷》。几个月前，还有外省读者打电话给我，说《肉骨头》一诗，至今让他常常回味，百读不厌，常读常新。全诗不长，不妨抄录如下：

> 路上走着三只狗/相互间十分亲昵/篱笆。草垛。小溪/有序地站在自己的位置上//不知是谁/扔过来一块肉骨头/三只狗争抢/三只狗的嘴边流着血//有一高个子男人/持锄冲出大门/三只狗像三片落叶被风吹开/六只血红的眼睛睁得/像黄昏一样大/仍然盯着这块肉骨头/高个子男人飞起一脚/将肉骨头踢进池塘//路上走着三只狗/相互间十分亲昵。

——《肉骨头》

诗评家沈泽宜、沈健说这可能是一桩大家都碰得到的小事，一被写进诗，立刻有了弦外之音。

静下来时想想诗歌起步受时代的局限并不可怕，关键在于对诗要有一颗痴迷的心以及艺术上不固执己见，抱开放心态，就会跟上队伍。请看《外面有人走动》：

> 外面有人走动/打开门看一看/没有人影/梨花落着寂寞//刚刚躺下/外面有人走动/外面确实有人走动/打开门看一看/没有人影/竹丛摇着半轮山月//刚刚躺下/又听到外面有人走动/外面确确实实有人走动/打开门看一看/足迹像鸟儿狭长的叫声/落满厚厚的一层//这是谁呢？/我问梨花和竹丛/山月寂静躲进了云层。

——《外面有人走动》

我将古典诗词的韵味和后现代诗绪放在同一锅里烧煮，愿袅袅烟缕中能透出一种稍稍诱人的味儿。《荒草地上的一棵小树》最后一节："小草站在朴实中/一天，小树在阵风中倒下了/一群蚂蚁/读者小树白色的沉默。"就有了耐人咀嚼的东西。我的另一首诗《摆布》是这样写的：

水稻和小麦种在一起/橘树和野藤种在一起//牛和鸟养在一起/鱼和鸡养在一起//药片和碎玻璃放在一起/石臼和彩电放在一起//冰块和木炭放在一起/星星和咸菜缸放在一起//摆布。

——《摆布》

我给我的诗穿上后现代主义荒诞的时装，闪动着五颜六色的秋天的树叶，哼着带有泥土色的山歌，走在乡野的小路上。

林莽老师关注我，给我掌声。他在一篇评论中说：

"第一次读潘志光的诗，我有一种不同于以往阅读的感觉，他的诗在看似一般的语言中有一种特殊的意味，这种意味正是我们应该关注的地方。

翻开刊物或诗集，我们时常因找不到感觉而放弃阅读，似曾相识，大同小异的作品太多，许多人都逃不出他人的影子、受"流派"或"主义"的制约。即使有一定才气的诗人，也往往因缺少审美个性中的自我发现而失之于平庸。这是当今诗坛上的普遍情况。还有一些作品根本与语言艺术无关，只是一些分行的文字，徒有诗歌的形态。自现代主义兴起至今，无疑是拓展了诗歌的形式与表达，它们对以往固定的诗歌形态的反叛，引发了一场重大的诗歌革命。

近一年多来，我读了潘志光的不少作品，他的作品之所以吸引人，并能产生奇特的审美感知，有三点是明确的，一是从形象入手，二是有自己从生活中获得的特别感受，三是语言简朴而稚拙。

他的诗都取材于日常生活，语言细微，情感体验明确，细节与经验相结合，它们让我想到齐白石先生的画评'疏能走马，密不透风'。潘志光的诗是值得一读的。"

山东诗人王夫刚有一句话："放眼当代诗坛，在扶持举荐青年诗人这个问题上，堪与林莽先生相提并论者少之又少。"（《三十位诗人的十年》）。林莽老师不但扶持举荐青年诗人，还扶持举荐老年歌者。

2001年10月，我出版了诗集《春天像开场锣鼓》，并被《诗刊》评为"优秀诗集奖"。

喘了口气，我就开始写全国优秀退伍军人、中华慈善奖获得者、长篇电视连续剧《战友》的主角储军旺原型——宁波如意股份有限公司

诗探索11 作品卷 2018年 第3辑

董事长储吉旺的诗。2008年8月，《冬天与春天——储吉旺诗传》由人民日报出版社出版。诗人、诗歌评论家洪迪说："《诗传》确是一部有分量的精彩的融诗与史于一体的别致的《诗传》。将它沉甸甸地捧在手中，谁都会真正叹为观止。"诗人高凯说："这是一部具有震撼力的诗歌巨著。《诗传》不是一个单纯的诗歌读物，而是一个很好的励志读本，开卷有益，我希望除诗人们之外，能有更多的人去打开它，让更多的人分享储吉旺先生的精神财富，以造福于社会。"诗人荣荣说："以储吉旺先生丰富厚实的人生作底，以潘志光先生的诗歌功力为翼，让这本《诗传》诗意充沛，嚼之生津。"诗人朱金晨说："在中国长诗创作上，展现了隶属于潘志光的一种别致的叙事风格。"记得《诗传》出版后，宁波如意公司有个工人自告奋勇拿去两箱（四十本）到一所职业高中去试销。在销售前，我在红纸上给他写了个广告："身边的榜样，从摆地摊到世界搬运车之王赠送同学的最佳礼品。"

下午放学时，学生们拥上来，没多长时间四十本书就卖光了。第二天，他又来向我拿书。再版后，总是不断地收到全国各地复退军人、企业家、打工者、怀着理想与憧憬迈出校门走向人生的莘莘学子以及海外读者的来信、来电及来邮件要书。于是，2011年5月再版，2013年11月三版，字数一百二十万字，共印数三万册（套）。

虽然我上年纪了，在健康状况许可的情况下，还是要继续学习，跟上队伍，伴诗前行，努力使自己的诗成为诗歌百花园中的一朵独特的小花。

经过多年的思考和实践，我确立了自己的诗观：诗是多元的。好的诗，我都喜欢读。用抒情手法能写出好诗，用叙事手法也能写出好诗。根据题材，有时可用抒情手法写，有时可用叙事手法写。抒情诗容易滑向空洞乏味的泥坑。用叙事手法写，有生活气息，但读起来枯燥乏味。因此，要诗性地叙事。

潘志光诗三十首

春天像开场锣鼓露出脸儿

雪
从竹叶上滑下来
从草垛上滑下来
从老人的目光上滑下来
春天像开场锣鼓露出脸儿

鸟儿的翅膀载着
很大很厚的冬天飞去
老柳树一手托着鸟巢
一手托着带潮气的太阳
打工的人进村
棒头挑着棉衣
春天像开场锣鼓露出脸儿

老北风躲在山坳
老北风的根子
被孩子们踩断了
被老母鸡当作青虫吞食了
牛昂着头站在村口
春天像开场锣鼓露出脸儿

外面有人走动

外面有人走动
打开门看一看
没有人影
梨花落着寂寞

诗探索 11 作品卷 2018年 第 3 辑

刚刚躺下
外面有人走动
外面确实有人走动
打开门看一看
没有人影
竹丛摇着半轮山月

刚刚躺下
又听到外面有人走动
外面确确实实有人走动
打开门看一看
足迹像鸟儿狭长的叫声
落满厚厚的一层

这是谁呢？
我问梨花和竹丛
山月寂静 躲进了云层

春二三月

细雨蒙蒙
细雨蒙蒙
竹笋斜撑江南
牛蹄窝窝里盛着蛙声
牛蹄窝窝里盛着犁铧闪亮的语言
牛蹄窝窝里盛着
路边野花涌来的山歌
牛蹄窝窝里
盛着桃花鲜红的羞涩

牛呵，放大步子向前走
别怕
别怕踩痛春二三月

老母鸡从果园里

衔来一条青虫

和小鸡分食乐趣

鸭子叼着

半截发绿的活蹦乱跳的小溪

四处乱跑

谁在褪色的春联上

插了一根柳枝

不远处

红色轿车

载来了清亮滚圆的笑声

屋檐下的竹箩里

谷子抖掉了潮湿的梦

春的门口旁

大伯栽种的农谚

长出了黄黄的芽尖

细雨蒙蒙，细雨蒙蒙

竹笋斜撑江南

春　夜

半夜刚睡着的思绪

被雨点敲醒

披衣看见

有人拉着满车的灯光走向田野

伸手插进竹箩

看看谷种在适宜的温度里

有没微笑

拉一拉蜷伏着的耕绳

抚摸栏圈里卧着的牛

喂一筐鲜嫩的江南

湿漉漉的太阳卧在草垛上

诗探索　11　作品卷　2018年　第 3 辑

柳枝上挂着春天

春夜很短
短得像枝桃花

春夜的梦

春夜
头碰着枕巾
锄状的梦，犁状的梦
耙状的梦，镰刀状的梦
笠帽状的梦
蓝色的梦，绿色的梦
葵花色的梦
走来
有的梦像父亲的目光
有的梦像母亲的叮咛
有的梦荆棘一样刺手
有的梦新毛巾一样柔软
有的梦比新米饭还香
（冬夜无梦）
春天的田野上
盛开百花

在菜园的一角
搭个棚子
把有生以来的梦
整整齐齐地堆放起来
梅雨时节
搬到太阳底下晒一晒
抑或背半个太阳
搁在棚子的横梁上
（冬夜无梦）

孩子攀折花枝
老人乘风远去
一堆一堆的梦
不能让野狗踩碎
不能让鸟儿叼走

鸭子，不能把我的云彩叼去

飘过来了，飘过来了
云彩：红的、黄的、蓝的、白的
池塘
清清的水洗着云彩
绿色的风跑来
把水淋淋的云彩
轻轻地，轻轻地捞起来
晒在田野、果园和山岭

忽然，对面来了一群鸭子
我急忙折下一根柳枝
拦住，拦住它们——
不能把洗净的云彩叼去
不能把我的蓝天踩碎

荒草地上的一棵小树

荒草地上
长着一棵指头般粗的树
瓜地里立着一棵苞谷

一棵藤攀着它的身子
爬上去了，二棵藤
攀着它的身子爬上去了
三棵藤攀着

诗探索11 作品卷 2018年 第3辑

它的身子爬上去了
好多藤攀着它的身子爬上去了

小草站在朴实中
一天，小树在阵风中倒下了
一群蚂蚁
读着小树白色的沉默

他爬上了一个山

他在别人的帮助下
爬上了一个山头
尽管这座山很小
但总是站在一座山的山顶
一条虫爬向碧绿的日子

他站在山顶上
看田野上的玉米和谷穗
和原来站在田野上
看玉米和谷穗时不一样

他站在山顶上
看人扶犁耕地
和自己在田野上
扶犁耕地不一样

他站在山顶上
看池边的柳树
和站在门前
看池边的柳树不一样

他不看灌木丛
和沙滩上的鹅卵石
他吐着烟圈

眼睛盯着一棵乔木
眼睛盯着一条小溪
流向天空

你站在田野上
你站在一座小山的山顶上

今夜像只陶罐

今夜像只陶罐
不是昨夜的那块丝绸
被爆竹烧满了洞洞
严寒和岩石蹲在一起

夜睡着了
偶尔三两声犬吠落在门口
云不动
惟怕夜睡得
像冬眠的青蛙
惟怕夜又延长不醒
老树有没长出新芽？

几点星光
粘在凹凸的夜
半片残月
坠入我泥土般的梦

溪水潺潺
有人在自己身上寻找星星

诗探索11　作品卷　2018年　第3辑

桃　子

你的目光在桃子上
缠绕了一圈又一圈
你伸手去摘
摘不着桃子

你跳起来去摘
摘不着桃子
你扛来梯子
还是摘不着桃子
拉车上坡的人
胸膛贴着路

有人劝说你捕鱼捉虾
有人劝说你
种植棉花
种植秋天
你的目光还是在桃子上
缠绕了一圈一圈
又一圈

你拿来斧子
砍倒了桃树

看你的屁股坐在哪里

你在橘林里打坐
时间久了
你的身子上
会长出橘树
会长出橘子

你在桃林里打坐

诗人潘志光 ≡ 诗坛峰会

时间久了
你的身子上
会长出桃树
会长出桃子

你在玉米地里打坐
时间久了
你的身子上
会长出玉米苗苗
会长出苞谷

你得拍拍脑袋
看你的屁股坐在哪里？

夜　色

夜色很厚
树走动了几步
又回到原来的位置
我坐下来
听树讲故事
撕一块夜色
做坐垫

夜色有没有薄弱的地方呢？
出口处在哪里呢？

树走动了几步
又回到原来的位置
我放好双脚
用一颗没有颜色的
心脏行走
双手扶着
弯曲的微风

蟋蟀
用两根触须
捅开夜色的一个窟窿
树，抢先涌了出去

伞

山路缠绕柴草
太阳贴在我的背脊
掬捧山泉的工夫　　电闪雷鸣
天空像只破碎的竹罩
我没带伞
大雨把我淋成牛的叹息
青蛙眨着眼睛
云团粘住鸟儿的翅膀

我带着伞　我每天带着伞
我整整一个月带着伞
天天太阳贴在我的背脊
我把伞搁在季节的背后

我和儿子聊天

风景点的马

站着一匹金黄色的马
风景点又多了一道
有血有肉的风景
穿西装的，穿夹克衫的
穿裙子的
一个接一个骑上去
各种颜色的笑声
各种形状的笑声

定格在照相机上
山涧的青蛙
蹬了蹬腿
游向大溪
一个包装的很洋气的小姐
把孩子扶上马
孩子的屁股上顿时长出荆棘
孩子又是哭又是闹——
我为什么要骑在人家身上？
孩子急忙跳下来
众多树枝和我一起奔过去
将他托住
寺里的钟声
沿着石板铺的台阶
爬向山头

摆 布

水稻和小麦种在一起
橘树和野藤种在一起

牛和鸟养在一起
鱼和鸡养在一起

药片和碎玻璃放在一起
石臼和彩电放在一起

冰块和木炭放在一起
星星和咸菜缸放在一起

摆布

诗探索 11 作品卷 2018年 第 3 辑

牛的行动

牛蹄
踏碎
牢固的夜色没去闻闻
麦苗碧绿的诱惑
找到了一幢房子
大口大口地
吞吃钢筋　吞吃水泥
吞吃砖块　吞吃瓦片

夜的边缘
塌方

我站在田野上倾听

我站在田野上倾听
把过路的风拦到一边
把远处跟着蜻蜓过来的噪音拦到一边
静静地听着草丛中的虫鸣
稻田里有蛙被蛇吞吃的哭声
耕地的牛叫
头上飞过的几只鸟刚叫了一声
看见手持竹竿的稻草人
马上咽下没有叫出的声音
我蹲下，掰开一块泥土
看见众多蚯蚓翻耕着自己命运的声音

回到家里
打开电视，全是歌声和笑声

一只小小的甲壳虫也想飞

天气，还是很闷热
你放下手中糊着的纸盒
把头伸向窗外
顺着灯光看见晒衣竹竿上
有一只金黄的甲壳虫
展了展翅膀想飞
看上去翅膀有点受伤
(左翅膀的金斑点
比右翅膀的金斑点少了三个)
没有飞起，只向前慢慢地爬动
或许，它在等待时机
等待下一刻，再下一刻
你嘴里念叨着
一只小小的甲壳虫也想飞
一只小小的甲壳虫也想飞

水中的一棵芦苇

坐在河边
背靠夕阳
看着水中的一棵芦苇

水波涌过来了
水中的芦苇被压在下面
水波涌过去了
水中的芦苇抖抖水珠
站起来了

更大的水波涌过来了
水中芦苇又被压在下面
水波涌过去了
水中的芦苇又抖抖水珠

又站起来了

夜晚，我湿漉漉的梦中
看见一棵挺拔的芦苇
将枝叶伸进了太阳

写给友人的信

记住一条民谣
你的身子就会青春起来
你把一堆灰色的日子
不要像季节交换时
晒衣服般一件一件挂起来

你曾掉在烂泥地上的心
干嘛，成天价拿在手里
打一点井水洗一洗
如果，还没洗干净
不远的地方
清清的溪水汩汩流淌

用结实一点的绳子
捆住乱丢乱撒
不透明的日子
顶好装进箱子里
高高地搁在大橱上

老北风走了
你割几缕鲜嫩的
带有金边的阳光
编织一条领带挂在脖子上
记住一条民谣
昂首走进春天

圆与缺

办一件大事
不能求圆，总会有点缺
就像双手掬起清凌凌的水
多少总会漏掉几滴
就像一个月的月亮
也只有十五才能圆

办一件大事
不能求圆，总会有点缺
你说，如果常懊恼，常叹息
那叹息和懊恼
就会像春夏时池塘里的
浮萍一样疯长

缝补十二月

十二月搁在目光上
十二月七个窟窿八个窟窿
北风刮进来了
冷雨漏下来了
孩子躲在奶奶的歌谣里
冬天来了
十二月像件破衣服

有的人用针缝补十二月
有的人用锄缝补十二月
缝补过的地方
长出春天
铺上阳光

十二月像晒过糕点的糠筛
老鼠总是喜欢啃咬

十二月像根柱子
蛀虫总是喜欢在里面筑窝
屋檐下堆着黄豆
竹笼子挡不住鸡的食欲

十二月七个窟窿八个窟窿
老枣树伸出好多的手
在天空上写些什么?
冬天来了
孩子躲在奶奶的歌谣里

有人缝补十二月

大 门

跟着风的脚步
走过九家大门
家家大门紧闭
围墙里的白枣树的花
开着寂寞
恭喜发财的春联上
垒着褪了色的祝福

儿时一早起来，天天
父亲叫我打开大门
让太阳进来
东家的孩子，西家的孩子
半村的孩子
追逐着春夏秋冬的笑声

跟着风的脚步
走过九家大门
家家大门紧闭
偶尔看到打麻将的声音

挂在门环上
偶尔听到油腻腻的
流行歌曲
从后窗拐过墙角
三楼的晾衣竹竿
斜挑云朵

跟着风的脚步
走过九家大门
家家大门紧闭
一个孩子背着
沉重的叮咛和书包
从大门里走出来了
太阳刚跨进大门
有人随手把太阳关在门外

藤蔓往上爬

藤蔓贴着泥土往上爬
爬过早晨
爬过黄昏的捣衣声
爬过时光的沟坎
下弦月的银钩上
悬着梦的高度
藤蔓沿着绷得很紧的梯子沉默地爬
藤蔓沿着跃动的笑声爬
藤蔓沿着欲望爬
春的藤蔓爬上紫色的暮霭

小溪贴着大地流
流过山花和歌声

藤蔓离开泥土向上爬
躲在树林中的四月走了出来

诗探索 11 作品卷 2018年 第 3 辑

蜷缩的藤蔓用触须
紧紧抓住根部的泥土
蓬蓬勃勃地向前爬

看 戏

我这个人笨得如老牛
戏演了半夜
还没看出台上人物的脸孔
是红？是白？
香烟摊上
争吵真烟假烟的声音盖住残月

铁头老生翻了几十个筋斗
也没把冬天翻过来
我暗暗帮他用劲
拳头握出汗水

花脸。青衣。小丑的唱词
像他们的脸孔经过化装
叫我怎能看清
他们真实的面目？
白天云层里是草垛尖
还是姑娘的斗笠？

老旦唱得天上的星星
一颗颗掉入塘中沉没
台上的人物
我才像耘田时闭着眼睛
也能分清水稻与稗草一样

孩子的蝴蝶结
映红了火把

肉骨头

路上走着三只狗
相互间十分亲昵
篱笆。草垛。小溪
有序地站在自己的位置上

不知是谁
扔过来一块肉骨头
三只狗争抢
三只狗的嘴边流着血

有一高个子男人
持锄冲出大门
三只狗像三片落叶被风吹开
六只血红的眼睛睁得
像黄昏一样大
仍然盯着这块肉骨头
高个子男人飞起一脚
将肉骨头踢进池塘

路上走着三只狗
相互间十分亲昵

冬天的大青石

低矮的冬天
低矮的冬天压着山脚的大青石
浓霜压着田埂上的枯草
浓霜压着山坡上灌木的秃枝
大青石上没有一点生气
低矮的冬天压着大青石

我俯下身细看

诗探索 11 作品卷 2018年 第 3 辑

大青石上有半朵枯黄的野花
低矮的冬天压着大青石
大青石上粘着刚熄灭的火
大青石上有条细线般的裂缝

池塘里残荷秆摇晃不停
一条鱼儿跳起来
划破了紧密的寂静

祖母老了

祖母老了
祖母的唠叨
像她的头发一样衰老
房间门的钥匙没有坏
常叫我去配钥匙
钥匙配来了
她又嫌钥匙坏的质量
像老人的牙齿
要换铜的
檐口的风铃响个不停

过几天祖母又唠叨
房间门的钥匙坏了
要我去配钥匙
祖母的唠叨像她的头发一样衰老
祖母的唠叨
像秋叶乱飞
檐口的风铃响个不停

我向祖母扮了个鬼脸
祖母的嘴巴笑扁了
笑声像一枚质量好的钥匙

初夏
梅树上挂着
梅子和涩味的故事

明天是正月初六

明天是正月初六

南下返岗的时间到了
六岁的孩子
拉住我的蛇皮袋
哭声把整间屋装得结结实实
我忍住，忍住
用手筑堤
不让泪水涌出来
悄悄和他奶奶，再说几句
夜半，趁着孩子熟睡
踏着粘满浓霜的晨星出门
我总感到步子迈不快
走到村口樟树脚又回去
再看一下孩子的脸蛋
再听一听孩子轻轻地打呼声
再和奶奶说几句
哦，肚子里有一池泪水在晃荡

声　音

晚饭后，我站在二春的家门口聊天
动车载着南方驰过
动车载着北方驰过
二福驾着宝马送女儿上中学
商务车上走下
新旺几个生意场子上的朋友

诗探索 11　作品卷　2018年　第 3 辑

不远处新办的机械厂榔头敲打着
一弯新月，火星四溅
突突突地卸掉砖瓦的拖拉机进村了
老叔老伯们在村口樟树脚
摇着蒲扇
说着皱纹很深的民间故事
说着网上带有鲜味的新闻
大嫂们在路边跳着广场舞
把附近孩子们的笑声、歌声圈养起来

二春妈给我捧来碗桂圆汤说
日子是甜的，日子是圆的

探索与发现

探索与发现

青年诗人谈诗

作者简介

　　杨强，男，生于1986年，甘肃天水人。作品发表于《诗刊》《诗探索》《北京文学》《中国校园文学》《星星》《草堂》《诗潮》《诗林》《诗歌月刊》《绿风》《上海诗人》《山东文学》《时代文学》《草原》《飞天》等，有诗入选《中国2016年度诗歌精选》《2017中国年度诗歌》等选本。曾获"第三届叶圣陶教师文学奖""第二届麦积山文艺奖""2017年人天华文青年诗人提名奖"等。

我诗歌写作的缘起
和我当前诗歌创作的思考

杨　强

　　我不是一个矫情的人。

　　从来都不会相信，自己由于一个人，一首诗，而去喜欢诗歌，而去写作。

　　说起诗歌写作的缘起，我可能要扯得远一点，但一定与缘起有关。

　　还是很俗套地从童年开始吧。

　　上小学二年级时，父母去了矿山，只剩我们兄妹三人相依为命。那

诗探索11　作品卷　2018年　第3辑

一年，姐姐十岁，我九岁，弟弟七岁。我们早早地就开始了用稚嫩的身躯和这个复杂的社会正面接触了。借过钱，赊过盐，小偷一次次光顾我家。挨饿，是常有的事情。为此，我们仨像祖先一样学会了从大自然里寻找食物。

春天，麦地才开始绿，我们仨就去挖荠菜；夏天，我们去河里抓鱼；秋天，我们去摘野草莓；冬天，我们去抓野鸡。我们吃着最原生态的食物，呼吸着最新鲜的空气，身体似乎从来都没有出过什么毛病。

看着满山满坡的麦地，迎着光，风轻吹，如海浪一般，我曾经喜悦，但说不出更好的赞美的话语；看着河流日夜不停歇地流淌，我也曾想过它流向了哪里；看着夕阳西下，水波粼粼，我也说不出美丽的话语；秋风过，山野一天比一天荒凉，但我不会说恰当的话语表达我的情感，白雪皑皑，除了溜冰，我不会用更美好的话语赞美它。

大自然给了我童年很多快乐，但我不知道怎样去回馈它，直到上了初中，遇见了一位语文老师。

其实，这位老师我在小学的时候就见过，而且印象深刻。印象深刻的不是他的自然卷，也不是他篮球打得好，也不是他会气功，而是，有一次乡里唱大戏，我看见它从书贩手里买了那么多的书，其中我印象深刻的有《唐诗三百首》《红楼梦》《三国演义》《水浒传》《红字》，还有一些名字很奇怪的外国书籍。多少年过去了，我还记得一个名字很长的作者姓陀，后来，随着知识的增长和我当时的记忆，我想那个姓陀的应该叫陀思妥耶夫斯基。看见他抱着那么多的书从中学的大门里进去了，我就开始对他刮目相看了。

他给我上第一节课，我就知道他是一位诗人。第一节课他给我们上了课本上的什么内容，时隔多年，我没有一点印象，但唯独记住了他讲给我们的他的一首诗里的一句："土地疼出的泡／叫坟。"那一刻我内心的某些东西似乎被激活了。大自然给我的，我似乎也可以回馈了。一些美妙的句子就时不时从脑海里蹦出来了。比如，春天来了，看到树木发芽，山坡长草，天空飞来了燕子……我就会在作文里写道：柔风一遍一遍地轻抚着你，一回一回地呼唤着你，干瘪的你、瘦弱的你，渐渐地开始苏醒了。柔风一遍一遍地来过，一回一回地携着岁月——成长，云被一回一回地吹散，天空一次一次地蓝了，你内心的激情开始涌动。柔风一回回地来了。憋——憋——树干憋出了叶子，山坡憋出了小草，春天憋出了燕子。柔风一回回地来了，温度一次次地升了，绿色的表层下，哗——哗——涌动的万物下，春天之上是一片海。再写到夏天时，会这样写：山穿起最贵的衣服，也是最容易过时的衣服，小河用蜻蜓和蝴蝶装饰，所有的旮旯用草和花掩饰，夏天就来了。写秋天时，会这样写：一切往下落时，秋天的脸色就黄了。写到冬天，会这样写：山坡的嘴，路合了口；河流合了口；天地之间，茫茫一片……母亲的手开了口，父亲的脚开了口，外婆的头发开了口。作文总是被表扬，批语里最多的一句就是：诗意的语言，很灵动。看到这样的批语，我很享受，就喜欢上了诗，也开始写诗了。

是不是也有些矫情了，但这也许就是我写诗的缘由吧。

过了快二十年了，我还在读诗，写诗。现在已把写诗当成了生命的一部分，别人在公交车上玩手机时，我在写诗；别人晚上喝酒时，我在写诗；别人在上班的空隙说闲话时，我在写诗；我的业余爱好似乎就只有写诗了，但我喜欢以写诗为业余爱好的生活方式。这种生活方式让我不停思考：诗歌要写什么？诗歌要怎样写？

万事万物都可以入诗，这是没有问题的。但把什么都能写进诗里，写好的诗人，可能还没有出生吧。李白被称为"诗仙"，都已经成为仙人了，可让他写穷人，写民生疾苦的诗，他肯定写不过杜甫。反之，你让杜甫写富贵生活，他肯定写不过李白。说这些有什么用呢？就是说写诗，应该写自己熟悉的部分，不要跟风，要有自己的诗歌主见。把你自己最熟悉的生活经过提炼、升华，再用诗的方式去写，它就是独一无二的，因为艺术是独一无二的，诗歌也是一种艺术形式。

诗歌的内容是诗的骨头，写的过程就是往骨头上长肉穿衣的过程。骨头大，肉少，不好看；骨头大，肉合适，穿的衣服不合适，也不好看。想象就是"长肉"，一个想象力贫乏的诗人，肯定不是一个好诗人。用词就是"穿衣"。不是说"三分长相七分打扮"吗？虽然我不提倡写同题诗，但是同题诗最能体现一个诗人"穿衣"的功夫。

好诗，应该是独一无二的，它能击中读者的心灵。好诗，应该有创造性、发现性、改造性。就像爱迪生发明电灯一样，诗人的诗，应该不断挖掘人类灵魂被埋没的部分，一首诗，能发现一点点就好，让人类喜悦一下，让他们认识事物的态度有稍许改变，就已经成功了。

好诗人，应该把灵魂中的美捕捉出来，把邪恶改造。

我现在要做的就是继续行走，把沿路的风景用诗的方式记录下来。如果我的诗，某一天被你读到了，你说我写的也是你想的，这就足够了。

窗外春天正好，那么多美的事物等我发现，等我去写它们呢。我会笑着，哭着，享受着写下去。

请相信，一个用生命爱诗的人，每一天在诗歌的道路上都会有进步，最终会走出一条斑斓的耀眼的诗路。

作者简介

　　林子懿，男，1991年出生，河北玉田人。曾参加诗刊社第32届"青春诗会"。出版诗集《红树山人》。作品百余篇刊于《诗刊》《星星》《青年作家》《诗歌月刊》《诗选刊》《中国诗歌》《诗林》等刊及被《中国诗歌精选》《青年诗歌年鉴》等选本收录。《我的思想副本》获第四届淬剑诗歌奖。

诗歌后面

林子懿

　　有一位在出版公司工作的朋友，最近和我聊到我去年写的一首诗，她感慨当下像我们这样一拨年轻的诗人，在把诗写得越来越长，越来越复杂化，并说这是我们寻找自身诗歌道路的一种尝试。我觉得她说的有一定道理。诸多活跃着的前辈与老师，他们在提供给当下诗坛诸多文本影响的同时，也给我们新一代诗人设置了标高和路障，是攀爬过去，还是绕道而行，是效法、变通还是革新？这样的焦虑最近一直萦绕在我的诗歌设想和诗歌写作当中。我有两个基本的疑问现在还解决不了：一个是作为一种诗歌现象，简约、克制和轻盈的背后所支持的文学逻辑应如何表达；另一个是在全球化的经济背景下，诗歌的物性到底该建立在什么之上，是建立在过往的日常生活和体验上面，还是建立在对前者的怀疑、否定以及颠覆上面，或有第三种可能性乃至更多折中的办法？它像一枚硬币的正反两面，从正面看，我们标举的现象足以证明这种存在的合理，即自然科学与大数据中的量子化逻辑，相关替代了因果。但是因果作为一种相对古典的思维方式和处理方法，我在这里不妨拿起来做一个尝试，绕到诗歌后面，去看一看彗星的尾巴。

　　庄子在《齐物论》中借名家举例，道出诡辩的狭隘。"以指喻指之非指，不若以非指喻指之非指也；以马喻马之非马，不若以非马喻马之非马也。天地一指也，万物一马也。"显然，他的理论站位比较高远，这是离形去智的结果。这么说的原因其实是要指出在我们的现实存在中，物，有其虚假性的一面。"美丽的假古董是美丽的吗，美丽的假人是美丽的但它是个假人。"（西川《潘家园旧货市场玄思录》）也就是说我们逐渐信赖并且依托着的日常生活经验，建立在了介于真实与虚假之间的一种混沌不明的状态上，"假作真时真亦假，真作假时假亦真。"而这种混沌不明，类似于存在和永在的指引，交给当代诗人的一个重要任务，用于坚的话来讲，就是用光，把它给照亮。

正像相对主义思维的那些勾当在本质上都是一元论在背后做统筹规划一样，提倡极简和快捷的"大一统式"后现代主义美学潮流，你绕到它的后面看，会发现彰显的其实是离散和区分，花开万朵，我们独表了其中一枝而已。这是非物性经验的不可靠。想象雷蒙德·卡佛、安迪·沃霍尔以及托马斯·品钦在一个时间、空间维度上都被冠以"后现代主义"的标签，想象诗人的伪叙事和真抒情之间，存在那样一种微妙而又不愿点明的关系时，我们就不会奇怪物也会产生虚假的这样一个逻辑前提。因为现在的物，充斥了太多的观念，物是变化的，物能够量产虚假。人工智能已在棋类领域战胜了人类，机器人小冰用统计和程序做出来的"诗"，把一些读者蒙骗，并且印成了可兑换真金白银的诗集。想象以后的机器可能会说谎，以后的物体可能会七十二变，这给我们中的一部分诗人带来了焦虑和不安，他们担心这样下去，物终将僭越于人。但我选择绕到后面来看前面，这样一个信息的传达带来的问题是什么呢？扯得有点远了，我还是想回到对当下诗歌的讨论上来。

用大树作比，当下诗歌的及物性乃至形下认同，和自由新诗百余年以来主体离散化的倾向息息相关。西方有沃尔特·惠特曼作为源头和代表，我们在诗中所能呈现出的经验，建立在科技进步，制度创新带来的物质更迭层面。这些都是树的枝杈和叶片，枝杈和叶片随着春夏秋冬四季的不同，其形态和颜色会有一种类似周期轮替式的循环，尤其是现在，树又多了不少人工的干预和剪裁。枝杈和叶片从现象前端来看，它们牢牢地抓着阳光和空气，这些类似于诗学本质的元素。似乎执着于此，便能够抵达真实，洞见真理的样貌。或者放弃洞见，从而传递出一种"群上帝"的艺术观，上帝被解构以后，艺术建立在了废墟之上，这与漫长而又相对稳定的古典主义美学建构大相径庭。所以它是革命与破坏的遗留，现在仍处于捡拾残砖碎瓦，自己为自己筑造神庙的阶段，而这一行动的最终目的，显然是要向着物而去，即便艺术工作者中很多会对此予以否认，但是没办法，裹挟他们行动乃至思想方式的，是一个天堂仍在彼岸的传统逻辑，只不过目前所要求索的这个天堂，早已不是刚刚被拆解掉的那个住着但丁·阿利基耶里的天堂。

这是我从现象后面看到的现象，本体和客体在某种似乎必须要经过的阶段里，又一次发生了错位、扭裂。我们用琐碎但不失精致的行动，用去唯心化和独断论的方式方法，实际上确证着有神、有道、般若的集

诗探索 11 作品卷 2018年 第3辑

体无意识。这是一种可笑的荒谬，但在我看来，它（指这种荒谬本身）显得比较真实。"物无非彼，物无非是。自彼则不见，自知则知之。故曰：彼出于是，是亦因彼。彼是，方生之说也。虽然，方生方死，方死方生；方可方不可，方不可方可；因是因非，因非因是。是以圣人不由而照之于天，亦因是也。是亦彼也，彼亦是也。彼亦一是非，此亦一是非。果且有彼是乎哉？果且无彼是乎哉？彼是莫得其偶，谓之道枢。枢始得其环中，以应无穷。是亦一无穷，非亦一无穷也。故曰莫若以明。"（庄子《齐物论》）

物的真实一面带出了物虚假的一面，而词的虚构（欧阳江河语）却理应拥有更多的所指和赦免权，因为我们陷于某些事物正面看似强大而又耀眼的光焰之中，已经太久了，假如它突然有一天要面临坍塌，要变得黑暗，那我们的眼睛该何去何从。所以从诗的背后这个向度来说，反传统的诗歌表征在对其创作者、使用者深层次的内涵分析中，我们发现，它恰恰是传统的；而那些沉着如湍流中的巨石，不随身边浪花翻腾跳跃，却选择把根接回古典，接到古代传统，并且在那之上扶起坍塌的石柱、木梁，造物立心的诗人，才是我们这个时代真正的先锋。这也是我写诗这些年来，从传统参与到当下，又从当下回游到传统中去的一个诗歌流变的历程，我诗歌写作的缘起，就是被温飞卿《过分水岭》中的那句"惜别潺湲一夜声"感动。当然这里面的传统跟传统，当下跟当下，都有其特定时间的特定语义，这既是关于物这样一个现实和现实感的，我想更多的，是关于当代人存在于精神深处的某种局限所致。前面提到一个问题现在兜回来，提到技术和电脑，我想用杨德昌在电影《一一》中的台词来作答："它已经开始具有生命的一般迹象，它除了可以思考、计算，它还会成长成一个活生生的新生命，成为我们每个人寄托感情的好朋友，这才是电脑游戏最广大的商机。我们目前无法超越只能打人、杀人的一般电脑游戏产品，并不是我们不够了解电脑，而是我们还不够了解——人，我们自己。"

作者简介

刘星元，1987年生，山东兰陵人，小学教师，山东省作协会员，《星星》头条诗人。作品散见于《诗刊》《星星》《天涯》《北京文学》《诗选刊》《诗歌月刊》《绿风》《诗林》《中国诗歌》等，获第二十一届全国孙犁散文奖、第六届万松浦文学新人奖、2016年度齐鲁文学作品年展最佳作品奖。

我和我的创作观

刘星元

诗探索 11 作品卷 2018年 第3辑

我的祖父是一名木匠，他"锯"他胸中的苦难；我的父亲是一名石匠，他"刻"他内心的孤独。我什么都不是，但我身上流淌着他们的血——那些野蛮的、欢快的、悲伤的、沉默的血，它们在我的血管中冲突着、流淌着、静默着，它们的一脉相承压迫着我必须干点什么。于是，我写诗，写我的切肤之痛。与我的祖父和父亲相比，我的这门手艺如此拙劣，一旦要不可避免地与别人谈诗，我总是难以掩饰自己的心虚。何况，在我所身处的地方，写诗是一件多么矫情的事，我从来都不愿意被别人看作是感情的泛滥者，是无病的呻吟者，是自闭的妄想者。

所以，在这座叫作兰陵的小县城，我和我的祖先们一样，作为一个普通的陌生人孤独地活着，根本无须隐藏或躲避什么。因为，我从来都不是也不想做一个独立的发光体。可我的切肤之痛，让我身不由己地从文字的泥沼里带着惶恐浮上来。在人生的路途中，我没法饶过这种痛。我走的任意一条路，无论是雄心勃勃还是垂头丧气，无论是欢呼跳跃还是无限悲伤，走到长长的一段之后，我总能和它迎头相撞——在我所能知和我所不知的道路上，那些切肤之痛从未放过我，它们有着我所没有的倔强和坚守。它们要进入我的心里，然后俘虏我。

作为诗歌的奴仆，我的观点是：诗歌是在美学和语言的基础之上，搭建起的生活和思想的进程表，而不是简单的流水账。王国维先生的三重境界说，对我影响极深。当一个人处于不同的年龄阶段，经历不同的人生风景，其感悟也绝对不同。一个诚实的写作者，应该是一个多变的写作者，每一次转变都暗合了他的人生阅历。当然，这种转变或许是语言上的，也或许是内容上的，更多的则是思想上的。由此及彼，反观一成不变者，反而应当引起我们的警惕。初心不改、矢志不渝是评论家的说辞，它的潜台词往往是说重复。诗歌一旦误入重复的怪圈，就会与社会和个人脱节，陷入虚无主义和无病呻吟的泥潭。

而诗人的担当则是个体的担当。我不喜欢以诗歌的名义抱团取暖，不喜欢把诗坛简单地分成这派和那派。诗人对于诗歌的责任是个体行为，作为一个独立的个体，他的着眼点、善恶论和语言观综合起来，应是一个特殊个体的存在。当然，每个诗人的作品中都带有一定程度的普遍性，但在普遍性之中，总会让我们看到它的棱角所在。写诗的作者多如牛毛，这是基数，是房子的地基，但是，仅仅搭建地基是不够的。地基之上，屈指可数的几个诗人正在向上攀爬，试图建立诗歌的标杆。虽不能至，心向往之。作为地基一分子的大多数人，应当有一种对诗歌的担当。因为建筑学告诉我们，地基虽然不能让人仰头惊叹，却是支撑大厦必不缺少的部分。另外，一个写作者要有一个底线。你可以是风花雪月，可以是指点江山，可以是自怨自艾，可以是针砭时弊，但绝不应该跳出道德的标尺，以丑为美、以权为美，更不可沦为宣传机器，沦为为虎作伥的帮凶。

自胡适《尝试集》以来，现代诗发展已历经百年之久。百年，对于文学史而言，似乎微不足道，但就一种全新的文体而言，却是一段不可磨灭的历程。单从艺术角度而言，个人认为，现代诗的发展是成功的。尤其是现在，在全民诗歌的大潮退去数十年之后，降温的现代诗逐渐回落到它应当回落的位置。应该说，和瘟疫式的传播和崇拜相比，我更喜欢诗歌和诗坛看似低迷的状态。毕竟，真正的诗歌不是宗教式的赞美诗。有时候，诗坛的冷静和诗歌的冷抒情，比白开水要热烈而深刻。

在我看来，诗歌和诗坛还是太热，还要接着降温。应该说，当下诗歌的创作环境相对来说是比较宽松的。这种无节制的宽松使得各类官刊、民刊争奇斗艳，推出了一大批优秀诗人的诗作。尤其是网络平台的发展，使诗歌的发表平台降低了。发表诗歌的媒体有力助推了诗歌的传播和发展，但是也延伸出一些值得警惕的问题。譬如，大众化写作与写作的难度之间的矛盾。入槛的高度降低，使写作者倾心于泛诗歌的写作，倾心于在眼花缭乱的劣质刊物和一些垃圾平台上发表，并以此沾沾自喜，作品的质量一成不变，却以为自己的技艺达到相当卓越的高度，无视诗歌创作的难度。

另外，即便是在一些处于一定创作水准之上的诗人，也存在着严重的同质化现象。一旦主流刊物推出一位较为成功的诗人作品，很多写作者便立刻放弃自己的写作风格，加入跟风的浪潮中。在我看来，这是一种毫无意义的复制。想起一幅画，画面上万千株向日葵向着同一个方向鞠躬，只有一株瘦弱的将脖颈投向截然相反的方向。我并非在刻意贬低那万千向日葵，继而赞美不从众的那株。我只是想说，诗坛需要另类，他有自己坚守的美学体系和创作追求，而不是随波逐流。他要为个体发声。

始终认为，我的作品还达不到"创作"这一高度。就我的写作而言，我感受到的是艰难。也就是说，我感觉到越写越心虚，越没有底气。当然，与心虚形成对照的是数年前初学写作时坐井观天似的狂妄和自大。在我看来，一个优秀的诗人，他应该是自信的，他的作品和自己的气息合为一体，交织成隐含着的珠玉和迸发出的光芒。而这种自信，我恰恰没有。至少，现在还没有。

就我个人写作而言，我前期的作品是以生活体验为主，这种写法把我本就单薄的生活体验耗尽了，并且让我忽视了语言的开放性和延展性。而我现在的作品恰恰矫枉过正，剔除了生活气息，沦为语言的炫技表演。我在试着将顾此失彼转化为兼容并蓄。说起来似乎很简单，其实并不容易。在写作中，我一次次陷入机械式的复制之中，又一次次推倒重来。我知道不破不立，我需要先将自己打得鼻青脸肿，然后再改头换面。

另外，和我一样，许多写诗的人都深受西方诗歌的影响。的确，欧美诗人的作品开阔了我们的眼界，提升了我们的诗歌素养，但是，在享用西方诗歌给予我们营养的时候，也得防备翻译家们的伎俩。我曾就一首诗歌的不同翻译文本进行比照和分析，发现不同的翻译家给我营造出不一致的阅读感受，而这感受和我对该诗的评判直接挂钩。以此来看，"翻译家恰恰剔除的是诗中的精华"这句话也并非全是妄言。一个深谙外国文字的汉语诗人是有福的，他以诗人的敏感，捕捉那些伟大诗篇里原汁原味的气息，从而以此为支架，搭建起自己的诗学体系。而作为一个对外文一窍不通者，我们师法的并非那些伟大的诗人，而是拙劣的翻译家。我们往往会被翻译家领上别路，误入歧途。

作者简介

徐源，男，"80后"诗人，穿青人，中国作家协会会员。曾参加《诗刊》社第二十七届"青春诗会"，《散文诗》杂志社第十七届全国散文诗笔会，作品多次入选重要年度选本、荣获专业奖项。著有诗集两部，散文诗集一部。

诗是我的另一生命

徐　源

一　我的诗歌姻缘

我的故乡，我多年前生活的西南小县，是一个盛产诗歌的地方。那是偏远的乌蒙山腹地，国家级贫困县，典型的喀斯特地区，山多地少，难长庄稼，只有荆棘、荒草覆盖着一年三百六十五天的风。那时，我在乡下一所小学里教书，偶尔喝酒，爬到山顶看云雾升腾、老鹰翱翔。山川绵延，山路弯曲，我的心里竟生起了一股莫名的悲凉。

这种悲凉，是要以诗歌的名义说出来的。我们县里，出了不少诗人，仅在省级以上纯文学刊物发表过诗歌的，就不少于五十人，二十世纪八十年代，还有人参加过《诗刊》社的第五届"青春诗会"，诗乡的口碑，可谓声名在外。我不知他们写诗的缘由，是否也与我一样，源于悲凉。

于是，我尝试抒写我的村庄，写童年的那两条小河，写父亲的葬地，写乡邻们的生老病死，写一草一木，写内心的颤抖。写着写着，就慢慢地投了稿，乡下邮件，慢啊，夏天的信件，几经转折，要田野一片金黄时，才能收到。取信点代设在一家小卖部里，我会偶尔有时无事，去买一些日用品，以便打听有没有自己的信件。可是，那绿色铁皮搭建的小卖部，总让我失望，一年的时间，我也没收到过一封某某刊物的用稿信。

又是一个春暖花开的日子，我终于收到了一封来自四川省成都市红星路二段的信件，这是《星星》诗刊寄来的，没有留用我的稿件，但编辑老师亲笔给我写了这封鼓励信，里面有几句话，记忆犹新："您的诗歌很真诚，真诚亦是诗歌的主要元素之一，我们《星星》的大门，永远向您敞开。"署名是《星星》诗刊编辑。也不知写信的老师是谁，这封信我一直把它粘贴在笔记本扉页，珍藏了起来。这是2003年的事，那一年，我十九岁。

我散漫地写着，我的写作粗糙、幼稚。直到2007年，开始在县报上大量发表作品，2008年，我考调到县城某小学，与日夜相伴的小山村拉开了一定距离。有了距离，就有了审视的空间及情感的张力，一段时间以来，我仿佛找到了一条小路，路旁开满诗歌的意象，每一首诗歌完成之后，我的心身都会有一种酣畅淋漓的感觉，我为之兴奋、癫狂。我的写作，渐渐由以往浅显的表象，进入事物丰富的内核，2009年，我在《散文诗》和《岁月》杂志上发表了作品，2010年《诗刊》下半月刊刊登了我的组诗《微小的事物》并附陈因老师推荐语，其间，多次收到时任《诗刊》编辑孙文涛老师的来信。

之后，我的诗歌登上了《星星》诗刊，加入了贵州省作家协会，在李小雨老师及赵四老师的指导下，参加了《诗刊》社第二十七届"青春诗会"，再后来，加入了中国作家协会。这些年，出版了诗集，获过奖，但越来越恐慌。恐慌，这不是诗歌的本质。

诗人，最终是要以文本说话的。或许，学诗五年，诗在眼前；学诗十年，诗在诗刊；学诗二十年，诗在思想；学诗一生，诗在无边。

写诗混不了饭吃，也骗不了钱用，如果有几声苍白的呐喊，也只不过像是丢进水里的一粒小石子，无人问津。之所以坚持，是因为写作能让烦躁的心灵平静下来，渐走向一个净界。

是的，诗是我的另一生命，我愿用一生的时间，将其打磨。

二　我的阅读视野

《诗经》之后，在漫漶的历史长河中，磨砺出了唐朝诗歌的辉煌。"草堂留后世，诗圣著千秋"，一千多年以来，杜甫无疑是最伟大的现实主义诗人之一，其诗多以"组诗"形式呈现，反映政治黑暗、人民疾苦，如《三吏》《三别》。无独有偶，千年后，在另一片大地上，美国诗人托马斯·斯特尔那斯·艾略特，同样以大悲悯的情怀，写出了经典之作《荒原》，象征主义与现代主义的交媾，为我们呈现了深刻的时代主题，揭示西方现代文明的危机。杜甫与艾略特，无疑拥有着同样的诗心。

2011年，瑞典诗人托马斯·特朗斯特罗姆获诺贝尔文学奖后，其诗在中国诗坛，掀起了一股热潮。特朗斯特罗姆诗歌意象奇特、诡异，"以凝练、简洁的形象，以全新视角带我们接触现实"。我读得较全面的，是李笠翻译的版本，北岛翻译的也读过一些，感觉翻译手法不一样，诗歌张力与空间也略有悬殊，最终带给读者的体验有所不同。我想，没有一个翻译家，能真正还原诗人的真实内心，北岛与李笠，他们的翻译，是有良知的，不像一些只机械地搞文字翻译工作而无诗歌情怀的人，以为翻译一段诗歌就像翻译一段公文那么简单，译出的文本烂贱不堪，误导了许多诗歌崇拜者，成为现代翻译诗歌的诟病。

我喜欢特朗斯特罗姆的诗歌，还源于其诗与中国古典诗词意象、意境的高度巧合，特别是与李贺诗歌想象力的惊人相似。"上前敲瘦马，犹有带铜声"，李贺善于苦吟，诗歌"想象丰富奇特，语言瑰丽奇峭"，李贺与特朗斯特罗姆，皆属鬼才。这个只活了二十七岁的皇室后裔，其怀才不遇、愤世嫉俗的二十三首《马诗》，让那不羁的才华，淋漓展现。

如果抛开政治意识，其实，中国传统的人文精神，与西方价值观念，有许多不谋而合之处。《诗经》也罢，唐诗宋词也罢；普希金也罢，雪莱也罢。我们所追求的，都是那个自由的乌托邦。就诗而言，汉语古典诗词是我们文化的根脉，置身其中，会收获到意想不到的效果；而国外现代翻译诗歌，为我们这种"根深蒂固"的文化，注入了新的兴奋剂，借鉴发扬，或可成大器。当然，这仅是一种追求，一种愿望，所谓谋事在人，成事在天，一个诗人的艺术成就，与世界的关系是错综复杂的。

近年来，我读了西川、于坚、大解、雷平阳、陈先发等当代诗人的作品，他们的路，只是他们的，我的路，也许还须重新在自己的内心里寻找。我也读了部分当代的旧体诗，如叶嘉莹、刘征、吴小茹、刘章等先生的作品，他们给了我很大的启发。诗言志，许多在旧体诗中传递的东西，我们难以用现代诗手法表达出来的，即便写出来了，也不是那么理想。

诗无界，诗也无止境，在阅读中，我思考，并不断反省自己的创作。许多时候，不在意别人的观点，那么任性，想怎么写就怎么写，我固执地相信，跟着内心的感觉走，不管便捷与曲折，至少，我的身心，在创作之中，创作之后，是愉悦的。

愉悦就好，夫复何求？转念一想，写诗，有时只为满足内心的焦渴而已，如此简单，并没那么高大上，也没那么复杂。

三 我的诗歌思考

我认为，语言是"分娩"出来的。

对于诗人来说，语言是怀胎十月分娩的孩子。它们调皮，它们带着天真的邪恶，它们有时让我伤心，但我还是那样深爱它们。语言需锤炼，更需用心抚育。

作诗，我从来没文思泉涌的感觉，更没一气呵成的天赋。每一个词，都是从骨缝里掏出的；每一首诗，都是经过挣扎，用心血酝酿而成。但是，它们让我愉悦，让我有一种痛快淋漓的快感，让我的灵魂，站在了身体之外，获得审视的权利。

诗人是很好的拼图师，把不同的词句、零碎的情绪、悠远的意境、荒诞的象征有机地排列在一起，便成为一幅美丽的图画。诗人是很好的雕刻家，拿着思想的雕刀，把世人看不见的东西，艺术地呈现在了阳光下，歌颂善良，鞭笞丑恶，给予每一粒尘埃以飞翔的希望。

诗歌需技巧，更需法道自然。在缪斯的家园，没有什么能让我如此沉醉。诗人爱语言，应该胜过爱自己。

我认为，诗歌需要疼痛。

看到城里的拾荒者，我会联想到外出打工的亲人，为了生活，他们弯下腰。他们在低处，我触摸过他们的艰辛和简单的幸福，因为，我一直在低处。看到那些被农具奴役一生的人，我的心会战栗，他们为我藏匿温暖守护家园，我为他们怀揣理想远走他乡，他们是我留在土地上的影子，我是他们放飞在天空中的风筝。

我知道我的宿命在哪儿。诗歌需要疼痛，这是我的偏执。这疼痛也许是自己的，也许是别人的，但它应该是感人的，应该是令人深省的，它能指引我们回归到生命的本位上，在忧伤中学会坚强，在幸福中热爱幸福。

疼痛是一种深刻的美。疼痛能唤醒我们麻木的灵魂，触动岁月的尘封，我们迷失在物欲中的良知和搁浅在人生边缘的信仰，需要镀上这样一层不锈之光。

我认为，诗人要有社会责任感。

为诗先立德。在每个人的内心深处，都有一块未被开垦的处女地，而我，拿起诗歌的锄，在春天播下了一些种子。或许，收获对我们来说是没有意义的。立足小我，追求大我。为诗，我这样认为。

诗人要有社会责任感，有忧患意识，有民生情怀。把那些被忽略的美好放大，把那些被掩盖的阴影举过头顶。把阳光中的荒原重塑成一面镜子，让世界的两面性更加清晰地呈现。把呼声，做成一口警世的钟。

把沉默者的沉默铺平，把卑贱者的卑贱抹上温暖。为矮下的天空立碑，为泅渡的时代祈祷。诗人是盗火者，是光之先锋。这是大我，或无我。

社会责任感是对诗人最基本的要求，是一把标尺，是思想更上一层楼的重要元素。是诗人不得不在生活的疲惫和世俗目光中继续的原因！

作者简介

老四，原名吴永强，1985年4月出生，山东临沂人，居济南。写诗的媒体人，写小说的诗人。在《人民文学》《诗刊》《星星》《青年文学》《江南》《广州文艺》等刊物发表诗歌、小说若干，著有诗集《岁月书》《孤独者说》等，出版长篇小说一部。曾参加第二届新浪潮诗会，获2014"紫金·人民文学之星"佳作奖。

用诗歌构建文化人格

老　四

直到二十八岁，我才真正坐下来，思考关于个人经验与诗歌的关系，一种"觉今是而昨非"的慨叹油然而生。

成长经历的限制，以及对个人视野的依存，蒙蔽自我的惯性，使得刚开始一些年的诗歌在"集体共性"的土壤中生长。我经常在时间的流动中看到过去的自己和未来的自己，过去的我是一个被雕满的符号，未来的我是一场空洞的游戏，虚无的羞愧感不知从什么地方冒出来。

1999年，我十四岁，在老家县城一个逼仄的书屋里，买到了一本本县诗人的诗集，分行的文字让我知道了诗是怎么一回事。八年后，我第一次见到这位诗人。他依然在写诗，安静地生活着，我当然也在写着，但生活已把我甩离县城，去往遥远的异地。也是在那一年，在另一个书屋里，我买到一本往期的《诗歌报月刊》，王家新站在伦敦大街上，缅怀俄罗斯诗人茨维塔耶娃——"我将迟到，为这约好的相会/当我到达，我的头发将会变灰……"俄罗斯—伦敦—山东临沂，白银时代—我出生的1980年代－1990年代末，空间和时间的交汇，注定了那个在县城大街上独行的少年深深记住了一个遥远的俄罗斯女人，以及她的时代。

在县城，北岛、顾城接踵而至，前代诗人几十年形成的经验和惯性一股脑儿灌输给我。后来我见到梁小斌——我依然记得高中课堂上学习他的《中国，我的钥匙丢了》的情景，当我见到他的时候，他已经老了。但是，我闭上眼睛，浮现在脑海里的依然是"不走运时，连雪都下在外面"的青年诗人梁小斌。

所谓最初写作，更多的是生活经验的累积。受身边一些年长诗人的影响，先写故乡，要建立一个属于自己的诗歌地理。写了一些年后，痛定思痛，否定一切回乡的可能。我试图证明，故乡——不是用来怀念的，而是用来蹂躏的，就像过去，一拨又一拨从那个地域走出的土匪或将相，无数次扼杀山丘上的生灵，我的使命就是在那些生灵残喘的瞬间，记录他们悲剧背后无限的空洞。

后来，当"故乡"两个字不经意间从文字的江湖里流淌出来，我总是感到语言匮乏的羞愧。

二十八岁的秋天，我赶赴遥远的云南，在高原的天地间，找到了一个方向：放弃文本的四平八稳，追求具有自我个性的语言和思维方式。放弃情感意义的自我救赎，第一次将自我放逐到大的洪流之中。我写的依旧是自己，但也并非我自己——其实我一直在追求这样的写作方式，只是不自知，当我发现了那个明确的信号，终于豁然开朗，于是坚定地关闭面前的一些窗户，只保留一扇。

这一扇窗户是有我个人"ISO质量认证"的，而那些窗户，是我的，也是别人的，确切地说是我脚踩的时代的巨人的。感谢一切屈原、李白、茨维塔耶娃、曼德尔施塔姆、佩索阿们凝结成的那个巨人的肩膀，我要做的，就是在这个肩膀上丈量自己的高度，而非从肩膀上滑下去。

诗歌构成了一个场域，是生活的无限延伸。从俄罗斯往西，到波兰往南，划一条弧线，贴着黑海沿岸，到地中海，一直到葡萄牙，东欧以及南欧，再到西欧，那些安静的小城，小城里安静的诗人，构成了我近一两年阅读的重心。辛波斯卡说："我偏爱写诗的荒谬，胜过不写诗的荒谬。"以诗歌之荒谬抵挡现实之荒谬，生活本身擦出的火花让人着迷。佩索阿给了我另一种方向："成为诗人不是我的野心，而是我独处的方式。"对于我而言，默默无闻和精神高贵是相通的，现实世界里的报社记者，同样会是文字世界里的皇帝。他还说："我一想起那些名人，就会为他们的名声感到悲哀。"名利成为摆在前方的一把枷锁，我试图去看淡它，却总是陷入更大的虚无。

诗歌是一种文化语言，独立于各类语言、方言之外。我曾在一首题为《母语和流放地》的诗里写道：

我用三十年掌握三种方言
故地、寄居地和时间的流放地
各有一套语言体系，分别构成
我的三幅面孔，我必须换一张嘴巴
换一个左脑和右脑，才能从故地来到寄居地

至于流放，当我被时间的暴君抛弃
就把自己流放到词语身处

同样是这首诗，还有几句：

有一天我听到古语吟诵的杜诗，那是
我的第四种语言，是我流放的终途
朱门的酒肉，青海头的白骨，涌入大江的圆月
至今犹在统治这片山川

这几年，之于诗歌，最大的收获是重新认识了杜甫。初次结识，因年轻导致的错过，显然不够交心；失散多年之后，我们重新相遇在这片辽阔的国土，终于认识到了他的伟大。中国诗歌，只有到了杜甫，才真正有了现代性，将天地与个人紧密结合。也可以说，后世诗人都能在他那里找到归属。我读杜甫，未感觉他和我有天地时空的距离，他就在我身边，他的灵魂依旧笼罩着诗歌的领空。

一切的经验在杜甫这里归于一处。杜甫的生命历程，支撑着我现阶段的文学人生；杜甫的文化意义，成为语言延续千年传递的一个符号。

通过阅读，我挖掘出了属于我的文化基因，可以说，我的体内有着与俄罗斯、波兰、葡萄牙以及古典中国的诗歌巨人一脉相承的因子。他们通过文字，传达出庞杂的"砖头"，每一块"砖头"上镶刻着文化人格的脉络，我要做的，就是将这些基础的"砖头"搭建成属于我个人的大厦。

此时，回头看看十年前自我组建的个人经验，在外观上没有大的变化，但是其内核却发生了质的改变。自我觉醒的文化因子，统领着之前的经验写作，这注定是一个值得欣喜的过程。

一个自然意义的人，注定要成长为文化意义的人，他最终也将成为文化的一部分。每个人的存在，都会给这个时代以新的注脚。许多年里，我因与时代之间自我的缺席而感到自惭形秽，后来却发现，时代不经意间在我身上印下了深刻的痕迹。就有限的年龄而言，非典、汶川地震、金融风暴……显而易见的时代潮流贯穿于我的整个生命历程，我也因之而改变。犹记得非典那年，我十八岁，面对一次次的隔离和自我隔离，人与人之间瞬间竖起的篱笆，惊恐之余，突然迸发出一种时代附着于我身的欣喜。类似于变态的欣喜，终结了之前自我设定的有如空气一般的身份认定。

之后，我发现我无处不在。

无处不在的我，上升到文学的天空下，就有了个体的独特性和时代的共性，个体共鸣上升为文化共鸣。在我看来，文学不过是将自我的小共鸣书写成时代的大共鸣、文化的大共鸣，这一点，在古典四大名著、《古诗十九首》《诗经》等，以及鲁迅、北岛等现代意义的个体中一次又一次得到印证。"对影成三人"的不再是那个具体的饮酒的侠客，而是普天之下的情绪集合；"十五从军征"的也不再是那个具体的老兵，而是世界上所有离家远行的人；人血馒头的出现，不是个体的悲剧，而是一个民族的悲剧；"镀金的天空中"飘满的倒影，不是具体的哪一具尸体，而是被戕害者普遍的呐喊。

之于我，诗歌不再是具体的文体工具，而是文化人格的组成部分；不再是名词，而是动词，是我的思想流动的方式。感谢诗歌，给了我冲破自我的一艘航船，在生活以及生命的大海中，前行或者想象前行的姿势。

一首诗的诞生

现在，曾经

李　南

现在，我获得了这样的特权——
在文火中慢慢熬炼。
曾经厌恶数学的女生
曾经孟浪，啃吃思念的果子
曾经渎神，蔑视天地间的最高秩序……
现在，我顺从了四季的安排
屈服于雨夜的灯光
和母亲的疾病。
我终于有了不敢碰触的事物
比如其中三种——
神学、穷人的自尊心，和秋风中
挂在枝条上的最后一片树叶。

（原载《诗刊》2017 年 1 月下半月）

导读

　　生命曾经盛大，如夏花绚丽。每个人都有曾经，每个人也在经历现在。

　　人到中年后，诗歌的直觉开始迟钝，而对生命的沉思比例加大。曾经璀璨的生命，不乏热烈、激荡、盲从和荒唐，想来羞愧，想来悔恨。

　　一首诗的起因缘于什么？有时真的是说不清，我这种无根的写作大多数不依托一个抒情的母体，我沉思生命、时间、熟悉又陌生的事物……我时常狂喜，时常沉默。

　　在这首诗中，我只是抓取了过往生活中的几个片段，这几个片段远远不能反映出一个人所有的经历，但对于一个人年轻时的荒唐和狂妄有所显现。

现在呢？随着成长和经历，随着阅读和认知，一个人对事物的认识有了自己的切身体会——当然，并不一定是新的体会，这种体会甚至是每个人相通的，是共识，而诗歌的秘密就是把这种认识过程，用诗人独特的笔记录下来。

经过几十年与强悍命运的博弈，认输的最终还是我们。生而为人，我们普通到只为雨夜的灯光流泪，只为母亲的疾病屈服。曾经的雄心壮志，曾经的桀骜不驯，现在都已经被时间驯服，那么这个世界上还剩下些什么呢？我想一定有真切的情感，未知的国度，人类的尊严，和人所拥有的悲悯心。

这首诗并不是一气呵成，而是沉淀了几年，最终使它丰富起来，完整起来，从一堆沉睡的文字中把它打捞出来。

诗探索11 作品卷 2018年 第3辑

星 空

邰 筐

这些年，你已习惯了生物钟的颠倒
习惯了固守老式台灯下一片领地
灯光明亮，无限接近真理
你像一个坏脾气的王，孤僻、严苛
墙上的影子是你唯一的侍者
没有一兵一卒，你可以指挥成群结队的汉字
可以用汉字排兵布阵，与黑暗对峙
逼近或包抄，那些隐匿的细节和真相
在母语的边防线上，你一次次用月光丈量
人生对开八版，乡愁灌满中缝
而每一个汉字都在你心里熠熠生辉
你怀揣着它们，就像揣着一片灿烂的星空

（原载《诗民刊》2017年第6期）

导读

首师大一年的驻校生活结束以后，我成为某法治刊物的深度调查记者，而且一干就是九年。

写得最疯狂的时候，一年十二个月我写了十一期封面。一期封面一般由三篇个案和一篇综述组成，必要的时候还需配一篇记者手记，字数差不多在一万五到两万字之间，熬夜写稿、编稿几乎成为常态。

无数次采访过程中，我接触了大量腐败案例，信箱里经常会收到各种含冤者的材料。每次收到这种信后，我的心情都会受影响，替他们难过，却又无能为力。这对我多少造成了某些伤害，有时候觉得个人的声音太微弱了。太多的阴影和灰暗需要不断用心灵的阳光去擦拭，这也正是我之所以乐此不疲地甘愿做一个码字工的原因。

总结多年的记者生涯，我发现当记者和写诗之间其实是有共性的：那就是面对整个世界或某颗心灵的时候，敏感度都是一样的，总能比别人发现更多的细节。不同之处在于：诗人的内心或许更柔软、更细腻，记者的眼光或许更敏锐、更冷峻。写诗的过程是提炼的过程，就像从三吨海水里提炼一把盐；而好的新闻是从肉里挑刺，是从芜杂里找到真相。

这两种身份的融合和碰撞，我期待在我身上产生的是化学反应，我希望自己能永葆诗人的激情，用"一颗柔软之心"去关照采访对象，去关照整个世界。

《星空》是我一段生活的真实写照，我一直有一个奢望，那就是自己写下的每一个汉字都会闪闪发光，去照亮内心的黑暗。

奔跑的紫云英

方石英

紫云英，大片大片的紫云英
正飘向枕边。姐姐，我知道是你来了
穿着你最喜欢的连衣裙
大片的绿大片的紫
一年只穿一次

云雀突然蹿上天空
像一颗扔出去的石子
我想它到了另外的地方准备歇脚时
也会像一颗石子，从天而降
形成一根我所无法准确绘制的抛物线
我只会在田头一个人静静地玩泥巴

这些，还有更多我没察觉到的那些
都是故乡所需要的，在春天的黄昏
我沿着木梯爬上楼顶
望着夕阳血流成河的方向
想起你，天上的姐姐
你是我别在胸前的眼泪和鼻涕

多少年过去了
只要我想起你，我都会拼命向前奔跑
就像当年你在后边追我回家
我们不断地跑啊，跑啊，跑啊
时间对你我来说根本不算什么

（原载《诗探索·作品卷》2017 年第 3 辑）

导读

　　小时候，每年春天故乡的田间长满一种叫"花草"的植物。开始是碧绿鲜嫩的一片，牛喜欢吃，摘下来炒年糕我也喜欢吃。渐渐地，"花草"老了，就会长出紫色的小花，先是零星地开，后来就成片成片地怒放。此时，无边的花海就成了孩子们游戏的天堂。我是很多年后才知道，"花草"有一个非常美丽的名字——紫云英。

　　回忆是一把忧伤的锄头，翻地时难免会把心弄疼，可我总是忍不住回忆——《奔跑的紫云英》，一首私人的回忆之诗。在我远离故乡之后，这"大片的绿大片的紫"，就常常在我的梦里浮现。

　　在这首诗中，有一个孤独又敏感的小男孩，那是童年的"我"。扔石子、玩泥巴、爱哭泣、流鼻涕，从小身体单薄的"我"内向、缺乏安

诗探索11　作品卷　2018年　第3辑

全感，可"我"又是那么的任性。

在这首诗中，有一个爱穿连衣裙的女孩，那是"我"的"姐姐"，她的原型其实是我的表姐们。她们总是带着我一起玩，有谁欺负我，总是挡在前面，有时我的任性也会让她们深受委屈，但最后总是原谅我，并一如既往地疼爱我。

表姐们的命运各不相同，她们都是我的至亲，我时刻念着"姐姐"的好。一切都随时光老去，但往事不可磨灭，我的"姐姐"活在我的童年，永远年轻。"我们不断地跑啊，跑啊，跑啊/时间对你我来说根本不算什么"——《奔跑的紫云英》用思念对抗死亡。

地心的蛙鸣

老 井

煤层中像是发出了几声蛙鸣
放下镐仔细听却没有任何动静
我捡起一块矸石扔过去
一如扔向童年的柳塘
却在乌黑的煤壁上弹了回来
并没有溅起一地的月光

继续采煤一镐下去
似乎远处又有一声蛙鸣回荡……
（谁知道这辽阔的地心绵亘的煤层
到底湮没了多少亿万年前的生灵
没有阳光碧波翠柳
它们居然还能叫出声来）
不去理它接着刨煤
只不过下镐时分外小心怕刨着什么活物
（谁敢说哪一块煤中
不含有几声旷古的蛙鸣）

漆黑的地心我一直在挖煤

远处有时会发出几声深绿的鸣叫

几小时过后我手中的硬镐

变成了柔软的柳条

（原载《诗探索》2017 年第 2 辑）

导读

八百米地平线以下没有阳光和花香，也没有四季和美女，除了煤壁就是岩层，就是钢铁的支架、矿车、采煤机、钢轨，掘进机等冷酷、坚硬的东西，这是世界最没有诗意的地方。但对于一个诗歌爱好者来说，必须要在这里找到不朽的诗意和永远的浪漫，否则自己的灵魂就会坠入万劫不复的深渊。这首《地心的蛙鸣》在这样的心态下挖掘出的。那是一次春天的劳作，我在擦去一脸黑汗的瞬间，突然想起了煤原来是由亘古湖底的池泥演变而来，既然有湖水，那肯定就会有蛙鸣。有了蛙鸣，就肯定得有阳光，翠柳，童年等。再干活时，我似乎从乌黑深邃的煤壁中听到了什么动静，于是我放下刨煤的镐，侧耳倾听，却没有任何声音，但是干活时却分外小心了，生怕自己刨到一个柔软、活泼的身躯。于是繁重的劳作也变得有了些趣味。时间过得快了许多。半班过后，我发现坚硬的手镐也变软了，像是变成了鲜嫩的柳条。上井以后，便有了这首诗。

评论家流马是这样评论这首诗的：这是一个矿工内心的田园诗。身为矿工的作者，在繁重的劳作中，在与黑暗和矿石的交往中，内心并没有变得黑暗、冷酷、坚硬以及麻木，而实际上更加温暖、柔软和明亮，因为他的灵魂接通了煤石的灵魂，他体内的鸣叫呼应着煤石里的蛙鸣。我们在这首诗里没有发现工人诗歌里惯有的"控诉"和"抗争"，作者手里的硬镐并没有发出铿锵有力的质问和怀疑，但是这"柔软的枝条"比质问和怀疑更有力量。因为诗人意识到，底层的尊严与高贵可以首先通过内心的美好建立起来的，需要保护和抗争的恰恰就是这份灵魂的尊严与高贵不受玷污，不受侵害。

午休时间的海

江红霞

午休时间的海，呈现一片香槟色
一个女人拎着高跟鞋，独自
走过沙滩，在几个放风筝的孩子跟前
停下来。她深呼吸，面朝大海
整个世界像在太空漫步
她的工作地点可能就在附近，一家公司
或者机关里的一间办公室，午休时
有人打扑克，有人侃大山
有人要迷糊一会儿
她坐在沙滩上，细数心里的沙子
海风挪动她额前的刘海，她忽然笑了
低低地。后来，她起身
离开这里——海风用力推开的
商贩叫卖声的地方
恋人海誓山盟的地方，失恋的人
结束自己的地方，疯狂的人
狂欢的地方，孤独的人独处的地方

如果你也坐在海边的咖啡店
透过玻璃窗，欣赏午休时间的海
你会和我一样爱上这片沙滩
爱上柔软潮湿的沙子
爱上众生，以及那个拎着高跟鞋的女人
她的脸上，盛满了太阳的光辉

（原载《中国诗歌》2014年第5卷）

导读

我见过各种颜色的海。湛蓝的，润绿的，香槟金的，漆黑的——是的，您没看错，夜晚的海，黑得无边无底。

我见过各种海边的人。喂食海鸥的游客，疾步的健身者，放风筝的孩子，钓鱼的老人，冬泳的市民，卖珍珠项链的商贩，醉酒的单身汉，礁石上偎依着的恋人……他们来来往往，川流不息。

一座伫立在海边的城市，一群奔忙在城市角落的人。我是其中的一个。在这里，大海不是生活的点缀，而是必需品。

海边的建筑越来越多，越来越高。写字楼，酒店，咖啡馆，健身房，一步步逼近大海。海风依旧，时而凛冽时而温柔。在海风穿不透的玻璃幕墙后面，有人和我一样，偶尔陷进沙发，端起一杯咖啡向窗外望去——海边流动着色调各异的喜悦和悲伤。大海用宽宥喂养着这座不大不小的城市，喂养着我们簇新的生活和膨胀的时代。

面朝大海，春暖花开可以，泪流满面也可以。海水大方地收纳各种笑声、委屈和仇恨，又大方地吐出贝壳般天然的爱，只要有心，伸手便可捡到。

中午的海边，常有身着职业装的行人迎面而过，他们和我一样，匆匆穿行于职场、家庭和社会的网中，也许只有午休时间能让脚步慢下来。在青岛石老人海滩，我脱下高跟鞋，用沙子按摩内心深处的另一个世界——我看见了众生，看见了自己，仿佛窥见海底的光，仿佛采集到背对大海的勇气。

在南宁港空寂的码头

陆辉艳

很快，这里将弃置不用
玉米、豆粕和鲜鱼，装运它们的船只将绕路
抵达另一个码头。每天来此等候买鱼的人
去了新的集市。一个搬运工，来自隆安或蒲庙
脸上有沙砾的印迹。他忙着整理行李
脸盆，衣服，吃饭用的锅碗，统统塞进麻袋里
被褥已用麻绳捆好，放在门前的空地上

诗探索 11　作品卷　2018年　第 3 辑

他最后一次走进屋子，出来时手里多了

一个口盅，一把牙刷

他把它们也塞进麻袋里

之后站着抽了一支烟，抓抓脑袋，想起了什么

朝晾衣绳上，取下那条红色裤衩——

刚才它还在风中，哗啦啦的，旗帜一样飘扬

我们来到此地

既非买鱼的人，亦非搬运工

我们远远地，站着拍照

试图锁住马达的突突声

儿子用玩具铲专心地挖掘沙子

那个挑行李的男人从他身边经过

大声咳嗽着，再没有回头看一眼

这空寂的，最后的码头

（原载《广西文学》2016 年 11 月）

导读

诗歌是写出自己对事物和生活的感受力。我一直在自己生活的现场，呈现我经历并熟悉的这些场景和事物，而不做过多判断，因为主观的判断显得多么可疑。相反，我相信呈现就是最大的意义，是对生活和场景最忠实的还原，但又不是简单复制，是经过提纯了的，有选择地呈现，是从事物的角度，去理解事物。它们成全了我的诗文本。

南宁有浑厚的码头文化。据《广西航运志》记载，清朝嘉庆至民国一百多年间，在邕江上游下楞至下游长塘之间，相继建成码头四十九处，津渡三十三处。这首诗中具体写的其实是南宁港老旧码头之一的上尧码头，它见证了南宁这座城市变迁的历史，随着时代发展的需要，它被关闭，退出历史的舞台成为一种必然。它处于我曾经上班必经的途中，离我家也不远，周末还会经常带着儿子来这儿看过往的船只，他将自己叠的纸船、纸坦克放入水中，想象它们也能航行到他无法想象的远处时，总是兴奋得手舞足蹈。而这儿的一切也为我的写作提供了素材，我不止一次写到过它。得知它很快将被关闭，我们带儿子又一次来到这个码头。昔日船只的马达声、吊机的轰鸣声以及码头工人卸货搬货的吆

喝声已不再出现，它突然的安静竟然让我们不知所措。我站在那儿，看着即将离开的码头工人，不声不响地收拾着行李。他们什么也没有说，不回头何尝不是一种更深的眷恋和不舍？一个码头的消失，也将改变这些码头工人的明天和命运。而时代总是带着隔膜以彗星的速度飞速向前，没有什么可以阻挡，诗歌更不能，它只能呈现和记录这一刻。

汉诗新作

新诗五家

作者简介

　　李阿龙，本名李坤，1997年生，安徽临泉人。入选2017年第十届《星星》大学生诗歌夏令营，2017年第七届《中国诗歌》新发现诗歌夏令营。

童蒙纪事（组诗）

李阿龙

归　宿

　　那已过去十年左右事了
　　我打伤了的小狗，又跑回家，安静地
　　卧到我的脚边

　　它亲昵地用鼻子蹭着我的手心，又用舌头舐舐
　　然后，滚翻在地，露出嫩红的肚皮

　　血丝，汗水，麦秸，苍耳的味道，温热又顺滑
　　这是纯净灵魂的气息，它裹住了我幼小的双手，予以宽恕

诗探索 11　作品卷　2018年　第 3 辑

记　梦

河面，铁蓝色的水雾向四周流动
树枝结了露珠，红漆剥落的木门亦是湿润

露水不时打在草帽沿边，放鹅的人，恬静
看着两队白鹅，从门里迈出

雾淡了些。它们长颈舒展，相交，低亶
叠叠波纹，细亮的鸣声，和大片日光
从放鹅人的面颊划出

多年后，我常梦见两只露水浸凉的倒影
像白鹅的红蹼，从水雾里抽出

所　愿

鹅毛雪从白桦树落下，盖没了深入林中的小路
路边长椅，仿若休憩的白鹿，微颔，清眸澈澈

面对树林，你裹紧了红棉围巾，肩披瀑发
已然准备好，此身埋于人世最干净的地方

昨天深夜，你乘飞机去了国外
我醒于透过秋林的一道晨光，发现
头顶白鹿腾跃

桐　花

一场雨后，巷口
拾花的孩童，两三个，穿着彩纹衣裳
好似，青石板上，长出了一丛小花

巷子尽头，护城河静静流淌
这不在江南，仅是小城一隅，我寄身之处
小院里，梧桐粗壮
清凉的树荫，伸到巷子尽头
初春，花香浸润着……

小时候，老屋后面也有棵大梧桐
"娃娃娶亲，彩凤落梧"
我跟你唱着这歌，玩过家家

那时，你家门前有条小溪
又清又浅……

如　初

仿佛是刚刚发生的：
初中的教室，书本的清香，老师拿着半截
粉笔，给我们讲一首诗

"长亭外，古道边，
芳草碧连天。晚风拂柳，笛声残，
夕阳山外山——"

一束柔和的光透过窗子
刚好落在黑板、老师的袖口上
一颤一颤的

那时，我还不懂得，什么是分别
总喜欢，看你
云霞染红的长发、脸颊

最初的东西，现在还是那样清晰，纯净

诗探索11　作品卷　2018年　第3辑

青　台

俯身在桌，淡黄色，味道同雨
窗台，散散的课本，水杯上热雾氤氲
不远处，一团牵牛，葱郁未开

青藤纤细，沿着风，爬上暗润的石台
一天一天。每次，起身伸个懒腰
我看着你，面向窗台。发丝结了青涩的花骨

还要等多久呢？
"快开了，一场一场雨水催着。"
"可惜啊，这花开了，我们就毕业了。"

圆　月

雨在月圆时，便停了
一只白蝴蝶，落在香樟叶上

仔细看香樟树，发现蝉鸣已褪去
仿佛，瓜熟蒂落，在寂静的夜色里

白露过后
田间，玉米深红的缨穗犹如
大醉的农家汉
在清爽的风里，闻到芝麻油的香味

月圆时候
母亲会把桌子移到院央，摆上，白薯粥
煮花生，月饼和一瓶香酒

那时，有你在就好了，我嗑着花生
想象，月亮是落在花生上的一只白蝴蝶

纪　念

那是去年秋天，九月份的某天
跟你一起，走遍了学校附近的街道
老旧的灯光，肥厚的树影，一些或慢或疾的行人

陪你不到三个小时
谈话里，你不时微声呵笑
我略显激动，挠起后脑勺——

"明年，是的，明年，一定要给你
一个难忘的生日……"
你大方地笑出声来

颠簸不止的车窗上，聚拢了许些露水
我想起总不能实现的诺言，和
与你相见时总差的一点距离……

青　苔

雨洗的墙角，青苔从石缝
弥漫出，摸上去，像婴儿新生的绒发

院落，凉光洒下，红砖地面上，冒出一株株野草
荞麦苗，荠菜，玉米菜，玉米秧，蒲公英……
这些都能做面汤，奶奶高兴时，把它们放在
小铁盆里淘洗

我心里欢喜，推起小铲，推掉那石面的青苔
或许是我又粗心，漏了一些。奶奶滑倒了
也把那些野菜，带到了坟上

清晨所见

月季花开满了花坛
在路旁，在一处清晨。
一缕香定住了我的脚步，
扭转我的身体。

它们高出了围着自己的灌木墙，
仿佛还要长，从颜色的饱满——
青黑色叶子，粉或红的花瓣——
渗出力量：花朵不是一株花的终点。

它们长得挺直，没人抽出多余时间
来看望，修剪那些蔓生的枝叶或
它们脚下疯长的野草团。
更别说除去将叶子咬成蜂窝的虫子。

看到它们长得这么好，你也会高兴
我不准备摘一朵给你，我等你来。
日光穿过大树熏暖这花坛，香气浓了
正引来蜜蜂和蝴蝶——你也来吧。

作者简介

罗兴坤，1968年10月出生，山东莒县人，毕业于临沂教育学院中文系，现供职于某政府机关。著有诗集《大地的灯盏》，有大量作品发表于《诗刊》《诗探索》《青年文学》《星星》《诗选刊》等刊物，诗歌多次被《中国年度诗歌》《中国年度好诗三百首》《中国诗歌精选》等选编。曾获首届日照市政府"日照文艺奖"、山东省青年新锐诗歌奖等。

我不愿把他们从时光里叫醒（组诗）

罗兴坤

丘　陵

我家乡有着微微隆起的丘陵
怀着我的母亲有微微隆起的丘陵
所以我童年的梦微微隆起
沉默，贫瘠，像埋在土里的石头
雨水流向沟汊，沃土铺向谷底，我的生命
至今没有长出黄金，只是摇曳的稻谷

百年以后，当我回到故里
你们不要把我的坟墓建得很大
只要像我谨慎卑微的心，深藏于故土
微微的隆起

我不愿把他们从时光里叫醒

回到故乡，回到那多年无人居住的老屋
我的父母，我的童年、少年、青春

我许许多多的亲人，在镜框里沉默着
只有他们还在紧紧地坚守着
蒙着厚厚的灰尘的老屋

在沉寂厚重的时光里
他们还露着那时的青涩，生命的微笑
像深陷在甜美的梦中
我不愿去擦亮那些旧时光
不愿把他们从那些平静幸福的日子里叫醒

虚　构

在我的乡下，有些人绝望时总是被亲人虚构着
那些被虚构的替身，当接受了尘世的爱，伤痛
像真的成为活生生的魂灵
也接受了一场人世间的生死离别
有年我大病，母亲从邻村扎来一个纸人做我的替身
在一场盛宴里，母亲的磕头，上香，祷告
在火焰里为它指明一条为我赴死的路
而我看到它的木讷、顺从
也看到了地挣扎着，后退，翻腾
对尘世的依恋，扑过母亲的怀抱，落在天空的眼泪
甚至那短暂的反抗，伸出的舌头，咬过母亲指尖的疼

哦，我是多么羞愧
一想起那个夜晚火光里飞动的灰烬
那种不舍，那种绝望，那种无奈
在这个尘世上，仿佛也是一个被虚构的人

土地庙前的树

一棵杏树从来也没开过花，一棵果树到老从没结过果
在我的记忆里，村西土地庙前的那些树

新诗五家≡汉诗新作

从没旺盛过，它们多数结着长长的伤疤
滴着树脂，血和泪滴
有的长着长着，就干枯了

庙前最旺盛的，是密密麻麻的荆棘，密密麻麻的乱石
密密麻麻悲苦的灵魂
庙前的那些树，一年几次随亲人的葬礼
在神的脚下，分享了一些清淡的米汤，眼泪，和小小的香火
更多的分享了一个人的伤痛和痛苦
它们木讷，隐忍，从没旺盛过
那些在天堂入口徘徊亡魂，一直在迷路

一棵老树

它被押解着，多数是一把老骨头
多数是村子里最古老的魂灵
它有着庞大的血缘，和古老的道义
曾被当作一个佛，一尊神
我们在祈祷，树枝挂满的红布条
像一道道庇护生命的神符

它就这样被动用了铲车、吊车、挖掘机
甚至一个时代的火药、雷管
动用了人世间的绞刑、极刑
被戴上脚套、头套，以防他记起自己的来路、屈辱
和那些温暖的时光
被紧紧束缚着，像个囚犯
押往城市

就这样被割掉头颅，断掉记忆、念想
嫁接新思想
剪掉旁枝，剪掉飞翔的翅膀
满身挂满吊瓶，插着针管，点滴
输入止疼剂，清晰剂，再生剂

诗探索 11 作品卷 2018年 第 3 辑

被四条钢丝拉紧，钉住
再打上白色的标记
哦，在我们花花绿绿的生活里
它的孤独和伤痛，是那么醒目

老家墙壁上

墙壁上卷边泛黄的奖状在，褪色的小红花在
那时的童心在，而曾经飞翔的梦想不在
像一面面破败的旗帜，跌落在灰尘

年画层层熏黑，时光沾满油腻
戏剧里的人表情模糊
它们还在旧时光里一次次排练
一颗温暖的心还在，激情不在，青春的歌不在
时光拉上帷幕，过往的生活不会卷土重来

父亲临终前我们给拍下的遗像，看上去是多么无奈
全家福在，强忍的微笑在
而半夜的咳嗽，晨光里的欢笑不在
一些逝去的声音和爱
找不到嘴唇，和复活的心
一些人和事物成了镜框里的风景

那只八十年代母亲买来的闹钟
为我们敲过动人的鼓点，跑过时间的秘密
现在，它早已停摆
但许亲人自有命运，万物自归宿我们
我们不再为一些失去而感到悲哀

麦田的风衣人

那是用父亲遗留的衣服做成的
站在六月的麦田，比我更懂得坚守

望着它神态，空洞、木讷
母亲无助的替代，麦芒上的爱
我来不及喊疼

风吹麦浪，我还是一次次随从麻雀的坏脾气
还是旧时飞在老家的那一群
叽叽喳喳地叫，不懂事的老样子
总是喜欢蚕食，麦垄里的追逐留下空壳
多少次呼喊，风里的舞动，深埋在大地的疼痛无奈
对你的伤害，我总是无视

在生活里，我再已不是你疼爱的一群
再也不能吊在你的下颌上
扑棱着翅膀，我早已习惯了生活里的假象
一件风衣已不能使我逃离

在人间，我知道你追不上我
风吹麦浪，倒伏的爱和恨
漏出你瘦削的龙骨，空洞
也露出我生活的锋芒和伤痕
而我甘愿回到过去，被你捉在手里
一只麻雀，在六月的大地垂下它倔强的头

独居的母亲

年老独居的母亲，总爱讲起往事
她仿佛撬开了一道孤独厚重的大门
仿佛一下子回到了过去的时光
她讲起婚姻，说至今不懂什么爱情
"都是命里摊到的，
过长了谁都离不开谁"
说时，她褶皱的脸先是一场雪
而后开出三月的桃花
早逝的父亲，常常让她半夜梦中坐起，擦起眼泪

诗探索 11　作品卷　2018年　第 3 辑

她讲起生活的困难史，背着四岁的大姐到外村乞讨
一根打狗棍被狗拖走，她的眼神里至今带着
狗咬到她裤角的惊魂
命运留给她的贫穷，关节炎、胃溃疡、哮喘
像尾随她的那条黄狗，让她担惊受怕了一生
当她讲到一个人的命，流行于村庄的一场脑膜炎
村东沟相继抛掉的一个个死婴
她和父亲黑灯瞎火跑四十里的山路，
那个在县城医院起死回生的婴儿
就坐在她身旁，往往不耐烦的嫌她唠叨
像她的父亲，怀揣愧疚和慈爱
听着自己的女儿
在咿咿呀呀诉说时光里的疼痛和幸福

夏夜的一场雨突然使我难过起来

父母不在了，兄妹各奔东西
无人居住的老屋，无人倾听的雨
是多么孤独

雨打窗棂的声音，雨打瓦片的声音，
雨打水瓮的声音，雨打一个人梦境的声音
落汤的燕子落在屋梁
再也找不到，再也找不到往日的主人

谁来开通孤独堵塞的阳沟，不让一个人的梦翻船
谁来遮挡划过窗棂的闪电，不让一颗心撕开伤口
屋檐下淋湿翅膀的麻雀，在呼唤谁
躲在草垛里的黄鼠狼，那幽灵的目光在遥望谁

满院子孤独的朽木，一夜长出了
海螺的耳朵，在倾听——谁

春天的母爱

这个春天，对我们说这是多么欣慰的事：
小院的葡萄，月季，香椿，相继发芽了
这些家乡的亲人，土里土气，慈眉善面
还带着家乡的气息
去冬飞走的一对燕子又飞过来了
在小院里飞来飞去，可能还是老家走失的那一对
在这异乡的小城，一年你的心总算安下了家
我们共同悬着的心，也终于落了下来：
去年你那一次次的昏迷，谵语，忙乱
那个没暇顾及的春天，一个冬天我们担心的事
已在一场春雨里化解，结疤，并开出满院的鲜花
春雨刚过，空气新鲜
守着你墙外开出的一小块菜园
我们谈论乡下已开始插秧，麦子抽穗
父亲的坟墓一定发出比去年多的青草
你说，过了芒种要回一趟老家看看
哦，在这个春天，你还能享受这人间春光
我还能品尝着人世间的母爱
是多么幸福的事

作者简介

王长军，1950年出生，中国作家协会会员。历任黑龙江省作家协会全委会委员，黑龙江省散文诗学会副会长，齐齐哈尔市作家协会副主席，《青年文学家》杂志副主编、执行主编、编审。二十世纪八九十年代，在《诗刊》《人民文学》《中国作家》《诗选刊》《诗歌报》《诗林》《诗潮》《星星》《绿风》等刊物发诗。著有诗集《太阳相思症》《兑换梦境的时刻》《情域》等。

诗六首

王长军

天黑了

天黑了，榛子树难以预料自己的结果
草丛里，土地被萤火虫照亮
上帝依偎着众草，心事重重

无法看清上帝的表情
只有萤火虫带电，在黑暗中突围

天黑了，万物静息
为什么，上帝依然在夜色中
像一个寻找羊群的牧人

幻 境

河水流过来，河水又流下去
一块石头仓皇涉水

而后便轰然坍塌，破碎

后有追兵，花朵手执血刃
前有大河，能粉碎石头

我是泥做的
菩萨也是泥做的
面朝立锥之地
我和菩萨，双手合十
口吐莲花，不着一念

一棵药树和两滴泪

风儿病了
鸟儿病了
你说你就做一棵药树

你要是病了呢
我就做两滴雨
一滴把天空洗蓝
一滴把大地润湿

它被一只白鹭爱上了

他敬畏这样的场景——
太阳升起来了
太阳又落下去了
公羊命在旦夕
母羊正在生产

他蔑视这样的眼神——
半开半合，像云雾覆盖的陷阱
还有酒杯里的情话——

诗探索 11　作品卷　2018年　第 3 辑

一会儿用火给你降温
一会儿用冰给你加热

他是一个诗人
他刚刚和一只乌鸦失恋
又被一只白鹭爱上了

大街上，与一个塑料模特邂逅

我在大街上走，幽灵似的
看到商场橱窗里的塑料模特
一丝不挂，她的华服
人的虚伪的皮，一层又一层
被荒诞的肉体抢走

她就这样裸着，不用化妆品，不含排泄物
人啊，你的思想要是这样裸着该有多好

她一定在 T 型台上走过
夸张地，扭曲地，很艺术地走
现在，她累了，站在橱窗里小憩
等我，看我沉重地，蹒跚地，很世俗地走

大街上，与一个塑料模特邂逅
就像邂逅我梦中偷偷幽会的情人
从明天起，我注重仪表，刮掉络腮胡子
秃顶带上帽子，但我的思想不穿衣服

我要剪裁三尺阳光五尺月光，给她做披肩
我是加冕的君主，她是皇后，我们的臣民
大群的燕子和喜鹊
大群的虚词和形容词，包围我们
我们走，走进宫殿，走进落花，走进流水
走进石头，走进虚无缥缈的云雾

我们的脚印，留给了迷路的羊群和牛群

看见和看不见的

那些在时间里彰显的都是瞬间的
那些在冥冥处隐形的，都是永恒的
一个人无法看见自己死亡后的安静
就像宇宙看见自己从来没有活过

傍晚，我看见一张蛛网
却看不见我混乱的思维
我看见一杯酒，却看不见
酒杯里有多少五谷的冤魂
我看见一只桃子，却看不见
大地上有多少颗被咬碎的心

作者简介

伊岸，女，原名姜娜，1977年5月生，山东烟台人。现居青岛。

诗六首

伊　岸

谵妄症

　　只有你从我平静的言谈中
　　听出我的求救声
　　确信我在安然中奄奄一息

　　只有你决心不错过
　　我这来自异域的流浪儿
　　勇做无畏的癫狂之徒
　　欣然前往
　　我命运的风暴中心

　　你咀嚼淬毒的草叶为我疗伤
　　剜下我伤口的腐肉
　　它的刀锋游走在你的疼痛中

　　狂热的血沸腾在呓语中
　　爱的谵妄症患者
　　只在致命的高烧中
　　保有生命的体温

法　事

为了制衡命运的巫术
我强迫自己成为法师：
在水面上行走自如
被车马碾过，又完好无损
完整地拼贴起脱落的天空

前赴后继的黑蚁兵团
涌动在体内
勇气伸出强壮的胳膊
击碎扑面而来的厄运的下颌

烈马似的情欲无可驾驭
被浪漫主义气血推涌
奔向美和绝望的高空

我是自己的险地
我完成化险为夷的法事
七情六欲在体内
由斗士变成隐士，变成修士

血　肉

神态悍然似岩
心灵犀利如鹰隼

坚硬的时代
谁不迷恋冷血的骸骨？
谁不把爱的脂肉从骨上剔除？

若非遍布廉价的石头
怎知血肉的昂贵
若非濒临死之荒地

诗探索　11　作品卷　2018年　第 3 辑

怎甘沉沦于生之谜境

遍尝伤痛、易毁易朽
宁为沃土化身腐肉
不为成就化石
做苍白的骨头

喜欢阴天

天空不会像聚光灯
放大忧郁、错误
不必伴装有失分寸的狂热

在墙与墙之间
在陡峭的爱与意志中
深谙石头的沉默和阴影的深度
不必强烈到袒露，隐遁于丧失

越活越爱阴天
纠合尘霾、乱叶、苦涩的梦
人生从不纯粹得那么白
凄冷的灰，给脆弱的心套上西装

哭泣的雨

雨落在福佑之地和苦难之地
落在恋人和孤独者身上
落在毗邻哀号的大笑声上、毗邻生者的亡魂上

雨将悲苦封进泪中
行进在神迹和巫术共生的大地上
藏起黑袍下的隐痛

行色匆匆的雨中人
把泪封进雨中，把爱埋进夜色
他们身上来自远古地质的珠宝沉重地闪耀
更像心碎的泪珠

飘零的目光

我常在秋天想起一些人，他们飘零的目光
像年代久远的邮票贴满我的记忆
又被雨水淋湿

忧伤的、袒露心灵的目光
从遥远的过去望向我
满噙爱的泪水

我记得老者眼中平静的落日
记得倔强男子眼里永不熄灭的烛火

在懂得沉默的年纪
我们藏起身体里的风雪
读眼里的矿

短诗一束

生长意愿（外二首）

宁延达

我时常训诫儿子为何什么事都做不好
我忽略了他是个孩子是个未知
是张被我复制的白纸

他表面上从不反抗　要么成为你
要么成为我
羞愧时他那么接近我

有一次我翻看了他的日记
失败啊那里面根本没有我的影子
他的文字顽固又无畏

老鼠和连衣裙

我大概不属于这个时代
商场令人晕眩饭店令人作呕
我完全看不懂熙攘的人群为何
兴致盎然地群集在这里
通常这个时间
我喂完狗穿过社区的小径荡一会秋千
然后像一堆衣物堆在椅子上
一动不动盯着天空的星群

我还常常睡着在条形的长椅上
直到被风晃醒　露水悄悄篡改时间
有一天我发现了一只死鼠
它睡觉的姿势和我一模一样
有一天我发现了一条连衣裙
被遗落在秋千上　它松垮垮的样子
突然带给我一丝幻想

哦　我沉默着　老鼠和连衣裙
它们就在不远的之前
共同选择了脱离它们和我
都同时悄悄做着同样的事

装修队长

装修一栋房子　像装修一座寺庙
在某个房间中　我将抄下经典
那里面有静静的尼罗河绕过巨大的菩提树
我将在菩提伽耶裸露身体而不感到羞愧

有时候　厨房就是火焰山
书房就是五行山
有时候　我从城市中四处安放我的小爱
让它们变为渡河的浮筏
而我时常平躺在床上
如同躺在此岸有盐有味的沙滩

跳入河水的人　你们巨大的勇气令人叹服
我只有在路过的每座寺庙为你祈祷
我的手刷过粗糙的墙壁
打磨过顽固的石头
切割过死亡的木头
我最喜欢的莫过于描画菩萨的眉眼
佛陀的金身

仿佛我身上残留的一切罪恶
都会被慈悲的岁月原谅

诀别（外一首）

韦汉权

为什么每次诀别总要依依难舍
手指绕着手指
嘴角颤抖，似乎有千言万语
却找不到像诗的句子
而总要等到人走后
像脱节的链条，或分隔的脊骨
从桂西到粤东，这金属般的诺言
泛着银光。从那以后，我们人到中年
而为什么现在，我们的孩子又从村口出走
当我们从最后的送别队伍站起
我心急如焚的同时，天空已经布满飞羽
小溪水闪着莹莹磷光
像当年父亲望我的眼睛

致父亲

每日出没于山旮旯，你受制于石头
伤着心手的命水，被你执着
总有一条弯曲的小道让你不舍
漫山遍野的松涛，是飞不出去的鸟声
一只头羊，停在拗口，它休闲地反刍
坚韧的喉结涌动。一株玉米，在东一瓢西一瓢的
石山间修行。你头戴斗笠，在缺水的缝隙里刨挖
你心力交瘁，最后倒伏，成为其中的一块石头
石头最后长出碑文
碑文长出苔藓

苔藓上的滴滴露珠，就是我
为你流下的眼泪

她是一只啄木鸟（外一首）

康信明

她以为，她是一只啄木鸟
以头作喙，对着重症室的墙
一顿猛啄。她想叩开墙
把前几分钟的时光喊回来
她俩不再象征性地扶着
娘不再摔倒
手术创口处的导流管不被磕出
不再噗噗冒气
不再有那一阵慌乱，那一通惊叫
不再有病危通知
娘还好好地坐在床上

蹦蹦蹦，她听不见亲人们的
劝慰。她是想听见
墙能喊出疼痛
墙不喊
她就不停下来

喝药了

喝药的时候
你就去思考
思考复杂的命题
思考难缠的纠葛
思考陈年的旧账

思考揪心的焦虑
思考过不去的坎
思考挽不回的情

总有比难挨还难的过程
总有过程如白驹过隙按捺不住
总有按捺不住的悲高于预期
总有比预期更苦的苦
总有比苦更长的煎熬
总有比煎熬更彻骨的吞咽
总有比吞咽更凄惨的人生

在红崖峡谷（外一首）

王建峰

舍去葛罗槭树，舍去溪谷里的石头和草
水声和树荫都是深绿的
流水有爱意
溪瀑和溪瀑间是不老光阴
水声将我从山外唤来
又唤我赶往深处
林秀溪促成了我们的相遇
静谧，明亮
我们不说话，我们不过是沿着小径
捕捉着彼此眼神
光斑是温暖花朵
树丛里一声鸟鸣就是一声呼唤吧
说出来兴许就成了放纵
我最爱你落单在群树外
静如一枚葛罗槭树叶
在红崖峡谷里
悄然挂在枝头，秋风里拂动

向光阴鞠躬

中年岁月，我要向光阴鞠躬
一场巨大的秋收喧嚣
浩劫过后，田野里充斥着寂静
蓝天下，一览无余的虚空
镰刀舞动出弧线，一声声嘶喊，秸秆倒下的身影
茬子仍旧冒着搏杀的气息

我终于将饱满的自己呈给岁尾
似乎死过，仍旧活着，一颗跳动的心
唯有向光阴的静默
向这颗粒归仓的归途
鞠躬，致敬

朱家坪（外一首）

常桃柱

牛不多，只有八九头
马不多，只有一两匹
风起时，羊叫声传来，羊看不见
草太深，这里多的是草，多的是
长满草的山坡和山坡之上
几朵白云之外的蓝

这是夏日的午后，我爱你
酒杯中斟满了野草莓的甜香
我爱你，春天开过的花，现在还开着
我叫不出这些花的名字
只认得蒲公英和远处的洋芋花
一大片洋芋花的尽头，竹林中
几户人家，男人牧牛，女人锄豆

诗探索11 作品卷 2018年 第3辑

孩子们每天走过鲜花簇拥的小路
去山坡后的小学校读书，一路上
他们学会了画眉鸟和绿翅雀
关于春天的十二种唱法

苦荞村哑巴碑记

某男，苦荞村生长人氏
早产儿，三岁丧母
七岁丧父。先天性哑巴
终其一生，没有说出过
一句人间的苦，家贫
没上过学，家贫
没娶过媳妇，四十岁
和村人去缅甸
腹中藏毒，夜走山崖毛狗路
丧生大江，溅起几片月光
尸骨无存，同行二三村人
无一听见，哑巴喊疼
此乃苦荞村哑巴碑记
刻碑人，请轻一点刻
请刻浅一些，让这几行文字
尽早雨打风吹去，尽早
被村后发疯地开放的荞花
全部淹没

麦　地

木　易

麦田里的麦子重新熟了
除了你和我，没人明白那种等待收割的心情
你安慰着村庄，把我心中的那条河

洗得干干净净

那一年太漫长，太年轻

有些话还埋在土里，一辈子也没长出来

在我老后

留在麦地里的故事仍然被风吹着

沙沙地响着

你仍然戴着那顶草帽，穿着人生中

第一条裙子

村里的孩子们都朝我走来

身后的麦浪一波一波地荡起

登山记（外一首）

马小强

沿阶草，平常多见的植物

今晨，才知道它的名字

也许某天，在有着不同脾性

和相似容貌的同类中间，我们会

忘掉它的名字，像忘掉认识它的

那个庸常的早上，有着清脆

鸣叫声的鸟儿不见踪影

鸟鸣声穿透的晨光中，爬山人

内心起伏，一座高山在不经意间

走入爬山人火热的胸腔，脚下的大山

在不自觉的脚步声中矮下去

两座山尝试交换彼此的位置，交换

隐匿林中的小径、雀鸟，交换

潮湿的地藓和慌乱的脚印

交换大山不可度量的无限包容

山上平常多见叫不出名字的花草很多

我查询知道了另一种植物的名称

——三脉紫菀。它给这座山添加了
些许诗意，上山的路有些陡峭
这诗意让爬山人的脚步慢下来
初春的阳光也慢慢
慢慢洒落下来

回乡偶书

村庄变瘦了，村中的小学校
听不到儿童琅琅书声，院子里
杂草按自己想要的方式生长
这些可怜的杂草，再不会
伴着歌谣和唐诗翩翩起舞了
它们只会在风中不由自主地
摇摆，迫不得已地战栗
村头的老柳树也在风中战栗
它枯瘦得只剩下自己孤单的影子
那么多在它怀里午睡的人
游走他乡，找不到回家的路
回乡的路并未改道
路边的野草掩盖了拓宽的部分
当我们踏在野草上时
我们才知道，野草也是路
是回乡路不可或缺的部分

翻山越岭来看你（外一首）

吴小燕

梅花早就开过了
现在是满山的绿。无尽的蔚蓝
把诗人带到大地的餐桌

一只松鼠待在树洞注视了很久
你手中拿着还魂草在散步
阳光落在鸟鸣之上
我什么也不说
空着手就走出了山坳

此刻，请你原谅
我的爱和孤独
刚刚好。它们只够用来惊动
石头上怒放的野兰花

不一样的冬天

11月20日。大雨下了整整一天
女人们坐在老屋前
大声谈论
今年以来的天气
田园的收成以及一条河流的方向

炊烟袅袅挂上树梢
外婆种下的南瓜苗
早已爬上了猪舍
没有人在意。秋天已然走远

最小的妹妹就要踏上北上的列车
她黑框眼镜后面
是湖北一望无际的冬小麦
和村口老柿子树上跳动的红彤彤的喜悦

备忘录（外一首）

王彦山

车过太行山，小雪在心
群峰闪退，村庄浮上又沉下

河水闭门拒客，野兔误入空山
一只秃鹫在等仇人

风雪打脸，徒生凉薄
想起家中母亲，心远不过如此

丁酉冬月，天地入棺
一生已无白雪可跪

奢　华

想起在乡下的日子，每天
都有一片一片的庄稼，听从我的召唤。
我像君王一样，在蓝天下
随意挥洒着阳光以外的惬意

还有东山，只与我互邀
还有西水，只流我心中的汪洋
我无群无党，这就是我梦中的国度
牛牧草甸，水流鱼脊
白云每天都把天空擦得瓦蓝

那些小松鼠像旧亲戚
只为我押送单纯的痴妄
诗经与我无关，泰山是外省的
山脚下的野蔷薇不化浓妆

清风只为我露出小蛮腰

在最后的杨树林里
我只说飞鸟振翅，从不谈死亡

夜 空

吴友财

当我回首从前，总是想起它们
那些夜空。浩瀚深邃，无数会眨眼的星星陈列其中
整个夜晚我都在期待它们的碰撞，期待着会发生点什么
与我之间隐秘的私语，必然的偶遇。然而意外没有出现。
我还记得十岁左右的那个夏夜，那片夜空
布满密集的鱼鳞状的浮云，仿佛要将我带走，
隐匿其中。那是一种真实而迷惘的恐惧
我缩在庭院中央的木椅里，周围房屋与树木的阴影
向我迫近，啃噬着我的安全感。母亲从屋里走出来
让我回去睡觉，我得到解脱却又想多做些停留。
十八岁那年，我在镇上念高中，夜空是泛红的颜色
我从没见过。那时候空气中隐约有种煤炭燃烧的焦味
有一点点刺鼻，可是让我觉得舒坦，那时候的我
自负而偏执，敢爱敢恨，随时准备好来一次远行。
现在，我在尘世安顿下来，一切已过去
我可以感觉到身体里某种物质的
流逝，日复一日，像安静而从容的啃噬。以及某些物质的
侵入，毫无规律，像随时可能发生的碰撞。
我曾经凝视过的那些夜空，现在凝视着我。

到外面走走（外一首）

许天伦

在屋里待久了，就想到外面走走
没有目的地，更没有方向
东南西北，只是想这样
随便走走

深吸一口新鲜空气，望一望被白云装点的蓝天
使锈迹斑斑的躯体在阳光下晒一晒
忽然间，一只蚂蚁夹着食物
我能听见它触角发出的细碎声
霜化作露珠从草尖上滑落
我能看到它与大地的撞击

到外面走走，没有目的的走走
夜晚，我会将所见所闻带回来
在星月之下，塑造着另一个世界

一群蚂蚁

一群蚂蚁在我脚下忙碌
那么认真，那么专注

它们排着整齐的队形，像是最接地气的文字
在这并不显眼的地方，创作着
被人冷落的一首诗

它们身上携带着泥土的味道
弱小的体型，比我更加卑微
那挑剔的日光
却找不出它们有一丝阴影

滚动在大地之上的车鸣、犬吠，和鞋子快速跑过
溅起的水花
都惊动不了它们的从容

此刻，我专注着蚂蚁的专注
恍如正在观看一部揭示生活的
无声底片

母难日

何铜陵

在野外地质队，六二年的狮子山下
母亲挺着大肚子，在山沟沟里拾柴
她准备给父亲烧晚饭
父亲就在对面山头钻探
他说快要见矿了，快要搬迁了
母亲嘀咕着"总要搬家，家总在路上"
突然天响炸雷，惊得母亲瘫倒下去
我呱呱落地，准确地说我先没有啼哭
母亲孤立无援，她只好自己咬牙坐起来
又倒了下去
她的脸上分不清雨水汗水
屁股下混合着血水羊水
被大雨冲得恣意，蒸腾腥气
她顽命地疯狂地拗断身边的树枝
那锯状形似匕首的树枝
割着热乎乎的脐带，那端是一个皱巴巴的小生命
是她的宝贝和希望
自始至终　她都没有大喊大叫
也充耳不闻树林深处的狼嗥声
她倒悬着婴儿，拍打生命的宣言
脸色如萱草花一样蜡黄而凄美

诗探索 11　作品卷　2018年　第 3 辑

个碧石铁路对一列火车的思念（外一首）

武德忠

临安车站以东，
个碧石铁路依旧匍匐在
大地上　侧耳倾听并思念
亲吻过他百年的火车。

或曲或直，
一块木枕一块木枕地想；
一个车站一个车站地想。
由南营寨到五里冲，
由城里想到城外；
由大田山到石岩寨，
由建水想到个旧；
由鸡街到碧色寨，
由个旧想到蒙自。
一根铁轨接一根铁轨地想；
一个村庄接一个村庄地想。
直到木枕腐朽
铁轨生锈。

想轮子清纯的吻；
想汽笛热烈的爱；
想火车头胸膛里
炉火滚烫的暖。
但除了小草知道他的心思，
飞鸟知道他的寂寞，
路过的人也只知道他
日渐苍老的面容。

个碧石铁路对一列火车的思念

是一个时代对另一时代的思念
是一个人对另一个人的思念。

修　剪

我在老家的院子里
修剪果树的枝叶。
就连最高的那点寄生的叶片，
也不放过。
有人劝我不要修剪了，
我还是固执地修剪得
干干净净。
她不知道　这是我十六岁时，
种下的石榴树，
它一直代表我在老家的院子里生活。
我不能容忍一丁点的杂物
寄生在树上，
就像我不能容忍
丝毫的杂念，
占据我的
心灵一样。

风吹过，树仍在

庞　白

凉风盖过秋天
淹过两双单薄、迷茫的眼神
两个人远隔千里
握手。问候。心有牵挂
像两棵树

诗探索11　作品卷　2018年　第3辑

他们是秋天山坡上站着的两棵树
身边除了杂草，再没有更高的绿色
没有高山突起
滔滔逝水，也没有天外来音和地底的轰隆
春过，夏过，现在秋天也快过去了
秋天终将过去，迷茫终将重返
迷茫在每个清晨，终将披上单薄的身躯

凉风盖过秋天，吹过山坡
甚好。我把风吹过山坡
想象成风吹过他们头顶，吹过千里沃野
吹走世间最后一丝热气
然后，去到千里之外他们门前
风在似开似闭的门前
如昼夜奔赴后的老人
蹲下来，便一动不动了
而门板似乎正好接过它们的班
一开一合
仿佛风刚从它们前额吹过
现在吹到背后

诗歌作品展示

诗探索 11 作品卷 2018年 第 3 辑

【编者按】

中国新诗百年来受到了世界先进文化和优秀诗人的众多启示，经典的翻译作品对中国一代又一代诗人们的创作影响也是不可忽略的。

下面这些经典的翻译作品值得我们反复阅读，正如我们的古典诗词一样，我们相信它们会不断地带给我们新的启示。

经典译诗重读(之二)

叶　芝〔英国〕

威廉·勃特勒·叶芝(1865—1939)，现代英国著名抒情诗人，1923年获得诺贝尔文学奖。

当你老了

当你老了，头白了，睡思昏沉，
炉火旁打盹，请取下这部诗歌，
慢慢读，回想你过去眼神的柔和，
回想它们过去的浓重的阴影；

多少人爱你年轻欢畅的时辰，
爱慕你的美丽，假意或真心，
只有一个人爱你那朝圣者的灵魂，
爱你衰老了的脸上的痛苦的皱纹；

垂下头来，在红光闪耀的炉子旁，
凄然地轻轻诉说那爱情的消逝，
在头顶的山上它缓缓踱着步子，
在一群星星中间隐藏着脸庞。

（袁可嘉　译）

弗罗斯特（美国）

罗伯特·弗罗斯特(1874—1963)，二十世纪美国最杰出的诗人之
一。

未选择的路

黄色的树林里分出两条路，
可惜我不能同时去涉足，
我在那路口久久伫立，
我向着一条路极目望去，
直到它消失在丛林深处。

但我却选了另外一条路，
它荒草萋萋，十分幽寂，
显得更诱人、更美丽，
虽然在这两条小路上，
都很少留下旅人的足迹；

虽然那天清晨落叶满地，
两条路都未经脚印污染。
呵，留下一条路等改日再见！
但我知道路径延绵无尽头，
恐怕我难以再回返。

也许多少年后在某个地方，
我将轻声叹息把往事回顾，

一片树林里分出两条路——
而我选了人迹更少的一条，
从此决定了我一生的道路。

（顾子欣　译）

史蒂文斯（美国）

沃莱士·史蒂文斯（1879—1955），美国现代诗人。1955年获得普利策诗歌奖。

看一只黑鸟的十三种方式

I
二十座雪山之中，
唯一移动之物
是黑鸟的眼。

II
我有三种心思，
像一棵树
里面有三只黑鸟。

III
黑鸟在秋风里盘旋。
它是哑剧的一个小角色。

IV
一个男人和一个女人
是一。
一个男人和一个女人和一只黑鸟
是一。

诗探索11　作品卷　2018年　第3辑

V

我不知道该偏爱哪个，
是变调之美
还是暗讽之美，
是啸鸣的黑鸟
还是随后的。

VI

冰柱给长窗装满了
野蛮的玻璃。
黑鸟的影子
穿过它，来来回回。
情绪
在影子里追溯
一个难解的缘由。

VII

哦，哈达姆的瘦人，
为什么你们要想象金鸟？
你没有看见黑鸟是如何
绕着你身边
女人的脚在走么？

VIII

我知道高贵的重音
和明晰的、不可避免的节奏；
但我也知道
黑鸟和
我所知道的有关。

IX

当黑鸟飞出了视野，
它为许多圆圈中的一个
标出了边缘。

X

看到黑鸟
在绿光里飞，
连悦耳之音的老鸹
也会尖叫起来。

XI

他穿越康涅狄格州
乘一辆玻璃马车。
一次，一份恐惧刺穿了他，
其实他误把
他座驾的影子当成了
黑鸟。

XII

河在动。
黑鸟必定在飞。

XIII

整个下午都是黄昏。
在下雪
并且还会下雪。
黑鸟栖
在雪松枝间。

（陈东飚　译）

帕斯捷尔纳克（俄罗斯）

鲍利斯·列奥尼多维奇·帕斯捷尔纳克（1890—1960），俄罗斯作家、诗人、翻译家，1958年获得诺贝尔文学奖。

诗探索 11　作品卷　2018年　第 3 辑

二　月

二月。墨水足够用来痛哭，
大放悲声抒写二月，
一直到轰响的泥泞，
燃起黑色的春天。

用六十戈比，雇辆轻便马车，
穿过恭敬、穿过车轮的呼声，
迅速赶到那暴雨的喧嚣
盖过墨水和泪水的地方。

在那儿，像梨子被烧焦一样，
成千的白嘴鸦
从树上落下水洼，
干枯的忧愁沉入眼底。

水洼下，雪融化处泛着黑色，
风被呼声翻遍，
越是偶然，就越真实。
并被痛哭着编成诗章。

（荀红军　译）

索德格朗(芬兰)

伊迪特·伊蕾内·索德格朗(1892—1923)，芬兰著名的瑞典语女诗人。

冷却的白昼

一
临近黄昏时白昼冷却下来……
汲取我的手的温暖吧，

我的手和春天有同样的血液。
接受我的手，接受我苍白的胳膊，
接受我那柔弱的肩膀的渴望……
这感觉有点陌生
你沉重的头靠在我胸前，
一个唯一的夜，一个这样的夜。

二
你把爱情的红玫瑰
置于我清白的子宫——
我把这瞬息凋谢的红玫瑰
紧握在我燃烧的手中……
哦，目光冷酷的统治者，
我接受你给我的花冠，
它把我的头压弯贴近我的心……

三
今天我头一次看见我的主人；
战栗着，我马上认出了他。
此刻已感到他沉重的手在我轻柔的胳膊上……
我那银铃般少女的笑声，
我那头颅高昂的女人的自由在哪儿？
此刻我已感到他紧紧地搂住我颤抖的身体，
此刻我听到现实那刺耳的音调
冲击我脆弱的梦、脆弱的梦。

四
你寻求一枝花朵
却找到一棵果实。
你寻求一注泉水
却找到一片汪洋。
你寻找一位女人
却找到一个灵魂——
你失望了。

（北岛 译）

诗探索
11

作品卷

2018年

第3辑

洛尔迦(西班牙)

费德里科·加西亚·洛尔迦(1898—1936)，二十世纪西班牙优秀诗人。

海水谣

在远方，
大海笑盈盈。
浪是牙齿，
天是嘴唇。

不安的少女，你卖的是什么，
要把你的乳房耸起？

——先生，我卖的是
大海的水。

乌黑的少年，你带的什么，
和你的血混在一起？

——先生，我带的是
大海的水。

这些咸的泪水，
妈啊，是从哪儿来的？

——先生，我哭出的是
大海的水。

心儿啊，这苦味儿
是从哪里来的？

——比这苦得多呢，
大海的水。

在远方，
大海笑盈盈。
浪是牙齿，
天是嘴唇。

（戴望舒　译）

塞弗里斯（希腊）

塞弗里斯(1900—1971)，希腊著名诗人、散文家和外交家。1963年获诺贝尔文学奖。

大海向西

大海向西同一列山脉相会合。
南风在我们左边吹着，刮得我们恼火极了，
是那种切肤刺骨的风啊！
我们的房子在松树和角豆树中间。
高大的窗户，宽大的方桌，
让我们给你写信，到如今已写了这么久；
那些信投入了分隔我们的裂缝中，
为的是将裂缝填平。

启明星，当你俯下你的眼睛，
我们的光景便那么甜蜜，胜过那
涂在伤口上的油膏；那样欢欣
胜过浸润舌根的凉水；
那样宁静，胜过天鹅的羽翼。
你把我们的生活掌握在你的手心。
吃过流亡的苦果以后，在晚上，
只要我们留在那粉墙的前面，
你的声音便如希望之火来迎接我们；
而这风又开始呜咽，
像把剃刀刮着我们的神经。

诗探索 11　作品卷　2018年　第 3 辑

我们每个人都给你写同样的东西，
每个人都在别人跟前沉默不语，
每个人都各自守望着同一个世界，
守望着山脉上的白天和黑夜，
守望着你。

谁来揭掉我们心上的忧愁呢？
昨夜一场大雨，今朝又是那样，
满天乌云紧压着我们。我们的思想——
好比昨天那松针般的雨脚纷乱如麻，
它们被捆着不用，放在我们的门旁——
准会堆成一座崩溃的高塔。

在这些大部被毁灭了的村子中，
在这面对海风的海岬——
它的山脉在我们前面遮蔽着你——
谁来为我们计算我们决定忘记所要付出的代价？
谁将接受我们的奉献，在这秋季的末尾？

（李野光　译）

沃　伦（美国）

罗伯特·佩恩·沃伦（1905—1989），美国第一任桂冠诗人。

世事沧桑话鸟鸣

那只是一只鸟在晚上鸣叫，认不出是什么鸟，
当我从泉边取水回来，走过满是石头的牧场，
我站得那么静，头上的天空和水桶里的天空一样静。

多少年过去，多少地方多少脸都淡漠了，有的人已谢世，
而我站在远方，夜那么静，我终于肯定
我最怀念的，不是那些终将消逝的事物，

而是鸟鸣时那种宁静。

（赵毅衡　译）

埃利蒂斯（希腊）

奥迪塞乌斯·埃利蒂斯（1911—1996），希腊诗人。1979年获得诺贝尔文学奖。

疯狂的石榴树

在这些刷白的庭园中，当南风
悄悄拂过有拱顶的走廊，告诉我，是那疯狂的石榴树
在阳光中跳跃，在风的嬉戏和絮语中
散落她果实累累的欢笑？告诉我，
当大清早在高空带着胜利的战果展示她的五光十色，
是那疯狂的石榴树带着新生的枝叶在蹦跳？

当赤身裸体的姑娘们在草地上醒来，
用雪白的手采摘青青的三叶草，
在梦的边缘上游荡，告诉我，是那疯狂的石榴树，
出其不意地把亮光照到她们新编的篮子上，
使她们的名字在鸟儿的歌声中回响，告诉我，
是那疯了的石榴树与多云的天空在较量？

当白昼用七色彩羽令人妒羡地打扮起来，
用上千支炫目的三棱镜围住不朽的太阳，
告诉我，是那疯了的石榴树
抓住了一匹受百鞭之笞而狂奔的马的尾鬃，
它不悲哀，不诉苦；告诉我，是那疯狂的石榴树
高声叫嚷着正在绽露的新生的希望？

告诉我，是那疯狂的石榴树老远地欢迎我们，
抛掷着煤火一样的多叶的手帕，

诗探索 11　作品卷　2018年　第 3 辑

当大海就要为涨了上千次，退向冷僻海岸的潮水
投放成千只船舶，告诉我
是那疯狂的石榴树
使高悬于透明空中的帆吱吱地响？

高高悬挂的绿色葡萄串，洋洋得意地发着光，
狂欢着，充满下坠的危险，告诉我，
是那疯狂的石榴树在世界的中央用光亮粉碎了
魔鬼的险恶的气候，它用白昼的橘黄色的衣领到处伸展，
那衣领绣满了黎明的歌声，告诉我，
是那疯狂的石榴树迅速地把白昼的绸衫揭开了？

在四月初春的裙子和八月中旬的蝉声中，
告诉我，那个欢跳的她，狂怒的她，诱人的她，
那驱逐一切恶意的黑色的、邪恶的阴影的人儿，
把晕头转向的鸟倾泻于太阳胸脯上的人儿，
告诉我，在万物怀里，在我们最深沉的梦乡里，
展开翅膀的她，就是那疯狂的石榴树吗？

（袁可嘉　译）

辛波丝卡（波兰）

维斯瓦娃·辛波丝卡（1923—2012），波兰女诗人、翻译家，1996年获得诺贝尔文学奖。

种种可能

我偏爱电影。
我偏爱猫。
我偏爱华尔塔河沿岸的橡树。
我偏爱狄更斯胜过陀思妥耶夫斯基。
我偏爱我对人群的喜欢
胜过我对人类的爱。

我偏爱在手边摆放针线，以备不时之需。
我偏爱绿色。
我偏爱不抱持把一切
都归咎于理想的想法。
我偏爱例外。
我偏爱及早离去。
我偏爱和医生聊些别的话题。
我偏爱线条细致的老式插画。
我偏爱写诗的荒谬
胜过不写诗的荒谬。
我偏爱，就爱情而言，可以天天庆祝的
不特定纪念日。
我偏爱不向我做任何
承诺的道德家。
我偏爱狡猾的仁慈胜过过度可信的那种。
我偏爱穿便服的地球。
我偏爱被征服的国家胜过征服者。
我偏爱有些保留。
我偏爱混乱的地狱胜过秩序井然的地狱。
我偏爱格林童话胜过报纸头版。
我偏爱不开花的叶子胜过不长叶子的花。
我偏爱尾巴没被截短的狗。
我偏爱淡色的眼睛，因为我是黑眼珠。
我偏爱书桌的抽屉。
我偏爱许多此处未提及的事物
胜过许多我也没有说到的事物。
我偏爱自由无拘的零
胜过排列在阿拉伯数字后面的零。
我偏爱昆虫的时间胜过星星的时间。
我偏爱敲击木头。
我偏爱不去问还要多久或什么时候。
我偏爱牢记此一可能……
存在的理由不假外求。

（陈黎、张芬龄　译）

诗探索11　作品卷　2018年　第3辑

赖　特(美国)

詹姆斯·赖特(1927—1980)，与罗伯特·勃莱一起创建"深度意象"诗歌流派的美国诗人。

在明尼苏达州的松树岛威廉·达菲农庄躺在吊床上作

头上，我看见青铜色的蝴蝶
沉睡在黑色的枝头，
在绿荫中被风吹动，像片叶子。
山谷下，空房子的后面
牛铃一声接一声
走进晌午的深处。

我的右边，
两棵松树下，铺满阳光的田里，
去年马匹遗下的粪堆
发出火光，变成金色的石头。
我仰身向后，当暝色四合，
一只幼鹰滑过，寻找它的家。
我已虚度了一生。

（赵毅衡　译）

唐纳德·霍尔（美国）

唐纳德·霍尔(1928—2018)，美国14届桂冠诗人。

踢树叶

一

踢树叶，十月里的一天，在安阿伯
我们看完比赛，一起走回家，

天色黑如煤炱，空中饱含雨意；
我踢枫树的叶子，红的有七十种层次
黄的像张旧报纸；杨树的叶子，既脆又白
还有榆树叶，像注定要灭绝的种族的破旗
我踢树叶，发出一种我熟悉的声音
当树叶从我的靴前盘旋升起
然后纷纷落下，于是我记起
有几年的十月，在康涅狄格我走去上学
穿一件灯芯绒扎口中裤，它飕飕的
发出一种像是树叶的声音，还有一个星期天
在新罕布什尔一条土路边
我在摊子上买了杯苹果酒；1955年秋天
在马萨诸塞。我踢树叶，心里明白
树叶落完时我的父亲就会离开人间。

二

每年秋天，在新罕布什尔
我妈妈长大的农场里，她是个农村姑娘
我外公外婆，干完秋天的活计，把最后一批蔬菜
从冰冷的地里收回，做好蜜饯、块根、苹果
也都在厨房底下的窖里藏好，这时候外公
就把树叶围拢在农舍的墙根
算是秋天的最后一项杂活。
有一年十一月我从大学开车去看他们
我们用很大的木锹，夏天收干草的那种
把树叶收拢到屋子的一边
紧挨着花岗岩房基，然后，不让树叶飘散
我们砍下云杉树枝让它们压住树叶
绿颜色衬在红颜色上面，最后
农舍给披得严严实实，下雪天也不怕
雪会把树叶冻坚实，像条硬邦邦的裙子
然后我们哈着气穿过棚屋的门
脱掉靴子和大衣，搓着手

诗探索
11

作品卷

2018年

第3辑

坐进厨房的摇椅。边摇晃边喝
外婆煮的黑咖啡，三个人紧挨着坐着
默默无言，在灰蒙蒙的十一月里。

三

小时候，一个星期六，那还是战前
我父亲中午从办公室回到家里
他穿一件贝茨球衣，红地黑条
上面印了交叉的冰球棍，他把树叶
拢到后院我的身边，他抱着我在树叶堆里翻滚
哈哈大笑，举着我，哈哈大笑，我头发里满是树叶
来到厨房窗前，在那儿，母亲能看见我
她微笑，做着手势，让把我放下
担心我会摔伤碰破。

四

今天我又踢树叶了，当我们看完比赛，
一起步行回家，周围都是人群
手里拿着鲜艳的三角旗。纷繁，艳丽和树叶一样
我女儿的头发是白桦树叶的那种
红棕色，她苗条挺拔的像白桦树
还在长高，十五岁，正在成长；而我的儿子
漂亮俊秀像一棵枫树，二十岁
从大学里回来看我们，他走在前面
脚步是跳跃式的，急不可耐
要到世界的各处森林里去旅行。
如今我在安阿伯看着他们，从紧挨着简易房的一堆树叶旁
从马路对面的一所学校里
他们在这里学会了认字
他们挥手，随着距离加大而形体变小
但我知道是我，在抽搐，而不是他们，
是我先要埋进树叶堆走，他们接着要走的路，

在若干个十月，在若干个年头之后。

五

今年，树叶坠落时，诗歌回来了
一边踢树叶，我听见树叶在讲故事
我回忆着什么，也因此向前眺望
并且在营造垂死的屋舍，我抬头朝枫树仰望
找到了他们，那些光明愿望的元音
我原以为它们已永远消失不见
这里鸟儿在歌唱我爱你，我爱你
摇晃着黑色的头
左、右、右、左，它的红眼睛没有眼帘
经过多年的冬天，它冷得像是铁丝网的滋味
像空心砖的乐音。

六

踢着树叶，我揭开了坟墓的顶，
我外公七十七岁时去世，在三月
正是树液涌流时，我记得父亲二十年前
咳得太厉害时死去，五十二岁，在郊外
一所房子里，啊，我们那时
撒了多少树叶在空中，它们在我们身边翻滚，飘飞
又漫漫落下，像是瀑布里的水，当时
我们一起走在哈姆登，那是在战前，约翰逊的池塘
还没有被房屋侵占，我们手拉手，潮湿的空气里有树叶
燃烧的气味，再过六年我也要五十二岁了。

七

此刻我倒下去，此刻我跃起复又倒下
来体会树叶怎样被我的身体压碎
体会我身体的浮力，在树叶的海洋里

在它们的黑夜里，这黑夜吞吐着死亡与离别
像海洋一样动荡，啊，这朝着树叶的手臂
朝着树叶温柔的怀抱的跌落有多少甜美
脸朝下，我朝树叶堆深处走去，像一片羽毛
呼吸着枫树的辛辣香味，用几下
有力的滑动游向十月的末尾
那里农庄蜷缩，以对付冬天，热气腾腾的汤
发出洋葱和胡萝卜的香味
扑向潮滋滋的帘子和窗户，透过窗户
我能看见枫树高而光秃的枝干
橡树残留着三五片黄叶，它们饱经风霜
而云杉，还保持着几分苍翠
此刻我跃起又倒下，兴高采烈，因为我健康恢复
离开了死亡，也因为死亡，因为与死者打成一片
重新与树叶的气息与滋味打成一片
还与欢乐，唯一持久的欢乐，参加到
树叶的故事里去的那种欢乐。

（李文俊　译）

加里·斯奈德（美国）

加里·斯奈德(1930—　)美国二十世纪著名诗人、"垮掉派"代表诗人之一。

我走进麦夫芮克酒吧

我走进新墨西哥州
伐明顿的麦夫芮克酒吧
喝了双份波磅酒
接着喝啤酒。
我的长头发在帽沿下卷起
耳环扔在车上。

两个牛仔在台球桌旁

摔跤，

一个女招待问我们

从哪里来？

一支西部乡村乐队开始演奏

"在马斯科基，我们不吸玛利华纳大麻"

下一首歌曲响起时，

一对男女开始跳舞。

他俩搂在一起，像五十年代

高中生那样扭动；

我想起我在森林干活的日子

还有俄勒冈马德拉斯的酒吧。

那些短发一样短暂的喜悦和粗糙——

美国——你的愚蠢。

我几乎可以再一次爱上你。

我们离开——上了高速公路的辅助道——

在粗犷而衰弱的星星下——

峭壁阴影

使我清醒过来，

该干正经活了，干

"应该干的活"。

无论什么，别在意

（郑敏　译）

沃兹涅先斯基（苏联）

沃兹涅先斯基（1933—2010），苏联著名诗人，"高声派"诗歌的重要代表。

诗探索 11　作品卷　2018年　第 3 辑

戈　雅

我是戈雅，
敌人飞落在光秃秃的原野上
啄食我的眼窝。
我是痛苦，
我是战争的声音。
一些城市烧焦的木头
在四一年的雪地上。
我是饥饿，
我是那
身子像钟一样挂在空旷的广场上
被敲打的被吊死的女人的喉咙⋯⋯
我是戈雅，
啊，复仇啊！
我使不速之客的灰烬
像射击似的向西方卷去。
并在那作为纪念的头上像钉钉子一般钉上了
结实的星星。
我是戈雅。

（秀公　译）

卡　佛(美国)

雷蒙德·卡佛（1938—1988），美国当代著名短篇小说家、诗人。

我父亲二十二岁时的照片

十月。在这阴湿，陌生的厨房里
我端详父亲那张拘谨的年轻人的脸。
他腼腆地咧开嘴笑，一只手拎着一串
多刺的金鲈，另一只手
是一瓶嘉士伯啤酒。

穿着牛仔裤和粗棉布衬衫，他靠在
1934 年的福特车的前挡泥板上。
他想给子孙摆出一副粗率而健壮的模样，
耳朵上歪着一项旧帽子。
整整一生父亲都想要敢作敢为。

但眼睛出卖了他，还有他的手
松垮地拎着那串死鲈
和那瓶啤酒。父亲，我爱你，
但我怎么能说谢谢你？我也同样管不住我的酒，
甚至不知道到哪里去钓鱼。

（舒丹丹　译）

布罗茨基（苏联）

约瑟夫·布罗茨基（1940—1996），俄裔美国诗人，散文家，生
于列宁格勒一个犹太家庭，1987年获得诺贝尔文学奖。

黑　马

黑色的穹窿也比它四脚明亮。
它无法与黑暗融为一体。

在那个夜晚，我们坐在篝火旁边
一匹黑色的马儿映入眼底。

我不记得比它更黑的物体。
它的四脚黑如乌煤。
它黑得如同夜晚，如同空虚。
周身黑咕隆咚，从鬃到尾。
但它那没有鞍子的脊背上
却是另外一种黑暗。
它纹丝不动地伫立。仿佛沉睡酣酣。

它蹄子上的黑暗令人胆战。

它浑身漆黑，感觉不到身影。
如此漆黑，黑到了顶点。
如此漆黑，仿佛处于针的内部。
如此漆黑，就像子夜的黑暗。
如此漆黑，如同它前方的树木。
恰似肋骨间的凹陷的胸脯。
恰似地窖深处的粮仓。
我想：我们的体内是漆黑一团。

可它仍在我们眼前发黑！
钟表上还只是子夜时分。
它的腹股中笼罩着无底的黑暗。
它一步也没有朝我们靠近。
它的脊背已经辨认不清，
明亮之斑没剩下一毫一丝。
它的双眼白光一闪，像手指一弹。
那瞳孔更是令人畏惧。

它仿佛是某人的底片。
它为何在我们中间停留？
为何不从篝火旁边走开，
驻足直到黎明降临的时候？
为何呼吸着黑色的空气，
把压坏的树枝弄得瑟瑟发响？
为何从眼中射出黑色的光芒？
它在我们中间寻找骑手。

（吴笛　译）

检察官文联文学协会诗人作品小辑

嗨一碗月亮大的酒（组诗）

刘红立

诗探索 11　作品卷　2018年　第 3 辑

九行诗

五月十九日，黉夜，怀春的猫

九只，初夏的小区是它们的暖床

交欢似乎是美妙的，但有十之八九的深呼吸被人们拒绝

一个人坐在九个书柜的写字桌前

试图用九根手指同时敲打青蛙的腮帮和蟋蟀的薄翅

留一根伤残的大拇指连续按九次回车键，节奏不分明

但统统九声一行。他要赶在天亮前

写一首九行的小诗，烟缸里

缥缈谐音的心绪，猫声正在撤离

嗨一碗月亮大的酒，醉倒在秋风的草原

可以在一阵秋风中醉倒的

除了你我，还有哪一个

没有，没有看见风吹草低，一次也没有

一台孤零零的康拜因，不歇气地吼

噪音低沉，重复一支酒后的歌

像一只落日下的狗，撵着自己影子晕转
没有，没有哪一片绿色不清醒，露珠滚落之前
与山坡、树木以及潇洒的鹰——作别
被打捆成一团团草垛之后，再大的风
也奈何不了一地冬寒的敦厚

有羊群一直撕扯着我肤色的地毯
有奶牛左顾右盼，移动一只草地圆晕的眸子
有彪马一派野性扬尘的节奏
有寂寥，踱去了一阵由蓝至黑的碎步
一种黯淡，直到辽远

要醉，就一定要靠着草堆
吼一声草原的母语
再嗨一碗月亮大的酒

中　年

下午茶的时间
被挤进了地铁

所有的速度
低于嘈杂
低于墙壁上恍惚的广告
低于那人
低于欲出未出的轨道
低于地面突如其来的雨，被挟持
在双轨更低处

并行不悖的躁动，就这样
成为彬彬有礼的同义词
远方鱼鳞云下
一句低于尘埃之语

"太拥塞了"

雨 水

傍晚了，我要赶在雨水之前
和一群奔向东南的河流会晤
水自泱泱，带着雪山和神灵

岸边招摇的玉兰，口吻洁白
幽幽然，大雁已经启程
尽管天空灰蒙，漂浮的都是宿命

就像老去的树枝，楼群雕塑夜幕
有些散步者，穿过粼粼波光
在我看不到的小区和街道，空余华灯

丁酉冬至的城市街沿

丁酉冬至
城市街沿。一拨又一拨尾气
吊诡的
红黄绿

中国式过街，肯定是个伪命题
横冲直撞的不相信
空中孤悬的萧瑟也不相信

只有打桩机、搅拌机和运渣车
目空一切
安全帽、水杯和饭盒
塑料再生奴婢和帮凶的同体。垃圾桶既倒

粉尘缩写成一个洋名 ,PM
三围清晰，从 1.0、2.5、10 以至
若干
天上人间，各取所需

惶惶然，城市，有时候像一棵站不稳鸟声的树
一根爬满苔藓的电杆，一座不断膨胀的综合体
庞大得手脚无措，又脆弱得，担不起一地玻璃

夜航班

起飞以后，云层很快裹紧了黑袍。只有我举起食指
摁亮头顶的一束光柱，聚拢双手摊开的书页
——《不安之书》，这是见君酒后的一次豪放
以后多次索要，被我拒绝——就算是巧取豪夺
不会还你的！
（他说这是他的信物）
外界的黑暗，使我心不在焉
天际开始变换颜色。世界一定是一块生日蛋糕
一层一层的
其实，更像我曾经生活了很长时间的那座城市
它把侏罗纪时期的恐龙当成坐垫，压在坦荡的臀部下
一层一层的
和我正在飞离的伊春如此有缘
橘红，猩红，蔚蓝，淡蓝……一列云，像赶路的胡须或者白发
和我相向而过。它们多么飘逸，而我的
像结了霜的松针
"像喀喇斯湖的晚霞，我从没看见过这么美的云彩"
不理睬旁边女人的自言自语，即便是浓郁香水味
想套近乎。我想起见君
在饭桌上也对人说过类似的话——他最近腿不好
却劝别人别去任何景点
"见过喀喇斯湖的晚霞，再没有其他景色"

可是汤旺河呢？

作者简介

　　刘红立,笔名老房子,四川西昌人。中国检察官文联文学协会副会长,四川省检察官文联主席。诗作散见《星星》《诗探索》《草堂》等刊物,有诗入选各种年度选本。出版诗集《你走以后》(四川大学出版社2014年3月第1版),《低于尘埃之语》(四川文艺出版社2017年8月第1版)两部。

我经常披着羊皮写诗(组诗)

苗同利

白　露

一只绿蚂蚱飞落在我左胳膊上

我没驱赶。

并不是说我心地有多么菩萨
或因为我精读过《金刚经》《般诺波罗蜜多心经》
《圣经》。崇尚素食　敬畏生命

白露已经三天。贡格尔草原
矮韭　沙葱　羊胡子　冷蒿　短花针矛
野荞麦　锦鸡儿
都在论分论秒论颗粒结籽。

这几天
云朵成群　醉卧山坡
我的羊
眼神焦黄　埋头吃草　准备一口气吃到来世

它们知道时令。知道

每一颗露珠都可能是谁最后的晚餐　秋风
很容易跟一片草叶　跟夜
冻在一起

木　耳

是的。有的植物不永远地死
不死一次

椴树死到第五个年头
从骨头里长出黑肉长出耳朵
听风。也听自己

伊春
风有的是心气儿打磨李白

它穿着森林里针叶阔叶
穿着回龙湾的溪水。穿着云朵
穿着我。穿着
广场上唯一一面国旗

在原始森林
我突然发现自己是一个外人
已经

去世多年

那　灯

夜闷湿　能攥出水
北斗定位　天空寂寥　适宜观赏

检察官文联文学协会诗人作品小辑 诗歌作品展示

鹧鸪一声　阴山深了千尺万尺
溪水一笔一笔流到山外　夜轻了
像一片落叶在水面漂浮

我好像比夜还轻。
比一滴墨　比一个字　比流浪狗的
冷吠和球兰没道理的花香更轻

夜一分为二。
台灯一半　闲书一半

当我读到
"那灯　照着吉卜赛荒凉的胸口　她代人回忆"

我回到岸。回到
比夜更黑　更暧昧的地方

在达拉特旗田家营子

我来得不是时候。冷风夹杂着雪片
把田家营子第一把屠刀磨得锋利无比

马老二杀红眼了　一身血渍　拎着月牙形
蒙古弯刀　从一个羊圈走向另一个羊圈

羊一会儿被拖走一只。
马老二叼着刀子　双手死死锁住一只
三岁绵羊的犄角

一个羯子
弓着腰身使劲后撤硬扛着不走。这个从小
失去性别的羊性情温和作风正派
在跟马老二拔河较量中　右后脚一只皮鞋底子
生生被磨掉一层

诗探索 11　作品卷　2018年　第 3 辑

我站在羊圈门口　从上帝的角度　端详
每一个幸存者的表情

一只羊羔叫着妈妈跑过来　伸出柔软的舌头
舔了舔
我搁在柳木羊圈门楣冰凉的手指

我被缩写在一张纸上

昨夜　我睡得不省人事　雪把冷
往白说了三分　往厚　说了一寸

我被缩写在一张纸做的梦乡　跟着早晨
一笔一笔苏醒

留白　几乎把我从纸上忽略。夜憋了一肚子的
黑话　吐不出一字

风没穿鞋没戴帽子。往北　一口气把阴山吹冷
遥远的冷啊　刮在我的边疆　像手指　像鼻子　也像耳朵

跟酒瓶子坐在一起。我的野性很快就被灌满
大得放不下了

一个核桃　满脑子想得都是自己。都是
皱纹。松果
捡起一个　空的。捡起一个　空的。
黑黑的松树林　黑黑的名单　黑掉多少名词

从农历小雪到大雪　我的羊一次也没笑过
带冰碴子的河水　每天从胃下手破坏羊的心情

我非读不可　而且充满敬意。走在我前面的
是个有版权的女子。她把羊老大

一叠纸质的商标　穿在了风里

我经常披着羊皮写诗

卵石铺在地上跟一条小路一样
经过打磨的水・手指是冰凉的　硬度
也不是没有

不是所有的石头　都能描摹出流水的样子　都能把水声留住

抚握　一旦成为一种常态　手感非常重要
这让我很容易就想起那个叫睡莲的女人

从阴山以北吹来的秋风　偶然　从人间经过
拐了三道弯　路过新华广场　我看见
好几个男人的腰和跟在他们身后的影子　被风
吹弯　他们的眼睛里　好像黑灯瞎火

风玩弄着秋草头上落叶做的帽子。一个没头发的
中年男人　手持一把绿檀木梳子　在自己头上
前后左右　替风　替荒凉梳头

作为梳子　绝望是肯定的。可这个人对梳子的热爱和尊重　使
我羞惭　感到
太对不起草原

我经常披着羊皮写诗　参加笔会
披着羊皮　在格日勒阿妈奶茶馆　借助一把
蒙古刀　把一盘子羊　吃得
剩下骨头

诗探索11　作品卷　2018年　第3辑

午　后

午后。一个流浪汉在广场散步　和我
擦肩而过　我是吃饱了撑的　他好像
饿着肚子

直觉告诉我　他好多年没遇见水了　没从流水的
声响里经过。可以肯定　他还不是文物
可好像刚刚出土　一头茂盛的黑发
甚至
隐藏着几根　蒲公英寄给远方的光芒

昨天。人间　下过一场中雨　他躲了　还是
雨躲了。或许　昨天
他不在人间

一身黑衣　使他看起来更像一个影子　更像
一个夜晚从午后经过

流浪汉饿着肚子需要不需要散步　由社会学家　政治家研究
探讨

最让我难过　接受不了的情形是

他的头发没一根是白的　可是不洗　也不养护
而我三十几岁已是满头华发　差不多三天
用飘柔的河流　打理一次

一块石头

石头是寂寞的。

住在寂寞里。寂寞
是它的房子

比寂寞更深的是住在佛龛里的白昼
睁着眼睛睡觉　吃茶　在一盏灯
与另一盏灯之间隔着万语千言　在自己
的掌纹里走投无路

诵经从嘴唇开始　流水一层一层没过膝盖
没过脖颈

住在一块儿石头的寂寞里
不朽是早晚的事。还有那些活在石头
死在石头里的花朵

热爱每一朵罂粟的嘴唇　渗入诗歌的毒
血脉贲张的静谧　披一身烟雨
站着走远的河流

我一直在替一块儿石头说人间的废话
泼墨
让石头回到自己

作者简介

苗同利，中国检察官文学协会副会长。作品散见《诗刊》《诗选刊》《星星》等刊物。出版诗集《用我的手接触》《一个人的草原》《内心的高原》三部。曾获中国铁路第六届文学奖，获《检察日报》有奖征文一等奖。

短歌行

赵 信

可可西里

在这里，牦牛是最棒的身体
羊群是最美丽的诗句
藏羚羊。野驴。雪豹。秃鹫
还有目光凶狠的狼
它们是一群傲慢的消费者
这里是无人区

忽然。那边黑黑矮矮的毡房里
传出女人细细的声音

古格王朝

那天。我们十八个人
摸黑向古格王朝的暗道。潜伏

兵临城下
一只黑鹰突然跃起。差点暴露了
十八个人的行踪
王朝安静得很沉重
王朝里的人
都睡了吗

十八个人在等。等王朝的太阳升起
十八个人要在太阳的照耀下。挺进王朝

检察官文联文学协会诗人作品小辑 ≡ 诗歌作品展示

最终。十八个人走得没精打采
一千三百年前。王朝给后人留下一座
死城

守门人。哈哈大笑

题 "建安风骨"

向地下挖。挖出历史的碎骨
有风骨。也有风情

诗。是一道风骨的墙
女人是挂在墙上的那件。衣衫

邺城遗址

你说
这一堆隆起的黄土
是魏国的遗址
这坑。这碑。这残碎的瓦片
是遗址证据

那我说
今天的雾霾
就是魏国的战场硝烟

格拉丹东雪山

在五千六百米海拔高度
我喘着粗气。缓缓地跪下去了
跪下去。面对一堵雪墙
跪下去。不是因为我渺小
跪下去。我的身体才是山的形状

诗探索 11 作品卷 2018年 第 3 辑

跪下去。格拉丹东雪山才认我做兄弟

我们才可以做情敌

沱沱河

每一块石头

都经过雪水冲洗

都经过太阳暴晒

都在高海拔经受寂寞

都当过野狼的窝和野驴的床。见过尸骨

如果在这里

在沱沱河的河床上

我邀你入睡。不管你爱不爱我

都不要拒绝

石头说话

每一块石头都不说话

但只要你去敲击

就会听到时而清脆时而沉闷的声音

只要有一块石头说话

所有石头都会响应

河床开始崩裂。雪水喧哗

通天河

你的速度很优雅

很像江南少妇披在肩上的丝巾

其实。更像放牧人挥手扬起的那条长鞭

通天河。你放牧我吧

这肯定是一个十分迷人的。游戏

长 江

冰雪正在融化

一滴。一洼。一片

在千里之外，汇聚成那无边的辽阔

一波推着一波。一浪顶起一浪

爱恨跌宕。情仇反转

水的故事里淹没了

多少你，多少我

作者简介

赵信，1959年生，湖南湘潭人。《检察日报》副总编辑，高级记者。享受国务院政府特殊津贴，全国新闻出版行业领军人才。

扶着世界的前额（组诗）

见 君

痛的解释

干渴的空酒瓶。

茶杯。

烟灰缸。

隔夜的饭菜。

呆滞的光线。

墙角的破瓦罐。

电视广告。

——它们对昨晚的回忆，还在睡着，

那本无人能够打开的书，就放在一旁。

你四仰八叉躺在床上，
用自己的强迫症，
关上了通向世界的最后一扇门。

一块自天而降的石头，
奉时光之命，砸在无辜的房顶上。

无人说话

子弹射出后，
整齐排列的枪，都选择了
沉默。

天空下，
铺天盖地的白——
一个诊所连着一个诊所。
每个诊所门口，
都有一株生病的草，
扶着世界的前额。

一条鱼，
一条被射中的鱼，
在岸边，
看着水，
以一成不变的姿势，
疯狂地跑着。

夜色浓重

——夜读杨庆祥先生《我选择哭泣和爱你》

夜色浓重，
你选择了听，听吧，你听，
这是真的，

我们之间相隔着的，
是被敲疼了的——
钟的哭声。

夜色浓重，
夜色，摘下它的白手套，
让我们相爱。
让我们躺在床上，
无事可做，
数冬眠的虫子，
直到把它们数醒。

是的，夜色浓重，
很多沉郁已久的裂缝，
都在寻找——
装满爱的方法。
而夜色，
轻松愉悦的夜色，
在观看两只蜘蛛，
吃掉——
黏在它们网上的飞虫。

死亡之海

一张洁白无瑕的纸
被割破，
我们从破洞里逃出来，
乘一艘船，
去大海深处，
去探看水的眼睛，水的心脏，水的尸体。

那群奔丧的人，
以为我们死掉了。
他们手拿哭丧棒，

头戴黑帽子。
他们用哭声对抗海水的涛声，
他们把自己的眼泪，
流进大海里。

海鸟飞走后，
沙滩一片死寂。
仿佛万物的灭失，
都是因为失去了自己的名字。
这时候，我们看见，
自天而降的
一团白发，
掉进波涛汹涌的大海里。

堕落者

一群堕落者，
他们剥光自己生活的皮。
他们把自己的疼，
丢进虚假的幻境里，
就像丢垃圾。
他们去自己沉沦的地方，
寻找洁净的爱情——
猫崽的叫声，
那么细腻。

他们高举着善良的火把，
在黑夜里，
在星光下，
寻找通向恶的秘密小路，
他们知道，
路的尽头，
埋伏着时间的利齿。

这些堕落者，
他们永远无法找回，
死亡时喉咙里吐出的
芬芳的气息。
他们只能在太阳升起后，
一遍遍地走进
万丈霞光里。

神秘的树林

站在雨地里，
那个一只胳膊的人，
在研究完自己的掌纹后，
走到那片树林的东南方，
用石头，
堆起自己的坟。

树林里的蝙蝠趁黑夜飞来飞去，
它们吱吱叫着，
呼唤着飞虫的名字。
飞虫们，
默默地飞舞着，
念着经文。

这恐惧和神秘，
这树林，
受了惊吓的叶子，
纷纷藏进树的年轮里。
而每一棵树都在忍着疼，
一点点地，从大地上，
拔出自己的根。

住进了医院

一

住进了医院，
我的身体长满了玻璃，
透过它，
能看见彩色的骨头，
凝固的血和
正在唱歌的心脏。

微笑着去死吧，
微笑着，
近在咫尺的死——
医院门口，开满白花的树，
泪水涟涟。

二

住进了医院，
黑头发、白头发和花白头发，
它们聚在一起，
听手术刀，
讲它辛勤工作、任劳任怨的故事。

雪白的床单，
在污血的记忆里，
白得，更加耀眼。

三

我住进了医院，
扛着枪的骨头，
站在病房门口，
警惕着，一滴滴液体进入我的身体。

哦，大夫的眼，

无处不在的眼神，
透过镜片射出的光线——
瘦骨嶙峋。

作者简介

　　见君，本名温建军，河北永年人，现居邯郸市。河北省作家协会会员，出版诗集《隐秘之罪》《无望之望》《莫名之妙》《朗诵爱情》（合著）。编选《在巨冰倾斜的大地上行走——陈超和他的诗歌时代》（霍俊明、见君）。获第四届河北诗人奖。"燕赵七子"之一。

栀子花（组诗）

叶菊如

栀子花

一定是心无旁骛，才顶着喧哗
白在自己的火焰里
并决意一直白下去

安静，含蓄。你望我的时候
花叶上的露珠
一滴，一滴
落下来
时而缓和，时而急速
仿佛一种语境
仿佛一种语境美好的罪证

多少往事……我们深入骨髓和死亡

黄昏降临，一朵花
就能点燃
小小幸福

正月初一：在衡山巧遇日出

太阳像一个燃烧的烟头
蹭地一下
从朝霞围追堵截中，探出一点点
又一点点

而我
正好走到南天门观日台
我所在的角度，正好看到轮回这一章节

一轮红日这么不可思议地长成
几笔散乱的云影
像我一样，内心藏着火
更飘零而更无言

啊，我不去看，前世与今生
那么小的我
站在它的万丈光芒下
此时宜想：一切美好之事
一个美好之人

正月初五：偶遇一株玉兰

是日我一个人走在洞庭湖堤岸
看渔歌互答，沙鸥起舞
看早春里
绿和香
从土中张开羽翅

检察官文联文学协会诗人作品小辑 三 诗歌作品展示

一定是有什么吹起岁月的涟漪
这一株玉兰，毫无征兆地开在一面坡上
盛大而寂静

有雁过，不知所措几声
有雨，一笔一笔
呈现更多的古典——

我熟悉这样的盛开
此刻。它是含蓄的白，也是婉约的静
是我们乐意
被时间修葺一新的不同面貌

开在路边的夹竹桃

我明白：它是有毒的
我从花叶的摇摆看出它能伤人
但我喜欢它把整个夏天变成
白色
却又是一团火焰、一团火焰……
照耀着一个百无禁忌、诸事不宜的人
而且仅仅只有它了解
我曾经是：因为爱
所以忍受患得患失的美……
不，确切说
我击碎我
是期望光透进来，环绕
我与我签下的契约书……

去阿穆尔河

只有，大团大团白云
仿佛将坠而仍呈在树梢上空

只有，大巴在丛林
浑身抖动，亮出车内人的真身

——此行，我大病未愈
希冀北方某处山河
带走内心的石头和星宿

此刻有谁在走向远方之远前说：我恨。
我不反对。事实是
不眷恋，不一定能遗忘

一条河是一次深渊，一条河是一次觉醒
我如此地害怕和盘托出：
不回头，不念旧

七夕：在伊春

此夜别无其他
只有三颗济南、海南、湖南的心
各怀疾苦
和重聚的好心情
只有正确的月亮，静穆旷远

——这才是七夕
夜色中的一座古堡
像不像刚刚搭起的一顶鹊桥
几朵白云
悬在碧空，算不算
一丛开了千年的葡萄架：
我们屏神凝息，却什么也听不见——

徘徊在破碎与觉悟
许多事情无须倾听了
你看那条决绝的河流，流着流着

鹊鸟就飞来了

自画像2017

必须有一树火红的石榴，开在窗前——

如果非要说出真相
那就是一记一记钟声里
又一记，真切的喟叹——

多久了？在相守与流放之间
我拿不准尺度
无路可退时
甚至借助一个人的舞蹈
甚至对着那片栀子花，泣不成声——

那千山万水的起伏和百转千回的疼痛
是必须要经历的么——

但此刻：栀子花微微地动
就像一个人
对余生
"沉寂、无言而又苍茫"轻轻说不——

作者简介

叶菊如，生于二十世纪七十年代，湖南岳阳人，中国作协会员。作品散见《诗刊》《中国诗歌》《星星》等。出版诗集两部。2009年参加《诗刊》社第25届"青春诗会"。

深山记（组诗）

周　玲

在山脚

近山时，就成了山里人
长衫长裤解放鞋，再在腰间横上蛇皮袋
几个人各自整装
弯道上，几辆车齐刷刷停住
一个男人从车窗伸出头笑得谄媚：
你们是进山采东西吗
山里人警觉，没答话
挥刀断木。山水间各有各的私欲与野心

深山记

总是在几丈外
一个人突然高喊另一个人，群山有回音
山林陡峭，荆棘旁逸斜出，原始的生命荒蛮野性
丛林里行走，一步一入口
天空被树影隐蔽。只有风来回摩挲衣衫
只有喘息声轻轻晃动柴木
一柄弯刀落下去
路，就有了归途

拾果者

丛生的柴木间，采果人在树梢影影绰绰
果儿从高处零星掉下，朝山涧翻滚
有的藏进草叶，有的瞬间没了踪影

检察官文联文学协会诗人作品小辑 三 诗歌作品展示

像要拾尽遗漏之珠
她猫进荆棘间，倒刺在身上拉扯
横步，竖步。每一步，松动的山石都在向下滚动
她滑成半字马时，一只鞋脱落
另一只脚仍在缓缓下滑
她落水般伸手，被抓住的枯枝倏然断裂
她想尖叫，想大喊，但她抿住嘴唇
一棵孪生小树适时止住突来的惊慌
抱住树干往下移时，她用几分钟时间
才靠近了一颗小小的猕猴桃

遇 见

在深山，打开"形色"就如同打开百科全书
扫描照片时，它能瞬间替你喊出任意植物
细碎小花在缭乱处，安静从容
明黄的龙牙草、星星般的绵枣儿
提着小灯笼的紫海葱
像小仙女拥簇下凡的败酱
这些名字萌得令人心动
像一群深藏大山的小精灵
它们可入药，可活血止痛，清热解毒，杀虫抗癌

还看见几棵碗口粗的刺楸树
树干笔直，满身的硬刺让人无法及身
很少有人知道它属珍贵稀木
从根皮到枝叶，能观能药能食
坚硬的木质身体宜做上乘家具与乐器
一身的暖，令身在异乡的人瞬息就会低眉

石涧下

我们涉石而过
泉水沁凉，从石涧下蜿蜒而来
以它洗脸，洁身，净洗毛孔的灰尘
泉水里有鱼，细如发丝，来回游动
有小小虾，轻灵间就从指缝间溜走
石块下还有看不见的螃蟹
它们有比人世还要悠闲的踱步与从容

溪岸人家

青山是后院，流水是浣池
而我们的经过与逗留纯属意外
朴素的客厅里，男人泡茶敬烟
女人围着灶台闷声忙碌
忽然间，我们就成了座上宾
木质房屋简陋敞亮，穿堂风来回游走
替我们卸下尘世身份
能用的菜都已用上，杯里的酒肯定算不上好酒
女人和孩子坐在桌下，听一群人把盏言欢
大山深处，人间温祥
阳光停在树梢时，它落过的小小簸箕里
珍稀的石鱼已空出一大半

作者简介

周玲，江西都昌人，江西省作协会员，中国检察官文联文学协会理事。诗歌入选《诗江西》《创作评谭》《星星》《时代文学》《2014年中国诗歌精选》《2015年中国新诗排行榜》《2016天天诗历》等多种选本。2016年出版八人合集《朗诵爱情》。

梅瓶（外二首）

汪珮琳

她穿素服
藏起眉开眼笑
她练习吻
悠长得胜过几个朝代
她尝试拥抱
玲珑身躯悄悄开出
温柔裂痕
她耸起双肩
是千度高温定格的
美娇娘

反复煅烧让前世的自由
被恒久冰封
今生的釉色里也静静淌着
越不过高墙的忧伤
她不是财富
不想被暗室私藏
她吐着梅香
遥望城外萤虫 流光清亮

下一刻
漫天星光就要接走她的梦想
哪怕用尽了岁月
冰冷的瓷器也要把爱情供奉成图腾

汝 瓷

一场宣和年的梦
一阵云破天青的雨

诗探索 11 作品卷 2018年 第 3 辑

带着帝王苛刻的审美
把天空的颜色
染成蓝绿之间的
幽玄

一缕掠过奉华殿的风
一次火热的邂逅
窑居的高岭土
与贵妃的浅笑
在梦中点燃命定的
锦绣

指天为色
浴火为瓷
徽宗的瘦金体
题写了虚静
水中的明月
呢喃了别离
你就这样居无定所
一走走了八百年

天青再现
纯净与天空唱和
呵　让我把你
冰裂的美
镶嵌进一阕宋词
让我千百年的吟唱
把你
深情供养

回到天地

帝王把梦境的火带来，
葬在黑暗的土里。

检察官文联文学协会诗人作品小辑 ≡ 诗歌作品展示

烟雨过后，
中原大地欢唱着，
火与土的歌谣。

不是盲目的火，
是向天的梦，
坠落时留下了晨星般的
灼痕。
不是沉睡的土，
是生命的源，
煅烧间唤醒了朝圣者的
灵魂。

之后有浑然天趣，
之后有碎玉美器，
之后有战火烟云。
之后，有六七十位见证者，
在历史的祭坛上，
回到天地。

作者简介

汪珮琳，1988年出生，四川乐山市人，居北京。检察官，中国检察官文联文学协会理事。现从事检察机关公诉工作。作品散见国内多种报刊。曾出版诗文集一部，参与创作非虚构检察文学作品《炮局预审故事》。

侦监科的张晓荷（外一首）

崔　友

张晓荷的桌角旁
放着一本厚厚的《刑法》
里面扣押着许多戴罪之人
那些人，都从池塘走过，爱莲
有清白的藕

张晓荷每天拎着条款，泡在水里
被她捡到书里的，是烂掉的藕
坏掉的蓬
这需要好体力和一双好眼睛
但是她不怕
她知道荷塘边住着父母，儿女
她的一个闪失，就会让病害肆虐，草木杂生

她翻书的时候姿势很好看
像打开一扇扇窗子
有些人是关不住的，她就在书页上
折一个角，还不时用指尖熨烫一下
有些条文并不横平竖直
她就耐心地捋，直到荷塘月色
风平浪静

我知道，在中国，有许多人
每天都翻这本厚厚的书
但并不是
并不是每个人都叫张晓荷

寻 瓷

那个烧瓷的人
为啥要逃到细小碎片里
千里追寻，搁浅的爱恨，藏在谁的云端
碎玉冷，多情棱，割开谁的无眠

懂火的人，风尘厌倦
二十芳龄，打坐在小小的尼姑庵
一层淡釉封锁了前世的恩怨
捻动佛珠，度九峰，慰蟒河
小镇的桃花，多少次，哭红泪眼

静僻处，爱瓷之人，沽一杯老酒
念你的月白、豆绿、天青、天蓝
看色泽里的风骨。蝉翼纹、晨星稀
叹两座庙宇，再也回不到从前

作者简介

崔友，内蒙古作家协会会员，中国检察官文联文学协会理事。正义网新媒体特约主笔。曾获全国诗歌征文奖。

诗探索 11 作品卷 2018年 第 3 辑

林莽诗歌作品研讨会诗文选

林莽诗歌作品研讨会诗文选

【编者按】

由中国当代文学研究会、廊坊师范学院白洋淀文化研究中心、首都师范大学中国诗歌研究中心共同举办的"林莽诗歌创作研讨会"于2018年5月25—27日在廊坊师范学院召开。诗人、诗歌评论家五十多人出席了这次会议。我们选用诗人路也和辛泊平评林莽诗歌的两篇文章，并附所评诗歌，供读者阅读。

诗探索 11 作品卷 2018年 第3辑

生命再次感到了高远的秋天

——读林莽《我的怀念》

路 也

林莽先生写了一大组悼念母亲的诗，取名为《我的怀念》。这组诗共包括九首，是同一主题的组诗，而由于这九首诗放在一起时，在内容上的连贯性、在排列次序上的递进、迂回和首尾呼应，加上封闭式整体结构和开放式内外布局相结合的匀称形式，以及那回旋式的情绪展开，使得我倒宁愿将这九首诗看成是一首诗，看成是一首长诗。这是一首由九个乐章组成的长诗，它不仅是作者写给自己母亲的安魂曲，也是写给天下所有已逝去的母亲的安魂曲。它像一条开阔的、缓缓流淌着的大河，是丰盈的，也是低沉的。

是的，我愿意将这组诗读成一首完整的长诗。

开篇是《秋菊》。此诗写的是作者如何用水墨画下了母亲手植的菊花，以此悼念死去的母亲，"把悲伤浸入笔墨里/在洁白的纸上/在大地凄凉的风中"。这首诗相当于交响乐或协奏曲的开头，是最初进入的部分，有序曲的作用，一上来就似乎用了那种阴郁、感伤、暗淡的d小调，还有追思式的哀伤的慢板，以此确立了悼亡的主题和伤逝的情怀。以花悼人并不新鲜，菊花也是很常见、很普通的意象，它在中国文化中已经具有多功能、多元的象征意义，此诗无疑是取用了菊花的淡雅、朴素、安静、端庄、坚强和高洁等早已确立的内涵；这种原产中国的花，在移植遍全球之后，又西风东渐，多用于墓地祭扫以悼念故人，此诗亦能使人联想起这样的风俗；最后，还可能由于作者的母亲死在秋天，秋天正是菊花的季节，菊花残，满地伤，花落人断肠。以菊祭母，故此诗的不同凡响之处其实在于，作者将菊花当成了将自己和母亲连接在一起的媒介，将阳间和阴间连接起来的纽带，菊花在这里甚至成了一种独特的语言，是作者和母亲之间的约定俗成的文字，作者也许可以通过菊花与死去的母亲对话吧？因为那是母亲亲手种植的菊花，而今物是人非事事休，睹物思人，情何以堪？他说他画这幅画时，"笔下不再寻找八大山人/也不再效仿吴昌硕、齐白石"，这等于说他不模仿任何人，要摒弃所有的技巧，用没有技巧的方式，用真正属于个人的方式来画这幅画，来悼念母亲——这是否也暗示了接下来以后的那些诗行，那八个部分的诗，也要像他画这幅画一样，要遵循这样的原则？面对死亡，尤其是至亲离世，那哀恸是天底下最质朴、最先天、最真实的，无须任何粉饰，所有故意使用的绘画或写作技巧在死亡面前都将显得渺小和多余，都会有伪饰之感。

第二部分和第三部分分别是《妈妈走了》和《母亲的遗容》。这里用了一点倒叙手法，先写葬礼之后的感受，再写母亲刚刚离世时的遗容。依然是跟序曲相同的调式，只不过好像由慢板换成了稍快的行板。《妈妈走了》主要写了从葬礼上回来之后，人去屋空，还有那空空的床，以及这些"空"给作者造成了"空落"。此诗没有直接写到死亡，却能让我们感到死亡的威压和荫翳做了这诗的大布景，这里的调子并不过于低沉，反而比前面那个序曲稍稍多了一点儿激越，起初是黯然神伤，接下来是恍然大悟之后的震惊和痛楚，作者对着天涯和高山呼喊和询问，"茫茫人海 宇宙空蒙"，母亲去了哪里？她应该就在大自然之中吧，她应该无处不在，可是哪里也寻不到她了。最后那刚刚闪现的短暂的激越陡然间一下子又变回了低音区，大幅度降落至最低点，降到了零，在读者毫无防备之时，冷不丁地冒出来了诗的最后一句，即他终于接受了这样一个铁的事实："我已是一个 / 失去了母亲的人。"这最末一句质朴得不能再质朴，简单得不能再简单，似乎是任何阶层人士都可以在同样情境之下张口就会说出来的日常话，它不像诗，却又比诗更动人，它是超越了诗的诗。它无意中把人分成了两类，即尚有母亲的人和已经没有了母亲的人，作者的人生也划分成了两部分，即过去有母亲的日子和从此没有了母亲的日子，由此进一步写出了死亡的不可逆转，写出了作者强烈的丧失感。《母亲的遗容》里写道："我真不喜欢那件褐

色的宽大的袍子 / 是它裹走了我熟睡中的母亲"，很显然，作者是在自欺，认为母亲不过是睡熟了，他把那件已经穿在身上的寿衣叫作宽大袍子，还说不懂为什么母亲要穿上它，还认为妈妈应该穿家常衣服，跟她少女时年穿过的蓝色调衣裙没什么不同的那种衣服，这里的自欺让人心生悯惜，作者在刚刚丧失至亲之后，由于巨大的悲伤而出现了短暂的精神休克和片刻的心理障碍，在主观上他不能接受母亲的离去，他认为母亲还活着，与其说他对死亡本身不能理解，不如说他不愿意理解，死亡使他感到困惑、惊惶和不安，这是一种非常真实的心态。作者在写伤逝之痛时，并未用撕心裂肺的宣泄方式，而是尽力保持着对悲情的克制，正是这克制让人心疼，达到了《诗品》中所说的那种"文温以丽，意悲而远"的效果。

接下来的第四、五、六、七、八部分，内容相仿，可以放在一起来理解，这五首诗是对母亲生前生活点滴的回忆。如果说前面的《秋菊》《妈妈走了》《母亲的遗容》采用的是独白的方式，那么这对于母亲生前的回忆的诗篇则采用了倾诉的方式，用的都是第三人称，似乎在向读者娓娓道来，讲述妈妈生前的故事。这就像写悼词，有必要在里面追忆一下死者的生前事迹，当然这五首诗并不是在做盖棺定论式的总结，而是选取了最能表现母亲音容笑貌的片断和物件来进行追忆。这里一改前面几部分的阴冷，意象顿时温暖起来。从调式上来讲，这五首诗中的《妈妈的"秘笈"》《妈妈的美食》用的仿佛是降E大调，还是稍快的行板，它们明朗、愉快、温煦、淳朴、脉脉含情。《妈妈的"秘笈"》写了妈妈年轻时代珍藏过的一本"书"，里面夹杂着许多不为人知的美丽的闺中物件，以及这些物件对少年时期的作者引发的浪漫联想，《妈妈的美食》详写了妈妈那像艺术家一样的卓越的美食手艺。至于这五首诗中的后三首《韧》《妈妈的晚年世界》《远山有雨》，仿佛又渐渐接近了G大调的慢板，宁静、舒展、温馨、怀恋，当然还有忧伤，而那忧伤却也是明亮的了。这三首分别写了母亲漫长人生里与命运的抗争，勾勒出了一个乐观聪慧的女性形象，还写了她人到晚年神志不清时那类似魔幻现实主义的奇异感觉世界，还回忆起了一处与母亲有关的临湖的园子。这些对母亲往日生活的片断式回忆，没有空疏夸大的浪漫主义情调，而是尽量用了写实手法，也许唯有写实，才能达到永久纪念的最佳目的，也许作者是想用这样再真实不过再具体不过的追忆方式让母亲复活，把到了另一个世界的母亲重新带回来吧？长期以来一直对许多男性作家笔下的"母亲"形象不敢恭维，他们笔下的母亲没有青春没有欲望没有容貌，常常因无私无欲或粗老笨重而受到可疑的赞颂，他们赞颂的其实只是母亲在这个腐朽文化和不平等社会境遇中的"妻性"，在这被极力打造的伟

诗探索 11　作品卷　2018年　第 3 辑

大母亲形象背后存在着男权社会的阴谋：要求女人奉献和牺牲，那些大而空的颂歌让人腻烦，其实被大肆歌颂的母亲已经变得抽象起来，她不再是一个具体生动的血肉之躯，而是变成了一个符号，一尊没有性别的神，像供在香火缭绕的壁龛里的呆头呆脑的泥塑。而林莽笔下的这个"母亲"与许多男性作家笔下的"母亲"很不相同，她"春天的洋槐花般地开放/她曾是家里最小的女儿"，妈妈的笑容"让我看到了蒙娜丽莎的眼神"，那些方形彩纸袋"它们神秘地关闭着/或许也关闭着母亲闺中的秘密/和那颗曾经年轻的心"，"里面有枝形的银饰和圆圆的金耳环/还有薄薄的画粉和一团团的彩色的绣花线"，"一双蝴蝶的闪动让我记住了/那些夹在纸中的梦"，母亲还常常夜半唱歌，"我多次听到母亲那轻声地哼唱/深远、忧伤、满含着世间的沧桑"……林莽是把母亲当作一个活生生的女人来写的，写出了她的"女儿性"的一面，这才是一个女人的自然属性，是最天然、最本真、最生动的一面，鲁迅先生不是说过么，"女人的天性中有母性，有女儿性，无妻性，妻性是被逼成的……"是的，只有一个有着较为现代的性别观念并且对人性有着较为深邃洞察的男性作家笔下才能描画出这样一个可爱的"母亲"形象。

这首长诗的最后一部分，即第九部分，题为《再临秋风》。这一部分是结尾了，在内容上呈现出返回的趋势，与开篇《秋菊》相呼应："那簇黄色的花在风中不停地摆动/阳光灿烂已是初秋"，"秋阳把房屋的影子掷在大地上/一簇黄色的花在风中不停地摆动"，这里的秋天的"黄色的花"无疑是菊花，而且从语气上判断应该就是开篇提到的母亲手植的菊花，作者画下来的菊花。以菊开头，又以菊结尾，不知这是作者有意还是无意？另外，在语感上和调式上这一部分也返回到了最初的部分，跟开篇的《秋菊》一样，似乎又呈现出了d小调的阴郁气氛，只是比开篇时多了一丝悲怆和深沉，而且由前面的独白式和倾诉式，变成了吟唱式，增强了抒情性。中国文化中没有对于死亡的正面探讨，孔子圆滑地说："未知生，焉知死？"他的态度是逃避，庄子鼓盆而歌和幻化蝴蝶，他的态度更像演戏和诡辩，而在这里，诗的作者明确表示，既不想像儒家那样存而不论，也不想用以"无"为寂然本体的老庄哲学来解脱自己，他想牢牢抓住这凡间之亲情，直面这凡间之痛楚，他要做的正是直面死亡，向死而生，对未知世界不停地追问，这算得上是一种西方化了的死亡态度，其实这种对于死亡的伤痛之感，正是对于活着的自觉，它将引申出对生命的倍加珍爱，这正应了《圣经》上说的："智慧人的心，在遭丧之家。""死是众人的结局，活人也必将这放在心上。"这部分没有了第二部分和第三部分对于死亡的不安，而代之以缠绵的惆怅和参悟之后的升华。这部分题为《再临秋风》，万物凋零的秋天作了丧母之痛的自然背景，这不能不说是情景交融了。诗里有一个似乎有着些许昂扬意味的句子："面对死亡人世淡漠/生命再次感到了高远的秋天"，这里分明已经超越了一般传统中国文人的伤逝情怀，增加了智性成分，并且超越了人世超越了自我，骤然有了陈子昂"念天地之悠悠，独怆然而泣下"的宏深旷远的宇宙意识了，流露出对世间万物的普遍关注，个人的悲怆以抽象手法演变成了人类共同的悲怆，这里字里行间甚至还约略透出一丝明亮来，仿佛天国的光芒正温柔而坚定地照耀着苦难的人间。全诗到此结束。

诗歌前面部分和后面部分基本上都是冷色调的，而中间对于母亲的回忆部分却是暖色调的，个别地方甚至是活泼和甜美的。作者大约是无意为之的这个结构很有意味，即左右两边的冷色调把那中间的暖色调给夹住了，包围起来了，似乎暗示着人的一生是这样的：在两头，出生之前与死亡之后都是孤独的和黑暗的，而中间的人世是热闹的和明亮的。

《我的怀念》哀而不伤，怨而不绝。我相信，作者为死去的母亲哭泣之后，尚未完全流尽的那一部分眼泪都化成了诗。

附　诗

我的怀念(组诗）

林　莽

秋　菊

那是母亲亲手种植的菊花
开放在深秋的风里
洁白的　淡黄的
她隔着玻璃注视着它们
想着亲人和一件件无法忘怀的往事

天气已经凉了

诗探索11　作品卷　2018年　第3辑

大地上奔跑着一片片枯干的叶子
我想画下母亲种过的菊花
把悲伤浸入笔墨里
在洁白的纸上
在大地凄凉的风中

笔下不再寻找八大山人
也不再效仿吴昌硕　齐白石
只有伤感地垂下头颅的菊花
为母亲也为所有逝去的亲人

妈妈走了

从葬礼上回来
面对空空的妈妈的卧床
那一瞬心灵空落
骤升悲伤

想起以往
无论从哪里回来
看到依偎在床上的母亲
一声轻轻地呼唤
有多温暖
而今　人去屋空
心　犹如断了线的纸鸢

面对天涯我深情地呼喊
心向高山我忧伤地询问
茫茫人海　宇宙空蒙
我已是一个
失去了母亲的人

母亲的遗容

妈妈为什么要穿那么宽大的袍子
褐色的大氅遮住了她亲手缝制的
碎花的蓝缎子衣裙
那是妈妈最喜欢的颜色
那年　她把珍藏了多年的嫁衣
送给了唯一的孙女
那么瘦小　紧紧地束着我女儿少女的腰身
那衣裙也是同样的蓝色调
高高的领口托住粉红的面颊和黛色的云鬓
妈妈也曾是那样的窈窕
春天的洋槐花般地开放
她是家里最小的女儿
清香荡漾在乡村那所有打谷场的院内
娇小地享有着长辈的呵护
还有三位爱她的哥哥
那是妈妈多么幸福的青春
她是那样的年轻　美丽
眉宇间的英气至今没有消退

如今她安详地闭上了那双聪慧的眼睛
面色平静地像睡熟了一样
那个宽大的袍子遮住了妈妈的遗体
而她美好的灵魂在我们心中永存
初秋的温热里　我们含泪低泣
遗像中妈妈的笑容
让我看到了蒙娜丽莎的眼神

我真不喜欢那件褐色的宽大的袍子
是它裹走了我熟睡中的母亲

诗探索 11 作品卷 2018年 第 3 辑

妈妈的"秘笈"

妈妈有一本特别的书
丝绸的封面绣着喜鹊登梅
像一部线装的古老字帖
打开是许多折叠的方形彩纸袋
它们神秘地关闭着
或许也关闭着母亲闺中的秘密
和那颗曾经年轻的心

我记得少年的手指
轻轻打开过那些方形的纸袋
里面有枝形的银饰和圆圆的金耳环
还有薄薄的画粉和一团团的彩色的绣花线
香粉的味道仿佛升起在少年心中的雾
那一瞬我听到了乡村里神秘的幽鸣
如今我只隐约记得
它静静地躺在故乡紫红色的柜子里
诱惑在心中发出尖尖的叫声

它里面还夹着那么多好看的花样
兰草的叶子　小鸟　菊花还有山石和古松
小小的草虫
在窗花的下面传来优美的低鸣

它是什么时候消失的
自从告别了故乡那座神秘的老屋
就再也没有见过它
已经有些淡漠了
可它曾散发的那股淡淡的清香
有时会把我唤醒
一只蝴蝶的闪动让我记住了
那些夹在纸中的梦

那是妈妈的手工秘笈
有谁知道
它在我幼年的心中
吹起过一阵小小的诗意的风

妈妈的美食

那是少年时的记忆
春节将临　我们心旌摇曳
妈妈忙碌着
那些折成半月形的米饼
那些点了彩的年糕和贡品
还有除夕的鞭炮
元宵的花灯

那是少年时的记忆
妈妈烙的中秋的糖饼
在那个物资匮乏的年代
让家的月亮圆满而甜蜜

少年时的风是清新的
我们的星空高远、深邃
即使是雨雪的夜晚也充满了魅力

如今我年过半百
走了许许多多的地方
品尝过多种的菜肴
但妈妈做的春卷
还是我心中的第一美食
洗面沉积的浆粉摊出的薄饼
面筋、黄花和粉丝的清香
自煎铛里不断地溢出
妈妈像个女神
被我们围在灶台的当中

炉火映红了她的面颊
她的心中为孩子的愉悦而感恩

应该记住的还有很多
当我们从学校里回来
当我们告别了乡村的困厄
当我们下班后
回到温暖的家中
妈妈简朴的家常饭菜
曾有多少次让我的身心溢满了幸福

韧

母亲九十岁
年轻时患有的风湿性心脏病
一直伴随着她消瘦的躯体

她的乳腺癌　肠动脉栓塞
她终年疼痛的股骨头坏死
这些都没有阻止母亲惯常的操劳
她是一个坚强而有毅力的人

奶奶说那年日本宪兵扣押了
刚刚从北平回乡的父亲
一个年轻的妻子行程数里
直面风险和嗜血的兵刃

那些年　为了孩子和老人
六十年代的自然灾害
给她留下了一个再不能消受菠菜的胃

那年　父亲为了避开文革的摧残
出逃在乡下的亲友家
是母亲带我们度过了那些困苦的年岁

那些年　为了我们插队回城
母亲的头发渐渐地白了
是她与父亲的共同努力
使一家人又团聚在同一座屋顶下

母亲九十岁
她历经了战争　自然灾害　文革和多年的病痛
还有那么多生活的琐事　磨难和劳累
亲人的欢聚和离散
家人的悲情与喜讯
少年时期　夜深人静的时候
我多次听到母亲那轻声地哼唱
深远　忧伤　满含着世间的沧桑

母亲九十岁
从没有恐惧过病痛和死亡
在她病弱的身躯里
有着平和而无尽的力量
母亲是一个生命中充满了韧性的人

妈妈的晚年世界

8 月 13 日　星期一
其中是有一个不吉利的数字
妈妈在刚刚住进的病房里昏睡
她今年已经九十岁

脸上的老年斑更暗
身体消瘦　皮肤失去了光鲜
一头白发剪得很短
我们忧心地感到
岁月的尽头离她已不远

她艰难地踟蹰着

思维还能应付日常的对话
但又时常问起早已过世的父亲
他有没有吃过饭
提示我们
别忘记给睡着的父亲盖好棉被

她记起幼年时许多人的名字
把它们分配给身边的每一个人
时空倒流　岁月重演
现实和幻觉构成了她的晚年世界

母亲依旧惦记着孙子和孙女
惦记着她不放心的那些亲人
有时还会说他们谁谁有了麻烦
你们怎么还不去问问

她把电视里的故事和现实混为一谈
躺在床上便知晓了整个世界
幻觉让她善良的心不得安宁
我们不断解释
但她总在花样翻新

她的心中还没有停止一生的操劳
她经历了那么多
面对这个不平静的世界
妈妈的同情　爱　担忧与怜悯
依旧呵护着每一个儿孙和亲人

远山有雨

我们曾有一个临湖的园子
老井和枣林相伴
岁月无声
而远方的汽笛长鸣

唤有梦想的人们匆匆地出走
不知远山有雨
不知湖水干涸　枣林成炭
一晃过了半个世纪

远山有雨
把乡愁化为默祈
明净的湖水映母亲的白发
她再也不曾回首
那条不长的乡路
静静地期待
而母亲沉默
她在心中告诉亲人们
因远山之雨
误了一个相思者的归期

再临秋风

那簇黄色的花在风中不停地摆动
阳光灿烂　已是初秋

这几日内心变得豁然
这几日我告别了最亲近的人
面对死亡　人世淡漠
生命再次感到了高远的秋天

不学庄子鼓盆而歌
不学庄子幻化蝴蝶
我静静地写下几行文字
在字里行间寻找内在的亲情
泪水潸然而下

生命中失去的不仅仅是时间

秋阳把房屋的影子掷在大地上
一簇黄色的花在风中不停地摆动
我用文字记下那些最珍贵的亲情

2007 年 9 月至 10 月

跪送母亲

那些白的　黄的　紫色的挽幛在飘啊
那些菊花　马蹄莲　鹤望兰在飘啊
这近午的殡仪馆不是没有风吗
这八月的北方大地上异样的沉寂
可我的心中为什么骤然间狂风大作
呜呜地化作了漫天的哭声

男儿膝下有黄金啊
妈妈　这是您教导我们的
但妈妈　这人生里所有的黄金
不都是您给予的吗

那些飘飞的花朵和挽幛
就要送走我仙逝的母亲了
这是我们最后的相见了　妈妈
我就跪在您的脚下啊
我感到大地在微微地颤动
我听到了亲友们的悲泣
在恍惚的一瞬
我甚至听到了那片家乡的枣林
乡间的小路和湖水的哭声
妈妈　您的儿子给您跪下了
这是第一次　竟也是最后一次啊妈妈

2008 年 5 月

一首可以穿透时光擦亮生命的诗

——读林莽《瞬间》

辛泊平

二十多年前，我还在大学校园里读书。那时候，中文系几乎所有同学都喜欢诗，而喜欢诗的同学，几乎人手一本陈超先生的《中国探索诗鉴赏辞典》。从某种程度上说，是这本书而不是课上通用的教材让我完成了真正意义上的诗歌启蒙，因为，这本书虽然没有课本上的关于诗歌发展的脉络梳理，没有现象分析，却有基于文本细读的探索与命名。它让我对现当代诗歌有了一个全新的认识。在那本书里，陈超先生没有用概念解释概念，没有用理论论证理论，他只是忠实于文本，忠实于自己的阅读感受，对诗人的作品进行了对话式、商榷式的解读，亲切、自然而又准确。一首首、一篇篇读下来，那些诗人及作品便成了鲜活的经验与体悟，让眼前的人生一点点陌生，又一点点熟悉。那是一种奇妙而又体贴的阅读经历。而北岛、杨炼、顾城、舒婷、于坚、韩东、西川、海子、李亚伟等诗人的作品，就是那样突然地闯进了我的阅读，让我不得不重新审视和思考诗歌的意义与可能。也就是在那本书里，我读到了林莽，读到了他的《瞬间》。

最初的印象，就是喜欢，似乎是没有来由地喜欢。但同时也有一点疑惑。因为，在那本书里，陈超先生在选择诗歌读解的时候，他心中有一个尺度，那就是探索性与先锋性。换言之，他理想中的诗作应该都有点反叛性与颠覆性的，无论是情感状态还是话语方式。然而，林莽的《瞬间》，很显然在这两方面都不突出。甚至，还有那么一点传统，有那么一点苦涩和淡然，有那么一点点寥落的士大夫情怀。然而，这首诗我却是牢牢地记住了。走出校门多年以后，我仍不时读一读这首诗，给自己，也给我信任的朋友们。很奇怪的感觉，我的朋友们几乎无一例外地都喜欢，无论他是不是诗人，无论他读不读诗。因为，那首诗里传递出来的人生经验与生命体悟，他们都曾有过，他们都曾感怀过。也正因如此，我开始重新思考所谓先锋与探索的质地与品格。在我看来，先锋与探索绝非简单的传统形式地破坏，更不是对普世的生命感受不分青红皂白地反叛与颠覆。真正的先锋不在于表层意义上的词语无序与节奏癫狂，而是对灵魂最大限度地深入与打开，是对语言多种可能性的无限逼近，是生命经验与语言对接时找到最为恰切的接口。而林莽的《瞬间》

诗探索 11 作品卷 2018年 第 3 辑

恰恰是这样的作品。

读这首诗时，我没有见过林莽先生。但我的脑海中却有了诗人的印象，那就是宽厚、从容而又慈悲的长者（在这里，我本来写的是慈祥。似乎也很贴切，但我觉得慈悲更符合诗人的情怀。因为，慈祥只是一种生理上的性情状态，而慈悲则不限年龄，而是一种生命向度与灵魂底色）。多年以后，在秦皇岛一次诗会上见到林莽先生，我没有一点陌生之感，而是自然而然的亲近感。那一次，因为时间和场合的局限，没有深入接触。然而，这并没有降低我对林莽先生的感受。虽然仅仅只是几句简单的交谈，但阅读《瞬间》的印象却更加鲜活，更加具体，更加深刻。我知道，"诗如其人"是所有读者的一种美好的期许。然而，在现实中，许多诗人与其作品并不平行，而是相斥、相悖。而林莽先生却真的是诗如其人，人如其诗。

"有时候，邻家的鸽子落在我的窗台上"，时间，事件，意象，都是普通得不能再普通的生活元素，然而，就是这些普通的生活元素，却营造了一种自带速度的叙事特征与视觉冲突。邻家的鸽子落在我的窗台，这不仅是一种简单的物理移动，更有可能是一种可以掀起心灵事件的异物"入侵"。它是无端到来，还是另有企图？这可能只是瞬间的反应，而这反应并非无由，而是人类深层的自我保护意识的自发开启。当然，诗人没有继续沿着这种意识潜流进入一种非理性状态，而是巧妙地用"咕咕地轻啼"化解了第一句带来的紧张感。可以这样说，就这两句，便充分体现了诗人高妙的平衡能力。接下来，借助鸽子的不期造访，诗人又发现了另一个先前被忽略的事实——"窗口的大杨树下不知不觉间已高过了四层楼的屋顶"。这也是瞬间的印象，它转瞬而逝。因为，诗人的眼里还是那只鸽子，看到它飞过树冠，然后又飞过来。高大的树木与轻盈的鸽子构成了一副沉静而又充满张力的画面。这幅画不是粗线条的写意，它有饱满而又动人的细节——"阳光在蓬松的羽毛上那么温柔"。

这幅画，有远有近，有动有静，它让诗人看到了世间的生机，同时也看到了日子的重复——"生命日复一日"。而这让人伤感而又颓废的重复感，才是诗人最想表达的生命感受。鸽子只是掀起了心灵一些涟漪，接下来，鸽子飞走，心复归平静，日子如初。这才是生命的日常状态，我们应该如何处置乎？它不是某一个人的瞬间遐想，而是所有人都必须直面的人生课题。然而，面对如此沉重而又紧迫的人生课题，诗人并没有刻意选取一些重大的事物来极力铺陈，而是选择了柔软而又细微的物象来引入，轻巧，自然，贴心贴肺。用这样简单、质朴的叙述开头，也只有深谙文字秘密、阅尽红尘风波的诗人才可以用得自然而又深沉。正如卡佛在《论写作》中说"作家是用不着玩花招的，甚至也不用比谁都聪明。但他要有仁视平常事物（如日落或一只旧鞋子）而被惊得目瞪口呆的能力，哪怕可能因此受人嘲笑。"

也正是因为有了这个有技巧但不露痕迹的开头，诗人接下来对生命日常状态的描写才显得不那么突兀，而是顺理成章、水到渠成。"我往往空着手从街上回来/把书和上衣掷在床上/日子过得匆匆忙忙"。在这里，"我"与上一节的"鸽子"既构成了语义上的互文，也形成了现实中的对比。在空间上，"我"与鸽子都有路径大致相同的轨迹。然而，鸽子飞过树冠又回来，它依然有蓬松的羽毛；而"我"呢，也像鸽子一样从街上回到家里，却"时常不能带回来什么/即使离家数日/只留下你和这小小的屋子"。在这里，"我"何尝不想像鸽子一样在自由飞翔之后，继续享受阳光的温暖；可是，在奔波中，"我"却只有匆忙，只有"生活日复一日"。这不是一个人的故事，而是大多数人的生存写照。

多么令人沮丧的现实。可时间没有始终，生命仍将继续。所以，面对失落与疲倦，面对琐碎的一切，我们无法用极致的方式结束它，我们仍需直面，仍需置身其中，在重复中捕捉瞬间的变化，在庸常中打捞瞬间的惊喜，在平淡中经营永恒的温暖与感动。而那"无声的默契"和"彼此间的宽容"就是。这是单数生命感受与双数生命状态的相互激活与彼此倾听，是生命与时光之间的彼此映照与相互回应。所有的生命都是时间的表现形式，而时间，也正是所有生命的本质。从这个意义上讲，"一对鸽子在窗台上咕咕地轻啼/它们在许多瞬间属于我们"便不仅仅是诗人对两个人日常生活的切身体验，而是诗人对大千世界的生命关照。它既是灵魂意义上的价值判断，也弥漫着人间烟火式的感动与包容。诗人明白，生命之间，不仅仅有物质上的需要，还需要有彼此的理解和体谅。这是骨感的生存向肉感的生活迈进的前提，是生命在孤单之路上继续前行的理由。

有了这样的生命体悟，即使依然是"日复一日"，依然是"灰尘落在书脊上渐渐变黄"，依然是"夏日正转向秋天/也许一场夜雨之后就会落叶纷飞"，即使依然会时时有这样的自责与伤感："如果生活时时在给予/那也许是另一回事/我知道，那无意间提出的请求并不过分"。但诗人已不再沉溺于那种虚无的幻想与失落，而是开始重新打量眼前的一切。于是，他看到了世界与人生的另一面："不是说再回到阳光下幽深的绿荫/日子需要闲暇的时候/把家收拾干净，即使/轻声述说些无关紧要的事/情感也会在其间潜潜走过/当唇际间最初的战栗使你感知了幸福/这一瞬已延伸到了生命的尽头/而那些请求都是无意间说出的"。是的，先前的矛盾依然存在，但它已不再粗粝；先前的伤感依然存在，但它已不再黏稠。生命就是时间，我们不能抱怨自身；时间里包容了生命，我们只能亲近。当然，这也是理论上的与自我和解，与时间和解。真正意义上的和解肯定不是这种形而上的心理暗示，而是体现在扎实的日子里——闲暇时，把家打扫干净；轻声诉说些无关紧要的事；唇际间最初的战栗；无意间说出的请求……而这，才是此在的生命需要自证的最及物的、最有温度的、最有现实意义的表达方式。诗人如是说。

这首诗是指涉生命哲学的，它关乎生命的本质和时间的追问，关乎现实与精神世界的对峙与纠葛。然而，诗人没有选择那种形而上的逻辑与表达，而是选择了最普通的物象与最质朴的话语方式，有生命原始的呼吸与体温，极具尘世意义上的感染力与精神意义上的穿透力。埃兹拉·庞德说："写作的道德标准只有一个，那就是它的表达在根本上是否准确。"在我看来，林莽的这首诗便实现了这种写作道德。我不知道别人在读这首诗时会有什么样的感受。我只想说我的阅读感受，大学时读，我虽然没有诗中所写的生活经历，但我读出了泪水，因为，我似乎读出了中年的无奈与中年的宽厚，读出了未来的自己；工作以后再读，我就是在读自己，读自己琐碎而又局促的生活和瞬间的感动。可以这样说，对我来说，这首诗是带电的，是柔软的，是有泪光的，是有启示录品质的。虽然它只有短短的五节三十二行，但它却有巨大的容量和宽阔的灵魂维度。从表面上看，它写的只是诗人瞬间的状态，只是一个人的人生经验和生命感怀，然而，读者却可以从中读到自己，读到身边的人，读到远方的生命。而这，恰恰是一个诗人给生命与世界最大的贡献。正如里尔克的《秋日》，正如叶芝的《当你老了》。它们都有一种低沉的声调，都有一种从容的态度，都有一种节制的内敛，但同时，也都有一种可以穿透时光、擦亮红尘的光芒。

"诗歌是散文无法转述的部分"，多年前，陈超先生在课堂上这样说过。诗歌只能感受。陈超先生不仅是我的授业恩师，更是我敬重的师长，林莽先生也是我敬重的师长，也曾对我的诗歌写作有过巨大的帮助。通过陈超先生的书我读到了林莽先生的诗，也因此而"认识"了林莽先生本人。这是一种缘分。所以，在接到"林莽诗歌创作研讨会"的邀请函后，我也想写一篇宏观上论述林莽先生诗歌创作的文章。但最终还是放弃了，一是因为学养不够，力有不逮；二也是源于一种"私心"，我想用陈超先生教给我的文本细读的方式完成那种缘分的继续，以此来表达我对陈超先生的缅怀与敬意，以此来表达我对林莽先生的敬意与感谢！

（作者单位：河北省诗歌研究中心、河北省青年诗人学会）

瞬 间

林 莽

有时候，邻家的鸽子落在我的窗台上
咕咕地轻啼
窗口的大杨树不知不觉间已高过了四层楼的屋顶
它们轻绕那些树冠又飞回来
阳光在蓬松的羽毛上那么温柔
生命日复一日

我往往空着手从街上回来
把书和上衣掷在床上
日子过得匆匆忙忙
我时常不能带回来什么
即使离家数日
只留下你和这小小的屋子
生活日复一日

面对无声无息地默契
我们已习惯了彼此间的宽容
一对鸽子在窗台上咕咕地轻啼
它们在许多瞬间属于我们

日复一日
灰尘落在书脊上渐渐变黄
如果生活时时在给予
那也许是另一回事
我知道，那无意间提出的请求并不过分

我知道，夏日正转向秋天
也许一场夜雨过后就会落叶纷飞

不是说再回到阳光下幽深的绿荫
日子需要闲暇的时候
把家收拾干净，即使
轻声述说些无关紧要的事
情感也会在其间潜潜走过
当唇际间最初的战栗使你感知了幸福
这一瞬已延伸到了生命的尽头
而那些请求都是无意间说出的

1986 年 9 月

《诗探索》编辑委员会在工作中始终坚持：

　　发现和推出诗歌写作和理论研究的新人。

　　培养创作和研究兼备的复合型诗歌人才。

　　坚持高品位和探索性。

　　不断扩展《诗探索》的有效读者群。

　　办好理论研究和创作研究的诗歌研讨会和有特色的诗歌奖项。

　　为中国新诗的发展做出贡献。

诗探索 ⑪

POETRY EXPLORATION

理论卷

主编 / 吴思敬

2018年 第3辑

作家出版社

主管： 中国当代文学研究会

主办： 首都师范大学中国诗歌研究中心

北京大学中国诗歌研究院

《诗探索》编辑委员会

主任： 谢　冕　杨匡汉　吴思敬

委员： 王光明　刘士杰　刘福春　吴思敬　张桃洲　苏历铭

杨匡汉　陈旭光　邹　进　林　莽　谢　冕

《诗探索》出品人： 北京人天书店有限公司

社长： 邹　进

《诗探索·理论卷》主编： 吴思敬

通信地址： 北京市西三环北路 83 号首都师范大学

中国诗歌研究中心《诗探索·理论卷》编辑部

邮政编码： 100089

电子信箱： poetry_ cn@ 163. com

特约编辑： 王士强

《诗探索·作品卷》主编： 林　莽

通信地址： 北京市丰台区晓月中路 15 号

《诗探索·作品卷》编辑部

邮政编码： 100165

电子信箱： stshygj@ 126. com

编辑： 陈　亮　谈雅丽

目　录

纪念诗人彭燕郊逝世十周年

诗学研究

林莽诗歌创作研讨会论文选辑

张中海诗歌创作研讨会论文选辑

外国诗论译丛

[编者的话]

2018 年 3 月 31 日，是诗人彭燕郊逝世十周年的日子，在诗人生活、创作了大半生的长沙，他的亲属、学生和研究者举办了一个小型座谈会。我们在此特发表座谈会上周实、欧阳白、刘涵之三位学术性的发言；另外，还专门汇集了北京师范大学陈太胜教授、中南大学孟泽教授、长沙理工大学易彬教授的探讨彭燕郊创作和生活的论文，以此向这位"默默者存"的重要诗人表达我们的深切缅怀和崇高敬意。

不合时宜的歌者

陈太胜

一

查了一下时间，是 2008 年 3 月的最后一天，即 31 日。这是彭燕郊先生逝世的日子。他是凌晨近四点驾鹤西去的（真希望这是彭先生去世后真实的遭遇）。我接到消息，肯定要晚上一些时间。当时我在伦敦，忽然接到了湖南大学中文系的老师刘涵之博士的一个电话。他告诉我说："彭先生走了。"我清楚地记得，我的第一反应是，这怎么可能呢？也不知道通话是怎么结束的。在异国他乡，我实在是难以接受这个突然而至的消息。在长时间的无语中，我想的都还是七八个月前最后见到彭先生的场景。那时的他，说不上健步如飞，但确实行走自如，谈笑风生，并思维敏捷。

我们听到的死亡消息太多了，多得有时让我们近乎冷漠。但有些人的死亡，对个人来说，还是有特别不同的含义。后来想起来，我当时郁结于心的，是觉得就像一个奇迹一样，我们真的曾经认识这么一个真正的大师，但实际上却对他所知甚少，更说不上如何珍惜这样的人在这个世上罕见的存在。这块土地，可能因一个人的死亡，变得寥落起来。一个人的心也一样。

我认识彭先生，有一个特殊的原因，最初与他本人的诗人身份并无关系。1999 年末，或是 2000 年初，我决定以梁宗岱的诗学作为我要撰写的博士论文的题目。当时，在民国年间颇负盛名的梁宗岱还不怎么为人所知。现在则大为不同，已经出版了较为完备的《梁宗岱文集》，数种有关梁宗岱的研究专著及传记。在搜集资料的过程中，我从当时由上海复旦大学李振声教授编辑，并于 1998 年出版的《梁宗岱批评文集》的后记中知道（这部书的序言，即为彭燕郊先生所作），居住在长沙的彭燕郊先生藏有与梁宗岱有关的资料，甚至包括手迹。我便通过一个当时正在复旦大学读博士的同学找到了李振声教授的电话，向他索要彭先生的联系方式。在电话里，李振声教授为有人研究梁宗岱先生而高兴，为我提供了彭先生的联系方式，同时说，老先生好打交道又不好打交道，要我格外尊重老人。我忐忑不安地给彭先生打通了电话，自我介绍，并说明了自己的意图。但没几句话，我便觉得先生惊人的好说话，好相处。一听说我要研究梁宗岱，他便非常高兴。后来我才明白，似乎凭借这一点，他便有找到一个跟他志趣相投的人的感觉。

此后，我们便有了通信和电话上的联系。那时候，我已经将写信这一习惯抛弃了许久，而为了与老先生联系，便又写起信来。有意思的是，后来我才发现，在提供资料的时候，彭先生一开始是有所保留的。在一次电话中，他直言不讳地将之称为老人的"多疑"，说是渐渐地了解我是一个真正准备研究梁宗岱的人之后，才毫无保留地将他觉得有用的材料都提供给了我。彭先生逐步把他手头的资料寄给了我，最多的一次，有八件之多，在信中，对每件的情况都做了说明，并让我除其中的两件外，其余的皆在用后寄还给他。彭先生为我提供的这些资料，包括梁宗岱本人撰写的两页年谱手迹，油印的《梁宗岱诗选》，油印的文章《我学制药的经过》等，为我的论文写作提供了许多宝贵的材料。在查资料的过程中，我发现了梁宗岱先生散佚在民国期刊上的一些文章，便在复印时多印了一份，也给他寄去。2003 年，在梁宗岱逝世二十周年的时候，彭先生特意组了一组纪念文章，发表在《芙蓉》杂志上。除了我和龚旭东的文章外，还有他自己的一篇文章，即是谈我复印给他的梁宗岱的几篇佚文的。

2002 年 4 月，我工作的单位刚好和湖南师范大学合作办一个会议，我便借机专门跑到长沙，到他处于湖南博物馆内的家里去拜访。电话里，他说话爽朗有力，声音洪亮。见面谈话时，他说话的声音似乎要低许多，尽管随和可亲，但在我的印象里，似乎还有种审慎的热情和高兴。他夫人张老师端上了茶。彭先生拿出了装在牛皮纸袋里的一些资料让我翻阅。后来，还陪我到附近街上的一个复印店复印了部分我觉得有用的材料。在交谈中，我这才知道，在梁宗岱1983年逝世之后，他与梁先生1940年之后的伴侣甘少苏有接触，而且纯粹是出于对梁的学问的敬仰，找人让甘少苏口述，经过记录整理，几经周折，出版了《宗岱和我》这部书。这部书尽管有些资料有不实甚至谬误之处，但作为出版最早的梁宗岱传记，也自有其历史价值。出于信任，甘少苏女士在自己去世前，将一些资料转交彭先生保存。拜访即将结束时，在我的要求下，彭先生和我在他家门前拍了个合影。拍摄者，即是彭先生的夫人张兰欣女士。后来，我将合影照给彭先生寄去了。2007年，我收到彭先生新出版的文集时，意外地发现，他将这张合影收到了其中一卷前面的彩页里。

2003年的时候，我还曾把自己印刷的一本诗集寄给他，他在来信中多有鼓励，说是佳作不少云云。2004年，有关梁宗岱诗学的博士论文正式出版后，我也第一时间给彭先生寄去。彭先生在收到后，专门给我打了个电话，多有鼓励和表扬。

我是一个散淡的人，我和彭先生的关系，便似乎处于这样平淡的有些联系，但又几乎忘却的状态。

二

转机发生在2007年上半年，与彭先生湘潭大学的学生和同事孟泽教授有关。当时，我正忙着准备到英国访学。尽管早在一二月的时候，就已经收到了彭先生惠赠的四卷本《彭燕郊诗文集》，但还没来得及细看。四五月份左右，孟泽张罗着在湘潭大学为彭先生开一个"《彭燕郊诗文集》出版座谈会暨创作研讨会"。我接到了会议通知。孟泽还专门打电话给我，问我可不可以参加。记得孟泽还在电话中特意提到，老先生希望我能参加。这我也知道，因为彭先生在信中提到过这次会议，问我几月出国，并希望我有时间也可以参加这次会。说实话，那时我还没有认真阅读过彭先生新出版的文集。我并不是苟且的人，并不会因熟悉某个人而违心地夸赞其作品。而礼节性地到会，说几句无关痛痒的祝贺之类的话，既有违自己的原则，时间上似乎又不允许。在电话里，我并没有给孟泽肯定的回复。之前，我对彭先生的诗的认识，还只停留在选本上的一些诗，并没有形成较为系统和完整的认识。

某一天，我决定坐下来看看彭先生新出版的文集。看诗的时候，我有个习惯，喜欢在目录上用铅笔标示出我觉得好的诗。说实话，一部诗集有十首以上的标示，在我心目中，都是了不起的好书了。但读彭先生的诗，却让我深感震惊。一上午和一下午，彭先生在我心目中的形象似乎完全变了——变成了我们这个时代杰出的诗人。我决定参加会议，并专门写了一篇文章，名为《幻视的能力：彭燕郊的早期诗作》（这篇文章后来被也去参加这次会议的吴思敬先生发表在《诗探索》上）。在会议上，我郑重地说："彭先生写作所达到的成就，完全配得上这个俗世可以给予的任何荣誉，我们一直没有给予他应有的评价。"为彭先生所设定的当代诗坛中很高的位置，我想不会是我个人的杜撰，这是我的自信。

湘潭大学的会议过后，我们一行人在离开长沙前，又去彭先生家拜访了他。我的印象里，在长沙去湘潭大学前，我也去他家坐了会儿。两次经历，在记忆里混淆在了一起。在他家，印象最深的一句话是："想想世界上，有那么多好看的书，有那么多好听的音乐，你可以去看，可以去欣赏，那是多么幸福的事啊。"当时在座的人很多，除我和孟泽外，还有复旦大学的李振声教授，首都师大的吴思敬教授，长沙理工大学的教师易彬博士，湖南大学的教师刘涵之博士等。彭先生很健谈，神情也很愉悦。在谈到聂绀弩、舒芜、"七月派"、胡风时，实际上，他都有很多惊人的见解。为此，我们当时都还劝他写自传，说这是很重要的史料。他则说，自传肯定会写的，但目前萦绕于心的，还有三首长诗要先完成。其中一首似乎与白虎有关，灵感源自一个梦。好多年里，我都有个习惯，随身携带着笔记本，以便随时记录所见所想。回到北京以后，我突然发现，自己的笔记本不见了。我使劲地回忆，它可能会落在什么地方。我也想过，要不要打电话问问彭先生。不料，彭先生却先给我打来了电话，说是我把笔记本忘他那儿了，他回头给我寄过来。

在电话中，我们谈了一会。又说起了长沙见面时一些没有说完的话题。比如，他言语之间对"九叶诗派"有些与一般看法不同的意见。我突发灵感，提议说，有机会的话，很想跟他做一个对话式的访谈，关于他的写作，关于他对诗的见解等等。他一口应承，也兴奋地谈到了一些话题。他还说到杜拉斯一本名为《话多的女人》的书。放下电话后，我又想到了一些细节问题，还在笔记本上记录了一些可能谈到的话题。我想，马上着手，肯定是太匆忙了，我已经基本定下来八九月份去英国访学一年。况且，真要进行这样的对话，我得提前看大量的资料。着来，这事只能等一年后我从英国回来以后再进行。那时，我会在系统阅读的基础上拟定一些题目，事先也让彭先生有所了解，然后再一起以对话的方式讨论他的经历、他的写作和诗学。例如，在一首我很喜欢的诗中，有一行说到"两边各十一级的两条石阶"，我就一直想问一下，这是出于准确地观察呢，还是随意地杜撰。反正，这营造了一种很真实的语言上的幻觉。比如，他觉得"九叶诗派"实际上并不够现代，这与我本人的看法并不相同。我很想给他看些相关的资料，然后一起来讨论这个问题。之后，我也给孟泽打电话说到这件事，并邀请他也参加部分话题的对话。

自这次长沙之行之后，我与彭先生似乎在感情上忽然变得更为"亲近"了。不久，我便收到了彭先生寄回的笔记本，同时还附有一信，信中催我将会议的发言稿改好发给孟泽，以编会议论文集用。同时，也提到了对话的事，并希望能在我出国前进行。想来，我肯定又去信或电话跟他作了解释，最后，在去英国前，我与彭先生约好一年以后的秋天再见，说到时候，我会在长沙待一段时间，同时会安排录音录像。我们甚至说到，每次谈话两个小时左右，至少进行七八次。我们谈到了许多细节。在信中，他还提到准备编一本选集的事。他请我将他诗集中觉得好的诗选择出来，并且告诉他。他谈到，他出版的文集定价比较贵，对普通读者来说，买四卷本也不太现实。他考虑以后出个精选集。我翻找旧信，看到了一封彭先生写于2007年7月6日的信，这是我出国前收到的，也是最后一封信，当中有语："不知你几时动身，出国前能不能挤点儿时间把论文完成，我们都在盼望着。特别希望你在国外也能抽暇给我写信，多么希望你回国后能有时间我们作一次长谈。"现在重读，真是悲从中来。

论文我自然完成，并发表了。我倒是忘了，自己到英国后是否给先生写过信。大概是没有。但记得肯定至少打过两个电话，一个是到英国的时候，另一个是过春节的时候，在正月初一或初二打的。后来，便很突然地就接到了彭先生去世的消息。实在没有想到，前一年在长沙的分别，竟然是诀别。而春节期间的一次通话，居然是最后一次通话。

三

很多时候，即使喝茶静坐、无所事事，我也不愿意做些乱七八糟的事情。而我之所以愿意与彭先生做这么一个工程浩大的对话节目，肯定是基于对彭先生写作成就的某种认识。

彭先生漫长的写作生涯，从1938年算起，长达七十年。若以他本人在编自己的诗文集时设定的1949和1979年两个时间点为界，则大概可分为早中晚三期。在我看来，彭先生是自汉语有新诗以来以诗人为"志业"，延续性写作的典范。自有新诗以来，确实出现了太多的诗人，但若说始终以"诗人"自命，以诗为自己自觉的生命追求，而不是将它当作某种可有可无、时有时无的装饰，则实际上并不多。彭先生便是这罕有的人中的一个。彭先生的诗之不合时宜，似乎便体现在他艺术的先锋性上。

就我对彭燕郊早期诗歌的阅读而言，他的诗（像《卖灯芯草的人》《路亭》《窗》《旅途上的插话》）非常明显地体现出了与文学史所强加给"七月派"的那种单一的战斗的现实主义这一总体风格不同的特点。他早期诗作中的很大一部分，都可被列入新诗史上最好的作品之列。彭燕郊具有一种惊人的把现实变成想象的诗的能力，与那种夸张的、强制性的语言暴力完全不同，这是节制的、更为有力的声音。在此，诗确证了自己在人类文明中独特的作用和力量，它不仅仅是一种知识，一种呼吁，同时是娱乐人的、带有甜美声调的音乐。

在中国现代，"为人生而艺术"与"为艺术而艺术"成了似乎不能通约的二元对立，这代表了源远流长的面对艺术的基本问题时的一种两难：艺术家究竟应该让传神之笔描写外在的现实人生，还是内在的那个与"纯艺术"相关的精神世界？于是，这个问题在大多时候转变成了艺术与政治的老套话题。艺术家（诗人）或者被认为是时代的"传声筒"，或者被认为是那种信仰纯艺术的居住于"象牙塔"中的人。其实，这种理论上的二元对立，都有对艺术家进行漫画式表述的嫌疑，在艺术家的创作中其实并未显示出它们的势不两立，恰恰相反，杰出的艺术作品在两者中达到了惊人的平衡。在这种时候，艺术家（诗人）依靠自己的特有的禀赋（我称之为"幻视"），用诗歌应该有的独立的、个人化的声音，用甜美的悦耳之音"宣讲"了与他的时代有关的声音。在这种时候，诗人宣讲这种声音是出于纯粹的自愿，一种发自内心的需要，而不是外在的强迫，因此，这样的诗不是用强制的口吻在宣讲某种既成之理，而是用音乐、用节奏，用形象向我们启示关于人性的某种认识。彭先生正是这样早慧的诗人，早在1940年，他一些最好的诗，便并不是迫不及待地强迫性地赋予事物以某种超越它自身的意义，而是使意义自己显现出来，或者至少是在精细地描绘事物自身以后才让意义浮现出来。这样，展示的意义，显得更令读者信服。这种认真观察和仔细描绘的做法，体现了诗人对待他所看到的事物的自我克制的态度，语言在这儿没有被滥用。亦即是说，幻视的能力在这儿没有化身为神奇般的"抒情"的语调，而是变身为一种通过观察和描绘而生长出来的从语言形象中挖掘深意的能力。在这里，阅读者不是被动地接受诗人的"神奇"理念，而是与诗人合谋，通过语言的形象获得理解。

到二十世纪八十年代，彭先生已经是六旬的老人了。但彭先生自己的写作，似乎真正又迎来了另一个蓬勃的春天。这自然与他二十世纪四十年代高水平的写作实践有关。像他写于二十世纪八十年代早期的《钢琴演奏》（1978，1981修改）、《陈爱莲》（1980—1981）、《东山魁夷》（1981）、《小泽征尔》（1983）、《听杨靖弹〈霸王卸甲〉》（1985）等作品，都是那个年代并不多见的佳作。在这个时期，我觉得作为诗人，彭先生有两个方面是具有先锋意义的，且都对汉语诗歌的写作具有重大的意义：一是他主张的"以思考代替抒情"的"拒绝浪漫主义"的诗学；二是他在散文诗写作上所做的探讨，代表了新诗写作一种新的可能。这两点又是紧密相连的，后者在一定程度上，即是他的诗学在写作上的实践。

作为一个长期被忽视，至今其写作成就没有得到应有和公正评价的诗人，彭先生的散文诗写作也遭受到了类似的命运，还只为少数人所看重。事实上，依我个人的判断，彭先生是中国现代继鲁迅之后在散文诗这一文类的写作上做出最重要贡献的作家。还没有得到充分重视和研究的彭先生的散文诗写作，恰恰体现出了其写作的丰富性与实验性，或者说是先锋性。在《漂瓶》《无色透明的下午》《混沌初开》等作品中展现的新的艺术形态——"以思考代替抒情"，并让思想有了诗性的音乐化了的形式，即思想和音乐相交响的艺术形式，称得上是中国现代散文诗文体的一种创新形式。似乎，对彭先生来说，散文诗更符合他心目中理想的现代诗的样子，其原因大概是表现"思想"丰富的可能性，以及呈现像诗一样又与诗有所不同，甚至是更多变的某种音乐的旋律性的可能。

彭先生在谈到他晚期的作品《混沌初开》时说："这首长诗，是我这几年思考的结果。我以为，现代诗应该是思考的诗而不是抒情的，或不单单是抒情的，甚至可以说是以思考代替抒情的。"在我看来，这种清晰地对自己的散文诗写作所作出的定位，于彭先生本人来说，是在几十年的探索中逐渐得到的一种领悟。写"思考的诗"，或者说，"以思考来代替抒情"，正是他1980年后的散文诗写作的总体特色。这当中有像《混沌初开》这样的鸿篇巨制，更多的是像《漂瓶》《烟声》《风信子》这样的中短篇作品。这类作品最重要和最明显的艺术特色，在我看来，是那种思想和音乐相交响的特点，它是"思考的诗"，但其整个艺术形式（形式上的重要特征）却是充分"音乐化了的"。

彭先生的散文诗写作，在我看来，在探索现代诗的各种可能性中有其特殊的意义。在他的散文诗写作中，其实存在着隐秘的对现代诗内在的质和其艺术形式的大胆探索。孟泽在谈到彭先生的散文诗时，曾经这样说："事实上，从世界的背景看，汉语新诗的开端，就必须面对一个'散文化'的世界，而不再是一个浪漫主义的'诗'的世界，因此，鲁迅的《野草》在某种意义上可能最符合现代诗的本质，它所指示的也是现代汉诗最根本的方向。彭燕郊对于《野草》的认同，从心灵出发，同时契合其'散文诗''造型'。"照我的理解，这其实是说，在彭的散文诗写作中，揭示的正是"散文化"的世界里"现代汉诗最根本的方向"。这种方向，要细究起来，它既包括彭在散文诗写作中在母题上所做的"以思考代替抒情"的这一涉及现代诗的根本方向的转变，也包括他在艺术形式上所实行的将语言"音乐化"的尝试。

在我心目中，随着时间的推移，彭先生作为罕见的诗人的地位会变得越来越清晰。在很大程度上，这是因为，他以自己的写作，促进了新诗中某种可称为"后浪漫主义"的源流的展开。在他的诗学中，对文学（语言）本身的自我意识和自我反省，显得比浪漫主义要更多和更为重要。这当然与后浪漫主义诗学中这样一个重要的观念有关，即现在，诗不是只表现人类意识中特异的特别个人化的情感，而是表现人类意识全部。很大程度上，这种对诗的自我意识，将诗提到了哲学的地位，使诗本身有可能成为哲学语言之一种。现在，诗人与德里达、本雅明这样的思想家成了同路人，同一类人，他们都用语言写作，都思考人类所面对的处境和人的精神生活，他们间的差异，只在于使用的文体有所不同。

四

我从英国回来以后，又过了些时间，去了一趟长沙。重访彭先生家的时候，看着因他逝去显得格外空旷的房子，看到他往昔常坐的书桌前空空荡荡，我内心的悲哀无法形容。在彭先生的墓地前献上了一束花，几人肃立良久，无言。

在写这篇文章的时候，我重新读到了彭先生 1996 年为《梁宗岱批评文集》一书所写的序中的一段话。想来这段话当年我并没有太多感觉，而今天却读出了别样的味道。彭先生说："梁先生忧虑的浅学乃至不学的颓风，依然触目惊心，我们必须警惕在不知不觉中失去前辈们特立独行的做人与为学品格。例如，为表忠，邀功，请赏，攀附或趋时，媚俗而发的诛心之论，而写的庸劣之作，欺世盗名不择手段的行径，仍然远未绝迹。曲学阿世，玩词语游戏、理论游戏的，也还大有人在。士风关乎国运，今年正值梁先生逝世十三周年，缅怀先正，我们不能不有许多的感触。"念及先生自湘潭大学退休后，二十余年不无寂寞地居于长沙，以诗为业，对世事对文坛冷眼旁观，这段话读着便隐隐有了某种"愤慨"的感觉。缅怀先正，确实也当时时以此为镜。

2015 年 10 月，我与孟泽一同在福建旅行，从福州到厦门，在几个学校对彭先生的福建同乡"宣讲"彭先生的诗和诗学。那几乎就是我们的"怀念彭燕郊先生之旅"。期间，我还因有所感而写了一首名为《致一个逝者》的诗，后来作了修改。兹录于此，缅怀彭先生。本文的标题"不合时宜的歌者"，即来自于这首诗。

致一个逝者
——给彭燕郊

就像清寂的湖上
仍会开一些孤傲的睡莲
（我想它肯定是白的，
在绿色或藏青色的水上，
自怜，但不过分自怨自艾），
你仍是隐没于忘川上
不合时宜的歌者，
面对令人欣悦的黑暗
沉默无语
或是频频点头。
我甚或希望你是
摆渡的人。
不会对开口问路的人
不发一言。

一切都不会有改变。

诗探索11　理论卷　2018年　第 3 辑

声嘶力竭的表演
或加速度的死亡之旅
仍在继续。
就在你的墓地之外。
无法抵挡那种
并不是无端的怀疑，
你必定也是罪恶的一部分。
即使你的天真
或同样的世故也是。
诗本来就没有改变什么。

你必得成为
白光中隐忍的矿脉。
在黑暗的山谷中
在深深的山下
等待另一类完全不同的人
以令人发笑的方式
来将你白银一样的灵魂
挖掘。

不必增多些许的快乐
或是仇恨。
不必宽恕些什么。
你会说，
毕竟活着就是快乐。
记住，这个世界上
有这么多好看的书和电影，
这么多好听的音乐，
是多么美好的事。
要勇敢地活着，
要适度，要节制，
拒绝浪漫主义，
不过分悲伤或欢乐，
不过分憎恨或热爱。
语言也一样。

[作者单位：北京师范大学文学院]

"工夫即本体"

——彭燕郊的诗学思想与立场 [①]

孟 泽

诗探索11 理论卷 2018年 第3辑

徐炼在《"你，一个生动的过程"——彭燕郊诗读法臆说》中，把呈现在彭燕郊诗里的缤纷的"对象"世界，称为"自由意识的华严之境"，称为"审美形态的思想"或"动词性的、过程性的思想"。这种"思想"，"对于许多具体个别的人生（心理）经验而言具有无可比拟的一般普遍性，具有'形式'般的抽象性。它超越个别经验又涵盖个别经验，大而化之，周流无滞。而另一方面，它显现在诗中的形态却又具体而微，亲切可扣（那些空灵而多义的想象性感受）。因此，作为认识经验的形态它靠近哲学，而作为诗的审美的形态它类似音乐体验。"[②]

迄今为止，这是我读到的关于彭燕郊诗歌的"特殊形态"最透辟的解释文字之一。自然，它针对的是"能够让人从话语个性一望而知为彭燕郊的"，如《缪斯情结》《天籁》《漂瓶》《德彪西〈月光〉语译》《无色透明的下午》《混沌初开》一类作品和写法，也就是彭先生二十世纪八十年代中期以后大量写作的分行的或不分行的"散文诗"。这些真正构成他的创作的重要性和诠释挑战性的"散文诗"，有着属于他个人的"诗的语法"，他在诗学上的用心用力，他所给出的经验性的陈述，在某种意义上，似乎正是为此提供一种理论说明，或者说，一种自我认同和自我预期，可以与他的作品，构成互动的解释。

---

① 黄宗羲《明儒学案序》："心无本体，工夫所至，即是本体。"借用黄宗羲的话"命名"彭燕郊的诗学，意在说明这种诗学的具体性与实践性特征，以及作者"技"（工夫，对象，方法，理论）与"道"（本体，自我，思想，创作）贯、"体""用"兼得、"道""器"一元的不可替代的经验与发明。

② 《湘潭大学学报》1999年第4期。

一 关于"浪漫主义"

　　彭燕郊的诗学，是从他对于"浪漫主义"的诘难开始的。二十世纪八十年代初，当人们大体上还在以激情反思激情，以文化批判文化，以"纯洁的自我"召唤"纯洁的理想世界"时，香港《文汇报》刊载了彭燕郊以"告别浪漫主义"为主题的系列札记①。诗人梳理了作为文学史"既成事实"的"现代主义逐步取代浪漫主义"的世界现代诗歌进程，同时也检讨了"中国现代诗的发展过程"。

　　按照彭燕郊的表述，区别于想要"隐于美"的戈蒂耶，经历受苦、挣扎，通过挑战、反抗、败北、绝望的悲壮之路而走到艺术峰顶的波特莱尔，是"新、旧文学交界处的分水岭，现代文学，首先是现代诗的源头就在他脚下"。波特莱尔"第一次把思考和现实结合到深的层次"，使诗歌更具思考的美，而且，这种思考更加具有现实性。以波特莱尔为标志的现代诗歌"不同于浪漫主义及前此所有诗歌之处，是用思考代替着抒情的主体地位。……似乎，人类热情的圣火如今已烧向理智，而让感情的余烬在新的生活面前逐渐冷却。严格意义上的诗，抒发的已经不是生活所激发的感情的火花而是剩下的火花和痛苦的思索过程留下的一道道印迹，或一个个伤口、瘀血和肿块。"

　　"抒情"的改变或者"隐退"，缘于对"一往情深"的"情感"的警觉。缺少理性支撑的情感，与情绪相去不远，无法对应现代人如同迷宫和深渊一样的精神世界。彭燕郊反复强调从"抒情"到"思考"的转换，意味着诗人需要面对一种"反思性"的精神现实②。波特莱尔表现为"忧

---

　　① 这些文字，日后收录在北京三联书店 1991 年出版的《和亮亮谈诗》中，书的《后记》所署日期是 1986 年 7 月。本文所引彭燕郊言论，除《和亮亮谈诗》外，还包括未刊文献：《野史无文》题记、后记，《两世纪之交，变风变雅：浪漫主义困惑》，《两世纪之交，变风变雅：语言苦恼》，《梁宗岱先生的三篇遗文》，《世纪之痛的沉重课题——读鲁贞银"胡风文学思想及理论研究"》，《我所知道的绀弩的晚年》（附《答客问》）。已刊文献：《诉说自己——关于我的三部诗集》，刊《理论与创作》2004 年第 5 期，《屠格涅夫散文诗》译序，汤峰诗集《亲如未来》序《思想者的诗》，《诗魔附身：苦恼，困惑，挑战与考验》，刊《文学界》2005 年第 6 期。访谈：《以诗歌表征生命的价值——彭燕郊先生访谈录》，刊《理论与创作》2004 年第 5 期，《诗之苦旅——与彭燕郊对谈》，《湘潭大学学报》2004 年第 5 期，《春夜谈诗》，《文学界》2005 年第 6 期。文中引用这些文献，一般不再说明出处。

　　② 黑格尔曾经认为，近代不是诗意的时代，而是散文的时代，市民社会不是诗意的社会，而是散文的社会。近代市民社会的文化和文明，具有反思特点，由此成为一个"反思的世界"。在这个世界，人们不能不过一种反思的生活，一种处处渗透着抽象思维的生活。见《美学》卷 1《全书序论》第 1 节，商务印书馆 1982 年版。参见薛华《黑格尔与艺术难题》，中国社会科学出版社 1986 年版，第 6 页。此处所说的"反思性"，较之黑格尔定义的近代文化的"反思"，是更进一步的精神现实。

郁"的痛苦的挣扎和由此而来的"精神异动"，便是基于他"发现作为独立的存在物的生命的丰富性，发现那未被考察过的长期被隐蔽和用各种各样方法歪曲了的生命的本来面目，生命的真实的存在形态和意义"。现代诗"拒绝把生活简单化或'净化'，拒绝空洞的欢呼或哀叹，拒绝陈旧的以幻想代替向生活和精神领域里和更深层次的挖掘，拒绝以麻木不仁的乐天主义的娱乐方式对待艺术创造所导致的浮夸虚饰"，也无不是基于此种精神内部的变迁，基于现代人正在变化的情感与情感态度。伴随现代科学认知与哲学认知的深入，有关人性与物性、关于人道与世道的观念，已足够区别于浪漫主义诗歌时代，现代诗本身，也正是告示这种区别的重要载体，"十九世纪，在人类生活开始空前规模的大变化的前夜，文学本身的变化更为明显，更加令人目眩神迷。"

在此前提下，象征主义者所强调的"象征"与"内心感受"（作为"技术"，作为"题材"，它们是古今通用的），"它比一般的感受更有意识，更富于思辨性，更精微细致也更冷酷，更具有抽象思维的沉静、严肃和追求未知世界的终极意义的坚忍精神。这样的思想境界是浪漫主义诗人所远远不能企及的"。因此，彭燕郊认为，象征主义诗人们的实验，"不是为了象征，而是为了与他们所要表现的新的内容相适应并促进新内容的开拓。""由抒发转向内省，不是现代主义的美学方法教会诗人们去思考，而是现代人——现代诗人的思考教会诗人创造新的美学方法。"

在彭燕郊看来，现代诗人是必须"以思考为第一选择的，思考成为第一冲动，正如抒情成为浪漫主义诗人的第一冲动，现代诗人在思考中获得理性的升华，从而获得自我灵魂约束的能力。现代诗人以思考为诗人性格特征，浪漫主义诗人则以情绪化的语言为性格特征，终于导致了不信任感，而现代诗人的启示性语言则以思考引发思考，他们深知，思考是诗人的天赋，诗人的本分，诗人的历史使命。""思考"作为"反思的理性"的表征，重新定位了整体精神世界中的人的情感，也重新定位了创作世界中的"抒情"，现代诗人成长了"自我灵魂约束的能力"，"启示性语言"取代"情绪化的语言"。而且，思考"只会增强感情的分量而不会有损于感情的纯粹"。增强了分量的"情感"与"抒情"，降低了工具性支配的可能，与"反思性"的精神现实相一致，共同赋予诗歌以某种独立自足的实体性，一种"思想"的感性形态，因此说，"诗已经不可能永远是人们手里把玩的恩物或攻击和自卫的武器，诗有它自己的独立的存在方式，应该让诗成为离开诗人，离开文学风习的超骄的

诗探索11 理论卷 2018年 第3辑

精神实体。正如陀思妥耶夫斯基使小说成为这样的精神实体，波特莱尔使诗成为这样的精神实体……"

论证浪漫主义，这个曾经"用激情代替古典主义的纯粹理性主义，用内心感受的奔放无羁改变古典主义认为总是合逻辑地和谐的客观世界"的文学潮流，作为一个思潮，一种创作方法，一种审美追求，并不具有无边界的合法性与适应性。但是，彭燕郊愿意把它看成是"文学艺术本性的一个重要方面，文学艺术素质的一个重要成分，你写的作品，不论哪一种形式，里面必然有它，没有它就不是文学作品，更不用说诗必须集中最精粹地凸显文学艺术的这个特性。""被称为浪漫主义的诸种特色归根结底仍然是文学的基本元素，实际上也是现实主义创作方法的不可缺少的条件。"从实践的角度看，作为一种前提性的存在，"诗，总该是浪漫主义多一些的"。

对于"现代诗的主要特征的思考性——理性主义"，彭燕郊的肯定同样基于文学实践，本身便具有"反思"的特征。它显然不是单一面孔的，难以简单定义和规定。就在波特莱尔之后，马拉美、瓦雷里的思考"更多地依靠思维的抽象和逻辑性，相应地在艺术上表现了更浓郁的唯美主义色彩"；而在兰波、阿波里奈那里，"思考更多地接近精神生活的原型，无视抽象和逻辑。"不仅如此，"现代诗的理性主义具有非理性主义的形态。现代意识里的理性主义更多的是意志型的，而不是理智型的；更多的是动态而不是静态的"。

所谓理性、思考，自然也决不可以降格为一种纯粹"散文化"的"理智"和固执的道德情怀，彭燕郊认为，诗人作为"思想家"，说的是他们应该是思考着的人，他们应该是引导人去思考的人而不一定是给人结论，甚至不适宜于教给人应该怎样地思考，而且对于诗歌来说，"思考本身也就是抒情的另外一种形态，并不是抒情的变形或反抒情。抒情本身可以有这种性质。""那些应该由思想家来完成的，我们没有理由要诗人来完成"。波特莱尔"没有把自己当作先知，他写的也不是那种所谓的'哲理诗'，甚至连智者也不是。"即使透过《旅行》这首波特莱尔最长的诗，它就像是艾略特《荒原》最初的萌蘖，也"不能说波特莱尔的思考达到怎样的高度，回答了时代所提出的哪些尖锐的问题，也不是说思考本身从方法和结论上为思维领域带来了什么新的东西……他并没有发现、发展和获得什么，他得到的或许只是负数"。（《与亮亮谈诗》116页）"负数"当然并不取消《旅行》的审美意义。

二 关于"现代现实主义"

　　纯粹对西方现代诗歌历程的关注，不足以构成彭燕郊梳理它们的全部动力。相对于自我质疑、自我反思的动机而言，它们更像是他山之石。

　　在《两世纪之交，变风变雅：浪漫主义困惑》中，彭燕郊检讨了中国现代诗的浪漫主义气质，他认为"郭沫若是中国新文学运动第一个也是唯一的一个浪漫主义诗人"，影响了中国新诗却并不因此表明他的创作代表新诗发展的方向，他的创作弱点是显然的，更何况那些后续者，"感情上的浮夸和多愁善感总是形影相随""自我陶醉""是由积极的强调自我滑下来的一种可悲的退化"，"感情至上也往往使真实的感受未能深化而停留于表面"，"感情至上必然产生艺术创造的忽视"（口号标语诗的滥觞），"更重要的是诗人还保留着对封建文化的眷恋，看得出他对古代神话历史传说的爱好和西欧早期浪漫主义诗人有共同点也有不同处，他对古代神话历史传说几乎没有作什么新的解释或改造，往往反而强调了旧观念中最落后的部分，例如他对屈原的歌颂。至于他的'瓶'里面所流露的封建文人'本事诗'式的情调则更其是一种和五四精神极不和谐的旧思想意识地重复了。"

　　从有关屈原的认同和歌颂中，发现一种并不现代的思想和情感形态，这是很重要的见解。事实上，在二十世纪中国文学与文学研究中，对于屈原的情感和行为模式，包括众多的古代神话、历史传说，并未提供足够充分的开放性的诠释与现代观照，反而更多陷入士大夫的精神谱系和皇权政治的价值轨辙，尽管往往是以反动的面貌出现。彭燕郊通过对郭沫若诗歌创作的反思，探讨它所代表的文学观念以及它和历史运动结合的程度和方式，认为浪漫主义的"热情"，不足以面对艰巨的、灾难深重的东方古国的觉醒和抗争，反而容易被改头换面的体制性的文化力量所收编。只有创作了《野草》的鲁迅"才叫老谋深算、有恃无恐的旧文化势力胆寒。改良主义的《尝试集》和浪漫主义的《女神》在他们眼里是无害的游戏，至多是有点叫人看不惯的游戏。"

　　在彭燕郊看来，鲁迅有对于现代主义最深刻的同情、理解与实践。鲁迅介绍勃洛克的《十二个》，"可以说是被介绍到中国的第一部现代诗"。在译本后记中，鲁迅写道："他之为都会诗人的特色，是在用空想，即诗的幻想的眼，照见都会中的日常生活，将那朦胧的印象，加以象征化。将精气吹入所描写的事项里，使她苏生，也就是在庸俗的生活，

诗探索11　理论卷　2018年　第3辑

尘嚣的市街中，发现诗歌的要素，所以勃洛克所擅长者，是在取卑俗，热闹，杂沓的材料，造成一篇神秘的写实的诗歌。"彭燕郊认为，在这里，鲁迅已经把现代诗、现代主义说得够清楚了。但历来盛产"馆阁诗人，山林诗人，花月诗人"的中国诗坛，更能衔接的依然是"神会"，是如醉如痴的创作心态，"比喻，托物咏怀，我们是习惯的，'加以象征化'，就不习惯。"孕育了此种"性灵"的"中国古典诗学的灵魂是儒家哲学，很政治性的。""很坚定的政治现实主义应用到诗学里就成为政治现实主义诗学。""政治现实主义诗学"与浪漫主义，其实相去不远，正像英雄主义和感伤主义常常是一体两面。"我们依然摆脱不了浪漫主义困扰"，缺乏"能让'庸俗的日常生活事象''苏生'的'精气'"，"那应该是现代人的感受，现代人的思考，那是'神秘'的，复杂，深邃，茫阔，有血有肉，那是需要拿起解剖刀，比解剖别人更加无情地解剖自己的"。

与理论界对于中国现代主义诗歌的主流描述不同，彭燕郊并不认为冯至、穆旦是十足的"现代派"，"照我晓得的，中国的现代派是徐迟、欧外鸥。他们的诗现代气息很浓，还有一个番草，也是一个重要的现代派诗人。有一个叫路易士的，就是后来在台湾的纪弦。冯至的诗现代气息不浓，不知道为什么把他也叫作现代派。""穆旦的诗我认为是五分古典，两分浪漫，再加三分现代。他并不现代。现代派的诗人感觉、情绪、表现手法都是非常新的。徐迟早期的诗和欧外鸥的诗里的想象是别人没有的，那确实是现代味的。"

相对于此种有关"现代气息""现代派""现代味"的审慎分辨，彭燕郊对他心目中的"现代主义"有更直接的指认："艾青的《大堰河》算不算乡土诗？但是很现代的。现代诗并不是非写城市不可。""诗歌是一种文化现象，在中国这样的一个具体的文化环境里，我们的现代主义与西方不同。"而且，"现代意识绝不是与现代生活中的重大问题无关"。

在一些特定的表述中，他提到："《大堰河》《芦笛》一发表，诗坛有了中国的现代主义。""《向太阳》《吹号者》《黎明的通知》《旷野》《火把》等更是把中国的现代主义推向了新的高峰。""可艾青的脚步似乎到此止步了"，他后来提供的更多是失败的经验。"四十年代初期徐迟的《抒情的放逐》、艾青的《诗的散文美》是两篇具有现代诗宣言性质的重要文献"，虽然没有获得足够的创作上与理论上的支持。

既解析"现代派"，又罕见地把艾青、田间纳入"现代主义"，在这里，似乎存在着某种对于"现代诗"的双重理解和解释。并不完全自怡的表述，缘于彭燕郊对中国新诗历史有更大的视野范围，这种视野中的把握与观察，自然包含了由他的经历、视角和趣味所决定的好恶与价值取舍。他曾经指出："中国的新文学运动产生于西方浪漫主义已被现代主义取代了的二十世纪二十年代，它不能不是现代主义的。郭沫若的浪漫主义不能不后继无人。"这种依据时间而作的线性分割，也许有失武断。但是，彭燕郊从自身的实践出发对于中国现代诗歌的现实及未来可能性的瞩望，却决非想当然。他认为，中国的"现代主义应该是现代的现实主义。我反对有些人把现代主义搞成现代的唯美主义。""五四以来，新诗发展的轨迹，好像可以概括为以《野草》为代表的'现代现实主义'发展的过程——既是现代主义的又是现实主义的。它必然是曲折的。艾青的出现是一个里程碑……更有力地宣告了郭沫若式的浪漫主义的终结。"《女神》中的有些篇章"很有五四时代的历史感，读起来心灵受到震颤。可是，与《野草》比，觉得历史的深度厚度不够……《野草》中的篇章，乃至《无花的蔷薇》《小杂感》……是清醒的现实主义，是真正的现代意识，因为里面蕴藏着深沉的历史使命感，厚重的历史内涵"。

中国新诗的"现代主义"，彭燕郊更乐意称之为"现代现实主义"，他认为，"现代意识"应该包括"厚重的历史内涵"。事实上，彭燕郊在表述波特莱尔之类的"现代意识""现代主义"时，就并没有排除它们对于"现实主义"精神的含摄。他称"龚定庵是中国第一个具有现代意识的诗人"（对于人们更容易认同纳兰性德《饮水词》《侧帽词》而不是龚的《己亥杂诗》，他不以为然）；同时意识到，思想性格、艺术性格无法与浪漫主义的天真、夸张、英雄主义和过分的文学性相协调的鲁迅，却在"精神上推崇浪漫主义诗人"；而"浪漫主义的为理想赴汤蹈火的勇气，不羁的瑰丽想象，一泻千里的奔放热情，艺术创造世界的大胆开拓，古典主义就没有吗？……和莎士比亚的四大悲剧相比，我们很难找出与之相当的一位浪漫主义诗人流露过像那样如火如荼、惊心动魄的热情。"由此可见，"主义"并不能全盘涵盖彭燕郊的认知，即使是"现代主义"。

诗探索11　理论卷　2018年　第3辑

三　理论还原与生命还原

任何主义、观念、知识、习惯，之所以成为枷锁，在于它们最终简化、条理化了这个世界，从这一角度，诗或者艺术，就是要还原世界的陌生、复杂与暧昧，哪怕被指为"非诗"。任何概念、语言方式的调整，都是为了"书写""命名"回到最基本的部分，尽管它们同时可能构成新的遮蔽。

彭燕郊对于"浪漫主义""现代主义"等作为历史而不是作为纯粹概念所做的清理，还原了一个关于文学的基本事实，即任何理论抽象都不足以覆盖全部的文学实践与文学现象，或者说，抽象的理论规范与理论召唤，永远无法体贴文学实践本身所需要的开放性和丰富性，而只能演绎出理论（理想）的傲慢与偏见，以及由这种傲慢与偏见带来的专制。"诗人是设帐幕于天体下的游牧者，不是守栏的牧猪奴"，不能满足于"消极抒情"[①]的现代诗人，对此尤其必须具有足够的反思力。同时，为了抵制"消极抒情"，还必须拥有足够的自制力，"在激情上面，自制便是自由""美吗？美就是那种善于约束自己的、自由的存在。"自然，这同样是"后设"的理论概括，"自觉"并不是凭借理论概括就可以完成的，连理论的自觉也是如此。对被"浪漫主义""情感"支配的创作主体状态，彭燕郊在《诗魔附身：苦恼，困惑，挑战与考验》中有过很"文学化"的描述："写诗，是思绪的，情感的，甚至是在知觉的生理反应驱使下的宣泄、释放，呻吟或呼叫吗？大多数情况下应该是的，忍不住了，压抑不住了，那时候会有那么多热得烫喉咙的话不说出来不好过，于是想写，于是写下来了。想来每个人学习写诗的最初经历都这样。但是难道就只是这样？过细想想，是还有另外一些，层次深一些，涉及面广一些的因素，不可能宣泄、释放放过了就没事。""白居易给诗下了这么个定义：'根情，苗性，华声，实义'，情可是根本呢。诗不就是抒情吗？怎么能不浪漫主义。……然而，问题来了，他代表一种主义，一种信念，一种观点，他只要根，不管长出的是什么苗，会开什么花，最后结成什么果，绝对没错，但只对四分之一，人类文明史的要求必须对四分之四。""简单化的个人抒情不但已经远远不能回应诗歌艺术发展的新的任务所提出的新的要求，而且已成为障碍，赘疣，甚至是

[①]　海子说："伟大的诗歌，不是感性的诗歌，也不是抒情的诗歌""抒情，质言之，就是一种自发的举动，它是人的消极能力：你随时准备歌唱。"见《海子骆一禾作品集》，南京出版社1991年版，第161页、290页。

导致腐蚀的霉菌。可它又那么顽强，附着在你身上，冷不防就冒出来，让你不知不觉地又浪漫主义起来，又唯情，唯我，又写出好像一百年前古人写的那种诗。"

基于"情感"的乃至身不由己的"消极抒情"，或者超越纯粹"情感"支配，与"人类文明"以及人类精神世界的全部（"四分之四"）相对称的写作，这是彭燕郊勾勒的两种写作状态。在这里，所谓"浪漫主义"，就是那种容易混同于公共的宏大的历史话语与政治话语的个人情感——"依靠激情认识世界、反映世界，改变世界的抒情至上主义"，以夸诞的语言方式作为表达；或者，它的另一面，功利性的爱恶，个人的"叫喊式的呻吟，自怜自爱装扮成的愤慨，微湿的惆怅，不着边际的是非判断……甚至只能是半拉儿浪漫主义。"表现在中国现代诗歌创作中，就是那种由社会政治或"传统诗材"所激发的准"青春"的"自动"书写，"不是为真理、正义而慷慨激昂，就是为醇酒妇人一往情深"；那种"合为事而作""合为时而作"的"即兴""应景"的抒情和"自我释放"，而放弃了"对隐藏在现实世界背后的'真实'的探究、思考，隐藏在'大我'背后的'小我'的发现"，以及对更重要的现实的"人的内心世界的挖掘"。

缺少"反思力"与"自制力"的"情感"牵引，一方面可以带来自我的无限提升（"个人凌驾一切"），另一方面则可能导致不断的自我撤退和自我否定（"连个人也没有了"）。如果不是因为某种急切的具体的目标所决定、所驱使，如果不是因为写作已纳入整体意识形态的工具性建构，以至成为意识形态的"代言"，这种写作往往昙花一现，无以为继。二十世纪中国历史进程的"宏大叙事"，对于这种写作具有足够的决定性，事实上，这也是"新诗史上，很多人的写作不能延续到中年以后"的重要原因。与艾略特所提出的，在现代社会中，一个诗人踏过某个年龄的门槛（在艾氏是二十五岁）如何继续写作的命题，有相仿之处。

在近乎"本能"的抒情言志之后，必须获得更宽广深厚的情感、理性的支持，写作才可能延续。王国维说，"主观之诗人，不必多阅世。阅世愈浅，则性情愈真"，此种"疑似"之论，容易被"错觉"为"自动"写作（"消极抒情"）的辩护词。王国维的话，更应该理解为诗人性情的真诚，"首先是对那未知的保持贞洁，其次，守护那已知的，为它保持贞洁"，诗人必须对世界保有混沌初开般的好奇心、想象力和感知能力，而不是要求对于世界无知，以便让心性停留在生理性的"反应"状态。特别是对于现代"专业化"写作而言，"诗人的历史有效性，不是来自一个个人情绪、感受的传达，而必须获得一种更为开阔、更为成熟的心智能力，以对应现代生活本身的复杂。"①"文学说到底不是弹钢琴，它根植于对世界对人生的深广了解和领悟，在这个意义上，文学本来是成人的事业，是'老狐狸'们的事业"②。

然而，二十世纪中国，尽管整体上在走向"复杂"的"现代生活"，但在某种政治化的精神走向与选择中，则必须成长一种越来越单纯、浪漫、强悍（粗暴）、明确（狭窄）的心智能力，以应对时代的"单极化""一元化"趋势，而不能接纳复杂、游移、神秘与怀疑，必须尽量把济慈（Jonh·Keats）所概括的莎士比亚的"非凡资质"——"即能够总是处在游移、神秘、怀疑之中而并不急于追求什么事实和理由"的"消极能力"（negative capability）（1817年12月27日济慈给弟弟信），转变成坚决果断的"积极能力"。于是，我们常常可以从文学，特别是诗歌文本中，看到政治文件式的明确和直接，而从政治文本中，看到的却是文学式的浪漫和激情。这也是"政治现实主义诗学"与浪漫主义相去不远的有效证明。

从内心发现"浪漫主义"，从下意识选择中发现"浪漫主义"写作的"优越性"，彭燕郊的浪漫主义反思，是在生命的"亲证"过程中获得的，理论的观念的历程，对应着他的生命历程。从"天然"感赋，喜怒哀乐主要出自"对那未知的保持贞洁"的心性，到"在悠长的日日夜夜里，咀嚼的唯有不可知，唯有希望与失望难解难分的交锋留下的叫作痛苦的满地碎片。"这期间，无疑伴随了诗人渴望跟上时代而跟不上时代的自我否定，伴随了诗人逐渐明白不必紧跟却不得不紧跟的苦恼。如此，才会有《裸之痛》（诗篇名），在"穿衣""脱衣"之间，在囚禁与自我囚禁之间，梦魇般纠缠，痛彻骨髓，又荒诞不经；才会有《以线划分》（诗篇名）落下的沮丧、焦虑和绝望，在"红线""黑线"之间，以命运为赌资，无所适从，又时时心怀侥幸③。同时，即使在囚禁中，也无法阻挡从心灵升起的肉体般的精神需要，无法改变"等待福音般的开锁声"的《音乐癖》（诗篇名）。

· 纪念诗人彭燕郊逝世十周年 ·

① 姜涛：《小大由之：谈卞之琳40年代的文体选择》，《新诗评论》2005年第1辑。

② 李敬泽语，见《南方周末》2005年9月15日。

③ 诗人在回顾生平时，言及自己当年"也不反对批判胡风，也写了批判胡风的文章"（《我应该怎样想——一些原生态思想素材》），日后的岁月中，更有"学乖""说谎""公开地说谎""岂止怕死，简直就是怕'事'"（《野史无文》后记）的"求生"表现。

支付一段漫长的生命，体验一个时代既亢奋又委顿、既神圣又惨痛的激情，体验一个人既"当局"又"局外"、既"高亢"又卑微的生存。晚年，终于可以再一次感动自己的感动，蜕变并且还原自我。自然，这是由历史、现实淘洗浸泡过，自己翻检过、颠倒过无数遍的自我了，用他本人的话说，"那是用生命之血酿造的无比辛酸苦涩的流向干渴的心的热泪灌溉出来的""总算熬过来的那一段漫长的不寻常日子是可纪念的，那些日子里留下的这些今天总算能够见于文字的不寻常感受也是可纪念的。纪念，就是怀旧，旧难道真有那么可怀吗？怀，怀恋，过去的已成记忆，记忆已被收藏于地表之下，怀旧，不就是发掘它们，发掘的是什么？精神创伤，是在伤口上撒盐呢，我明白鲁迅先生的《野草》里为什么会有一篇《墓碣文》了。"

伴随自我的解构与重构，伴随"浪漫主义"的否定性的自我颠覆（他说"浪漫主义的虚伪，它必然导致脱离现实。同样脱离艺术，失去美"），诗人对于"现代主义"（"现代现实主义"）的服膺，同时发生在这种观念与内心相一致的蜕变与还原的历程中。"现代主义"不是简单地停留于对感性日常性的尊重，对于"琐屑而边缘"的事物与生活的发现，而是需要接纳沉思，接纳冷峻而不只是热烈的情感和思维的丰富性，"形成一种综合的立体的文学能力，建构出一己心灵对历史之'大'、经验之繁复的阐释和容纳"[①]，从"个人之情"指向"群体之情"，从心灵史指向精神史，从意识走向潜意识，从理想走向思想，形成一种对于个人、社会、历史、现实、情感、思想更具包容性的"史诗"般的表现力。由此抵达的"艺术的真，表现在艺术对一切的肯定上。甚至它想要否定的一切：无论裂隙，无论疮疤，无论灰尘，它都给以肯定。""在甚深的灵魂中，无所谓'残酷'更无所谓慈悲；但将这灵魂显示于人的是'在高的意义上的写实主义者'"。这是彭燕郊深所认同的鲁迅对于"现代文学的诗的素质"的"预见"，也是我们在彭燕郊的某些"散文诗"里隐约所见的"诗法"。

四　超越恩怨，但不超越是非

从说服自己，到终于被自己说服；从接受或者告别某种主义，到重提"诗之为诗，首先的要求是诗""诗在诗中满足了"；从身不由己的

[①]　姜涛：《小大由之：谈卞之琳 40 年代的文体选择》，《新诗评论》2005 年第 1 辑。

"抒情"，到"只是不能不这样写才这样写"的觉悟，彭燕郊从理论和生命两方面还原了文学的"初衷"和"常识"，一种容易为教科书式的定理所遮蔽的"初衷"和"常识"。

拥有此种"初衷"和"常识"，彭燕郊的理论自述更加恳切，也更加棱角分明："说写作，记得最清楚的鲁迅先生《野草》的《题词》开头那两句话：'当我沉默着的时候，我觉得充实；我将开口，同时感到空虚。'……我确实是在'同时感到空虚'的情况下写的。这空虚，应该就是内的精神上的压力，外的历史的社会的压力，对于一个作者，有没有压力感是生死攸关的，在文学创作，压力就是动力，我想。"

能够领受"空虚"和"压力"并以之为"动力"，证明诗人的心智足够清明而强大，他曾经把自己"只是不能不这样写才这样写"的"散文诗"，勉强可以分作"'梦'与'现实'两类。'梦'类显得耽于爱美、追求美；'现实'类免不了悲痛、愤懑，两类都离不开沉重的反思。每每有冒险走钢索的感觉，既踩上钢索，就只好走过去，难在于保持平衡，若平衡了则不是文学，于是逃不脱滑落的命运……前脚踩在现实上，后脚踩在梦上，能不跌下去吗？何况现实与梦总是纠缠着，脚步乱了没有也说不清。梦的爱美甚至唯美，现实的愤懑、感慨，不是都有些不正常吗？然而又不能不梦，不能不敏感着活在现实里。爱美、唯美、愤懑、感慨，本来都应该有助于平衡的吧，梦里的厄运、恐怖、激动，很美，因为是梦，能抚平创伤，激发活力，梦也是一种药，'是药三分毒'"。

这种"分类"，也是他对于自己由"诗"（梦）与"散文"（历史、现实）构成的并不"单纯"的精神世界的体认。他以"美"为职志，对于人性与诗性，有着纯净而宽容的视界，但又不能以"梦的爱美甚至唯美"自了，不仅因为"梦"的"美"里有"厄运、恐怖、激动"，还因为，它们同样"离不开沉重的反思"。因此，当被问及自己后期作品的"宗教色彩"，他的回答却不惜让人失望："我是反宗教的。我认为诗就是我的宗教，文学艺术就是我的宗教。一个伟大的作家本身就形成一种宗教似的东西，像托尔斯泰的'不抗恶'，鲁迅作为中华民族的灵魂，本身就带有一种宗教色彩。我的《混沌初开》《生生：五位一体》多少也有这种色彩，生命不灭。要消灭人类的生机是不可能的，就是这么一个主题。这与佛家的爱生、儒家生生不已相同。我认为哲理思考，到最后都带有宗教色彩，我觉得这是很自然的。"

彭燕郊的"反宗教"的自我确认，其实"是很自然的"。李振声曾经在《夜行》序中提到，"一次我写信，对燕郊先生1980年前后的一组'农事诗'表示称许，我告诉他，里边的一无机心和纯澈见底，让我感动。他在复信中却正色道：从人文精神上说，它们与'五四'、与鲁迅是有出入的。"① 他说"梦也是一种药，是药三分毒""极端的美是有毒的"，想来也是类似的确认带来的感叹。尽管他同样珍视《妈妈、我和我唱的歌》，以及四十年后一脉相承的《陈爱莲》等那些"艺术上着力于诗的散文美"的作品，他承认，写作它们"有一种近乎温柔的感觉。"

无法也无意回避具体的历史与现实纠缠，彭燕郊是在压力与纠缠中建立自己的诗与诗学的。他的"现代意识"的独立性，是因为有他的"现代现实主义"作为根底，所谓永恒性，恰恰是因为他的当代性，他的此时此刻的在场，他在时代历史中的隐忍与历练；所谓纯粹性，恰恰是因为他所拥有的复杂性（他说"雄奇，或者是纯粹"，"是他的雄奇、他的纯粹"）；他的风雅，是因为他的世俗，包括他与意识形态的纠缠。失去了具体，失去了复杂，所谓纯粹性只是一种抽象性，所谓永恒性仅仅是一种自作多情，正像黑格尔所说的，"统一体"是由"具体的普遍性"所构成，"真正的独立性仅仅在于个体性与普遍性的统一和渗透，因为正如个别和特殊的主体在普遍的东西里才能找到不可动摇的基础和自己现实性的内蕴一样，普遍的东西通过个别的东西也才能获得具体的实在性"②。

所以，所谓"悲悯、宁静而又浑茫的情绪和对于生命意义的终极性探求"，对于彭燕郊来说，就是从历史与现实的"个别的东西"出发的："思想是要个性化的""'自由'不是没有历史规定性的""诗人对内心的审视应该就是对历史真实的审视""历史内容是现代意识的基本内容"。

林贤治在言及彭燕郊一些被称为"潜写作"的作品以及1992年一组"山水诗"所体现的"人性的深度"时说："诗人并未忘情于他所在的世界，噩梦般的记忆不时地搅乱水色山光，于是，我们便见到了夹杂其中的寓言，隐喻，各种暗示。""没有冲突的爱是虚拟的，是'零级人性'。人与兽，爱与仇，善与恶，只要取消后者就同时取消了前者；唯有整体地呈现，并从中表达主体的道德倾向，我们的文学才可能是富于人性的。"③ "现实""世界"，当然是以个人为起点的，"冲突""斗

---

① 彭燕郊：《夜行》，山东友谊出版社1998年版。

② 黑格尔：《美学》第1卷，朱光潜译，商务印书馆1979年版，第230页、231页。

③ 林贤治：《彭燕郊：土地，道路，精神创伤》，《时代与文学的肖像》，人民文学出版社2002年版。

争"，当然也不止于政治道德层面。历史、现实，包括人性，都是基于心灵与精神世界的具体性和根本性，才会显得内涵充实，意义饱满，才具有真实性。彭燕郊在理论上或创作上的辩证与澄明，基于他具体与真实的精神历程之上成长的洞彻与智慧，这种洞彻和智慧不是超脱的，而是缠绕的，不是清净的，而是躁动不安的，不再是要号召众生的"宣言"，而是逐渐告别了简单粗暴的是非——肯定或否定，拥戴或者唾弃的自我"启示"。他的理论动机，是与他的现实动机（不只是创作动机，或者说，创作动机是根底于更广大的现实动机的）相一致的。他所追求的艺术的"理想性"，意味着他思考中人的"理想性"。"唯美"或者"宗教"显然无法对应这种在"压力"和"纠缠"中建立并且依然置身其中的"理想性"。这既是诗与诗学还原到人的标志，也是它们不至于游离人的目标的标志。

可以转化为"动力"的"内的精神的压力，外的历史的社会的压力"，包括生计生存的压力、意义使命的压力；而"梦"与"现实"的纠缠，不只是"诗"与"散文"的纠缠，还有"趋时"与"背时"的纠缠，"充实"与"空虚"的纠缠。在任何一种压力和纠缠都可以对于生命的完整性构成损害时，彭燕郊没有落入那种相对主义的机巧和自我收缩，没有解构自己对于诗、对于生的热情。在中国，走向主流与走向相对主义，常常是一枚硬币的两面，既有传统，也有足够充分的现实根据，如同知识者的劫数一样如影随形。

彭燕郊曾经言及"自己和自己过不去"的"孤介"，五十年代初"内心正在经历着多么重要多么艰难的历史性煎熬"，这种煎熬也许正意味着他无法放弃他具体的个人的体认；而八十年代后，他与主流意识形态的剥离，与简单的主义（不论是政治的主义还是艺术的主义）的剥离，同样并不意味着他与具体的个人的生命场景与现实感受的剥离，他对于诗意的感受与表达，也不是以有意识地背离思维的逻辑来实现的，而是在情感、感性、意识、潜意识的自然流动中实现的。这正是他在理论诉求中所表达的："现代意识应该是具体的，在一个具体人身上经过时间、环境、经验形成的不同个性而性格化地取得存在。远比现实纯粹的精神世界只能从粗糙的现实里提炼，比理念更有力的直觉必然由理念培育，人与宇宙、人与历史的新的交涉（由此发现人的本质，人的价值）不能不呈现为日常的现实生活交涉，对神秘幽玄的宇宙心灵的探测其实就是人的价值的探测。现代中国人的内心世界、最隐秘的自我是形成于现代中国的现实的。""并没有从天上掉下来的崇高。崇高也没有悬挂在天上。只有那生活在地上的，实实在在的崇高。""我们谈论的是美，而不是生物学。我们重视人类的感情，但我们并不单单尊重感情，如果单单只不过是感情——感情本身，单单只不过是心理的、生理的现象，那是没有意义的。"对于彭燕郊来说，"美"，包括"崇高"，都有着具体的历史的现实的内涵，或者说，"美"与"崇高"，"诗性"与"人性"，因为具体的历史现实内涵而真实可靠，它们不可能是一种纯粹生理的建构，也不是一种抽象的等待我们去把握的存在。明乎此，则他的"审美形态的思想"，当然是"动词性的、过程性的思想"。

"散文化"而不只是"诗化"的人间情怀，使彭燕郊依然敏感于眼前政治、社会、现实，他并不忌讳而是强调说："诗人是时代的忠实儿子""诗人应该是敏感的，是时代的触角"。谈到散文诗的先行者惠特曼、屠格涅夫、波特莱尔等几位"全人类意义的大诗人"，彭燕郊认为，他们的先知先行，正是因为他们具有"坚定的人民立场和政治敏感"。同样，对于与自身联系着的历史，他不仅不是决绝的，反而视为"安身立命"的"依据"："谁叫你生在这个时代呢？反过来说，不正是因为你生在这个时代，你的生存才在诗美和诗的思考上取得意义的吗？""对历史抱着一种后悔、失落是对自己没有信心的表现。""对过去的事情必须有一个超越的认识。"

但是，包容"历史"的"信心"，不等于无所反思的信任，而应该相反。他说，尽管历代史书"皆拟马、班"，但《史记》颇不合"官书""正史"的规范，而有"野史"的嫌疑。"野史"而正史，所谓"正史"又当如何？"正史的'正'，不也有着冒牌的味道？"。因此，"野史不可废，亦无法废"，诗人至少可以拥有作为"残缺而没有完全消失的自我""见证"的"历史"身份。

同样，"超越"不是超然，而是相反。从《世纪之痛的沉重课题——读鲁贞银"胡风文学思想及理论研究"》（作于2000年）中，可以看出，彭燕郊把常常堕入"胡风悲剧揪心的世纪之痛"，视为"硬伤"。他至今认为那个"反戈一击的英雄"舒芜是"七月派"诗人的"精神包袱"，"思之心寒，言之齿冷""舒芜的事以及到现在为止的表现，我总觉得不是他一个人的，而是现在的中国知识分子一种精神状态，行为模式的集中表现，一种历史现象，值得研究"。与此相对，彭燕郊至今认同胡风"义无反顾地以生命为代价沿着'五四'——鲁迅开辟的道路披荆斩棘往前走"，同情他"通过对鲁迅的理解升华为现实战斗精神和现实主义相结合的理论体系"，而不以胡风未能成为一个"纯粹的学者"或"自

诗探索11　理论卷　2018年　第3辑

由主义知识分子"为憾，尽管他承认或者说心有不甘地承认"胡风是缩小了鲁迅精神而不是发展了鲁迅传统"。

他欣赏"自幼便对于是非很认真"，要"努力建立一种绝对'无私'的态度"，"死。但做你所应该做的：——一个人"的梁宗岱，懂得历史虚无主义和实用主义之所以"与时俱进"，其实就是由"永恒的"利益驱动的"机会主义"和"市侩主义"。对于"三十年代以林语堂为首以周作人为奥援的'幽默'、'闲适'潮流"，对于什么时候开始"又把胡兰成这种下三烂角色抬出来"，大不以为然，视为与所谓"整风代启蒙"一样，是破坏性的。在具体的历史与现实面前，他无法接纳类似释道哲学"无是非"的平等"智慧"，也无法忍受试图遮蔽历史的机巧的自我粉饰的"文章"。他认为，"人吗，都应该是历史的儿子，都应该对历史负责"，可以超越恩怨，但不可超越是非。这大抵是彭燕郊的诗学立场背后的立场。

五 关于"散文诗"，关于"技进于道"

作于 2004 年 7 月的"作者求教本"诗集《芭蕉叶上诗·跋》中，彭燕郊谈到写诗对于他来说的"残酷"与"艰难"，他用"地狱之门"形容。言及他的写作"实况"，那种因为虔诚庄重而如临如履的心情，他说："总是不满意，总是失望，写起来愈来愈困难了，一首诗重写几次成为习惯，总是放心不下，总觉得这里那里还有毛病"。

在另外的场合，他还说过："作品，应该是完成了的创造物，而我又知道它们很难说是完成了的。写它们的时候，总好像'看见了'那么一首诗，完美，动人，完美得叫人心醉，可写下来总是多少有些走样，甚至完全够不着。"谈到长诗，他说："从自身的条件说，写长诗似乎成为一种爱好，而这种爱好是和对体裁的偏好和驾驭体裁的能力紧密联系在一起的。觉得有好多东西要写，本来可以用比如说速写、报告文学、短篇小说来写，但我的写作思路总是走不到那些地方去，从来没有想到要向这些方向努力，因为也没有那种能力。""说得好听些，这大概就是所谓的创作个性。"

意识到人的有限性，这是哲学的起点。意识到作为写作者的限定性，这是真正的诗学的起点。把"创作个性"与气质才情的自我限定联系起来，并且心领神会于这种近乎"注定"的限定，在限定中尽量获得自我和自我表达的"个性"与可能性，这是"文"的自觉，也是"人"的自觉。而丧失了这种自觉的"文""人"的错位与越轨，总是仓促、慌乱、急于"自售"的时代最醒目的事实。

用不着更多引证，可以想象彭燕郊对于写诗的"谦卑"，他甚至把人们称为"造就大艺术家的催化剂和升华激素"的"孤独"，解释成"一种怪癖""一种职业病"。这种"谦卑"，出于心性，出于自我要求，也出于"文"的自觉——他对于诗，特别是对于现代诗的理解。现代诗原本不是"天才"的产物。他说："诗的艺术是无边的，任何一个简单的事情一辈子都研究不完。"

与抵达诗的"纯粹性"的理论解释相一致的，与彭燕郊的诗歌所表现出来的精神品质相平行的，是他对于诗的语言的"纯粹性"与"限制性"所提供的思考。在《两世纪之交，变风变雅：语言苦恼》中，他认为可以"想象一种纯粹的语言，离开现有语言的物理性质：形、声、色调、硬度、延展力、多功能性的纯粹。当然找到这种纯粹而使诗的可见的外在的形式随着这种纯粹的语言而获得新的特征（如果能独立存在的话），是很吸引人的好事。"但是，这"是一句空话"。"由语言合成诗，事实上是偶然的偶然，纯化——人工的抽象粗暴地破坏了偶然而使之近于、甚至成为必然，这是从模式复制的纯化。诗，尤其是现代诗，不可能用它合成。""不能不用语言表达、表现观念及其对应物。同时又不表达什么而只是表达。表达本身是对语言模糊性的肯定，语言只有在非逻辑空间里才能达到唯一的美学的精确和生动。""诗的语言通过诗化进入'非语言'领域，日常语言被改造成为从总体上说是一种具有普遍的反常规特质的语言。它是'纯粹'的吗？不。"而真正的诗人都不免有着对语言特殊魅力的迷恋，以至"沉迷于语言的准确和延伸，明朗和模糊的漩涡，丰富内涵和外在造型感，符号性，若即若离的波浪起伏的微妙关系之中"。但是，"语言先天地是和情绪、情感、知觉、思维自然而然地相适应又不相适应的。""符号看起来是万能的，而又往往是无能的。现代诗人在使用它时，更多的情况是不可能得心应手，表达的自由受到极大的限制。符号（语言）作为媒介必然伴随一种阻力。"

基于语言的现实，因此，"纠缠于最好用某'种'语言（现成的，人工的，通俗的，高深的等等）写诗最好的想法是多余的，无论哪一种语言都在'变'，但不是变成'纯粹'的或越'变'越'纯粹'，加入新的词汇，出现新的语法结构只有破坏'纯粹'，而这个破坏恰恰带来一种新的纯粹。不存在某一'种'特定的纯粹，只有各种纯粹：多姿多

诗探索11 理论卷 2018年 第3辑

彩的不同方式的纯粹。"

在为写出理想中的诗而体验的苦恼中，彭燕郊自述"语言"是"摆在首位"的苦恼。"纯粹"与反纯粹，语言与"非语言"，"得心应手"与"限制""阻力"，此种从体验中生发的诗的"语言""符号"观，不仅事关"操作"，而且关乎"本体"，抵达了有关诗的创造性的本原，正像他对于"自由诗""散文诗"的分辨。

彭燕郊的"散文诗"，特别是二十世纪八十年代以后的创作，似乎并不能以分行或者不分行来区分（《消失》一诗，就有分行不分行两个版本）。营造意境、意象，勾勒思维状态与精神历程，雕刻与心灵有关的时空与场景，在具体而微的细节与画面的铺排中，包含对于世事的洞彻、历史的感悟和灵魂的叩问，从彭燕郊的"散文诗"中，可以体会到内在的或者说潜在的节奏感，一种源于并伴随情绪、情感、精神流动的节奏感，但几乎没有形式上的韵律。这与他高度认同并熟悉的《野草》《巴黎的忧郁》相似，与他长期浸淫西方诗歌有关。近代以来，用中文表达的西诗，无论译者如何讲究，韵律都难免是别扭的，至今为止，通过翻译家之手的西方名诗，很少因为汉语的韵律"照顾"得好而为人欣赏，人们更多的是接受它的诗意与诗象。这同时与接受者的需要有关。西诗引入中国，首先是为了阅读，而不是为了歌唱，甚至也不是为了吟诵。现代诗在某种意义上已经把歌唱和吟诵的地盘拱手让给了歌曲（正像宋诗把歌唱让给了宋词），从广义的诗歌角度，这是一件很正常的事。我们无法出离时代的规定。格律的诱惑对于"新诗"而言，很可能仅仅是一种诱惑，"散文化"当然同样是一种诱惑，有格律容易作伪，"散文化"同样容易作伪，有格律容易窒息性灵扩张，"散文化"同样不能激活原本麻木枯萎的心灵。

任何文学理念和诉求，都是因为具体创作者的实践来获得自身的合理性的，波德莱尔《巴黎的忧郁》题词说，"在这么一个有抱负的时代，谁不梦想一种新的散文；一种富有音乐感的，但没有韵脚的，也没有固定节奏的散文；一种非常灵活而为了适应心灵的抒情变换，想象的起伏，意识的跳跃而分了节的散文。"服膺波氏的彭燕郊，似乎并没有要赋予新诗以一种普遍的规定的音律韵律的冲动和向往，他为此提供的观点是："自古以来，诗就是韵文，诗必须依靠音乐美。从五四开始，所有反对新诗的老夫子，头一句就问：'不押韵为什么叫作诗。'他们的逻辑是非常简单的，既然是诗，就一定要押韵，诗必须是韵文。但现代诗人从波特莱尔算起，反对诗依靠音乐性。押韵等于一种欺骗手段。""散文美应该包含音乐性，但这不完全是靠押韵，不能像中国旧诗那样依靠押韵来限制节奏。散文美的新诗节奏变得丰富了。我写《混沌初开》，看起来像散文，但我很讲究节律。我有一个时期写诗的时候，好像是在谱写一个交响乐一样，讲究内在的音乐性，情感的变化，音调的高低，也可以变调。""诗必须有音乐性，但在现代，已经不能凭着平仄、押韵等固定的格律来达到音乐性。现代诗的音乐性，我以为应该体现在节奏感上，而且还应该是比较丰富、繁复的节奏。不这样，就不能把现代人的生命困惑和精神创伤表现得很到位。"

如果不把彭燕郊的上述观点纯粹看成是对于"散文诗"的辩护，他所认同的也许就是现代汉语诗歌最可能的未来，即不是因为有了"格式""韵律"而能创作出经典，而是因为创作出了经典而让我们有一种"格式""韵律"，即使是因为经典而成的"格律"，也不太可能是普适性的，甚至只可能是一次性的。彭燕郊说："自由诗，你写一首就得给这一首造个型，必须让它有个造型感，什么样的内容就相应地应该有什么样的造型，长、短、章、节、句，统一在可视的造型里，还得加上语言的色调、乐感，是有那么多功夫该下的。古人'吟成一个字，拈断数根须'，功夫下在一个一个字上，我们现在必须下整体功夫，作整体设计，有全局布置，因为现代人的思维就有这么全方位，多向度，多层次，单纯固然好，现在已经不能说绝对好，只能说相对好。自由体，很不轻松，别以为上不封顶下不包底，海阔天空，是既自由又很不自由的。"

"自由诗"为创造性提供了可能，同时，自由仅仅是为能够意识到并且承担这种自由的责任和使命的创造者提供的。在这里，"自由诗"的诉求其实就是彭燕郊对于"散文诗"的诉求，同样具有作为他的创作的自我注释与理论的自我确立的性质。

在一篇关于屠格涅夫散文诗的译序中，彭燕郊勾勒了十九世纪以来"散文诗"兴起的精神背景和脉络："承接文艺复兴、启蒙运动对于人类精神活动的强有力推进，文学功能从以认识效应为重心转变为以思维效应为中心，文学与受众的关系从以情感交流为重心转变为以思想交流为中心，文学受众的阅读感受从以赏心悦目、怡情悦性为主转变为惊心动魄之后的掩卷沉思，文学的总体形象随而发生深刻的变化。"打破曾经"只能驻守在各自的封闭体系"中的诗与散文的界限，贝尔特朗、惠特曼、屠格涅夫，特别是波特莱尔，开始创作能够"适应灵魂中抒情浪潮的需要""适应思想上阵阵跳跃的需要""既无节奏也无韵律"的"散文诗"——"既不能简单地称之为一种形式，也不能简单称之为一种体

· 30 ·

诗探索11　理论卷　2018年　第3辑

裁的新的文学门类"，它的本质在于一种区别于传统"单向度"叙事或抒情的"混杂的""现代的"精神品性，一种反思性，一种"极端"的节制与"极端"的自由，意味着写作的每一步都需要"自我赋型"。

这种几乎无可因袭的空前使命，多少有点类似于现代汉语"新诗"从文言格律诗走出来的创生情形。事实上，从世界的背景看，汉语新诗的开端，就必须面对一个"散文化"的世界，而不再是一个浪漫主义的"诗"的世界，因此，鲁迅的《野草》在某种意义上可能最合符现代诗的本质，它所指示的也是现代汉诗最根本的方向。彭燕郊对于《野草》的认同，从心灵出发，同时契合其"散文诗""造型"。这种认同，显示了诗人值得玩味的精神敏感和形式觉悟，也是他"只是不能不这样写才这样写"的恰当注脚。

1996年，彭燕郊为梁宗岱译《莎士比亚抒情诗选》作"代译序"①，其中对于莎士比亚十四行诗的艺术表现，他给出过具体、细微而精当的"技术"分析，以中国律诗的法度要求和词的法度要求，从古典五幕悲剧相类似的结构，阐释莎士比亚"像大自然一样丰富"的"尺幅千里"的书写。从中可见彭燕郊本人对于中西诗艺的系统了解与广泛取资。他认为，莎士比亚十四行诗的某些篇章，与同时代一味模仿"彼特拉克奇喻"（Petrarchan Conceit）的爱情诗相比，"太不像爱情诗了，而莎氏前无古人'一洗万古凡马空'的气概，其令人心折处，岂止是艺术力量，且更是精神力量！"他不止一次说："没有勇气写'不像诗的诗'，就干脆别写。""要有勇气写不像人们观念中久已习惯了的那种诗。不像诗的诗，似乎很可能成为对于神圣的诗的亵渎，其实，这正是对诗的新的肯定，新的尊重。"此种诉求中，当然包含着技术的元素，但又何止是技术的，也不仅是精神的，而是"技"与"道"贯、"道""器"一元的。"技进于道""工夫即本体"，作为一种不可替代的创造性的结晶，彭燕郊的诗，是如此；他的诗学，同样如此。

孟泽附识：此文系为《彭燕郊诗文集》之《诗论文论卷》所作序言，写作此文时留有一则"附识"：彭燕郊老师的文集即将出版，他让我在《诗论文论》卷前写几句话，貌予小子，敢不从命？因此有上面一篇寻章摘句的文章，读者可以权当阅读彭著前的"预热"，或者直接翻过去。必须说明的是，因为毕竟是以相对逻辑性的方式来阐述彭燕郊的诗学，

---

① 湖南文艺出版社1996年版。

显然无法覆盖到他的诗论、文论的全部，譬如他对于"形式美"的周详考虑，对于《红楼梦》《长恨歌》的特别解读，对于"语文""民俗"的个人化体察，还有他的诗学赖以成立的历史文化见识，最重要的是，他对于诗与美的虔诚，这对于他的创作来说是更加具有决定性的。在某种意义上，理论和思想常常是困境的产物，在一种唯独不缺少聪明和世故的文化中，这种困境很容易被超越，包括被所谓"智慧"所化解，而彭燕郊的困境以及由此而来的理论，正是他虔诚地而不是"聪明"和"世故"地面对诗与美的结果。而且，对于彭燕郊来说，理论的澄清并不意味着终点，而是起点。也许，不仅对于诗与诗学，对于一切人文的艺术的创造而言，得失、新旧、通变乃至正误，都是相对的，（内心的）态度才是根本。在我们的时代，这一点尤其重要。

[作者单位：中南大学外国语学院]

"算是尽了自己的微力了"

——再说彭燕郊与陈实

易 彬

一

何谓"再说"？是因为 2013 年 7 月女翻译家陈实逝世之后，对其落寞无闻的情状有所感，我曾写过一篇《陈实的"悄然"逝世与彭燕郊的文化落寞》（后刊于《山花》2016 年第 7 期）。日后发现，对陈实有类似感慨的也不止我一人，彭燕郊和陈实共同的朋友——香港《大公报》副总编辑、翻译家马文通（原名马海甸）先生亦写过一篇《寂寞的陈实》。文章开篇即写道："八十年代中，经诗人彭燕郊介绍，我认识了陈实。"通篇都在感慨陈实一生的寂寞，其中有言："这位四十年代末就已出道的诗人和翻译家，日子过得似乎很寂寞，她那一辈朋友，或已远去，如戴望舒、黄新波，或分住不同的城市，如黄秋耘、彭燕郊。就是眼下她大去之后，我想在互联网上检索有关她的一些资料也一无所得。"①

因为这一层缘故，适当介绍一下陈实在今天看来还是有必要的。陈实（1921—2013），原籍广东省海丰县，在广州出生并接受教育。第二次世界大战时，作为翻译员先后参加桂林及昆明的英军服务团，1945年复员后定居香港，从事新闻工作——亦开始创作与翻译。日后，陈实旧友黄新波的女儿、其作品整理者黄元对其经历有过回顾：

> 陈实先生的创作，始于 1945 年。抗战胜利后她从昆明返回香港，结识了一批志同道合的文学艺术朋友，开始写作诗歌和散文，发表在《新

---

① 马海甸：《我的西书架》，新世界出版社 2014 年版，第 197 页。

生日报》《星岛日报》《华商报》《文汇报》《大公报》上。诗人戴望舒赏识她的写作才能，曾经亲自为她修改文稿，并且把她带进翻译王国。戴望舒不仅相信她的文学修养，更欣赏她的音乐造诣，因此，引介绍她翻译的第一本书，便是罗曼·罗兰的名著《造物者悲多汶》。[①] 后来，她还翻译了罗曼·罗兰另一部著作《搏斗》。与此同时，她积极参加香港文化界的各种社会活动，与黄新波倡议组织的《人间画会》来往密切，并且参与创立《人间书屋》，注册时担任董事长。她结识了黄蒙田、陆无涯、陈雨田、华嘉等一批文化人士。

1950 年后，由于香港环境改变，文艺界的朋友相继离开，她虽然没有中断写作，但却停止发表了。后来，她曾经在一些文化与商业机构任职翻译，二十世纪七十年代末退休前担任香港政府民政署中文部主任。

退休后，她进入文学生涯的另一个阶段。在此期间，她深为戴望舒先生的"独乐乐，不如与众"的思想所感动，把文字工作的重点，倾斜于翻译外国优秀的文学作品。她开始广泛涉猎世界当代文学，扩大文学视野，学习西班牙语，阅读兴趣和翻译工作逐步转向拉丁美洲和英美现代派诗歌。[②]

陈实退休之后没几年——不晚于 1984 年 5 月，开始与彭燕郊交往。但具体为何时、又是经何人介绍得以认识，其中的细节看起来还有待进一步的确证。

1999 年，陈实写过一篇《彭燕郊这诗人》。这可能是陈实公开发表的唯一评介彭燕郊其人其诗的文字，其中提到两人见面少——十五年间，见面"仅有两次"，不过"书信不断，交情可以说是用纸和笔加上邮票建立起来的。"[③] 这书信的交情，实在也是大大超出了一般的预想。黄元称"两人的书信来往超过两百封"[④]，但从目前情况看，保守估计，当超过六百封。

2013 年，我在为"陈实与彭燕郊"的话题而感怀的时候，没有想到两三年之后有机会负责整理彭燕郊致陈实的信，更没有料到通信数量会如此之大——目前已初步完成，所见彭燕郊致陈实的信超过三百五十

① 陈实后曾作《寄望舒——戴望舒逝世五十周年祭》《戴望舒最后的爱》等文纪念之，称是戴望舒"领着"她走过翻译的"开头最艰难的一段路"。2012 年花城版《洛尔迦的诗》，署名戴望舒、陈实译，全书收入 1956 年人文版戴望舒所译《洛尔迦诗钞》（三十二首）、陈实所译七十首。"陈实与戴望舒"的话题值得一说，限于主题和篇幅，笔者将另文钩沉。

② 黄元：《编后语》，陈实著、黄元编：《陈实诗文卷》，香港天地图书有限公司 2015 年版，第 606 页。

③ 原刊《三湘都市报》1999 年 12 月 11 日，后收入赵树勤选编：《坚贞的诗路历程：彭燕郊评介文集》，花城出版社 2007 年版，第 214 页。

④ 黄元：《编后语》，陈实著、黄元编：《陈实诗文卷》，第 607 页。

封，始于 1984 年 7 月 24 日，止于 2008 年 1 月 5 日，字数超过三十万字。陈实致彭燕郊书信总量暂不得而知，但照常理推断，亦应有相当数量——其中，1984 年 5 月 27 日至 2004 年 10 月 5 日间的部分书信已由黄元整理，收入《陈实诗文卷》（香港天地图书有限公司 2015 年版）。非常有意味的是，该书单列有书信卷，但近一百五十个页码所录却全是写给彭燕郊的信——作家文集收录书信原本已是常态，陈实虽是偏居香港、"吝于应酬"（黄元语），但常年从事外国文学的译介工作，与翻译界、出版界人士总归还是有所交往和书信往还，有的通信数量其实亦是颇为可观①，但如此近乎绝对化的编排处理方式，无疑在极大程度上凸显了彭燕郊之于陈实个人生命所具有的独特意义。

二

何以彭、陈二人会有如此为数巨众的通信呢？又何以会是身居湖南、晚年方才结识、见面亦不过寥寥数次的彭燕郊呢？这首先还是和彭燕郊晚年所从事的"文艺组织"②活动有关——痛感于"过去已经浪费了我们大部分的大好光阴""过去漫长的封闭岁月中我们的求知欲是被压抑到最低点的"，年过花甲之年的彭燕郊广泛联络、四下奔走，策划、组稿乃至主编数种外国文学作品译介丛书，其目的就是"在于让大家看看到底现代诗是个什么样子，现代诗是怎样发展过来的，从中也可以比较一下到底人家有什么长处我们有什么短处。"③梁宗岱、施蛰存、卞之琳等前辈译家是彭燕郊非常倚重的人物，彭燕郊多次前往广州、上海、北京等地，听取他们的意见和建议。同辈人物中，陈实之前并不为人瞩目，但现在看来，亦是非常重要的一位，按照黄元的说法，彭燕郊的工作"自始至终得到陈实先生的全力支持，她不仅积极提供作品，而且从旁协助，在香港或向外国订购书籍，提出自己的见解和建议"。也即，陈实不仅直接提供译稿，还做了很多的幕后工作。至于翻译本身，黄元

① 陈实曾谈到，与陈原合作翻译罗曼·罗兰的《贝多芬：伟大的创造性年代——从〈英雄〉到〈热情〉》时，因两人"住在海内外两个城市，一年难得见一次面，所有疑难切磋只能靠通信"，结果不到两年，彼此"交换了六百多封信"。见陈实：《中译本后记》，[法] 罗曼·罗兰：《贝多芬：伟大的创造性年代——从〈英雄〉到〈热情〉》，陈实、陈原译，北京三联书店 1998 年版，第 309 页。

② 语出 1985 年 12 月 26 日梅志致彭燕郊的信，见北京鲁迅博物馆编，晚风、龚旭东整理辑注：《梅志彭燕郊往来书信全编》，海燕出版社 2012 年版，第 82 页。

③ 语出 1989 年 3 月 12 日彭燕郊致四川诗人木斧的信，现据易彬：《晚年彭燕郊的文化身份与文化抉择——以书信为中心的讨论》，《中国现代文学研究丛刊》2015 年第 3 期。

认为 1984 年与彭燕郊交往之后，陈实进入"她的文学生涯最为活跃，而且果实最为丰硕的时期。"①

诚然如斯！陈实当时新译出版的第一部著作《聂鲁达诗选》，即列入彭燕郊所操持的"诗苑译林"这一大型外国诗歌翻译丛书——该书译后记作于 1984 年 10 月，书于次年出版，这在当时可算是非常顺利，彭燕郊在其中无疑起到了很大的推动作用。

但纵观之，二十世纪四十年代就已开始翻译活动、晚年在视力严重弱化的情况下仍笔耕不辍的陈实，所累积的译著其实不过寥寥数种，如下，即是其所出版的全部译著——其中还有多种是与他人合译的成果：

1. 《造物者悲多汶》，[法] 罗曼·罗兰著，香港人间书屋 1946 年初版；该版据英译本翻译，后陈实与陈原合作，据法文原著重译，改名为《贝多芬：伟大的创造性年代——从〈英雄〉到〈热情〉》，三联书店 1998 年版。

2. 《搏斗》（上、下），[法] 罗曼·罗兰著（与秋云合译），人间书屋 1950 年、1951 年初版；花城出版社 1980 年新版（署陈实、黄秋耘译）。

3. 《聂鲁达诗选》，[智] 聂鲁达著，湖南人民出版社 1985 年版；列入"诗苑译林"丛书；后以《聂鲁达抒情诗选》之名，1992 年由湖南文艺出版社再版。

4. 《隐形的城市》，[意] 卡尔维诺著，花城出版社 1991 年版，列入"现代散文诗名著译丛"。

5. 《不安之书》，[葡] F. 佩索阿著，湖南文艺出版社 2006 年版，列入"散文译丛"。

6. 《拉丁美洲散文诗选》，[尼加拉瓜] 达里奥等著，花城出版社 2007 年版，列入"现代散文诗名著名译"丛书。

7. 《洛尔迦的诗》，[西班牙] 加西亚·洛尔迦著（与戴望舒合译），花城出版社 2012 年版，列入"名著名译诗丛"丛书

8. 《小银和我》，[西班牙] 胡安·拉蒙·希梅内斯著，林卡伊绘，花城出版社 2013 年版。按：此即《洛尔迦的诗》一书的译者简介中所提到的《普拉特罗与我》。

据黄元介绍，陈实已经译毕墨西哥诗人帕斯的《帕斯诗选》，"并已交付出版社，但囿于版权，生前未能得以出版。"② 而从彭、陈两人

---

① 黄元：《编后语》，陈实著、黄元编：《陈实诗文卷》，第 607 页。

② 同上

诗探索 11　理论卷　2018 年　第 3 辑

通信看，成型的译著至少应该还有聂鲁达回忆录，马文通亦称，该回忆录曾经在他主持的香港版《大公报》文艺副刊"连载多时，但至今没能出版"。①

陈实退休之后的这些正式出版的译著，除了《聂鲁达诗选》以及罗曼·罗兰的两部作品有相当厚度外，其余各种均是一些比较薄的册子。也不难发现，所译对象——罗曼·罗兰、聂鲁达、卡尔维诺、希梅内斯、佩索阿、洛尔迦、帕斯以及包括达里奥在内的拉美作家，在二十世纪世界文学史上均可说是想象恣意、风格卓特的作家。

对于陈实的翻译，马文通曾经指出转译的问题："她对英美文学兴趣不大，所译的六七部书统统是转译。作为后辈，我不敢逐问她何以舍英美文学不译，而拐了个弯去当'二道贩子'。因为大凡对两种外语的同一作品稍有涉猎的人都知道，除非万不得已，转译不值得鼓励，更何况译的是诗和散文诗？她常向我抱怨，香港买不到拉美文学作品的英译本"，"当时我想，阁下真是何苦来哉，放着那么多现成的英美文学作品不译，（试想想，那时位于湾仔的英国文化协会图书馆和位于金钟的美国图书馆，不都是英美文学译家的福地吗？）偏要抢小语种文字翻译的饭碗！"②

马文通道出了陈实作为翻译家的个人偏好，不过"当二道贩子""所译的六七部书统统是转译"的说法或不准确，据黄元的统计，除了卡尔维诺和佩索阿的作品是据英文本翻译外，其余各种均是据西班牙原著翻译的——陈实乃是"中国最早直接从西班牙文翻译的先行者之一"。③常年翻译、数量却又如此之少，陈实与这些翻译对象之间的契合程度应该是非常之高的。

再看实际出版情况，除了两种罗曼·罗兰的著作外，陈实的译著均由湖南、广东两地来出版，其中的三到六种都与彭燕郊有着直接的关联，湘版大型诗歌翻译丛书"诗苑译林"、花城版"现代散文诗名著译丛"、湘版"散文译丛"，都是在彭燕郊的实际联络和操持之下出版的——在相当程度上可以说，"谦虚踏实"④的彭燕郊"激活"了陈实，即如后文所附 1984 年 8 月 14 日信所示，彭燕郊在信中多有劝勉乃至催促之语，

---

① 马海甸：《我的西书架》，新世界出版社 2014 年版，第 199 页。

② 马海甸：《我的西书架》，新世界出版社 2014 年版，第 199—200 页。

③ 黄元：《编后语》，陈实著、黄元编：《陈实诗文卷》，第 609 页。

④ 语出陈实所作《巴勃鲁·聂鲁达：其人，其诗（后记）》，见 [智利] 聂鲁达：《聂鲁达诗选》，陈实译，湖南人民出版社 1985 年版，第 357 页。

事实上也达成了其译著发表和出版的愿望。黄元将此一时期称为陈实"文学生涯最为活跃，而且果实最为丰硕的时期"，这"活跃"和"丰硕"自不是针对普通状况而言的，所凸显的乃是翻译之于陈实个人生命的契合。

翻译之外，陈实也有少许创作文字，包括诗词、散文诗、散文和文学评论等不同样式，黄元称，"在她绵长悠悠的一生岁月里，不断地探索与累积，在内心最深处发掘了对生命、对自然、对理想、对艺术、对人性的种种感受，以清丽宁静之笔，书写出时而悠扬精微，时而深邃澎湃的文字"。[①] 而在二十年间"联系、编辑和出版"了陈实的四种译著、"有过不多的几次电话和通信"、但"始终缘悭一面"的林贤治则谈道：

> 陈实先生的作品不多，但是澄明，深邃，精微，质朴而优雅，格调很高。看得出来，她承续的是西方文学和五四文学的根脉；其中透达的精神性，恰恰是当今大陆文学所缺乏的。对于物质生活，她平素没有什么希求，说是"只要有书，有音乐，有花，生活已经够好了"。她就凭借这有限的介质，进入无限界的精神空间，在那里，与伟大的灵魂自由来往。她记录过一个"贪恋中的人物"谱系：莎士比亚、鲁迅、歌德、罗兰，还有贝多芬和肖邦，戈雅和高更。他们是百科全书式的人，思想者，奋斗者，美的缔造者，人道主义者和英雄主义者。[②]

但陈实生前仅仅结集过一本诗文合集，即 2009 年花城版《当时光老去》。仍旧是非常之薄的一本小册子，一百三十余个页码，所录为代序一篇、散文六篇、散文诗七十八篇、诗歌五篇。黄元谈到，二十一世纪初，陈实"步入八十高龄，眼睛黄斑病变日趋严重，视力迅速减弱"，她建议陈实"及时整理全部著作，无论是创作或者是译作"。但这"第一本介绍陈实先生创作的"[③]、在其九十寿辰前夕出版的诗文合集实在是过于单薄（可比照日后所出版的《陈实诗文卷》），而且对于一位写作者而已，也实在可说有点晚了。

这番状况，大抵显示了陈实著作难以出版的窘状——其文学译著实际上亦是端赖于彭燕郊、林贤治等友人的大力扶助，方才得以在湖南、广东两地出版。黄元曾谈到，"2004 年，彭燕郊教授曾经热心地为陈实先生印刷过一本自选集《嬗递》，薄薄的一册，收入为数不多的诗歌、

---

① 黄元：《编后语》，陈实著、黄元编：《陈实诗文卷》，第 608 页。

② 林贤治：《为陈实先生作》，陈实著、黄元编：《陈实诗文卷》，第 15 页、第 22 页。

③ 黄元：《编后语》，陈实著、黄元编：《陈实诗文卷》，第 609 页。

散文诗以及散文。但那仅仅是本纪念性的小册子，作为送给至爱亲朋的小书，印数也就是百数十册而已。"①马文通则曾谈到陈实试图在大陆自费出书的情形：

> 据悉，年前她自掏腰包，拟由广东某出版社出一部书，书的具体内容不详，要命的是钱交了，书却因编辑长年怠工迟迟未能出成。陈实取自费出书这一下策，想必有不能已于言的苦衷，又或者书是她对此生的总结，等不及了？这只是我的瞎猜，不过可以肯定地说，直到她弥留之际，书仍未出，闻之令人怃然！②

马文通所言为何书暂不得而知，但两相比照，已足可见彭燕郊之于陈实的厚谊。《陈实诗文卷》着意彰显彭燕郊之于陈实个人生命的独特意义，实在可说是有着非常特别的、确定不移的理由。

三

上述对于彭燕郊与陈实的交往情况的勾描自是非常粗线条的，但两位艺术诗人之间数百封往来书信，着实值得期待。晚年的彭燕郊可谓是一位非常热情的书信家，目前已经成型的彭燕郊与友人的书信集有两种：一种是已公开出版的《梅志彭燕郊往来书信全编》（海燕出版社 2012年版），由梅志女儿张晓风和彭燕郊晚年弟子龚旭东辑注整理；另一种则是已编定、待出版的《彭燕郊陈耀球往来书信集》，由我和陈耀球的女儿陈以敏女士合作完成。总体来看，这两种书信集因着收信人的身份，虽则书信均是较多涉及彭燕郊的写作、发表、出版与诗学思想，但主题还是各有侧重：前者所录为 1982 年之后彭燕郊与梅志二十余年间的通信一百一十七封（包括几封彭燕郊与胡风及其女儿张晓风的信），梅志为胡风夫人，"胡风"及相关事件自可说是核心话题；后者所录1983—2007 年间彭、陈二人的通信总量超过六百六十封，陈耀球为彭燕郊在湘潭大学的同事，为历史系教师、俄语文学翻译家，彭燕郊晚年的行历、日常生活、身体状况等方面的话题占了更大的篇幅。相较之下，彭燕郊与陈实的通信的话题更为集中——也可以说是更为纯粹，较少日常生活方面的信息，而更多关于两人的写作（彭的诗歌写作方面的内容

① 黄元：《编后语》，陈实著、黄元编：《陈实诗文卷》，第 610 页。
② 马海甸：《我的西书架》，新世界出版社 2014 年版，第 199 页。

更多）以及各种翻译方面的信息，彭燕郊关于翻译（丛书）的诸多构想、资讯与资料的搜寻、实际的出版操作以及陈实本人的翻译，都有非常详细的载记。直言之，这批数量庞大的往来书信不仅是了解晚年彭燕郊诗学与出版构想的最为翔实的资料，也有助于展现新时期以来文艺界、翻译界的诸多侧面。

因为篇幅的关系——也因为相关工作尚未最终成型，本次仅选辑1984—1986年间彭燕郊致陈实信五封。其中，1984年8月14日信中，彭燕郊谈到了自己那"惨淡经营"的诗歌写作，"写诗只是个苦役。很少给我带来欢乐，只是给我带来苦恼"——因着认同于毕加索观点"重复过去，这本身就违反艺术规律"，因而"不断否定自己，不断探索创新之路"。类似观点，在彭燕郊晚年文字可谓多有出现，但其时刚认识陈实不久，彼此了解还很有限，但陈实就看出其"写诗是惨淡经营的"，这使得彭燕郊有引陈实为知音之慨。日后，陈实在信中对于彭燕郊的诗作也是多有回应。1999年，陈实在《彭燕郊这诗人》一文中，更是"拿肖邦的音乐跟彭燕郊的诗作比较"，其中包含了对于彭燕郊那"有非常强烈的个人色彩"的诗歌风格的体认：

也有人说，燕郊的诗不够简练。我觉得简练是一种风格，细致也是一种风格，没有哪一种好哪一种不好的问题，全看个人的喜好，而喜好是很主观的东西，没有客观标准。

我想拿肖邦的音乐跟彭燕郊的诗作比较。肖邦写的旋律极美，极细致，虽然偶尔也写一些像《革命练习曲》那样的粗线条作品，到底不能抹杀这个基本的事实……肖邦和燕郊的风格都是绝对个人化的，不可能和别人混淆，也没有任何人可以模仿……燕郊的作品有非常强烈的个人色彩，无论别人欣赏或者不欣赏，我认为都是作为诗人的最可贵的东西。①

在更多的时候，即如所选辑的书信所示，彭燕郊所谈到了的是翻译、出版方面的内容——庞大的翻译出版计划（对于各路翻译的历史与现状，彭燕郊可谓非常之熟悉），为此又是如何"奔波"于北京、上海、杭州以及广州、桂林等地，操持翻译丛刊与丛书的约稿、筹组编委会以及各种出版事宜——其忙碌情形，1986年4月25日信中所谓"上车、下车，在电车和公共汽车上过日子"，即是一种非常形象的写照。

---

① 见赵树勤选编：《坚贞的诗路历程：彭燕郊评介文集》，花城出版社2007年版，第215页。

所选辑的信中有两次提到"胆子"，一次是 1984 年 8 月 14 日信中写到，因诗歌得到陈实的"鼓励""高兴之余，胆子遂更大，现又给寄上一些"；另一次则是 1985 年 2 月 14 日信中所言，因为陈实帮忙找到了"一大批好书（算起来，除西班牙文以外的，共达十七种）""倒是胆子壮起来了"——对于丛书的编译有了更多、更宏大的想法。这自然首先可从陈实与彭燕郊的个人情谊的角度来看取，即陈实对于彭燕郊诗歌的认可、对于其翻译工作的大力支持，但也可放到一个更大的角度来看，即如 1986 年 4 月 25 日信中所言，"文化界对引进国外文化热情已更高，视野也更宽"，彭燕郊有着满腔抱负、但手头其实没有任何资源和权力，其诸多译介出版的构想得以实现，自是有赖于其广泛联络与热情奔走，但显然也得益于时代语境的积极的激发作用，得益于各路文化界人士的积极参与。

当然，彭燕郊所遭受的出版挫折也不在少数，其在给友人的信中也是多有谈及。丛刊、丛书的出版方面皆有此遭遇，最集中、也最典型的则莫过于接受安徽某出版社的邀请主持《外国诗大辞典》的编纂工作，历时数年、约集了数十位翻译界人士、投注了大量的心力、最终也形成了相当厚度的文稿，结果却是不了了之——甚至是连文稿都无踪无影。一时之间，彭燕郊在给友人的信中说过很多泄气的话。但令人兴奋的是，直到生命的最后时刻，彭燕郊依然抱有出版的构想，前述陈实译著，所列入的湖南文艺版"散文译丛"、花城版"现代散文诗名著名译"丛书，均有彭燕郊当年出版计划的延续（两书均有彭燕郊所作总序），及至 2008 年 1 月 5 日彭燕郊写给陈实的最后一封信——西历新年伊始，时年八十八岁高龄、"以老牛破车自况"的彭燕郊还在热谈关于外国文学丛书的出版构想，一方面，是试图延续外国文学翻译丛书的出版梦想，建议出版社"继续出"；另一方面，则是在张罗拜伦诞生二百二十周年的纪念事宜——这当然不是彭燕郊一时之冲动，其间，既有对于历史状况的梳理、对于拜伦历史地位的评定，也有对于"今日中国诗歌病态"的诊断：

《散文诗名著名译》我建议他们继续出，有几种我最希望能印的：谢阁兰的《碑》和洛特莱亚蒙的《马尔陀罗之歌》，当然还有》小毛驴和我》[①]。

《小毛驴》，前两天唐晓渡来电话，要我寄给他，我想找出来寄去，

[①] 应该为陈实所译西班牙诗人胡安·拉蒙·希梅内斯的《小银和我》。

他们在北京，版权问题可以直接找驻华使馆。他们的《当代国际诗坛》第一期已出版，很大气，比我们当年弄的前进了一大步，我建议他和你联系。他提到洛尔迦，说找到大使馆问了，版权期限在西班牙已延长到七十五年！但他们很想读你译的帕斯，要我先把目录寄给他，他们的同仁里有位赵振江，多年译西班牙诗，王央乐去世后，好像就是他最活跃了。他的译诗，想你也已见过。

今年是拜伦诞生两百二十周年，不知英国有什么纪念活动，拜伦和我们中国特别亲近，清末民初民族民主革命运动中，他的《哀希腊》我们这一代读书人几乎都能背诵。马君武、苏曼殊用古体诗译得很好，苏曼殊甚至将他与但丁并列。"但丁拜伦是吾师，才如江海命如丝"，他在香港遇到一位"西班牙女诗人雪鸿"，赠他拜伦诗集，"秋风海上已黄昏，独向遗篇吊拜伦，词客飘零卿与我，可能异域为招魂"。到现在我还常常想起。最近我有个想法：找几个朋友一起来纪念拜伦，我们当然不会再写浪漫主义诗，但鲁迅先生提倡的《摩罗诗力说》，正是今日中国诗歌病态的最佳针砭，已有好几位朋友和我一样，有感于诗歌界的迷乱，需要大喝一声，准备大家都来写文章，印拜伦诗选，拜伦传记。希望你也参加大家一干。你手边有这方面资料没有？钟敬文夫人秋子女士译的《拜伦传》，我曾介绍在这里印过一次，已十几年未印，准备再印，这次要印得好些，多加插图等，作为一个纪念本。林兄说花城可以印。

"林兄"，即林贤治——2008年初，彭燕郊同时也向其他朋友传递着纪念拜伦的心声。彭燕郊自然不会想到这是他写给陈实的最后一封信——虽然信中有"但愿不是什么'回光返照'"之语，而纪念拜伦这类出版构想，随着他的离世也逐渐烟消云散——林贤治在随后的纪念文中说得更直观："此刻，在这个热闹的世界上，不会再有人想到过气的拜伦。燕郊先生的设想，该是在寂寞中做的一个好梦罢了。"[1]

四

历史语境和阅读风尚总在变化——时代潜移，世事变迁，历史的遗忘也总在发生。回首当年，与彭燕郊有过联系的各路译家多达百数十人，一时之间，长沙成为译稿集散之地，相关出版物也曾引起热烈的反响。但这些幕后工作日后逐渐淡出了读者的视野——我个人的经历大概算是比较典型的一例。2005年夏，我着手进行彭燕郊晚年口述的工作，此一工作断断续续进行，最后因为彭燕郊先生本人的离世而终止，后结集

---

[1] 林贤治：《诗人的工作》，《新文学史料》2008年第4期。

诗探索11　理论卷　2018年　第3辑

为《我不能不探索：彭燕郊晚年谈话录》出版（漓江出版社 2014 年版）。期间，张桃洲曾提醒我可特别留意包括编委、具体操作等方面的情况，龚旭东也希望能多挖掘一些相关细节。但坦白地说，生年也晚的我最初对此感受并不明显，相关话题也只是泛泛而谈。经由他们的提醒，又专门检索了相关资料，我对原先的问题进行了若干修订和扩充，于 2008 年初将问题提纲送到了彭燕郊先生家里，但遗憾的是，最终已没有再谈的机会了。

彭燕郊逝世之后，与其"相识相交近六十年"的李冰封在悼念文章中谈及彭燕郊费尽心力所操持的"诗苑译林"等外国文学译介丛书时，即曾特别呼吁："希望大家千万不要忘记这件五四以来，中国当代诗歌出版史上的重要史实。而这件事的首创者，乃是一代诗人彭燕郊。"[1] 在当事人看来，晚年彭燕郊的文艺组织工作已有被遮蔽、被遗忘之势，有必要重申其意义。

一转眼，又是十年过去——这十年来，自然不便说彭燕郊所留下来的诗学遗产已得到了何种程度的认可，但在众多人士的努力之下，彭燕郊相关文献的整理工作正在逐步展开，晚年书信的整理已经取得了积极的进展——彭燕郊为了外国文学作品翻译与出版所做的大量幕后工作得以浮出历史地表。

1986 年 4 月 25 日给陈实的信中，彭燕郊有"算是尽了自己的微力了"之语——对于一位偏居中部（偏离文化中心）、无权无势且已年近古稀、老来多病的人而言，充任"文艺组织者"、以"自己的微力"来持续性地开展编译出版工作，这在当年一些朋友看起来是不合算的，梅志曾多次奉劝他，以他的才情，应多写东西——写自己的东西，"文艺组织者"要耗费大量的精神和时间，对像他这样"能写的人来说是太可惋惜了"。[2] 但如前所述，彭燕郊显然是别有寄托和抱负。从一个更长的历史维度来看，正是因为这种持续且深入的工作，这"微力"如微星之火，照亮了汉语阅读的空间，也使得彭燕郊从新时期以来众多同样经历了漫长的文化荒漠时代而怀有抱负、积极工作的人物中凸显出来——其晚年的文化身份与文化抉择最终凝成一个重要的文化命题，即我近年来反复申述的："与众多文艺界人士的通信，在外国文学作品（特别是诗歌）的译介、

① 李冰封：《彭燕郊与〈诗苑译林〉及〈散文译丛〉——哀悼一代诗人彭燕郊》，《新文学史料》2008 年第 4 期。

② 梅志：《致彭燕郊》（1987 年 1 月 14 日），《梅志彭燕郊来往书信全编》，第 113 页。按：1991 年 12 月 21 日，舒芜在致彭燕郊的信中亦有类似观点。

出版方面所做的大量具体工作，则充分显示了彭燕郊在新的文化语境之中所做出的文化抉择，这种借助译介活动来推动当代文艺发展的自觉意识，大大地拓展了彭燕郊的文化身份，有效地凸现了他在二十世纪八十年代以来的文艺建设之中新的、独特的作用。"①

而新的气象也在逐步发生。也是在 2008 年 1 月 5 日给陈实的信中，彭燕郊以欣喜的口气谈到《当代国际诗坛》第一期的出版，"很大气，比我们当年弄的前进了一大步"。从彭燕郊操持的《国际诗坛》《现代世界诗坛》到唐晓渡操持的《当代国际诗坛》（目前已至第 8 辑），都是主要着眼于最新外国诗歌的译介，历史也还总有着某种延续性。再往下，2012 年——"诗苑译林"丛书在中断出版二十年之后，湖南文艺出版社重启出版工作——彭燕郊的出版梦想又开始续航，几年来，重印和新出了译诗集已达十多种。

面对新的气象，彭燕郊与陈实之间的这数百封书信，作为一种独特的历史证词，相信亦能起到历史参照的效应。于此，希望这一文献整理工作是一个新的开始。也希望有更多人加入到这份工作中来。

2018 年 5 月 12 日

[作者单位：长沙理工大学文法学院]

---

① 易彬：《晚年彭燕郊的文化身份与文化抉择——以书信为中心的讨论》，《中国现代文学研究丛刊》2015 年第 3 期。相关研究论文还有《书信、文化与文学史——关于〈彭燕郊陈耀球往来书信集〉的相关话题》，《现代中文学刊》2016 年第 2 期；《新时期以来翻译出版事业的见证——关于施蛰存与彭燕郊通信的初步考察》，《扬子江评论》2016 年第 5 期等等。

[附]

彭燕郊致陈实书信选辑（1984—1986）

[说明]：彭燕郊在手书时往往会有一些个人习惯，"像"作"象"（如"好象"等）、"哪"作"那"（如"哪里"作"那里"等）、"零星"作"另星"等等；又如一些外国人名的书写，"容格"与"荣格"混写，一些译名也与目前通译名有所差异。凡此，因有上下文，在可理解范围之内，均循原样，未一一出校。至于有些明显的错漏、脱字之类，则予以校订。此外，书信格式做了统一处理。

1984 年 8 月 14 日

陈大姐：

七月三十日惠书，收到好多天了。忙于琐事，迟复了，乞谅！

老实说，寄拙作向你求教，我也是诚恐诚惶，不知哪里来的勇气，冒冒失失地寄出了，事后真有些后悔。学了几十年，仍然对自己没有信心，大约是"命中注定"要受这个折磨的。《小泽》①是早两年写的，这样的诗，不容易刊登出来，我也少和编辑们打交道。写点什么，总是在几个朋友中传阅，也有偏爱我这些劳什子的传抄或打印，一般是难登"大雅之堂"的。得到你的鼓励，自然十分高兴。高兴之余，胆子遂更大，现又给寄上一些，但愿不至于让你见到就头痛。《家》大约是"伤痕文学"之类的，得到的共鸣较多些（也不算顶多，因仍然有人评之为"看不懂的诗"），三首赠人之作和一首写观画所感的，听说刊物原想在"显著地位"刊出的，但有人以"内容与现实关系不密切"为理由而反对之，不可②还是刊出来了，且目录上标以方体字，算是够好的了，还得请你这样的行家鉴定。《桂林组诗》写了十来首，这是在一个小刊物发的（徐迟兄拿几首到北京的一个大刊物去了，我估计不一定会受欢迎，人们总是怕"怪"而习惯于四平八稳的东西）。编者只看中这几首，请你先看

---

① 指诗歌《小泽征尔》。此诗曾以《乐曲，在升腾……》为题刊载于《十月》1984 年第 2 期。1984 年 7 月 24 日，彭燕郊在致陈实的信中曾谈到此诗。

② 此处"不可"不通，当是"不过"之误。

看，给多提些意见吧。今天我重读了你的来信，又重读了你的《聂选》[①]后记，深感像你这样懂诗的人之难得。你知道，我们之间用不着互相恭维，但我们还得讲实际，事实如此，我们就应该如此说。我曾和小黄[②]说："像你，这样的人才，不知为什么却'隐退'了这么多年！"据我看，你的能力还没发挥出十分之一。比如说，你完全可以在大学里教课、带研究生。说得不客气一点，如今大学里师资情况，是很不理想的。我希望有一天你能把力量发挥出来，为"四化"做出应有的贡献。这些话，似乎有些迹近"奉承"，但我们这些人，难道会考虑这些？

你看出我写诗是惨淡经营的，这很使我感动。年轻的时候，少不更事，信笔写来，确有一个短时期觉得写诗似乎只要把握住那一瞬就行了。没好久就慢慢地发觉写诗只是个苦役。很少给我带来欢乐，只是给我带来苦恼。有时，刚写下来时觉得似乎还可以，但没过几天又发现瑕疵累累，又得改。如此往复不息地折腾，无休无止。你说得好，超越自己正是我的愿望。我记得毕加索说过："重复过去，这本身就违反艺术规律。"规律是客观存在，你违反它，就得吃苦头，就要失败。所以，不断否定自己，不断探索创新之路，我感到：这亦许就是写诗所能给我的最大欢乐了。这里，是只好不计成败利钝的，当然，我还是太渺小了。读象《月亮和六便士》这样的书时，就更感到和高更这样的真正的艺术家相比，自己真只能是一只蚍蜉了。

总而言之，希望你多加批评指正。

《聂选》编次，当按你所作分期排列一遍。序文，我相信你是写得好的。原来的《后记》不就写得很好吗？《后记》似乎重点谈两首有代表性的诗，是否就此扩大一些，让读者有个更明确的轮廓（记着：是写给一般爱诗的读者看的）。在你，这是不算什么的了。

小黄说你有部《圣路》稿在她那里，我已写信给她，如你同意，可以寄到我这里来。目前，国内翻译界一般不主张转译。正好我有个朋友是搞法语的，虽年轻，但很努力，有一定素养，能找到原文（想是不难找到的），对一对，就更容易找到出版者了。

聂鲁达的回忆录最后一章（你曾告诉我是很精彩的）希望能在《聂选》搞完后就动手译。我和一些友人提起了，大家都认为很值得译，都想早些读到。

盼把黄茅兄地址告诉我，请代向他问好。

---

① 指陈实所译《聂鲁达诗选》。

② 指黄新波的女儿黄元。

匆匆 祝

暑安！

弟 燕郊

1984 年 8 月 14 日

1984 年 12 月 27 日

实兄：

原谅我已有个多月没给你写信了。我是上月十一日离开长沙北上的，行前已知道也就在那几天你将回来探亲，我这次出外前后恰恰一个月，其中在北京停留前后十八天，日子过得很愉快，主要是为我的研究生毕业和学位答辩的事。同时，也为那个译介现、当代世界诗作的丛刊的事。经过十多天的联系，得到这么多的老前辈、老朋友的支持，已经初步约好了十多位参加编务。我想，西班牙语方面，你应该是当仁不让，责无旁贷的，你就担任下来吧。与丛刊相辅而行的，还应该有一套丛书，那设想，前已在信中告诉你，也得到你的赞同和鼓励的了。在京时，也为友人们初步商量了一下选题。有些书，是必得你帮忙去各书店找一找的，当然更需要你想出选题意见。设想中的这套丛书现在也应当动手编译了。

首先，《世》刊第期①的内容初步筹划了一下，情况是这样的，告诉你看你的意见怎样。我们得尽可能让它一开始就取得读者的信任。

一、捷克：塞费尔特诗选及介绍。他是今年诺贝尔奖得者。我离京时，还没有找到他的作品（捷克文的或俄，英译），你能不能注意一下。

二、苏联：帕斯捷尔纳克诗选及介绍。他在中国算是闻名已久的了，但作品却几乎没有介绍过。

三、美国：洛威尔诗选及介绍。他是当今美国诗坛上最可注意的诗人了。

四、法国：阿拉贡和艾吕雅晚年爱情诗选。

五、日本：西条八十、堀口大学诗选。或当代诗人中再选一人作重点介绍。

六、意大利隐逸派（蒙塔莱等诗人）诗选及介绍。

其他未定。按国别分栏。请你考虑西班牙及西语地区的诗人，第一期介绍谁为好，并请准备。

---

① 此处有脱字，当为"第一期"。

诗论未定。

诗人传记而兼具讨论性质的，我想以你所说的聂鲁达回忆录中的有关部分为最理想了。小黄不久前来信，说你回家后，因旅途劳顿，还没有好好休息，胃病又发了，是真的吗？现在好些了吧。不知已痊可了没有？目前想已能够执笔为文了吧？十分希望你能译出一部分（一万字以内，不难吧，或少一些）供第一期用。

丛书方面，我所想的暂时只是：要读者渴望读到而趣味、格调高些的，有趣而不低级而且仍是有益的。我首先想到的是传记，如毕加索传，就至今没有一本吸引人而有价值的（四十年代上海倒是印过一本，篇幅较大），海明威传最近印过一本，不够好，但很受欢迎，很快就买不到。此外，是书信、日记、杂记之类。我想到的是：肖邦和乔治桑的通信。高更的日记《诺亚·诺亚》等。其余，象关于西班牙斗牛的，听说有很精彩的书，可我们看不到。诸如此类的，请你回忆回忆，你一定读过不少"奇书"的。

这些书，你手边有最好。没有，能不能设法买或借？

事情要是照我们的理想逐步办起来，会有很多事情需要你做的，更需要和你面商。告诉你一个新消息，新年，我可能到广州，不知你那时有没有可能来。我会再给你写信的。等我下一次给你写的信到后，你再给我回信好了。那时，我或许已在广州了。

　　祝
年禧！

燕郊
1984 年 12 月 27 日

见到蒙田兄盼代问好。

1985 年 2 月 14 日

实兄：

三日的信寄到时，我适到学校去了（八日到的），十一日回长沙才读到。自然十分高兴。一直在等你的信。小黄来信说你回南京探亲后，大约是旅途劳顿，回港后又闹起胃病，我猜想是因为病了才没有写信，关于这，来信没有说到，或许没有什么大不了吧。

诗探索 11　理论卷　2018 年　第 3 辑

丛刊第一期稿大体上定了一下，包括你的聂鲁达回忆录中的那一部分，译多少，节选那些部分，完全由你决定。但希望不少于八九千字。塞费尔特的作品，已找到了一些，正在请一位懂原文的人译出来，所谓一些，不知多少，大约不多。你托友人买到的，自然很珍贵。帕斯捷尔纳克的俄文集中，国内有，英译本你留着吧。关于他的评论集，很需要，《巴黎评论》访问作家专辑，也很难得，很需要。洛尔迦诗，除戴[①]译外，叶君健和王央乐都译了一些。但总的说只是诗人全部作品中的一小部分。我曾想请叶为"诗苑译林"译一册《洛尔迦诗选》，听说他是忙人，大约不可能有暇及此，遂作罢。王央乐译的《西班牙现代诗选》中有几首译得也还好。将来，你是不是译一册？瓦列霍和拉丁美洲诗选我建议你准备一下，丛刊搞起来了就动手。先在丛刊上介绍一部分。

艾略特的诗论，至今无人介绍。那本论文集要设法请人译出来。《论现代主义》和《从语言学观点导读英诗》，也得请人译。我们必须一方面搞好丛刊，一方面筹编一两套丛书，才能让读者有更高兴趣，慢慢地造成一种良好的读书风气。

卡夫卡给菲丽斯的书信集，卡夫卡日记，纪德日记，卡缪创作札记，罗丹传，米盖朗琪罗传（罗兰那本已有傅译，可以不要了），肖邦传及萧伯纳音乐论文集都极好，能陆续译、印出来，是可以轰动读书界的。贝多芬书简、札记及友人的回忆，你能和令兄[②]一起译出来，也是极好的事。我希望能列入我们自己编的丛书里出版。

丛刊和丛书出版事，迄今已有五处接洽过，有两处我们认为不合适，没有谈下去，另有三处都未能确定。我们想，无论如何也要办起来的，正在多方设法早日筹备好。进展情况，当随时写信告诉你。

《聂》集中加进四篇，想无问题，据我所知，还没有发到印刷厂，但不知技术处理已到什么地步，如版面全部定了，变动程度大，会有些为难的。

现在，有你手边的这么一大批好书（算起来，除西班牙文以外的，共达十七种），我倒是胆子壮起来了。但这么些书，寄回来怕要一大笔邮费吧，不知托人带到广州是不是方便。因为春节后期（正月初）我可能到广州来，有些朋友要我来，孙钿兄（他与林林、××[③]等兄是三十

---

① 指戴望舒。

② 指陈洪（1907—2002），广东海丰人，音乐教育家、音乐理论家、翻译家、作曲家，时为南京师范大学音乐系教授。

③ 此处有一人名难以辨识。

年代同在日本左联的）已先到广州，去那里等我了。他译日本诗很成功。他对丛刊十分热心，那时候，你能不能来一趟？如你能来就太好了。（三种译论集需复印的，请即复印为荷）

编务你一定得参加，林老①年纪太大了。我约请的主要是中年朋友，也有个别年轻人。详情待见面时告诉你。另外，广州方面，已约了广外的程依荣老师了。他是搞法语的，他那里法文资料极丰富。西班牙语非你负责不可，不要"偷懒"，也不必过于谦让。

黄庆云大姐来信问我要不要杰人的全部遗稿。②她说是听你说起的，我已复信告诉她我可能来广州。我如来了，会马上给你写信。不能来，也会再写信给你。再谈了。

祝

新春万福！

彭燕郊

1985 年 2 月 14 日

1985 年 12 月 8 日

实兄：

原谅我又是许久没有给你写信了。

我十月四日离长沙，到了杭州，上海，再到北京。在北京住了三十五天，几乎天天都在挤公共汽车，电车中过，车票最低五分，一般一角，每天平均花五角钱车费，可见是怎样地奔波了。所幸贱体还吃得消，且老天爷作美，除了其中两天刮风降温外，天天秋高气爽，并不冷，总算熬了过来。

这次主要是筹组译诗刊和丛书的编委会，得到许多前辈、好友的支持，总的说是顺利的。译诗刊第一集基本上编好了，已编入你译的聂氏自传摘编。这一集以帕斯捷尔纳克，塞弗尔特，圣·琼—佩斯，美国自白派为主，一般都既有诗，又有诗人的诗论，访问记及有关评介，另外还有一组罗马尼亚当代青年诗选，和论文，动态等。内容看来还相当充实。第二期计划以夸西莫多，埃利蒂斯，马查多及韩波或马拉美，或瓦莱里为中心。另外，想请你搞一组拉丁美洲当代诗，并写一篇较全面的

---

① 此后一段时间的书信中，"林老"反复出现，指的是林伦彦（1910—1993）。

② 彭燕郊的遗物中有一批严杰人的材料，亦曾撰《忆严杰人》。

评价，不知可以不？当然，"出题目做文章"不是好办法，由你自己决定更好。请告诉我你的打算。因为想在第一集上刊出第二集预告，这得请你快些告诉我。

丛书已初步约了一些稿，但确定的尚少。你的《贝多芬〈不朽的情人〉之谜》是确定了的，记得出去跑之前曾写信请你务必赶一赶，出版社要得急，因为目前出版界大萧条，书店几乎不进书，好多书没法印。估计你这本书会受欢迎，所以要得急。记得你曾说年内可以完成，不知近日进度如何？十月中旬，林老来信，说你"病牙，以粥度日"，我也不敢催你了。近来想已痊可？念念。

丛书是综合性的，以文艺为主，兼及历史、哲学、经济。因此，也约了荣格，魏根斯庭等人的著作的译本。尼采和弗洛伊德，也想多作介绍。弗洛伊德的著作（小书，如《快乐原则之外》《爱与性的心理》《图腾与禁忌》等），以及他的自传，别人写的传记等，你手边如有英文本，盼提供，但你千万不必专为此去书店找了。我们也已经在找了。或许也可以找到的。

你第一次给我的几本书，巴黎评论作家访问记专集，艾略特诗论，论现代主义文学等都用上了。特别是论帕氏那一本，将再次译出几篇。第二次寄的几本画家传，《毕加索的世界》和《玛蒂斯》已请人译了，感谢你！

投资事，林老又介绍一个地方，但出版社迟迟搞不出个计划来，看来他们好像有些踟蹰。我过几天会再去桂林和他们面谈，如有必要我得陪他们再来广州。来了，希望这次能和你见面。

于君亦有信来，印刷事他开了个详细的估价单来了，我看比在湘桂印都好些，估计出版社会找他们印的。

在上海、北京，都和老朋友谈了写《新波传》的事，问题是大家都很忙，不是专人去访问，作记录，要他们自己写，很玄。这事我还要和小黄好好商量。

你的《聂选》已付印好久，印刷所拖着，本来要赶在"香港书展"上展出的，只怕来不及了。

盼来信，仍寄长沙。祝
健好！

燕

1985 年 12 月 8 日

1986 年 4 月 25 日

实兄：

你四月一日和十一日两信寄到时，我已到北京来了。绀弩于上月二十六日逝世，我接到电报后即设法买车票赶来北京，六日抵京，赶上了七日的遗体告别仪式，十五日和绀弩夫人周大姐①及亲属一起去八宝山作了骨灰安放仪式。绀弩的骨灰安放后在"一室"，与胡风，丁玲，田间在一起。本来准备就回去的，正赶上这里举行全国书展，漓江的老刘②来了，我又多住了十来天，明天回去。因为有一本小书必须赶快交稿，另外也有些零星文债。在此无法写作。你的信由家中转来，我天天都记挂着该写回信，可总是忙，上车、下车，在电车和公共汽车上过日子。回到住处（我就住绀弩家中）什么事也干不成了，迟延到今天才给你写信。

我早就应该把丛书第一批（一、二、三集）目录定稿寄给你了，动身前托人打印未果，在这里也没法打印。只好等回去后再说。这批书稿费了我不少时间，取舍权衡，算是尽了自己的微力了。你看到书目（草稿）后所提意见很好，《尼采自传》以前曾有过两种译本，这回我们是请人重新译的。这本书我很喜欢，总觉得再译印对我国读书界来说是有意义的事。纪德的《浪子回家》你见过的就是卞之琳同志的这个译本，这次重印，他自己作了校订。《厌恶》也有过内部参考译本，书名我考虑了一阵，如译《恶心》《呕吐》给人的感觉反而不好，所以仍用《厌恶》。

《造物者贝多芬》这个书名我很喜欢，建议你仍用这个书名，不必改了。令兄如能从音乐出版社得到确讯，交给他们印也好。因为还有别的好多事等着你做，要请你译的书就有好几种。《圣路》稿好像前两年就交到我手里了。《欣悦的灵魂》全书好像有人在译。像这样的大书务必先打听清楚再译。现在译法语的人多，北京尤其多。他们处于全国文化中心，信息快，联系广，因而动起手来也很快。但你已经译出的《圣路》和《××朗波》③当然得设法印出来。看目前情况，或许要到一年后才好作具体安排了。看来我们不能不先安排那些较为急迫的事情。例如译诗、文，小部头书。

---

① 指聂绀弩夫人周颖。

② 指刘硕良。

③ 此处有两字难以辨识。

诗探索 11　理论卷　2018 年　第 3 辑

目前不但有弗洛伊德热，且有乔也斯热，友人已将《优力栖士》①全部译了过来，且有出版社想印，据说只有最后那一部分不好处理。劳伦斯的《查太来夫人的情人》听说有几处想出，但恐亦不能不删节，如此反无意味。潘光旦译蔼理斯《性心理学》，三联书店即将重印出版。凡此，我认为足以表明文化界对引进国外文化热情已更高，视野也更宽，我们的丛书此时问世，当可得到读者欢迎的。

日昨晤卞之琳同志，谈及《闷罐》将由你译出，他十分高兴。他说普拉斯还有一本小说名《玻璃罩》，也很好，不知是否即这一本。容格的书，我们丛书已收有一本《文学与心理学》，是选译的文集，不是专著。弗洛伊德的《文学与心理学》未见译本，也没听说有人在译。《容格与现代生活》，如方便，请寄给我。《如何了解女性》和《女性心理的新探索》，方便的话，也望订购，谢谢你！你订购的那些书都很好。艾略特的关于文化定义的札记，洛尔迦之死，卡夫卡日记都应该及早译印。

出版社说了，《国际诗坛》第一辑将在七月出版，这一个多月他们忙于参加书展，实在忙不过来。第二辑十一月出版。但要求我们于六月份编好交给他们。因此，我希望你在五月二十日前务必把《拉丁美洲当代诗选》和你自己写的译介文章寄到我处。还有聂鲁达的《自传》续稿。当然，如已译完，能就寄给我最好了。

金彤考中央工艺美术学院，已到我家暂住，我回去，会见到她的。将让她带信给她妈妈转给林老，我不知道他搬回学校了没有，好久没写信给他了。

出版社希望我们能译一本有关贝尔文学奖的书（他们因出版诺贝尔文学奖丛书而著名），不知国外有没有这方面的书？听说香港有人写过一本这样的书，不知你见过这本书没有？

回去后再给你写信。匆匆 祝

健好！

燕

1986 年 4 月 25 日

本文系湖南省教育厅重点项目"湖湘文化人物口述历史等文献资料的采集与研究"的阶段性成果

（项目编号：15A011）

----

① 今通译为乔伊斯，《尤利西斯》。

怀念彭燕郊

周 实

日子过得快，快得彭老师离开我们都已经有整整十年了。

我又想起那一天，湘江副刊的老编辑向麓先生对我说（他 1957 年打成右派，平反后又回到湘江副刊）："周实，看看这首诗！"我看后，抬起头，看着向麓不吱声。向麓问我怎么样，我说非常好。这是我第一次拜读彭老师的诗。这首诗的名字叫《家》。那是二十世纪八十年代初的一天。

从那一天到今天，也已将近四十年。

我是从读他的《家》慢慢细细认识他的。在《家》里，我看到，他是怎样的从生活走向他的诗。后来，再读他的诗，读他更多更好的诗，如《路毙》《殡仪》《倾斜的原野》《杂木林》《小牛犊》，还有他后期的诗《生生：多位一体》等，我又看到他怎样从诗走向他的生活。

我觉得他是个用诗想事做事的人。他看人，他论事，也是用他的诗的眼光。甚至处理各种问题，也是从诗的角度出发。他觉得这世上所有的生命无论如何都是相互关联的。世界就是一个整体，一个命运共同体。

他的世界观是诗的世界观，他的人生观是诗的人生观。

诗歌就是他的生活，所以，他能写一辈子。

诗歌就是他的生命，他用他的生命写诗。

诗人是各式各样的，他是用生命写诗的。所以，我读他的诗，总能看到他的生命，总能感到他的诗格外美好有生命力。

"诗，怎么就这样难写。"这是他在写完那首《生生：多位一体》之后所发出的一声感叹，也是他对生命的感叹。

当年，我曾问过他："既然写诗这么难，那你为何不放下，去写散文和小说？"

他说心里有些东西是只能用诗表达的。

诗探索 11

理论卷

2018年

第 3 辑

我因此而喜欢他，也因此而佩服他，更因此而敬重他。因此，我很怀念他。

[作者单位：湖南出版集团]

纪念诗人彭燕郊逝世十周年·

我们要继承彭燕郊先生什么？

欧阳白

我和彭老师认识在二十世纪末。那个时候，我对于诗很痴迷，但都是自己在写，读别人的诗，看别人的书，加上自己的思考去写，对于诗歌的理解停留在一个爱好者的层次上。认识彭老师以后，我发现，原来写诗是需要有老师的，就像学木匠一样，你要有一个师父。彭老师说："写诗和雕刻是一样的，诗从诗意到文本，就是从木材到家具，从石头等雕塑的原材料到雕塑成型成为艺术品。"后来，他就帮我改诗，一个字一个字地修改，他删去我诗歌中喜欢随意用的字，比如"的"，比如"我"。去掉"的"字，诗的节奏紧凑一些，去掉过多的"我"字，诗意的空间就打开了许多。我的一本诗集《诗歌，站在我生活的反面》，就是彭老师写的序言，他很认真写的，很多溢美之词，篇目也是他订正的。他告诉我诗集不一定要出那么多首诗，只选好的，有特色的，比如艾青的《北方》就只有八首诗，却红遍大江南北。但我最终没有完全听老人的，还是选了近一百首诗，超过了他所认可的七十多首，到现在看，这是要后悔的事情。他希望我集中自己的文学能力和才华写诗，不要旁骛。他看到我诗中思考性的东西比较多，既给予肯定，同时又希望我注意形象思维的运用，于是他送了很多关于美术的书给我，暗示我要注意质感的东西、形象的东西。

和彭老师交往，对于很多我心中还比较模糊的东西，就可以直接去他那里找答案。像当时口语诗比较泛滥的时候，我也写了一些，但心中并不踏实，于是和他说了，他一句话就讲清楚了。他说："大多数口语只是未加工的半成品，不是产品，不能把半成品当产品卖。"我一下子就醒悟了过来，以后，我和吴昕孺先生共同提出"好诗主义"，对于泛滥的口语入诗，对"垃圾派"和"下半身"写作进行抵制和批判，应该说是受了彭燕郊老师很大影响，他也明确地在接受采访时支持我们所提出的"好诗主义"。

现在一晃眼十年过去了，彭老师的音容宛然就在眼前。易彬兄、龚旭东兄组织的这次追思会很有意义。彭老师说："我不能不探索。"他似乎有着铁肩担道义似的责任感。而我也经常问自己："理解他、理解他的诗歌、他的时代和那个时代的精神，是不是到位？我们是不是真正知道和理解了他对于现代诗发展的梳理和展望，他的人、他的诗骨子里的东西是什么？"这几天我一直在思考这个问题。两年前我写了一篇文章《想问彭燕郊老师的五句话》，在《湖南日报》和《长沙晚报》发了两个不同的版本，文章中也是试图揭示关于他的内在的一些东西，如痛苦与美的问题、诗与宗教的问题、繁复的语言和调式、诗人如何安身立命、现代的现实主义的诗学命题等。我自问自答，但所答基本上是多年以前我们在零碎谈话中彭老师的观点和我按照他的思想所做的推测，那个时候，我以为自己对他很了解，但今天，我觉得我对他的理解还不到位。

这几天，我又陷入了深深的思考，似乎有了一些比较清晰的认识，我想理解彭老师的最关键的一个词是：自由。

彭老师参加新四军，参加抗战是反抗外族侵略，反抗压迫追求自由，他跟共产党走，反抗国民党的统治就算坐牢也不改悔，也是为了反抗压迫追求自由。一旦共产党建立了新中国，他却不愿意从政，不去做官。开句玩笑，其实彭老师也做不好官，他还是想自由，保持知识分子的本怀，保持爱美，爱一切美好事物的天性。他甘于寂寞，不怕吃苦，就怕不自由。

我原来很认真地学习他的诗文，研究他诗歌的特点，分析他诗歌的技巧，但我现在发现，他最重要的艺术气质，我没有体悟到，或者说没有给予应该有的关注。彭老师的理想人格是"浪子"，而"浪子"的精神就是彻底的自由。抗日是为了民族的自由，反抗国民党统治是为了人民的自由，不当官是为了心性的自由。喜欢写诗是为了脱出物质的桎梏，他的诗歌在形式上不受约束，他喜欢创新，喜欢写散文诗，提出要敢于写不像诗的诗，都源于他骨子里的自由精神。他在生活中一些烂漫与天真，甚至一些"荒唐"的想法其实也是缘于他的自由精神，缘于他对于"浪子"人格的认同和追求。

从某种意义上说，自由是理解彭燕郊老师的那把最关键的钥匙。

对于彭老师的这种理解，不一定就是最终的理解，因为他丰富的思想和作品，可能要留待时间，留待文学理论和社会接受喜好的进步来评判。

关于彭燕郊先生，似乎总有未尽之言！

[作者为湖南省诗歌学会副会长、湖南省作协诗歌委员会委员]

诗学与诗歌的互歧

刘涵之

　　将彭老师八十年代初期以来的诗歌评论和他的诗歌写作对照起来阅读也许是一件有趣的事情。《和亮亮谈诗》一书是彭老师比较早结集的诗学著作。这部著作从诗歌的情感、诗歌的形式表达及现代诗的源流（"现代诗的源流"这部分内容在 2006 年出版的《彭燕郊诗文集·评论卷》里以"再会吧，浪漫主义"为题标出）三个方面探讨了诗学领域较为前沿的话题。三个方面的问题集中到一点就是浪漫主义诗学无论形式还是内容都不合诗歌发展的时代潮流、趋势。这一点，在彭老师的《两世纪之交，变风变雅：浪漫主义困惑》一文里表现得更为突出、明确。在彭老师的反浪漫主义诗学的诗歌宣言当中，诗学主张是被置于"文学价值观念，文学生活方式，人生理想和文学理想"的高度得到理解的。换句话说，有什么样的生活方式和人生理想，就有什么样的诗学主张。在彭老师看来，浪漫主义（在现代诗歌史上以郭沫若为代表）对感情、主观的过分倚重所导致的肤浅、浮夸及自我陶醉完全将诗歌拖入非现实主义、非现代意识的泥淖。浪漫主义对历史题材、神话、异国情调等题材的过分耽沉完全将诗人拖入故步自封的泥淖。

　　但我们如果将眼光投向彭老师八十年代初期以来的诗歌写作，我们又发现彭老师的诗歌创作未必完全是反浪漫主义的。且不说一些抒情短章直接以自然景观、物象为题材，难免有追求物我同一的倾向，即便那些以画家、舞蹈家、音乐家为题材的偏向谈艺论道的缪斯感兴和一些即事名篇的赞美诗无不烙下诗人重主观感觉、重心灵发现的浪漫化痕迹。长诗如《生生：多位一体》，散文诗如《德彪西〈月光〉语译》《无色透明的下午》，也如此。诗人晚年的代表作《混沌初开》更是把浪漫主义对想象力的突出、对神秘主义的肯定发挥到极致，笔端须臾间见乾坤、刹那间合万物。可以说，彭老师晚年的诗歌不但不回避浪漫主义的主要创作手法、美学原则，而且还积极借鉴、吸纳浪漫诗学的已有成就——从而在某种程度上推动着浪漫主义向新的诗歌高峰挺进。

　　说彭老师诗学反浪漫主义，诗歌创作回归浪漫主义，不是指彭老师自身是一个矛盾统一体。诗歌理想和诗歌实践的互歧说明彭老师正是将诗歌活动看作某种天然具有张力的自我表达过程，因此他才以浪漫主义的态度去写诗、以现实主义的态度去正视诗。以浪漫主义的态度写诗，他像一个孩子一样自由；以现实主义的态度正视诗，他忠诚于他的时代。事实上，他就是他生活世界中的"地之子"。当然，也是我们生活世界中的"地之子"。

[作者单位：湖南大学中国语言文学学院]

诗人气质"五因"说

王　正

诗人气质，指诗人的精神气象，包括诗性的精神趣味和诗意的生存方式。

诗性，维柯《新科学》将之置于智慧层面加以专述。"在世界的童年时期，人们按本性就是些崇高的诗人"，[①] 世界的童年时期和儿童性情可以互喻，童年天性和原始思维共具诗性，而诗性以"崇高"为核心内涵。正因为诗性源自童年天性——童心，所以在诗方面，需要天赋才能和艺术灵感，单靠技艺不会成功。因艺术天赋所致，诗性不同于哲学凭理性思考和逻辑推理来研究共相——普遍性——真理，而凭情感和体悟掌握殊相——个性——具象。可见，艺术感悟所孕育的诗性智慧，是一种撇开理性思辨，指向好奇心、想象力和创造力的玄学，"诗人"在希腊文里就是"创造者"。而诗性之"创造"，即在现实理性世界之外，通过重新设定和自我超越，构建一个激情的、梦幻的生动世界。

概言之，诗性，即以原始思维、儿童天性之纯真为根基。此种纯真并非认识世界的茫然无知，而是审视世界的一种纯净的智慧，它关闭了现实、理性、技艺的庸常通道，开启了想象、情感、灵性的玄妙之门。这一闭一启，对现实世界作了创造性的转化，赋予现实以浪漫化理想化审美化的色彩，即将固化的物质存在转向灵动的艺术空间。虽然维柯的"诗性智慧"不无将形象思维绝对化的趋势，"童心＝诗性""推理力愈薄弱想象力愈旺盛"等论断，也忽略了诗性的文化积淀，以及想象和思辨既有相左的一面，亦有相融为玄思的一面；但认为诗性应超越物质功利而浸润于精神的童心世界，诗性以生命的鲜活生动为主要内涵，以

[①] 维柯关于诗性智慧（poetic wisdom）的阐释，详见《新科学》，朱光潜译，人民文学出版社1986年版，第98页。至于儿童天性最具诗性，亚里士多德《诗学》第四六章亦有涉及，认为诗性源自人的天性，而天性主要指人从孩提时起即有摹仿本能及其产生的快感，快感中含有向善、陶冶（Katharsis，宗教术语为净化、净罪；医学术语为宣泄、平衡）的功能。

诗探索11　理论卷　2018年　第3辑

想象性创造性为实现路径，以艺术性审美性为基本表征，以崇高性超越性为永恒特质，毕竟为诗性的艺术回归和精神坚守，奠定了思想基础。

诗意，海德格尔在《诗·语言·思》和《存在与时间》中总是将它与"存在"并置讨论。诗意，即人本真的存在。人的日常生活实践只是"在者"，而不是真正的"存在"，人们在"在者"的状态中浑然不觉，"在者"遮蔽了"存在"，当"存在"去蔽、显露和敞亮的时候，才是"此在"，才是诗意的安居。人的本真存在，不是与世界分离去认识世界，不是将世界作为对象化知识化概念化的客体，不是生活在符号命名、理性定型、技术指令中的异化状态，而是思想和存在同一，情感和理智统一，是"深情＋觉悟"。人的原初的本真的生存方式，就是天地神人的统一体，是一个惚兮恍兮的整体，这样的整体感才是富有人情味和人性化的世界。人性化的本意在于回到原初还原天性，而"艺术—诗"是存在的天性，是存在自身的显露，是对人的天性的敞开。艺术的自由，牵引着人从"劳作"走向"诗意"，从心灵的逻辑化走向心灵的诗化。

从劳作到诗意的关键，就是人以"神性的尺度"度量自身。[①] 这里的神性，既指宗教意义上的以神为范，亲近神，寻觅神的踪迹，又指人学意义上追寻人自身的神圣与崇高，追问人的信仰—价值体系。人超越飞禽走兽彰显人性，不仅在于相怜相惜之温情，还在于神圣与崇高的发现。人在"充满劳绩"的过程中可能不堪重负，浸染忧伤，但一经发现了神圣与崇高的意义，就能产生一种精神的充实与愉悦，高贵与尊严，于是就有了"诗意栖居"的心境之美。这种对"神性—神圣"的发现，是在人的关于生死体验的深刻冥想中发生的，而这种体验的神秘性和不可言说性，"道可道，非常道"，不是那种经验实证的逻辑语言所能表述，唯有"诗"可以和这种"思"建立同一的关系，因为诗这一意象化的言说方式可以传达言外之言和无言之言，直抵本质，达到"诗—言—思"的三位一体。因此，人的本质存在，就是诗意生存。

总之，诗人气质由诗性和诗意构成，诗性养育了诗人"童心—艺术"、"纯真—唯美"的审美趣味，诗意建构了诗人"原初—浑朴""神圣—超越"的独特生存，从而凝成诗人气质之唯美品格和玄远境界。

---

① Martin Heidegger. *Poetry, Language, Thought.* New York: Harper & Row Publishers, 1971. P219—222.

一　气质：从生理体液到心理类型

诗人身上诗性的精神趣味和诗意的生存方式，自有其深层的心理基础和人格特质，这是诗人气质生成的心理动因。

气质，俗称"禀性"和"脾气"，主要指一个人直觉反应的快慢、情绪体验的强弱、心理活动指向的外倾与内倾等稳定性特征。有人活泼，有人沉静；有人灵活，有人持重；有人急躁，有人稳健；有人粗糙肤浅，有人细腻深刻。人与人之间在心理特性方面的差异，在言谈举止之间"却有一段自然的风流态度"，就是气质不同。

自古希腊希波克拉底提出"体液"说，人的气质被分为多血质、黏液质、胆汁质和抑郁质四种，多血质如春天般温润，黏液质如冬天般寒湿，胆汁质如夏天般燥热，抑郁质如秋天般寂冷。该理论雄踞学界数千年，其间的"体型""胚胎""血型""激素"以及"遗传基因"等诸种气质学说[①]，均有体液说的雪泥鸿爪。即使是巴甫洛夫的神经类型理论，根据大脑皮质兴奋和抑制过程的强—弱、平衡性—灵活性，概括出兴奋型、活泼型、安静型、抑郁型四种气质，亦未脱离体液说的基本框架。

直至荣格《心理类型》的诞生，建构了"外倾—内倾"理论体系，气质研究从生理基础转向人格特质。荣格借用弗洛伊德"力比多"（libido，生命力、本能、快感）的概念，认为受到刺激之后力比多这一心理能量的流动方向，是鉴别气质类型的关键。换言之，气质类型取决于人的心理态度，尤其是对客观社会环境的态度。心理能量是投放还是撤回，是亲善还是抵御，是认同还是内省，是适应还是超越，这是人的气质的根本性特征。正是在心理能量的流向上，荣格将气质分为外倾和内倾两种基本类型。Tupes & Christal 等人概括的西方"大五"人格模型，国内王登峰、崔红等人通过词汇学假设梳理的中国人格"七因素"模型，均为荣格外倾—内倾理论的丰富和发展。荣格此一学说成为前承弗洛伊德意识、潜意识，后启拉康象征界、想象界的重要理论平台，尤其为阐释诗人那幽微复杂的心理世界和特殊气质，开启了一扇坚门。

---

① 德国精神病学家克瑞奇米尔（Kretschmer）从体型的角度将气质分为肥胖型、瘦长型和斗士型，美国心理学家谢尔顿（Shelden）从胚胎发育的角度将气质分为内胚叶型—肥胖—内脏气质型、中胚叶型—强壮—肌肉气质型、外胚叶型—瘦长—脑髓气质型，日本学者古川竹二、熊见正比古等人从血型的角度，英国心理学家柏尔曼从甲状腺、肾上腺、脑垂体、性腺等激素的角度，对气质进行解读。而普汶（Pervin）、墨森（Mussen）的研究和朗德奎斯特（Rundquist）、霍尔（Hall）、斯科特（Scott）、查尔斯（Charles）的实验以及美国纽约纵向研究所的追踪调查表明，遗传基因对人的气质具有重要的影响。

荣格曾以席勒论素朴的诗与感伤的诗，来比拟外倾和内倾这两种气质类型。因为素朴的诗指向现实—自然，是诗人的无意识天然地与客体同一，感伤的诗指向理想—自由，是诗人反思客体并赋予客体以价值，所以，素朴、感伤分别指称外倾和内倾。不过，诗歌类型与诗人气质类型之间又存在比较复杂的情形，诚如荣格自己所言，"同一位诗人可能在这首诗中是感伤的，而在另一首诗中则是素朴的"。素朴与感伤，类似于王国维的无我之境与有我之境、叶维廉的物象自现和意绪直显，感伤诗人完全可能将其心绪通过意象化的艺术处理，转化为一首蕴藉淡雅的素朴之诗，所以，我们讨论素朴的诗和感伤的诗，是就特定的诗歌作品而论；评价诗人的气质，是素朴是感伤，是外倾是内倾，则是就其诗歌创作活动的总体心理流向，综合其一贯的精神风度来评判的。正是基于诗歌类型和诗人气质之间的复杂关系，以单纯的"外倾—内倾"进行分析已不足以涵盖其中的复杂性，于是荣格根据意识—潜意识、理性—非理性，归纳出思维、情感、感觉、直觉四种心理功能，与外倾、内倾相融而生成八种气质类型，诸如"外倾感觉型"的婴儿天性和诚挚之心，"内倾思维型"的自我中心和内心敏感，"内倾情感型"的神秘迷狂和宗教情感，"内倾感觉型"的原初记忆和孤寂焦虑，"内倾直觉型"的内视意象和梦幻忧郁，[①] 这诸种细分的类型，对理解诗人气质的特殊品格和心灵境界，无疑是非常重要的理论启迪。

"内倾—外倾"理论，若以中国文化的"阴—阳"二气与之进行"互文性"的比照，更能见出气质的本意。王充《论衡》说："阴阳之气，凝而为人"，阴阳二气乃生命本源。"《红楼梦》第二回就借贾雨村之口，说出了二气摇动感发而形成艺术气质的原理。而《黄帝内经·灵枢·通天》，将人的气质分为太阴、少阴、太阳、少阳、阴阳和平五种，[②] 太阳之人自以为是意气用事，少阴之人心怀嫉妒损人利己，阴阳和平之人不计得失处之泰然。此处气质，早已超越生理—心理功能，而与人的性

---

① 关于外倾（extraversion）和内倾（introversion），详见荣格《心理类型》，吴康译，上海三联书店 2009 年版，第 309—341 页。荣格在外倾、内倾两大类型中又进行细分，根据意识—潜意识、理性—非理性，分别梳理出四种心理功能，即属于理性的思维、情感，属于非理性的感觉、直觉，与外倾、内倾一一对应，构成了外倾思维型、外倾情感型、外倾感觉型、外倾直觉型和内倾思维型、内倾情感型、内倾感觉型、内倾直觉型等八大气质类型。

② 《黄帝内经·灵枢·阴阳二十五人》又结合五行（金木水火土）、五音（宫商角徵羽）以及经脉的左右上下地匹配关系将人的气质分为二十五种。详见《黄帝内经灵枢译释》，上海科学技术出版社 1986 年版，第 374—389、428—436 页。三国时刘劭将五行木、金、火、水、土不仅对应人的生理因素骨、筋、气、血、肌，而且对应儒家品格仁、义、礼、智、信。详见《人物志·九征》，中华书局 2014 年版，第 13—18 页。

情仪态和精神品质高度融合，成为"人格特质—心灵境界"的彰显。"外倾—内倾"理论，还与孔子所言"狂者""狷者"相类似。《论语·子路》中孔子说："不得中行而与之，必也狂狷乎？狂者进取，狷者有所不为也？"孔子所说的"中行"相当于阴阳和平之人，"狂者"指积极进取敢作敢为的人，"狷者"指行为拘谨消极被动的人。孔子对"中行之人"特别青睐，这与他崇尚中庸之道意欲树立纯和中正人格典范的主张一脉相承。或许，人的社会人格越纯和中正越具有儒雅风度；而作为诗人气质，却在其个人趣味和独特生存中蕴藏着深层的心灵符码与精神现象。

二　诗人气质之一：纯—人性基质—赤子之心

诗人气质，乃诗人之所以成为诗人的人格特质。袁枚在《随园诗话》里指出：

所谓诗人者，非必其能吟诗也。果能胸境超脱，相对温雅，虽一字不识，真诗人矣。如其胸境龌龊，相对尘俗，虽终日咬文嚼字，连篇累牍，乃非诗人矣。①

在袁枚的审美眼光里，"超脱""温雅"才是诗人胸襟气度、性情气质的基本元素，这些元素聚合成诗人的纯净心境："诗人者，不失其赤子之心者也。"袁枚的"赤子之心"，上承老子的"圣人皆孩子""复归于婴儿"和孟子的"大人者，不失其赤子之心者也"，下启李贽的"童心说"与王国维的"天才者，不失其赤子之心者也"。孟子—袁枚—王国维"不失其赤子之心"的语言同构，折射出中国诗性文化传统中集体无意识的心理同构，守护"赤子之心"成为一以贯之的诗性的圆心。道家主张像赤子、婴儿般的自然—纯朴，儒家追求修辞立诚、实诚为先的真诚—信义，纯真—实诚，是赤子之心稳固的人格根基。

概言之，童心—赤子之心，指的是"绝假纯真，最初一念之本心"，即真诚、纯朴之心。像陶渊明，总是"一往真气自胸中流出"。而此一朴素心境，在诗人成长历程中，自有欲望不能满足之苦痛，以及上下求索之精神承担，若其一生平顺，童心无染不足为奇，难的是历经沧桑，痴心不改，身世浮沉和人生挫磨非但没有造成人性异化和心灵扭曲，反而玉成了至情至性，一片赤诚，一往情深，像屈原那样九死未悔的真诗

---

① 袁枚：《随园诗话》卷九，人民文学出版社1982年版，第314页。

诗探索 11　理论卷　2018年　第 3 辑

人。沉重的苦难，并未压垮童心的精神世界，倒是锤炼出更加莹洁澄澈、自由通脱的赤子之心，复活了诗人的"童心—诗心"。由此可见，童心，也不单单是原初的纯净之心，不只是"天真与崇高的单纯"，还包含历经苦难狂沙吹尽之后的净化、升华和自我超越，那是一种阅尽人间苦难超越身世局限的独立与自由，是一种"穷而后工""蚌病成珠"的精致和圆满，是吹却迷惘的良知发现，是勘破梦幻泡影的解脱与觉悟，是拨开浮云的明心见性，是涤除迷障的天趣回归和性灵敞亮。这就是陆机、宗炳的"澄心""澄怀"，刘勰的"澡雪精神"，朱熹、吴雷发的"诗要洗心""洗涤俗肠"。庄子的追求更为高洁，他强调只有彻底摆脱功利欲求这种"物役"的负担，才能"独与天地精神往来"，获得生命自由和精神愉悦。

赤子之心，是养育在诗心诗境中的，是"住"在诗里的，在诗意生存中贯穿它的"真纯"，吸引着诗人在现实角色的负担中生发出理想化、诗化和美化的冲动，为寻常的事物涂上了一层"美丽描写"的金色。诗人将审美活动当作自由把握人生、挥洒生命激情的最高权力意志，承载救赎人生的意义和使命，而且把诗—艺术当作至高无上的终极追求，当作在纷扰尘世中可供精神栖息的唯美的无忧的殿堂—圣城。在尘世中，理性生活驯服了人的意志，遮蔽了人的性灵，世人流落到精神异乡，仿佛处在茫茫夜色中，而诗人希望通过精神还乡来救渡人类，通过"沉入梦境"，对现实闭上双眼，来敞开诗意家园和艺术意境，亦即敞开人类本质生存的生命境界，"诗即在者之无蔽的言说。"[1]诗人对诗意、对艺术的钟情，就是要解蔽生命力和情感，给人以美的精神启迪，以"道说神圣"的方式来照亮"世界的黑夜"。

或许，诗人未必都能承担起宗教救赎的神圣使命，艺术也未必能充当彼岸的"天堂"，诗—艺术，本来就是日常生活的审美，是生活本身的品位提升，是优雅的生活，是人文的素养，是艺术的趣味。因此，站在中性立场的"零度写作"，宣布了携带态度倾向的"作者已死"，以消解社会神话和政治神话，而强调"视文学为目的"，以形式符号建立语言的乌托邦；诗性话语—文学语言的特性在于，它不同于信息交流的外指涉，而是构成话语自身的内指涉。隐喻和换喻，是建构诗性话语结构系统的基本模式；但诗性话语所极力反对的启蒙理性对人的非理性的排斥或压抑，就是主张文学从"意义"中撤离，而返回到诗性的"隐喻"，

———————————
① ［德］海德格尔：《人，诗意地安居》，郜元宝译，广西师范大学出版社2000年版，第91页。

返回到符号、话语本身。殊不知天下根本没有中性的情感，也就不存在中性的文学，纯粹诗意只能是梦幻的理想国，文学自足只能是语言的乌托邦。正是基于这样的思考，萨特提出文学介入生活以彰显诗人的忧患意识和求索精神，"揭示人所处的环境，人所面临的危险以及改变的可能性。"[1] 伊格尔顿毫不讳言地指出文学"就是一种意识形态"，凸显文学的政治性与社会性，并将审美评价与政治批评、历史分析融为一体，借此建构诗学的文化批评视野。萨特和伊格尔顿绝非贬低诗——文学艺术的美学魅力，只是把高高悬在现实之外的纯粹诗意拉回到现实之内和存在之中。他们一方面意识到机械复制将降低艺术门槛带来艺术大众化、审美日常生活化的新的可能，另一方面又痛惜复制技术直接导致了传统艺术灵韵（aura）的丧失。[2] "中性论"和"介入说"，都在肯定审美生活化的同时，强调了艺术的自律。

解构主义借证明语音与文字同源，打破语音——形而上学一统天下的局面，宣告传统形而上学美学的终结。理性范式的总体性、同一性与完满性之最大弊端，就是以一种符号的明确指称，取代世界原初词和物之间那种亲密无间的相似性。符号指意明确的"透明性"，是以牺牲存在意义的本原和深度为代价的，而只有词——物之间的"相似性"才能延续意义的丰富性和生动性，守护世界的诗意。或许，语词的"踪迹"、意义的"分延"以及零乱性、不确定性、多元性的"撒播"，足以使语言的能指和所指分离，呈现出所指的含混性、差异性、互文性、碎片性，才符合世界惚兮恍兮的原生态；文学语言的"意象""隐喻"特性，才直达世界的神秘本质，才合乎"以不确切的方式与世界打交道"的诗性特征。这种不确切和混融性，与儿童语言表述的青涩——清新相似，具有流动不滞的诗性美。把儿童的"惊喜感、新奇感"带入生活体验和艺术表达，这既是艺术的本质和特权，又是诗人赤子之心所呈现的鲜活的生动的一面。

三 诗人气质之二：苦——生命体验——存在之忧

怀有赤子之心的诗人，以纯真的童心看世界，总会发现事物的"不完美"这一"永恒形式"，关于"不完美"的缺失性体验，极易被"感

---

① ［法］萨特：《词语》，潘培庆译，三联书店1989年版，第345页。

② ［德］本雅明：《发达资本主义时代的抒情诗人》，张旭东、魏文生译，三联书店1989年版，第190页。

情深笃、精神最为敏感的诗人"体察入微，并由此滋生痛苦与焦虑，郁结成诗人的"存在之忧"。这种挥之不去的隐忧，厨川白村在《苦闷的象征》中列举了三个来源：诗人内在萌动的个性表现欲望，和外在社会生活的束缚和强制之间，构成两种力的拉锯战，构成对于 action 的 reaction，即"压力—动力"系统，从而构成人生的"压力情境"；即便撇开外在社会的强制性因素，单就诗人个体而言，也充斥着"精神和物质，灵和肉，理想和现实之间"的不调和，导致不绝如缕的冲突和纠葛、苦恼和挣扎；人生总是追求离苦得乐，对于追求较好、较高、较自由的生活的诗人而言，无论外在压制还是内心冲突，都无法熄灭生命之火，而且生命力愈旺盛，冲突和纠葛就愈激烈，反之亦然，愈是冲突和纠葛，愈能点燃和激发生命力的跃升能量。"无压抑，即无生命的飞跃"。而生命飞跃的落脚点，并非消解冲突与纠葛，而是步入一种完全的自由的创造的生活，借此超越冲突与纠葛，这便是艺术自由。"文艺是纯然的生命的表现；是能够全然离了世界的压抑和强制，站在绝对自由的心境上，表现出个性来的唯一的世界"。[1]

朱光潜的《悲剧心理学》，也表达了类似的观点："当人的乞求努力受到挫折或阻碍，不能达到或接近预期的目的，就产生痛苦"，即因挫折而积压成忧郁的心情，并认为"忧郁是一般诗中占主要成分的情调"。而排遣郁积心理的方式，普通人依靠情感宣泄，而诗人采用艺术表现，"情绪在某种艺术形式中，通过文字、声音、色彩、线条等等象征媒介得到体现"。这种艺术的转化，就是将现实的挫折感转化为对痛苦的沉思，在艺术沉思中获得宣泄的些微快感，意味着建立艺术距离之后痛苦的转化和升华，是一种苦中有乐、亦苦亦乐的滋味，这就是弗洛伊德提出的两极性和矛盾心理，是错综情结所构成的"混合情调"，即朱光潜自己所用的数学方程式"怜悯快感＋形式美感"，也是宗白华所说的"深情冷眼"。叶朗《美在意象》一文曾说沉郁的文化内涵"就是对人世沧桑深刻的体验和对人生疾苦的深厚的同情"，弥漫着一种人生、历史的悲凉感和苍茫感。

惆怅的精神气质，源自诗人忧郁的心情和凄美的心境。司空图《二十四诗品》"悲慨"篇以"大风卷水，林木为摧""萧萧落叶，漏雨苍苔"的意象形容外力压抑之强劲与诗人内心之孤寂，高度浓缩了诗人的生命体验，并以"适苦欲死"描写诗人精神的折磨和煎熬。个体的

---

[1] ［日］厨川白村：《苦闷的象征》，鲁迅译，人民文学出版社 2007 年版，第 13 页、16 页。

深层的精神体验，又是无法言传的，有一种欲说还休、一言难尽的味道，导致了唐人"诗思在灞桥风雪中"的苦思、苦吟现象。灞桥风雪，一方面是苦思寂冷的心境写照，另一方面又是精神苦痛的艺术象征，由"诗思"到"风雪"的变换，恰是"忧郁—沉吟""精神苦闷—艺术象征""思—诗"的审美转化，是人生之苦、心灵之忧的艺术化。这种人生痛苦向艺术的转化和美化，构成了诗人独具的化"苦"为"美"的精神质素，将苦难转化为诗意，将性情的忧郁转化为淡淡的惆怅。

四　诗人气质之三：醉—精神释放—自由意志

诗人的"生存之忧"，除了化苦为美、将忧郁转为惆怅气质之外，尚有借酒浇愁、沉入醉境的宣泄、释放方式。

沉醉之境，是"酒神"强盛的生命意志力的具体表现。人在深醉时会呈现与平常自己截然不同的另一个自我：充满力量、遗忘自我和完全自由。他以狂放的语言动作，酣畅淋漓地表达强力的自由意志和生命本能，具体表现为高度的自信和高涨的激情，"整个情绪系统激动亢奋"，是"情绪的总激发和总释放"，是"满溢的生命感和力量感"，如同原始活力的奔涌喷射，甚至像野兽一般"歇斯底里"地发作，沉入迷狂、癫狂。酒神文化充分印证了"艺术是生命的伟大兴奋剂（stimulans）"这一结论，定格为"醉者狂舞"的特定意象。① 醉者在"狂舞"中，以无所顾忌、置生死于度外的勇气，以遗忘—超脱的显性特征，否定自我，重估价值，超越了平常的自己和世俗的环境，鲁迅在《摩罗诗力说》里称其为"刚健抗拒"的力量。比起中国原始歌舞的"兴"——那种如痴如醉的集体性激烈旋舞，酒神具有更鲜明更强烈的个体奔放—解放的色彩。醉，其实就是强盛生命力的自由绽放。

美国西北海岸的土著因为信奉酒神狄俄尼索斯，所以他们的巫术舞蹈者，"至少在他跳得最兴奋的时候会失去正常的自我控制，而进入另一种境界"。② 原始巫术借酒神纵情欢乐的神话原型，以"失控"来唤醒身上潜在的奇特力量，在理性精神之外开辟了一条供"非理性"激情流泻的通道，以释放日常生活的疲惫和压抑。而且巫术的伴舞之歌还将这种兴奋的"迷狂"赞颂为"超自然的奇迹"，在那里，土著通过"酒

---

① ［德］尼采：《悲剧的诞生》，周国平译，三联书店1986年版，第320、325、349页。

② ［美］露丝·本尼迪克特：《文化模式》，三联书店1988年版，第166页。

诗探索11　理论卷　2018年　第3辑

神—醉境"的狂舞，一方面获得放纵的自由快感，另一方面又体验到酒神文化所蕴含的恐惧和禁忌。多布族人对巫术符咒的依赖，克瓦基特尔人若想加入坎尼包尔巫术社团，必须经历四个月的禁闭。"酒神—醉境"中的迷狂性、神秘性和神奇性，进一步激发了原始歌舞者—诗人心灵中的敬畏与好奇，而这种神秘感与好奇心，又更多地渗透在火—力量、藤蔓—繁殖等艺术符号的象征系统中。

正因为"酒神—醉境"具有化解矛盾和忧愁、超越人生困境、体现自由意志的功能，具有张扬狂放的个性和幻入奇境的神秘性，所以"何以忘忧，弹筝酒歌"的醉境，就成为诗人进入沉醉—自由境界的媒介。据宋代叶少蕴《石林诗话》分析，"晋人多言饮酒有至于沉醉者，此未必意真在于酒。盖时方艰难，人各惧祸，惟托于醉，可以粗远世故"，像嵇康、阮籍、刘伶等人往往醉酒与韬养兼而有之，"醉者未必真醉也"。这些人"直须千日醉，莫放一杯空"，貌似"酒鬼"，其实追求的是其中的醉意、真意，游离于紧张人世之外，进入晕醉之境和诗意人生。

五 诗人气质之四：淡—审美观照—优雅气度

诗人的情感释放，既有迸裂、回荡的醉境一面，又有蕴藉、冲淡的禅境一面。

冲和淡泊，对应的是诗人自然真诚的品格，老子认为"道"生于有，有生于无，是"万物之母"和"天地之始"，人的生存应回归到静朴天性。庄子在《应帝王》《天道》等篇中将"游心于淡"作为顺其自然的心理基础，并提出"虚静恬淡"是万物之本、道德之质。"淡之玄味，必由天骨"，这种"平淡"，是人性中自然蕴含的不事雕琢的天然美，是一种天性、天趣，是"自然—恬淡—诗性"的基本元素，也是从容雅淡、蕴藉隽永的诗人气质的具体表现。

苏东坡《与侄书》主张平淡有一个"渐老渐熟，乃造平淡"和"绚烂之极，归于平淡"的修养和修炼的动态过程，周敦颐、许学夷等人认为，以"淡"求"心平"，以"和"释"躁心"，需要"淡且和"的渐修过程，才能化解"峥嵘之气"和"豪荡之性"，达到"中和之质"。若无淡的天性为根基，渐修的过程难免留下矫情和雕琢的痕迹，平淡就到不了"天然"处。不过，若仅强调天性，仅仅重视平淡源头的稚气和浅白，忽视人生修养，忽视"祛邪而存正，黜俗而归雅，舍媚而还淳"

的披沙拣金的洗练过程，平淡没有丰富的内涵为支撑，不能达到"浓后淡"的丰富性和深厚性，就不会有"外枯而中膏，似淡而实美"的气韵，不会有橄榄般"回甘"的品味。"天性—修养"，才能孕育出诗人淡泊温润的特有情怀和人生境界。

平淡，又是对"生活沉重感"进行反拨的一种轻逸—轻灵。卡尔维诺在《未来千年文学备忘录》中特别欣赏"轻逸"的审美趣味，"只要月亮一出现在诗歌之中，它就会带来一种轻逸、空悬感，一种令人心气平和的、幽静的神往。"文学—诗，正是凭借对生活进行赏月一般的"审美观照"，才获得"轻逸—平淡"的力量，去平衡生活的沉重压力。所谓"审美观照"，"观"是直观、直觉，"照"是洞彻、颖悟，即以审美眼光观赏对象，并将此对象转化为审美意象的独特方式。在现象学理论中，也称"意向性"和"本质直观"，在艺术直观和审美具象之间构成一种玲珑透明的审美关系。胡塞尔用 Noesis 表示各种观照方式，Noetic 指向知性和理性思考，Noematic 指向体认、知觉，类似本质直观，是"可感知的"。诗人通过审美观照、艺术直觉，直接植入物象的整体的活泼的趣味中，感知其中的气韵生动。诗人"以物观物""以自然自身呈现的方式呈现自然""以自然之眼观物，以自然之舌言情"。①

六　诗人气质之五：远—心境超越—哲理趣味

平和恬淡的后面，"如果没有哲学和宗教，就不易达到深广的境界"，朱光潜《诗论》在比较中西诗在情趣上的差异时，认为中国诗人不像西方诗人具有"深邃的哲理和有宗教性的热烈的企求"，因此只能"达到幽美的境界而没有达到伟大的境界"。同时，朱光潜承认中国古诗有"禅趣"而无"佛理"，因为诗本来不宜说理，而不涉理路之禅趣—灵境，却使中国诗在"神韵微妙格调高雅"方面让西诗望尘莫及。这一观点除了概括中西诗学分别胜在神韵趣味和哲学境界之外，仍然希望神韵格调之中渗透着弘广深切的宗教情怀和哲理思想。虽然中西诗歌并无"小雅"和"大雅"之别，中诗的神韵中是否就天然地充斥吟风赏月的风雅而缺少悲天悯人的宗教—哲学意识，也尚可商榷，譬如宗白华就说过中国艺术常有一种"哲学的美"，但诗人追求诗思的内

---

① 叶维廉：《中国诗学》，三联书店 1992 年版，第 97 页。

诗探索11　理论卷　2018年　第3辑

涵深度，追求意象、隐喻、象征背后的哲理—玄远的境界，却是中西诗学的共同旨趣。朱光潜和宗白华关于中国诗学中有无哲学之美的讨论看似不同，前者认为哲学深度在于宇宙人生的哲理思辨和精神安顿，后者认为玄学趣味在于天地苍茫的空灵妙悟和直觉冥想，两者对哲学的思维方式各有偏爱，而在肯定中国诗学具有形上禅悟和幽玄美妙这一点上却是殊途同归。因此，叶维廉和陈良运以"出神""凝神"来形容诗人的深远哲思，叶朗和童庆炳以"形而上"的意味来表述诗人对宇宙生命的体悟，宗白华和吴建民以"无限"的意蕴空间指向诗人艺术灵境的充分自由和活泼深邃。

这种玄远之思，表现为诗人"神与物游"、恍惚"出神"和寂然"凝神"的状态。出神和凝神，不仅是"精神集中"的一种特有姿态，而且是诗人与自然之间构成一种"对话"关系，事物内在地融入诗人的神思里，心灵陷入外物之中去，外物—心灵这一刻交汇融化的"内在蜕变"，形成宇宙—生命—心灵之间的整体浑融。例如道家"心斋"和"坐忘"的心理方法，以忘我、无我的境界，凸显出自然物体的本性，达到"自然的真正的复活"。

诗人关于天地悠悠的玄远思绪，使诗人的精神气质浸染着一种深远苍茫的人生之感和宇宙之思，蕴含着幽深玄妙的"形而上"意味，渗透着诗人对宇宙、人生的终极关怀和深层体验。在诗学诸范畴中，那些具有玄学色彩的"气""神""韵""境""味"等，都具有超越物象—实境的悠远之思、幽深之境和空灵之质。不过，这种"形而上"意味，这种"俗境"向"诗境"转换的超越性，并非抽象思辨，而是艺术灵思，是诗人"艺术心灵"与"宇宙意象"相互摄入相互辉映所合成的一个诗意—美学境界，既有"冥奥之思"，又有"飞动之趣"，在"静穆的观照"中仍然保持着"飞跃的生命"的鲜活生动，"成就一个鸢飞鱼跃，活泼玲珑，渊然而深的灵境"。① "沉思冥想—直觉体悟"的妙用，就在于体悟宇宙天地大化流行生生不息，体悟"道之为物，惟恍惟惚"之幽玄"道"境。

诗人心境之超越—玄远，具有"羚羊挂角，无迹可求""空中音，水中月"的意象—意境的无限性。庄子所谓"虚室生白""唯道集虚"，即指在日常之思中留出艺术玄思的空间，容纳生命情调和艺术意境，容纳真力弥满、自由自在、洒脱悠游的自我想象，以接近玄之又玄的"道"。

① 宗白华：《美学散步》，上海人民出版社1981年版，第76页。

对宇宙生命和艺术本质的体悟，是"艺术灵境—哲理境界"的深度浑融，具有"远而不尽"的"韵外之致"。

七 诗人气质"五因"融合：生命—艺术的灵韵之境

综上所述，在诗人的精神气质中，纯、苦、醉、淡、远等五个因素，分别指向诗人的人性基质、生命体验、精神释放、审美观照和心境超越。

真纯，作为一种人性基质，直指"赤子之心"。诗人之特殊精神气质，就在于本性无染，在于质地纯朴和原初洁净，也在于穿越整个生命过程的本色天然和天真野趣。这份对天性、本性、童心的坚守，呈现为澄明通澈的心境和温雅超脱的性情，以及自由率真的精神趣味，是质朴心地的自然外显，也是"道说神圣"，是"无蔽—敞开"的心灵世界的纯净与超然。

苦闷，作为一种生命体验，指向"存在之忧"。敏感的诗人，面对"不完美"的生存，必然处于痛苦焦虑的"压力情境"之中，从而构成内心冲突、情感纠结和精神挣扎。在"穷而后工""苦闷象征"的艺术创造的艰难"分娩"过程中，诗人特有的忧郁和伤感，经由艺术化、审美化的转换，弥漫着一种人生、历史的悲凉感和苍茫感，一种淡淡的惆怅，一种凄美的意境。

沉醉，作为一种精神释放，体现"自由意志"。诗人沉入醉境，凭借着"酒神"的强力意志和生命活力，定格为"醉者狂舞"的特定意象。这样的沉醉和迷狂，浸染着强烈的个体奔放—解放的色彩，也是精神释放—狂欢的具象化，表现为诗人"既醉且欢"的特有气质，勾勒出诗人"酒神—醉境"的雄浑气象和青春魅力。

淡泊，作为一种审美观照，彰显"优雅气度"。诗人以"游心于淡"、道法自然为心理基础，保持见素抱朴、萧散冲淡的天然本色和精神风骨，消解"生活沉重感"而达到轻逸—轻灵的心灵状态。在"天性—修养"的相互交汇中，诗人剔除刻意经营，通过艺术直觉和审美观照，以物观物，以自然的方式呈现自然，进入"澄怀味象"的禅境和审美意境。

玄远，作为一种心境超越，追求"哲理趣味"。艺术趣味中的哲理内涵，赋予诗境以深度和灵魂。诗人的玄远之思，浸透着一种深远苍茫的人生感和宇宙感，具有一种幽深玄妙的"形而上"意味，蕴含着对宇宙、人生的终极关怀和深层体悟，超越有限的时空达到心境的自由洒脱。

诗探索 11　理论卷　2018年　第 3 辑

诗人的体悟，是艺术灵境—哲理境界的深度浑融，体现为象外之旨、弦外之音和无言之美。

诗人气质的五大基本元素，"真纯"是其中的基质、原质，居核心位置。其余四大元素的相互关系为：

苦闷—沉醉，是压力、压抑与释放、解放的关系，前者内倾，后者外倾，两者的区别，是心里苦闷与个性张扬的区别，两者的结合，是忧郁气质与青春气息的结合。

苦闷—淡泊，以苦闷为内在的审美心绪，以淡泊为外显的审美意象，是精神内涵与审美方式的关系，苦闷给淡泊以丰富的内蕴，淡泊给苦闷以优美的象征。

苦闷—玄远，生存之苦与哲理之思，从生命体验到形上体悟，从悲剧精神到宗教关怀，从世俗世界到诗意境界，完成了净化与陶冶的心路历程。

沉醉—淡泊，酒神与日神、激情与禅境的关系，分别代表狂放恣肆之美与典雅蕴蓄之美，是自由的意志外化为朴素的审美。

沉醉—玄远，沉醉是生命活力，玄远是精神指向，沉醉是"醉者狂舞"的有形意象，玄远是"妙香清远"的无形哲思，沉醉是此中的醉境与真意，玄远是彼岸的旨趣与圣境。

淡泊—玄远，艺术之境与哲理之境，淡泊是以物观物、自然呈现的审美方式，玄远是超然物外、凝然远望的哲理趣味，淡泊是艺术的韵味，玄远是哲学、宗教的"道"境。

这些元素之间的关系存在着苦中深醉、淡中幽远的相互蕴含的融合性，以及以淡化苦、以远解醉的互补辉映的联动性，还包括某个母元素引申出系列子元素的延展性。

若对诗人精神气质进行词汇学假设，可以发现，在中国古代诗论中，苦、醉、淡、远等范畴出现频率最高。现根据钟嵘《诗品》、皎然《诗式》、司空图《二十四诗品》、尤袤《全唐诗话》、欧阳修《六一诗话》、周紫芝《竹坡诗话》、葛立方《韵语阳秋》、姜夔《白石诗说》、严羽《沧浪诗话》等16种著名诗论统计，"苦"出现153次，主要有"苦吟""苦思""穷苦""孤苦""苦寒""精苦"等范畴；"醉"出现140次，主要有"醉舞""醉狂""沉醉""欢醉""倚醉""醉忘"等范畴；"淡"出现75次，主要有"平淡""恬淡""冲淡""清淡""雅淡""古淡""淡泊""人淡如菊"等范畴；"远"出现214次，主要有"清远""玄远""简远""幽远""闲远""深远""平远""远思"等范畴。它们围绕"真纯"这一中心，延伸出四个系列，由苦闷延伸出"孤寂—苦吟—惆怅"，由沉醉延伸出"痴情—慷慨—雄浑"，由淡泊延伸出"质朴—优雅—唯美"，由玄远延伸出"宁静—幽远—超然"。（见下图）

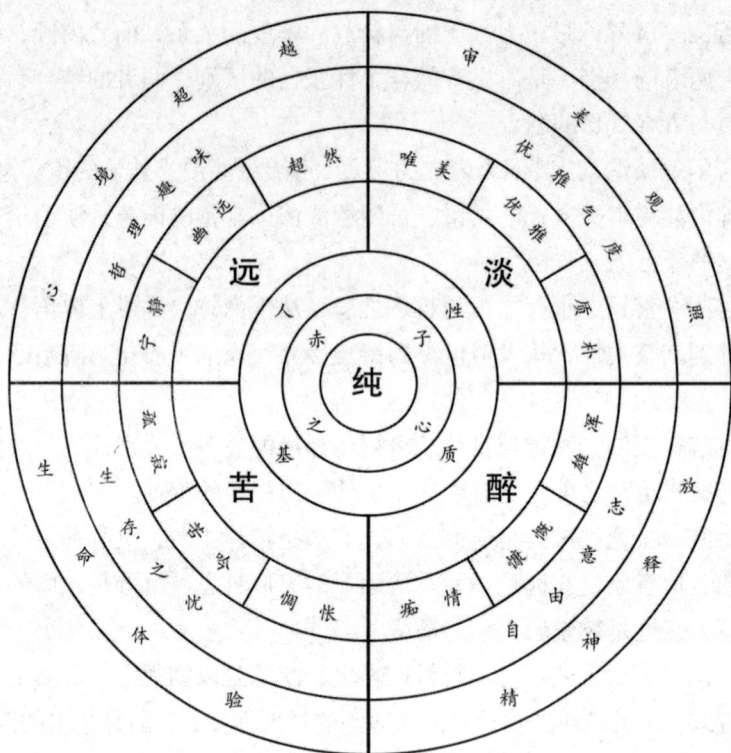

纯、苦、醉、淡、远，是生成诗人气质的五个精神质素。诗人身上，往往"五因"综合，陶渊明，即其中典型；就诗人个体而言，或有其中一因比较突出，古代诗人有屈原之苦、李白之醉、王维之淡、苏轼之远，现代诗人有戴望舒的孤寂、郭沫若的狂放、冯至的唯美、穆旦的深邃，英国诗人有雪莱不平之鸣、拜伦长歌当哭、华兹华斯冲淡朴素、艾略特执着信仰。即便同因，也因诗人生命、精神基质的差异，而各呈异彩。同样是"醉"，同样是释放压力和自我解放，陶渊明追求的是把酒言欢、借酒忘俗、体味其中真意的自由情怀，"诗酒每相亲"，酒作为生活—审美的触媒，赋予自然—人生以温暖和温情；李白则以醉态狂幻体现出诗人高度自信、飘逸不群、元气淋漓、激情荡漾、雄浑豪迈的青春气象，酒作为心灵—解放的象征，赋予精神—人格以浪漫和雄奇。同样是"淡"，同样是物我两忘、以物观物，陶渊明是"自然""本色"，返璞归真、融于自然，更多的是质朴、古雅，"有一段渊深朴茂不可到处"；王维是"艺术""唯美",以禅悟方式观照万物,有一种空寂清静之美,幽深精致之雅。同样是内心冲突,莎士比亚是痛苦与希望并存、沉吟与咏叹相融;济慈则是敏感的加深、焦灼的蔓延和永恒的寂寥;同样是哲学思辨,莎士比亚产生了哈姆莱特式的对"生存与毁灭"的深度追问和人文关怀;雪莱则确立了"每人都是自己的王"的独立品格,追求美的精神和人类之爱。

在这些基本范畴—形容词汇—意义踪迹的延展之中,诗人的气质就由这些星星点点的元素、基质、动因,逐渐相互浸润、渗透与交融,凝聚为浑然整一的精神气象,蕴含着纯真的诗性和唯美的诗意。

这一精神气象,并非静止的塑像,而是由人性基质—生命体验—精神释放—审美观照—心境超越五方面所构成的诗人气质之链环,这既是一个彼此相连、反复循环、持续自转的"生命—艺术"之圈,又是一圈一圈不断盘旋、跃升而上的由生存至审美、由审美至哲理的生命气韵和精神境界,这是一种动态生成的飞动之趣、灵动之美,使诗人气质别具一种生动的灵韵。

本文为浙江省哲学社会科学基金重点项目阶段性成果
（项目编号 09CGWW001Z)
[作者单位:台州学院]

诗学研究·

试论现代主义的意象与境界

陈明远

对于我国现代主义（现代派）诗歌，我个人的认识有一个发展过程。二十世纪八十年代，我曾不自觉地借鉴了我国现代派诗歌的手法。例如：强调自我观念；强调主观随意的自由联想；广泛运用象征、隐喻、通感、反讽的意象组合，追求"陌生化"等。到了二十世纪九十年代，我就比较自觉地努力吸取现代派诗歌的精华，去其糟粕。我觉得国际上的现代主义（现代派）思潮本身具有很复杂的背景，它起源于十九世纪中叶法国的象征主义。所谓现代主义始终没有形成统一的流派，实质上乃为某种"大杂烩"。例如：超现实主义、达达主义、未来主义、形形色色五花八门的"先锋派"（"先锋"和"前卫"在英文中是同一个词"Avant—Garde"），甚至第二次世界大战后二十世纪五年代在美国出现的"垮掉的一代"，他们无不自认为是现代主义诸流派之一。二十世纪三十年代以后，超现实主义和未来主义逐渐冷寂。二十世纪五十年代以后，象征主义逐渐衰退。荒诞主义、"垮掉的一代"等鼎盛于二十世纪五十年代下半期，后来就一蹶不振。

直到读了皮特·查尔斯的《现代主义》，我才对国际上的现代主义形成了完整的概念。

一 现代主义侧重意象和意象群，忽视"美学境界"

我国现代主义（现代派）以及后现代主义诗歌艺术的主要缺陷是——侧重各类意象的叠加、复杂组合，而忽视、轻视了营造美学意义上的完整的"境界"。

我认为，现代派诗歌的主要手法可归纳如下：

（1）强调主观随意的自由联想。采用主观色彩极重的表现法，反

诗探索 11 理论卷 2018年 第 3 辑

对现实主义的客观描写。

（2）强调自我观念。广泛运用象征、隐喻、通感、反讽、跳跃性的意象组合，追求"陌生化"，以不同文体形式来暗示人的感觉、抽象和潜意识。

（3）表现人的全面异化，塑造全面异化的人物形象。现代派诗歌不注重塑造典型人物形象，而着重表现人的全面异化，表现人与社会、人与物质、人与自然、人与他人、人与自我的全面异化。

（4）追求新奇怪诞的表达方式，与传统决裂。意识流、荒诞、魔幻、超现实、神秘感，用感伤、孤寂、迷惘、纤弱、扭曲、变形甚至错乱的语句，表达颓废情绪。

世界各地（主要在发达国家及地区）现代派或现代主义是西方在十九世纪末兴起、直到二十世纪中期的各种文艺流派和思潮的总称。它们的共同点是具有"前卫"特色，并与传统文艺分道扬镳。两次世界大战，人类历史上出现了空前的大规模屠杀，西方的自由博爱人道理想惨遭战争蹂躏；"工业化"以后，西方文明陷入深刻的危机，现代主义就在这样的历史背景下诞生并发展。二十世纪晚期，未见有什么广泛影响社会、流行深远的杰作。

二　意象和意象群的现代概念来自"意象派"

二十世纪初期，欧美诗坛曾出现一个短暂的流派"意象派"。它借鉴日本的"俳句"形式，着重视觉效果；然而意象派片面地只重意象，忽略社会意义，所以不可能产生重要的作品。余光中评论说："意象派诸人的作品往往沦于为意象而意象，只能一新视觉，不能诉诸性灵。"郑敏认为："意象派的理论，如果过于狭窄的加以理解，就可能束缚诗人的创造，使他只能写些虽然精美但单调贫乏的诗，尤其因为限制发议论而使得诗缺乏丰富的社会内容。"意象派没有盛行多久，就被抛弃了。

一首诗里面，意象和意象群在整个境界中扮演了重要的角色，然而意象本身还不能等同于境界。意象只是诗歌的肢体，境界才是诗歌的生命和灵魂。

三　境界的美学定义

　　"境界"是东方美学的一个重要概念。在我国几千年诗歌传统里，具有极其重要的特色。它指艺术中能够感受并表达的情景、氛围。"境界"是美的综合体，引申到某些场合，也指艺术体验和修养。"境界"的本意来自佛经用语 Vishaya（梵文），英文可翻译为 Landscape。

　　王国维先生《人间词话》云："词以境界为最上。有境界，则自成高格，自有名句。"所谓"境界"，实在乃是专以感觉经验之特性为主的，也就是以"感受与表达"为制约的。外在世界未经过人们感受之功能而予以再现之前，以及内心世界未经过诗人表达而引起人们共鸣之前，都还不能称之为"境界" ①。

四　境界与意象的关系

　　意象和意象群是组成境界的材料、构件。如果说一首诗的境界是一座建筑物，那么诗中的意象（主要意象以及意象群）就是构成这建筑物的砖石梁柱。单靠一个个意象本身罗列组合起来，如果没有章法结构的展开、情景的交融，如果没有内容和形式的交互作用与化合，一句话概括就是如果没有构筑境界，那就不可能形成诗歌的"完整美学形态"。诗的境界，是综合性的完整的美感。

　　艾青先生在经典名著《诗论》和《从"朦胧诗"谈起》强调的是诗歌的"完整美学形态"：这就是怎样让诗歌充分地展开自己的思想，怎样营造"意义"的丰富性、可感性和艺术的确切性。"不要把诗写成不可解的谜语""不要使读者因你的表现的不充分与不明确而误解是艰深"，对"晦涩而不可理解"的质疑就是在这个前提下做出的。在新时期，谈到"晦涩而不可理解"的问题，艾青阐述说，应该"善于把有意识的变形与画不准轮廓区别开来"，画不准轮廓，依然还是"美学形态"建设的不足。

　　艾青先生说的"美学形态"，我的理解，就是本文所要阐述的"境界"。

　　境界有什么含义？意象与境界的关系如何？

　　在一首诗中，仅仅把许多意象、辞藻堆砌在一起还是不行的，必须

诗探索11　理论卷　2018年　第3辑

---

　　① 此处参看叶嘉莹对《人间词话》中境界一辞之义界的探讨。

通过有节奏地组织，融汇、化合、展现为一个完整的境界，让读者不仅能感受、能产生共鸣，而且在读者心目中也经过"再创造"而再现这首诗的境界。例如：北岛的新诗《生活：网》，只给出一个意象"网"而根本没有构筑"境界"，那就不可能形成一首完整的诗。

五　东方境界说与西方对应论

西方现代文学有一个理论基础——"对应论"，即认为外界事物与人的内心世界能够互相感应、契合，诗人可以运用有声有色的物象（外在意象）来暗示内心的微妙世界。这种强调运用具有物质感的意象（包括诗歌的全部艺术手段，从比喻、修辞、象征、命意、节奏、色彩到结构等）通过暗示、烘托、对比、渲染和联想的渠道来表现的方法，成为象征派诗歌以及整个现代派文学的基本方法。

西方现代派基本方法的一种体现，就是艾略特提出的"客观对应物"理论。他认为："表达主观情感的唯一的艺术方式，便是为这个情感寻找一个"客观对应物"（钱钟书译为"事物当对"，余光中译为"情物关系"）。"换句话说，一组物象、一个情景、一连串事件被转变成这个情感表达的公式。于是，这些诉诸感官经验的外在事物一旦出现，那个内心情感便立刻被呼唤出来了。他反对古典浪漫主义滥用感情，不加克制的主观表现"直抒胸臆"。艾略特主张，"只用客观的具体物象（意象）来表现主观的抽象的情绪"。他所谓写诗，归结到寻找"客观对应物"，有点儿像藏着谜底来编谜语。

流沙河先生在《十二象》中指出艾略特的这个理论有一个大漏洞。实际上，在某些境遇中，主观的情绪不全是抽象的。这种情绪在爆发之前，常常已具有意象，具有强烈的感发力，不需要再特为去寻找所谓"客观对应物"。这种情绪与意象不是"对应"的关系，而是"共生"的关系。在这种情况下直抒感情，不见得不佳。

"客观对应物"理论还有一个偏颇。艾略特只是片面强调以主观情绪去寻找客观物象，但在某些实际情况中却相反，恰恰是客观物象来触发主观情绪。中国诗人说诗，有两种不同的创作过程：一种是"因情生景"（主观情绪寻找客观对应物），另一种是"触景生情"（客观景物引起主观情绪）。两者都有道理，也都有实例可循。

"对应论"和"客观对应物"理论几十年来影响很大，并传入中国。

但是现代中国诗学应当采用"境界说"，因为"境界说"不仅包含了"对应论"和"客观对应物"理论的精华部分，而且能添补后者的漏洞、纠正后者的偏颇。

六　境界说是情趣与景象的契合

朱光潜说："诗的境界是情趣与景象的契合。"这个论断的实质表明，"境界说"在情、景的完整契合过程中，也包含了吸取"客观对应物"理论的精华而去其糟粕。

宇宙和人生中的一切景物常在变动发展之中，没有人人相同的情趣，也没有事事相同的景物。情景相生，所以诗的境界是创造出来的，生生不息的。如果以为"景物"为天生固定的，对于人人都一样，这是常识的错误。景象是各人性格和情趣的返照，情趣不同则同一景物在各人心目中返照的景象也各不相同。可以说，我们每个人所见到的景象都是他的主观作用于客观世界所创造的不同结果（这就是自然科学，如物理学跟诗学、美学的观点本质不同之处）。而诗人与常人的分别就在于此：对于同一个客观景物，在诗人心目中可以发现常人一般看不到的境界。

诗人写作的过程和读者欣赏诗的过程，都有各自的创造作用。一个读者所读到的景象、所感受的情趣，跟作者原来所感受的更不能完全相同，更不可能跟别的读者的情况完全相同。每个人所能领略到的境界都是性格、情趣和体验的返照，而各人的性格、情趣、体验是彼此不同的，所以无论是欣赏自然景物或是读诗，各人在对象（客体）中取得多少，就看他在自我（主体）中能付出多少。

不但如此，对同一首诗，不同时间阅读所得的理解也不能完全相同。欣赏一首诗应该是对它的"再创造"，每次"再创造"都要以当时当地的情趣和体验做基础。

诗与其他艺术都各有物质和精神的两个方面。物质的方面，如印刷的诗集或配乐朗诵等，形式有不同。精神的方面就是情景契合的境界，时刻都在"创化"之中。创化永不会是简单重复，欣赏也不会是简单重复。真正的诗的境界是无限的，日日常新的①。

在"朦胧诗"刚刚浮出水面，各种争议不断的时刻，源自"归来者"群体的前辈们的一些言论、隐忧、警戒虽并不一定完全正确，但是语重

---

①　参看陈明远《现代诗基本功》第4章《现代诗的境界》，泰山文艺出版社2011年版，第176—229页。

诗探索11　理论卷　2018年　第3辑

心长，对年轻一代诗人造成了显而易见的心理冲击。可叹的是，两代人之间的某些误会、分歧由此延伸、扭曲了。

目前，诗歌评论界许多人感到：艾青先生当年对于诗的"美学形态"的隐忧，已经演变成现状的某种"危机"①。

"美学形态"是艾青对诗歌艺术的一种要求。在《诗论》中，它被诗人放在"美学"而不是"形式"一部分加以论述，与"形态"相关的是关于内涵、风格、思维，包括对于"晦涩而不可理解"问题的讨论。艾青在许多场合阐述：诗歌"不只是感觉的断片""不要满足于捕捉感觉""不要成了摄影师：诗人必须是一个能把对于外界的感受与自己的感情思想融合起来的艺术家。""一首诗必须具有一种造型美。""一首诗是一个心灵的活的雕塑。""短诗就容易写吗？不，不能画好一张静物画的，就不能画好一张大壁画。""诗无论怎么短，即使只有一行，也必须具有完整的内容。""诗人应该有和镜子一样迅速而确定的感觉能力，——而且更应该有如画家一样的渗和自己情感的构图。"造型、雕塑、构图，这些词语都一再提醒我们诗歌写作的"美学形态"意义。

多年来，我愈来愈领悟到：艾青所强调的"美学形态"，就是王国维创导的"境界"。

现在，我们应该重温艾青对于诗的"美学形态"的隐忧。我国所谓"第三代"以后，中国式的"后现代"游戏，以所谓"解构"为借口，消解了一切严肃的"建构"，包括诗歌"美学形态"的艺术建构，甚至还包括诗歌本身。事实表明：艾青当年的隐忧，已经演变成了现实的某种"美学危机"。

七　隐忧、危机和出路

资本主义社会工业化以来，西方文明陷入深刻的危机，现代主义就在这样的历史背景下诞生并发展了。至于远在东亚的中国，直到二十世纪二十至四十年代才在西方现代派影响下开始萌发现代派诗歌，而且由于时空的局限性，只在某些大中城市（所谓欧化地区）得到哺育。

尽管朦胧诗人们当时的呼喊"代表着一代青年的追求、苦闷、彷徨和探索"，是与时代合拍的，然而仅在诗的手法上有些新探索，吸收了人们感到陌生的意象、象征、暗示等方法，有些甚至直接搬用西方现代

---

① 李怡：《艾青的警戒与中国新诗的隐忧——重新审视艾青在"朦胧诗论争"中的姿态》，《北京师范大学学报》（社会科学版），2011 年第 3 期。

派的表现技巧，而一时却引起了人们的轩然大波。现在有人把朦胧诗划入传统诗之列，正是基于一部分朦胧诗所体现出来的社会意义和历史内容而言。

1981 年出版的诗选《白色花》，收入被称为"七月派"诗人的作品。同一年，《九叶集——四十年代九人诗选》也出版了。早在 1980 年 2 月，青年诗人北岛、芒克、江河、多多、顾城、杨炼等人曾骑车登门拜访郑敏。他们通过唐祈读到了"九叶派"的诗歌时大吃一惊，说"我们想做的事，四十年代的诗人已经开始在做了。"如今诗评界普遍认为，二十世纪四十年代"九叶派"和一部分"七月派"诗人，实际上已经跟欧美诗潮的现代主义接轨。

1984 年以后，所谓"第三代"（也称新诗潮、新生代）却向朦胧诗正式挑战、造反，他们高喊"打倒北岛""PASS 北岛舒婷"的口号，"反崇高、反英雄、反抒情、反传统"，甚至于"反诗歌"①。

1986 年 10 月，《深圳青年报》和《诗歌报》(安徽合肥)联手举办"中国诗坛 1986 现代诗群体大展"，陈列了朦胧诗后自称的"诗派"六十余家。"大展"主持者对当时"民间"诗歌景观炒作如此的"广告"："要求公众和社会给以庄严认识的人，早已漫山遍野而起""1986——在这个被称为无法抗拒的年代，全国两千多家诗社和十倍百倍于此数字的自谓诗人，以成千上万的诗集、诗报、诗刊与传统实行断裂，将二十世纪八十年代中期的新诗推向了弥漫的新空间，也将艺术探索与公众准则的反差推向了一个新的潮头"。如今，经历了三十年的曲折实践教训以后，应该认为他们是出于对美学常识的忽视甚至无知而误入歧途的。

1993 年 10 月 8 日，旅居新西兰激流岛的顾城杀妻后引颈自尽。顾城之死更被看成是"一个时代的终结""他毁了一个童话，也标志了我们和二十世纪八十年代的断裂，他让我们远离了青春的梦想"。二十世纪八十年代中国内地的"朦胧热"，至此烟消云散。——舒婷改写散文，北岛出走国外，如今以写随笔为主；芒克改做画家，江河（不是后来的欧阳江河）封笔后，几乎默默无闻……那一度曾经热气腾腾的"朦胧诗时期"，已经湮灭在新诗历史前行的车轮下。而那些仍坚守志业的诗人们，更奋然前行。

其实，我国现代诗歌爱好者们实在没有必要去重复外国二十世纪八十年代就奄奄一息的所谓"前卫派""荒诞派"之类，而必须努力创

---

① 张清华：《朦胧诗·新诗潮》，《南方文坛》1999 年第 3 期。

诗探索 11 理论卷 2018 年 第 3 辑

造出中国当代特色的新诗格调，继承并发展三千年来的优良遗产，扬弃白话诗散文化、"分行即成现代诗"等不良风气。

许多人呼吁"拯救诗歌！"提出新诗人的对策在于：

（1）要重新整理和不断发扬光大几千年来的诗歌遗产，取其精华、去其糟粕。五四以来的新诗（包括自由诗和新格律诗）在句式、节奏、意象和境界构架等方面，都不同于古典的五七言诗。例如：新诗多用长短句和"三三二二"或"三二三二"句式，特别是元曲中的衬字句式，展示了变化多端的魅力，也表现出作者的创作成就。直到今天，戏曲、民歌里还大量使用衬字，足见衬字生命力之强。……新格律诗突破了古典格律的辞藻、章法构架，使优秀的传统文化成为现代诗歌创作和研究的重要资源。自由体诗歌与新格律诗歌，应共同协力，发展为新诗体的两翼。

（2）新诗人必须避免陷入狭隘的流派之争，切忌不顾一切"追新逐奇"而疏远了诗本身，切忌盲目追随西方奄奄一息的所谓"前卫派""荒诞派"的怪圈，从而真正回归真实的自我，以自己创造的新诗作品来表现对于新诗美的供奉。

或许写诗并不是那么难，更难的是努力做一辈子新诗人。

以上是我个人的"一家之言"，权且写出来与大家讨论。

[作者单位：中国科学院语言声学所]

诗探索11 理论卷 2018年 第3辑

【编者的话】

　　诗人林莽于"文革"期间赴白洋淀插队，开始诗歌创作，是"白洋淀诗群"的重要成员。著有诗集《我流过这片土地》《林莽的诗》《永恒的瞬间》《林莽短诗选》《林莽诗选》，诗文合集《穿透岁月的光芒》，随笔集《时间瞬间成为以往》等。林莽在白洋淀期间创作的诗歌，真实地表达了一代知识青年的精神状态，是对逝去青春的呼唤与对荒诞年代的反思；进入历史的新时期，林莽则从个人经验中凝结富有独创性的意象，将内心的激情转化为明净的火焰，写出深沉而又有内在张力的诗歌。此外，林莽多年来从事诗歌编辑工作，为培养诗坛新人倾注了大量心血，为中国当代诗歌的发展做出了重要贡献。为了对林莽的诗歌创作进行充分的研究，总结他的创作经验，以推动和繁荣当代诗歌创作与诗歌理论建设，中国当代文学研究会、廊坊师范学院白洋淀文化研究中心、首都师范大学中国新诗研究中心于 2018 年 5 月 26 日，在河北廊坊举办了"林莽诗歌创作研讨会"。全国各地知名学者、诗人五十余人出席了此次会议，并围绕"林莽在当代诗歌中的位置""林莽诗歌创作历程""林莽早期的诗歌创作""林莽诗歌的艺术特质""林莽诗歌与绘画之间的关系"等议题，进行了深入的探讨。现从会议提交的论文中遴选出谢冕、叶橹、苗雨时、邱景华、路也、牛庆国的六篇文章，以飨读者。

那湖水有点灰有点暗

谢　冕

　　他在诗歌的林莽深处默默地辛勤工作着。他是默默地为诗歌播撒种子的人，施肥培土的人，修枝护花的人。历时数十年，他默默地做诗歌的义工，为培育新时代的诗歌，他无言，且无限地辛苦并快乐着。他是自愿的，没有人要求他这样做，他只听从内心的召唤。编辑林莽、主编林莽、组织者林莽、策划人林莽，一件件隆重的诗歌赛事在举行，在展开：朗诵会、发布会、研讨会，"春天送你一首诗"诗歌朗诵会……获得华文青年诗人奖，驻校诗人，诗探索奖，红高粱奖……他是中国诗歌界最忙碌的一个人，忙碌，默默地，他喜欢，且乐此不疲。在别人成功的时候，他微笑着送上无言的祝福，这就是我所认识的林莽。

就是这样，我们被上面那些乱花迷眼的现象遮蔽了，从而造成一个不容辩解的过错，我们忘了这个诗歌界最忙的人的最主要的身份是：诗人林莽。而且，他还不是一般的诗人，而是中国新时期诗歌革新运动中走在队伍最前面的那些优秀诗人中的一员。和他站在一起的有芒克、多多、江河和根子，他们是"白洋淀诗歌群落"的成员。而白洋淀诗人群落是紧密地联系着诞生于北京的地下刊物《今天》的。是他和他的朋友们在动荡的年代为我们带来了充满水乡气息的新诗潮最初的潮音。

林莽的诗歌诞生于艰难的岁月，诞生于一个美丽而又让人伤心的地方——白洋淀。如同当年所有的青少年一样，他被无情的现实从学校和家庭驱赶了出来。他开始在远离父母亲人的陌生地漂泊。前途迷茫，无奈地忍受着孤独和悲伤。这是那一代中国青少年无可摆脱的命运。他这样描写当年的心情：孤岛上的日子，既有正午的阳光，也有深夜的冷雨；没有星光和渔火，既凄楚又担忧；冬日的树木凋零，几丛芦苇在岸边摇曳；世界无依无靠。

我看过林莽早期的一些画，我发现那湖水绿得有点灰、有点暗，泛着一种惨淡而白的光。不若我们今天所见的那种透明的、让人发晕的满眼绿意。林莽当年那些画面承载着他的无援的伤心与哀愁。记得那湖边坐着一位渔家少女，是背影，看不清她的面部，但也是忧郁的，迷惘的。那是他想象中的爱情吗？或者是他当年的一个梦？

林莽不仅画笔忠实于他的生活和时代，诗更是如此。我们因为享受着林莽的忙，使我们不能静下心来，享受他笔下的苦难岁月中的悲哀的心境。他的诗情同样来自白洋淀。白洋淀的悲伤是林莽内心的悲伤。穿越冥思的梦想，时光转瞬成为以往，在肃杀的秋寒中，我们听到一片秋天的悲凉和哀伤：大雁孤独的鸣声，像挽歌一样凄楚而哀痛，深秋里的人，何时穿透这冥思的梦境。秋天过去是冬天，冬天的白洋淀更是一派令人心疼的景象——

初冬的原野上，挣扎着违时的嫩苗

孤独的柳树，无奈地抖动着光裸的枝条

他的诗和画的广漠的背景都是那有点灰又有点白的湖水，那里充盈着他的特殊年代的记忆。1968 或者 1969，整个的时代都是这样"违时的嫩苗"在冰雪原野上"挣扎"的景象。林莽早期的诗中没有欢乐，尽管那土地是多情的，但依然掩盖不了内心的荒凉。最典型的诗篇是《悼1974 年》：

籁籁的雪花飘落在祖国的土地上
又是白皑皑的一年

城市冒着浓烟，乡村也在燃烧
一群瘦弱的孩子
摇着细长的手臂说
我们什么也没有，我们什么也不要

在那些沉重的夜晚
我觉得一切都丧失了生趣
连憎恨也软弱无力

城市因何冒烟，乡村因何燃烧？憎恨因何无力？在他的画上所见到的湖水，带着寒意的、泛着惨淡的绿。那就是林莽忠实于现实的质朴。风格如人，正如林莽之为人，诚恳，忠厚，平实，没有虚幻的"乐观"，也不用夸饰的词语，用的是近于白描的线条和色泽。寒冷，令人想起当年艾青笔下的冰雪原野。白花花，空荡荡，一无所有的孩子伸出的手臂，也如同艾青当年战乱中乞丐的永不缩回的手。时代是不同的，而苦难则是惊人的相似。林莽以他诚实的形容表达了诗人对于时代的诚实。诗到底是属于心灵的，诗人的内心对于世界的洞察有多深，诗歌对于现实矛盾的揭示就有多深。

说到这里，我想到了自己经历过的时代。我和林莽是隔代人，我经历过的"春天"他没有经历过。他有属于自己的"秋天"。我写过我的春天，但我的春天是虚幻的，我们被时代所欺骗。所谓的百花盛开的早春时节，终于演成了一场前所未有的"阳谋"。我的虚假的"欢乐"被证明是盲从和轻信所造成。而他的秋天是真实的，他的朴实的诗句背后，是他自立而觉醒的人生。诗人的使命在于洞穿时代的残忍与虚伪，以锐利的批判体现诗人的使命。这一点，当年的我没有做到，而林莽所属的觉醒的一代做到了。

面对他带着血丝与泪痕的 1974，对比我曾经有过的虚假而天真的 1956①，面对他对于一个时代的成熟而深邃的揭露与批判，对比我的幼稚、天真与"顺从"——他的一曲哀歌，我的一曲颂歌，两个人，两个时代，两种诗，他选择的是直接面对和质疑，而我选择的是回避和顺从。我是如此的愧疚和遗憾！令人欣慰的是，毕竟一代新人从苦难的深渊走来了，带着他们的觉醒与抗议。这正如林莽说的："仅仅为了在作品中找到自己，仅仅为了与心灵的真挚对话，那些作品是内心情感最自然的流动。在没有文学的年代，正孕育着一代文学新人的崛起。"②

[作者单位：北京大学中文系]

① 笔者在当年的《北大诗刊》上曾发表过题为《1956年骑着骏马飞奔而来》，此诗后被收入臧棣、西渡主编的《北大诗选》。

② 林莽：《心灵的历程》。此文写于1987年春。

宁静的诗性情怀

——作为跨世纪诗人的林莽

叶 橹

十年以前，我写过一篇以《独行者的孤寂与守望》为题的评林莽诗歌的文章。十年过去，林莽依然不断地以新作呈现在读者面前。读他的一些新作，我总会在内心产生一种熟悉和温馨的感受。我同林莽的接触不多，但是只要同他见面，就有一种亲切之感。他是一个让我感到"诗如其人"的有着宁静的诗性情怀的人。

我在近三十年来，写过不少对各种类型诗人的评论，但同这些诗人都没有什么个人的接触。林莽还算是见面稍多的一位。第一次见到他是在北京。当时我同陈超在一起，他是来同陈超见面的。他走后，陈超对我说他叫张建中，在一个财经学院工作。所以第一次见他，他其实并不认识我。只是后来由于在盐城参加姜桦诗歌研讨会后，我同他被安排在一辆小车上回扬州，车上只有我们两人，所以交谈得较多因而留下了较深印象。那一次他在扬州逗留了一两天。此后我们就是在一些诗会的场合见过几次。我正是从他的交谈中而接触其诗的。林莽在二十世纪八十年代的朦胧诗热潮中，的确不是一个大红大紫的诗人，所以我才称之为"独行者"。读他近年的一些诗作，我似乎隐然感到，他的这种宁静的姿态以及诗性的情怀，同我内心里对诗的品质的感受，有着非常近似的理解。

从二十世纪七十年代到现在的近半个世纪中，林莽的诗歌创作经历了漫长的道路。社会的巨变和时代的前行，在林莽的诗中并没有显示出巨大的风云变幻的外在形态，证明了林莽不是一个"跟风者"。但是如果以此而认定他是一个自外于时代和社会的"旁观者"，则是极大的误解。作为诗人，林莽的内心无疑经历了深刻的体察和巨变，但他的诗却始终以一种宁静的沉思姿态呈现在读者面前。特别是在近些年他所写的诗中，在一种历经沧桑的社会体验中，蕴涵着智者的思索，他的诗性情怀更显示出别具韵味的风貌。在《泥土轰然滚入了湍急的河流》中，他以一种看似冷静的姿态写道：

> 一个生命因年轻而充满了无法实现的向往
> 心灵的灯盏在风中摇曳
> 被冲刷的堤岸崩塌
> 泥土轰然滚入了湍急的河流

这种看似旁观者的叙述姿态，其实蕴涵着无尽的个人生存体验。许许多多的历史真相，会因为阅读者的不同的生活经历而充满色彩各异的具象。那些不同处境和原因而被裹挟在历史潮流中的人，会在自身的生存记忆中获得一种属于"距离美"的审美体验。许多人都会有这样的体验：曾经让自己刻骨铭心的痛彻肺腑的经历，在经过若干年的历史沉淀之后，竟然在偶然的回眸时，会产生一种有距离感的"悲剧美"。这可能是人类精神现象中很难说清楚的一个"谜"。林莽诗中"被冲刷的堤岸崩塌 / 泥土轰然滚入了湍急的河流"，以悲剧的画面呈现了一种历史场景，但在人们的阅读中却产生了"悲剧美"的艺术效果，应该是他在个人记忆中，在回眸历史时融入了许多内心思索时而形成的诗的意象。这首诗中"那是曾经的夏日 / 带着雨意的风吹过不久 / 我们躲雨在屋檐下 / 湿漉漉的头发淌下晶莹的水滴""当月牙成了荒林中唯一的亮色 / 最后的萤火突然成群地涌现 / 两条陈旧的铁轨 / 笔直地伸向无法知晓的时空"，都是会令人读后难忘的饱含历史内涵的场景。林莽显然是在回眸历史时融入了丰富的记忆并使之升华成诗的意象时，才获得了这种艺术感悟的"悲剧美"。

林莽始终是一个以具象抒写的方式而进入诗境的诗人。我们几乎看不到他在诗中进行抽象的议论。像《我的车位前曾有一棵樱花树》这样的诗，读者可以明显地体味到它的哲理内涵，可是在林莽笔下，从头到尾都是伴随着对具体生活细节的叙述而呈现的。从停车位前不经意间的一次闪现留下的印象："车退向一棵刚刚长出叶芽的小小银杏树 / 初春有着一年中最新的事物""而后便是夏日飞临 / 掩去北方短暂的春日"。经历了春夏和秋风冬雪之后：

転过年来的春风中
我突然惊觉　我车位前的那棵樱花树
不知什么时候已不翼而飞

　　为什么诗在开始时注意到的"刚长出叶芽的小小银杏树"消失了，
而未曾提及的"樱花树"却突然发觉"不翼而飞"？就一般的逻辑而言，
"小小银杏树"似乎应该是书写的对象，而不是突然冒出来的"樱花树"。
这正是林莽作为一个极富心智的诗人，在生活中敏悟出的"哲理"。
也许那"小小的银杏树"早已被无端地踩踏而消失，而庞然大物的"樱
花树"的"不翼而飞"，才会触动诗人的心灵。尽管林莽在诗中始终
以平淡的口吻叙述着一切，但他留给读者的遐思，则是意味无穷。生
活中并不总是以引人注目的方式而呈现的。"刚长出新芽"的事物被
无意间践踏，曾经存在的"庞然大物"也会在不经意间突然消失，而
人们依然在这种"存在"中经历着酷暑寒冬和暖春凉秋。所以诗人淡
定地写道：

春风掠过时
我转动方向盘　车徐徐向前
生活又进入了新的一天

　　正是这种对日常生活秩序的进行的感悟中，透露出林莽的淡定而宁
静的心态。他的这种诗性情怀，永远具有温馨的魅力。
　　生活本身的异彩纷呈，需要诗人悉心的敏悟。一个内心麻木的人，
对生活现象的熟视无睹，不会产生诗意。林莽的诗，总是在一些看来
极其平常的生活现象中，发现和发掘出它们内蕴的诗性。在题为《春
事暖风浩荡》的诗中，他如谈家事般地脱口而出："这些天事情骤然
增多 / 仿佛瞬间从四面八方一件件冒了出来"，这种貌似平淡而骤然的
口吻，传达出的却是一种生机的喜悦之情。他对诸如"星星点点的绿
色"和"春光明媚"的感受，正是以我"从四面八方一件件冒了出来"
的事情中得到突现的。所谓"春风拂面即使衰老的心也会悠然间荡漾"
也似乎暗示着他自身的生命体验。林莽在年过花甲之后，那悠然荡漾
的心境，除了是一种自勉，更像是一种期许。《在早春的清晨听一只
大提琴曲》这首诗，以"老友发来一曲名为《往事》的微信"为引子
而生发的对历史的回顾和感喟，更显示出他作为亲历者的"身份感"

和"历史感"。作为一个亲历了许多历史事件的见证者，不禁"想到我们曾经沦落的水乡／青春伴着欢乐／也伴着无以诉说的苦闷与创伤／那时我们只是愤然抗拒／还无意责问：这世界到底怎么了"？这种身临困境却浑然茫然的心态，呈现出年轻时的困顿处境，既无法追问也无从解答。而当目睹了当今地球上的种种混乱状态时，他不禁发出了沉思中的质问：

> 这个世界到底怎么了　为什么
> 每一代人都有不忍回首的雁难
>
> 春风无知　吹绿了四野
> 一位大提琴手　让泪往心里流

无知的春风似乎暗喻着一代人的命运与作为，而泪往心里流的大提琴手，则是这一代人的觉醒和无奈吧。

对于林莽来说，时代风云的变幻，作为个人的心理感悟的呈现方式，往往只是以一种非常平淡的生活场景片断出现在读者面前。《敬畏》一诗的开头是这样的：

> 随着枪声　山坡上冒出一小缕尘烟
> 它轻轻跳开了几步
> 一只土色的小狐狸依旧回过头来向我们张望
> 面如古铜的老司机用藏语低吼了几句
> 那个搭车人收起了他的枪

这五行诗在简短地叙述一个场景，一种瞬间行为中的人性之恶与善的不动声色的交锋。老司机同搭车人之间的心理战终于以"收起来他的枪"为结局。林莽在这种瞬间场景中力图表达的，或许是一种人性中的恶，即使"那个搭车人收起了枪"，作为一种或许是"无心之恶"的终止，引来了因为"在暴雨到来之前赶过了那段泥泞而陡峭的峡谷险路"，从中顿悟到"感恩一直俯视和指引我们的苍天与众神"，到"时隔多年"之后，对"用一种近乎无知的鲁莽／兴致盎然地冒犯了那些寂寞中苦修的亡灵"的反思，林莽是在有意无意地表达一种因果过程所造就的忏悔和醒悟吗？或许还是暗示一种神秘的"报应"？诗人的隐秘之思我们无须妄加猜测，但是他的明白无误的诗行却在告诉我们：

看晴空下的雪山凛然屹立令人心生敬畏

噢 但至今我依然不知这一生中

到底还有多少事应该幡然领悟 虔心忏悔

　　我之所以称林莽为跨世纪的诗人，不仅是因为他的写作年代是跨世纪，也因为他对自身的心理过程和觉醒的描述，也具有跨世纪的特性。

　　作为一个时代的过来人，林莽的诗思必然地留下了生命过程中的刻痕。而作为一个具有自身个性的诗人，林莽的诗在总体上呈现的艺术特征则是令人瞩目的。当他作为"独行者"而涉足诗坛时，曾经的喧哗与骚动并没有掩埋了他的声音，而今在他年过花甲之后依然以他独特的声音回荡在中国诗坛。写于《敬畏》之后不到半月的《那触碰我心的只是一个简单的汉字》，同样是一首深刻地表达了他生命过程中的痛感之诗。当他娓娓道来地叙说那一幕幕令他心痛的场景时，生命中从童年到老年的生命感受在诗行中跃然而出。依然是具象和场景，依然是极具生活质感的联想和诗思，但是在这首诗中的结尾时，却有了林莽诗中不多见的抒情式的感喟：

而许多时候 我们逃离现实沉于孤灯与书卷

那碰触我心的有时只是一个简单的汉字

当我用诗歌诉说 这些分行的文字

跌宕起伏 有时慰藉 有时释怀

我真想知道那触动我心的诗情到底源自于哪儿

　　林莽似乎在给自己出了一道难以回答的问题。其实这真是一道没有标准答案的问题。这个世界上，有各种不同的人，有迥异的生存状态，因此就会有各具色彩的诗。所谓"诗如其人"的说法，我想是一种古朴的说法，在当今这种社会现实中，它的真理性已经大打折扣了。以我对林莽其诗其人的了解，用"诗如其人"来评价他，则是基本符合事实的。

　　我之所以用"宁静的诗性情怀"来概括林莽的诗，是因为在我们所处的喧哗而躁动的时代背景和历史过程中，林莽的诗所呈现的主要方式是宁静的。宁静并非无动于心，而是将外在的喧哗与躁动化之于内心的沉思，将诗性的呈现隐之于文字。所谓的"淡泊以明志、宁静而致远"，在很大的程度上表达了我对林莽诗歌的阅读感受。作为诗人，林莽是一个不善张扬的人，作为生活的现实中的人，林莽又是一个厚道而朴实的可靠的朋友。他心有所知而不为假象迷惑，待人以诚又从不自我炫耀。在他即将步入古稀之年之际，我衷心祝愿他在诗的写作上，也能达到从心所欲不逾矩的境界。

[作者单位：扬州大学文学院]

中国当代现代主义诗歌是怎样萌芽的

——评《林莽诗画 1969—1975 白洋淀时期作品集》

苗雨时

诗探索 11　理论卷　2018 年　第 3 辑

　　二十世纪七八十年代之交，中国的现代主义文学从地下浮出地表。首当其冲的是朦胧诗的出现，被称为"新的崛起"。然而，其最初的萌芽是怎么孕育的呢？这就不得不追溯到"文革"期间的"白洋淀诗群"。这是一群北京来白洋淀插队的知识青年，其中包括芒克、多多等人。林莽作为"白洋淀诗群"中重要的一员，一直是较为活跃的分子。现在他出版了《林莽诗画——1969—1975 白洋淀时期作品集》（漓江出版社，2015 年 6 月第 1 版），以此为个案，我们也许可以窥见和触摸到中国现代主义诗歌早期茁生的细微的根系。

　　林莽习诗，也作画。诗与画相互辉映，诗情画意，相得益彰，这里，且不说他那清新、秀丽而又苍茫无际的油画和水彩画，单就他的诗歌而言，六年多时间，共选诗十六首（当然实际创作要比此多得多）。一本设计精美的诗画集，放在我们面前，一首一首地阅读他的诗歌，一个诗人的抒情主体形象渐渐在心中清晰起来。我们仿佛看到一个孤单、清瘦的青年，徜徉、徘徊在烟波浩渺的白洋淀的"孤岛"上，时而低头《独思》，时而又向远方《诉泣》。在一片萧瑟严寒的北风中，他的心中企盼春燕的归来，《欢迎你，燕子》："尽管你来自南国 / 我曾经受北国寒冬的残暴 / 这寂静的心灵 / 绝不会厌烦你的歌声 /……我郁愤的歌声含有力量 / 你清脆的嗓音充满幻想"，这是寂寞的灵魂对"春的使者"的召唤；他的灵视在大自然中反观自我生命的《色彩》：先是"鲜艳热烈的火红"，后来被"生活的波涛 / 冲淡了"，现出了"纷红""鹅黄"和"碧澄"，好似白洋淀的清纯与柔美，然而那"强烈的色调"，仍"将拼成我 / 更加瑰丽的生命"，此为挥之不去的理想……这种"独思"和

"诉泣"，多被诗人置放在冷漠的秋的背景中和晚霞夕照的笼盖下。他写《深秋》《暮秋时节》《秋天的韵律》《沐浴在晚霞的紫红里》。"深秋临冬的湖水／清澈寒冷／淡云深高的天空／时而传来孤雁的哀鸣""迈着缓慢的步履／沐浴在晚霞的紫红里／放出我束缚的心绪／化作红色的光缕"，苍茫与辉煌映衬，失落与向往交织，状写了他们这一代青年的命运和心境。

诗歌现代性的一个基本原则，是诗人个人主体性的确立。"白洋淀诗群"的青年，从北京插队到白洋淀。他们离开了疾风骤雨的政治漩涡，躲避在湖光潋滟的淀水边，在淳朴的乡风包围中，心灵得以平静和深潜。他们开始关注自我的存在，思考个人的命运。我是谁？我从哪里来，又到哪里去？此时，诗歌便成了他们与心灵默默对话的最佳的表现形式。他们的诗歌写作，不受命于任何人和一切现成的观念，而是忠实于自我，写自己生命的切身感受和良知，说自己想说的话。这样，他们的个性和主体意识便在这个幻灭与寻找并存的年代悄然觉醒，并卓然特立。林莽这时期的诗歌，很少写劳动的艰苦和乡亲们的关照，而是把目光投向《明静的湖水》，领悟《自然的启示》，开放《心灵的花》。"感谢那／明静的湖水／安慰了我孤独的心房""人挣脱了束缚，和太阳一起行走"，而心灵与水波碰撞，向水中涵泳："白色的浪花／开在深绿色的／水面／灵魂的蓓蕾／长在不成熟的／心田"……尊重个体，折返心灵，正是诗歌现代性的旨归。

诗人在《心灵的历程》中写道："在夕阳西下的堤岸上，一边是一片紫色的土地，一边是一片无声无息地湖泊，我默默地走着，世界无依无靠"，正是白洋淀的水土，赋予了他立足大地的生命个体，也培养了他诗歌现代主义的根苗。

白洋淀的湖水滋润了周边自然风景的秀美，同时也是一种文化的波荡。不说远的文化历史的积淀，即以现代小说家孙犁的《白洋淀纪事》为例（《荷花淀》选入中学课本），他那在战争年代把白洋淀的女性写到善与美的极致，不仅洗涤了这些青年诗人们生命的纯洁，而且在艺术上也使他们懂得现代汉语所葆有的浓郁的诗性和无限的创造力。

"白洋淀诗群"，是一个特殊的群体。他们大多是破落干部和受冲击的知识分子的子女。他们思维敏感，又有条件获得各种文化资源和涵养。他们在暗地里偷偷阅读了大量书籍和世界文学名著。林莽在《1969—1975年诗十六首附记》中曾说："感谢艺术大师。他们用艰苦的劳动，开创了许许多多个崭新的艺术世界，使我们在幽暗中找到了亿万颗不朽的太阳，光焰照亮了心室"，又说："1973 年，对我是一个特殊的年份。那年，一股现代主义的风吹进了我的心中，它给我带来了整个身心的震颤与惊喜。存在主义，印象派，来来主义，野兽派，超写实等等为我打开了一扇扇生命的新的窗子，它们向我展示着更多的全新的表达内心的方式。在那个水乡的小岛上，我开始尝试着新的写作与绘画"。1974 年他的创作，进入了现代主义诗歌领域。用大半年的时间写下了《二十六个音节的回想——献给逝去的岁月》，之后，又写了《悼一九七四年》，作为他现代主义的艺术尝试和探索。

前一首诗，是由二十六首短诗组成的长诗。在诗中，他总结了自己的生活与思考（此诗最初叫《纪念碑》），纪念那波诡云谲、坎坷曲折的逝去的年月。"夕阳在沉落／土地上回荡起挽歌声／昨日的一切已经死去／残留下蜘蛛一样的意念／罗织着捕获的网"。这网罗中意念的关键词是："痛苦""孤独""觉醒""希望"，其岁月里流转的主脉，则是希望的破灭、心灵的折磨、前途的渺茫、青春的向往、内心的抗争与生命的活力，表达了一代青年的历史反思、人性叩问、存在探寻、个性张扬。这是一部诗人的心灵史。

后一首诗，是对一九七四年哀悼。这是"文化革命"后期带有转变性的一年。这一年，青年觉醒，父辈老去，"城市冒着浓烟，乡村也在燃烧""历史像一块僵硬的表情肌""人民将苦难写在心灵的创伤里"，而这些下乡的知识青年，则表现了空前的内心纠结。诗中写道：

> 做一只透明的鸟儿，漫游无极的世界
> 在混乱的人行道上，碰翻习惯的警察
> 台灯的光环下，幻想着另一个星系
> 黑色的墨水倒在白色的桌布上，变幻着新奇的图案
> 心像陀螺一样旋转
> 更多的时间是在孩子们可怜的玩具盒里

这里以密集的意象，集中迹写了青年的心在这一年中郁结的纷繁复杂的思绪。漫游天地，遭遇惯性，近在台灯，远瞩星空，黑白交混，变化万千，心事飞旋，难免幼稚……意象的大量、巧妙的使用，意象并置、意象串联的手法，无疑都表现了现代主义的艺术技巧。

追求诗歌的理代性，致力于现代主义创作，林莽找到了自己的诗歌之路。也就是那些年，许多青年的这样的诗作被相互转抄、传阅。那时，

没有世俗的诱惑，没有功利的计较，仅仅为了在作品中找到自己，仅仅为了与心灵的真挚对话，那些作品是内心情感自然的流动。在一个没有文学的年代，正孕育着一代新人的崛起。

一个诗人的最初的诗歌创作，对他来说，是有命定性和奠基作用的。那新奇独特的感觉，个人的始发体验，没有任何负累的无拘无束的原创性，诗人动用自己的全部才情营造了一个完全属于自我的艺术世界。这样的作品，像一只开始奋飞的小鸟，那么自由自在，它的啼声那么新鲜、净朗。尽管诗人后来的创作有演化、有变构，甚至有风格的转换，但那原初的底色和基调，作为潜在的势能，则像胎记一样，永远指示着他未来的艺术空间、调性和气象。他的这本诗画集所表现出来的艺术风致，诚挚、纯净、明亮、深澈、悠远、沉着，必将如白洋淀的波光浪影一样，长久地浸染着他的诗画创作。尤其是，那滋育了他诗歌的白洋淀，已成了他的第二故乡。虽然离开了已有四十余年，但"总有一丝牵挂牢系于心中／那些船只、芦苇、树木和房屋"，都曾"在水墨里晕染／在诗行里植入真挚的生命"（《心灵的风——重返白洋北何庄》）。现在他发现，白洋淀已是他无法割舍的精神家园。也因此，成了他思考时代，思考现代人生价值和意义的最基本的坐标。

诗人在此根基上，高标了自己的艺术峰峦。他说："当我们不断地提高艺术造诣，真正摆脱了所谓艺术的表面形式的制约之后，已不再满足于一首诗的完善，建立一个崇高的'信仰'体系，是从一个一般诗人走向更高艺术境界的必然之路。"他的诗从最初稚嫩走到如今的成熟，总是秉承着一颗虔诚的心，经受了一个又一个考验，始终不改崇高的诗学信念，所以，他没有阿谀奉承之作、没有跟风随潮之作、没有追名逐利之作。他坚信，一切随波逐流者都将被历史所淹没。艺术属于自觉地建立内在世界的人。而诗人现在已出版了《我流过这片土》《回忆》等九部诗集，面对这辉煌的成就，我们不能不怀着敬意回望他那早期诗歌的源头活水。

[作者单位：廊坊师范学院文学院]

林莽：一个自觉的诗人艺术家

邱景华

林莽是当代一个特殊的诗人。

说他特殊，并不是说他是那种离群索居的"另类"；恰恰相反，他是"白洋淀诗歌群落"的代表性诗人之一，也是"朦胧诗"的重要诗人；但他"和而不同"，是一个不断超越所处诗群，寻找自己独一无二的创作个性和艺术道路的自觉艺术家。

人们常常称那些各种艺术门类中有卓越成就者，为艺术家：如歌唱艺术家、表演艺术家，以区别于普通的歌手和演员。同理，我们称林莽为诗人艺术家，也是基于他在诗歌创作中的卓越成就，以区别于一般的诗人。说林莽是诗人艺术家，还有另一个含义，即他把画画和诗歌视为一个整体，并且是从广大艺术的视角，来理解诗歌和诗歌艺术。

当代诗界，还有一批具有"自觉意识"的诗人，他们真正懂得当代诗歌潮流的变化和走向，并且把快速参与和融入这种诗歌潮流的走向，作为不断调整自己创作的目标。他们是真正的诗歌"弄潮儿"，多数都如愿以偿地获得了当代诗界的先锋地位，为世人所熟知所推崇。但是他们这种"自觉意识"，是以扭曲自己的艺术个性和诗歌独创性为代价，是以快速"出名"为目标。所写的诗歌，虽然名噪一时，其实经不起时间的考验，时隔今日，已经成为过眼云烟。

与此相反，林莽作为自觉的诗人艺术家，为了追求真正独创的现代诗艺术，不惜与主流诗歌相背离，并且一意孤行、在所不惜。虽然他明白，这样做会被诗歌运动和主流诗歌长期遮蔽。所以，林莽这种为了真正的诗歌艺术而牺牲名利的"自觉"，是值得敬重的。

说林莽是"白洋淀诗群"的代表性诗人，那只是他不寻常的起点；说他是"朦胧诗"的重要诗人，那只是他早期的经历；说他是"自觉的诗人艺术家"，也许才是他鲜明而独特的标志。

诗探索 11 理论卷 2018年 第3辑

一　湖边童年、文革苦难、白洋淀插队，大艺术观

诗人林莽的特殊性，源自他三段不平常的经历。

一、水乡的童年经验。林莽出生在河北徐水，与奶奶和亲友的其他兄弟，在这里度过了童年的快乐时光。这种亲近湖水和大自然、在亲情中成长的"童年经验"，对他后来的诗歌创作，产生了重要而深远的影响。大诗人希尼说："不朽的暗示来自童年时期。"童年经验，对诗人的创作有着重大的影响，蔡其矫说："童年决定了人一生的气质、爱好、心灵发展方向以及艺术观赏的穿透力。"[①] 水的感觉，湖水般的温情，水一样流动的智慧，构成了诗人林莽的感觉、想象和情感的表达方式。这也是林莽的诗歌艺术不同于生在北京、长在北京的江河、北岛等同代诗人的根本原因。

二、苦难少年时期的世界文学名著启蒙。七岁时，林莽到北京上小学和中学。"文革"爆发后，作为革命干部的父亲，被"打倒"和关押，后来又逃亡外地。在社会动荡和家庭的不幸中，悲伤无助的中学生林莽，开始大量阅读从各种渠道流出的图书。巴尔扎克、雨果、福楼拜、歌德、托尔斯泰、普希金等大师的世界名著，让他在悲观和无望中产生新的希望和憧憬，也让他认识到文学巨大的精神力量，和照亮灵魂的光芒，并为他以后的诗歌创作打下坚实的文学基础，培养了他对艺术崇高感的信奉和追求。

三、白洋淀的插队经历。1969 年，林莽自行联系来到白洋淀插队。当年的白洋淀，有北京来的三百多名知青，多数是"文革"中家庭受到迫害的干部子女和知识分子子女，多为不甘沉沦、有独立思考的青年。他们与北京的地下文化沙龙保持密切的联系，有一批有特殊价值的图书在他们手中流传，这一群在"文革"中较早觉醒的知识青年，在白洋淀也形成一个读书群体。他们阅读哲学、历史、经济、文学和艺术的书籍，并相互交流和讨论，思考民族的命运和未来。林莽也融入这一群体，开始阅读和了解存在主义、印象派、梵高、塞尚、毕加索、萨特、波德莱尔、聂鲁达、艾吕雅、叶普图申科、沃斯涅辛斯基……白洋淀读书经历对林莽最大的影响，就是认识西方现代主义思潮，培养了他对现代主义诗歌和艺术的爱好，对他后来的现代诗艺术，有着决定性的影响。

① 蔡其矫:《我的童年》,《蔡其矫诗歌回廊之四·南曲》,海峡出版社 2002 年版,第 163 页。

白洋淀知青群体有一个基本特征，就是怀疑精神和独立思考。它使青年林莽产生深刻而敏锐的内省，即自我反思和自我反省，从而形成一种"诗性智慧"，影响作为诗人林莽的一生。它的表现形式之一，就是"和而不同"：与当代诗潮共同相处，但又有自己的自觉而清醒的选择；比如，他参与"今天文学研究会"活动，后来又加入"幸存者诗歌俱乐部"，但坚持写属于自己的诗，在若即若离中保持自觉的独特。这也是"白洋淀诗群"的基本特点，就是不盲目追随主流诗潮。所以，"白洋淀诗群"中至今还在写作的三位代表性诗人：芒克、多多、林莽，都不曾像同代诗人那样大红大紫过；而且长期处于一种被主流诗潮遮蔽的背光状态，他们独特的诗歌艺术，需要一种被重新发现的契机。

林莽在中学时代就喜爱美术，在白洋淀时期开始画画和写诗，童年的乡村经验在白洋淀得到进一步的丰富和发展，并转换成艺术的感觉、想象、色彩和文字。对林莽而言，画画和写诗是融为一体的。他是以一个艺术家的眼光，用语言、色彩和声音，来表达他所观察和感悟到的自然，并以此来表达心境。比如，《深秋》中碧澄的湖水、天空中孤雁的哀鸣、《暮秋时节》一片淡黄的树叶、白云浮于暗红色的山坡。还有《沐浴在晚霞的紫红里》《色彩》，以及《秋天的韵律》等。晚些出版的《林莽诗画——1969—1975白洋淀时期作品集》，就是把白洋淀时期所作的诗与画，视为一个艺术整体。①

林莽的独特性在于：他是从文化角度理解艺术，从广义艺术的角度理解诗歌。广义的艺术包括：造型艺术（绘画和雕塑）、语言艺术（文学）、表演艺术（音乐、舞蹈）、综合艺术（戏剧与影视）。用林莽后来的话说："诗是什么……，我觉得它更应归入更宽泛的艺术的范围，和音乐、绘画、舞蹈、建筑……归为一体，是它们将人类古往今来的精神历程镌刻在史书上。"②这一点非常重要，不了解这一点，就很难理解林莽的"大艺术观"，也就很难进入林莽独特的诗歌艺术世界。

那么，什么是林莽独特的"大艺术观"？

林莽所喜爱的"大艺术"，主要是指文学、绘画和音乐，它们的艺术本质是相通的，并且能相互融合。其一，林莽对诗歌的绘画性和音乐性，很早就感知，并在创作中不断探索。他的现代诗有鲜明的色彩、清晰的画面感和语言的韵律。其二，绘画和音乐，不像"文革"诗歌那样具有强烈的政治性和社会性，从"大艺术观"看诗歌，更能透彻地理解诗歌

---

① 《林莽诗画》，漓江出版社2015年版。

② 林莽：《穿透岁月的光芒》，百花文艺出版社2001年版，第214页。

的艺术本质，就是表现人类的基本情感和精神世界。林莽这种对诗歌艺术的独特理解，在后来的创作中，不但没有减弱或消失，反而不断强化和深化。比如，他从雕塑家钱绍武所谈的艺术见解中，从法国绘画大师巴尔蒂斯、澳大利亚厄斯·奥本、齐白石等艺术家的论述中，获得了独特感悟，对他的诗歌观念和诗歌艺术产生很大的影响。[①]一言以蔽之，"大艺术观"，是促使林莽1984年诗歌转型的主要内因。

1974年，林莽开始现代诗的写作。《二十六个音节的回想——献给逝去的年岁》，这种以分节（二十六节）短章，对社会和时代思考的诗体，是"文革"后期青年诗人喜欢采用的。如北岛的《太阳城札记》、芒克的《献诗：一九七二年——一九七三年》等。林莽《悼一九七四年》，依然是对政治性和社会性题材的思考。1976年10月写的《生命对话》开始转向，从"大我"的政治抒情诗，变为"小我"的社会性抒情。1978年的《圆明园·秋雨》，直抒胸臆少了，更多的是意象抒情和情境的表现。1979年的长诗《我流过这片土地》，社会性内涵也大大减少，主要是对历史、文化、时间、生命的思考，这种思考更多的是个人的体验。1981年写的《海明威，我的海明威》，特别强调是"我"对海明威的独特理解。概言之，林莽这十年的现代诗写作经历，是从表现政治性和社会性的题材，转向对诗歌中"自我"的寻找和发现。

但这些变化，林莽并不满意，在对诗歌艺术本质的深入思考中，他感到，必须放弃这种政治性和社会性的写作，进行整体的艺术转型。1984年1月，他把多年的自我反思，写成短文：《这仅仅是一个开始——谈诗及审美意识的转化》，明确表达：二十世纪七八十年代初期的诗歌，过分关注政治和社会意识，缺少对艺术本质的寻求。所以，必须放弃以政治和社会原则的审美，代之以情感来审美。其依据理论，林莽引述了一个朋友来信：思想必须具有普遍性，由人从原始的自然感知中抽象出来，使它脱离了个性的感觉、审美和想象。可以说思想不是人于自然生活中的第一层次，而是最后一个层次，这一层次的完成，产生它的原始精神感知也就死亡了，而艺术恰恰是在原始精神感知的层次上进行的创造，这样才能有生命，有血有肉……[②]

作为一种理论，略显粗疏。但在1984年，可以说是一种前瞻性的理论。当年诗界流行的是"主义"的政治性写作和"流派"的先锋性写

[①] 参见林莽《穿透岁月的光芒》的相关文章，百花文艺出版社2001年版。

[②] 林莽：《这仅仅是一个开始——谈诗及审美意识的转化》，见吴思敬选编《磁场与魔方——新诗潮论》，北京师范大学出版社1993年版，第119—121页。

作，而林莽竟能从理论上进行清楚地辨别，抽身于潮流之外，清醒而敏锐地回到诗歌创作的艺术本位，不能不说是一种非常难得的自觉意识。这也是林莽作为自觉的诗人艺术家的开始。林莽的这篇短文，在当年，并没有几个人意识到其超越时代的重大意义。只有吴思敬慧眼识珠，在他选编的新诗潮论卷中，收入此文。

1984年，捷克大诗人雅罗斯拉夫·塞弗尔特荣获诺贝尔文学奖，这对当年正在进行诗歌转型中的林莽，是重大的鼓舞和支持。因为两人有很多相似相通之处，同属于"温情甚于愤怒"的诗人类型。塞弗尔特的诗歌是以表现情感为主，对爱情和亲情，尤其是对母爱的歌唱，闻名于世。

所以，林莽手抄的塞弗尔特诗歌抄本，随身相伴。虽然塞弗尔特对当代新诗的影响不如艾略特、奥登，但对于林莽却有着难以估量的重要意义：那就是证明林莽的转型选择是正确的。因为老塞也获得了诺贝尔文学奖，而不仅仅只是艾略特获奖。这之前，他所心仪的奥德修斯·埃里蒂斯也在1979年获奖。总之，现代诗歌的艺术道路是多种多样的，不只是追随艾略特现代主义诗歌道路才是唯一的正确方向。

新时期诗歌的最大特点，就是特别强调"创新"，主要是追随西方现代主义形式的创新。其实，在这种创新之路上奔跑得越远，离艺术的根本也就越远。林莽1984年的诗歌转型，醒悟到："创新不离根本"。他看出西化的先锋写作的最大弊病，就是"创新脱离了根本"，沦为形式主义的模仿。所以，他要回到艺术的本位，回到诗歌艺术的根本，即艺术要表达人类亘古不变的基本情感和精神世界。与此相比，政治性和社会性的写作都是短暂的。艺术创新的目的，就是以新的感觉和新的语言，更好地表现人类的基本情感和精神世界，而不仅仅是形式的更新。林莽回到艺术的本位，就是回到表达人类亘古不变的基本情感和精神世界，并且找到自己表现情感的独特艺术领域：那就是对亲情、乡情和友情中的关注和表达。换言之，就是挖掘普遍人日常生活中的"温情"诗意。林莽说："那些辉映我们生命的、或许就是我们身边的那些最平常、最普遍的事物。而当我们忽视了它们，也就远离了人生的幸福。在人生的历程中，我们时时期待着那些最质朴的品格与事物的滋养与照耀。"①这是一种诗性智慧的醒悟。温情和智慧相融合——充满人生智慧的温情，才是林莽独特的艺术个性和精神风貌。

---

① 林莽：《秋菊的灯盏》自序，作家出版社2009年版，第1页。

诗探索11　理论卷　2018年　第3辑

诗歌表达情性，原本就是中国古典诗歌源远流长的传统。严羽说："诗者，吟咏情性也。"李泽厚提出："情为本"是中华民族文化的特性。林莽诗歌表现人的基本情感和精神世界，其实也是对"文革"企图泯灭人的基本情感的一种反抗，具有强烈的时代性；在今天，当拜金主义成为社会风尚，人情日益淡薄，林莽诗歌对美好人性，特别是普通人"温情"的推崇，又具有匡正世风的现实意义。

二 寂静的火焰、温情的诗意，多元传统的独特选择和综合创新

林莽 1984 年的诗歌转型，最先表现为题材的转变。他说："我是以生命的感知和经验为创作原动力的作者"，就是说，他要表现自己生命和经历中的体验最深的情感和经验。其实，从 1982 年开始，林莽诗歌题材就发生了重大的变化，长期潜藏的"童年经验"，开始出现在诗中。一批表现故乡题材的诗作，《柏树林》《夏夜深谷》《故乡》以清新的语言、新鲜的意象令人耳目一新。一写到有水的故乡，林莽感觉和想象就无比生动：

> 阵雨敲打着／风中的庄稼、涨满水的池塘／芦苇在摇曳／赤着脚从田野里跑回来／跑进我历尽风雨的小村子／跑进母爱／跑进我温暖的小房子／外面的风好凉呵

组诗《故乡》，写出了家族亲人的爱护，使童年林莽，早早就体验了纯朴亲情的温暖，对他一生影响巨大。特别是在长大后所遇到的人生的风雨和严酷，更让他懂得亲情的无比珍贵。

《夏夜深谷》，不光是回忆故乡七月的夏夜，黄昏的田野一片昆虫的合唱，紫色的木槿花开，艾草放出清香，而且融入了作者在回忆中，生命对时间的一种想象："天空的星斗在寂静中俯视／大地沉沉连成一片／夜露初垂中／我听见了来自另一种时间里的思念／幽鸣不绝／如醉如梦"。在林莽的诗中，有一种生命对时间易逝的敏感。以细微的听觉，来表现这种飞逝的生命时间感，那是一种生命的觉醒。

紧接在"童年经验"之后，是以第二个故乡白洋淀插队经历为题材。如 1983 年写的《鱼鹰》，清晰而鲜明地勾画出白洋淀清晨捕鱼的画面："黎明的风有如清凉的水流／九只黑色的鱼鹰在晨光中静候"。

我猜想，当青年林莽写出这几首时，内心一定充满着审美喜悦。在

不断调整的转型中，他终于发现和找到了自己的艺术个性，找到只属于他的诗的领域。1984年，林莽的创作出现了一个爆发期，写出了一批佳作：《宁静的阳光》《黄昏，我听到过神秘的声音》《故乡、菜花地、树丛和我想说的第一句话》《这一切是那么的遥远》《湖边晚归》《雨，还在下》《步入秋天》《春日》等。

其中最耐人寻味的是《故乡、菜花地、树丛和我想说的第一句话》。按理，从1969年开始创作至今，林莽已经写了十六年。为什么这首诗的题目，还要特意加上"和我想说的第一句话"，这种不符合常规的写法，肯定是一种来自内心抑制不住的强烈冲动，一种原本是深藏于内心深处审美观念的自我强调，目的是希望读者关注。这首诗最初发表时，作者还在最后一句"生命之火有时候燃烧得很平静"下面，加上着重号，这在林莽诗中是唯一出现的。如此双重的强调，自然是热切盼望读者给予格外的关注：

> 那片鹅黄的菜花地已开放了许多年
> 生命之火有时候燃烧得很平静

故乡这片菜花地，其实已经开放了许多年，或者说是年年开放。但在之前，林莽并没有特别的关注。因为在以前的政治性和社会性写作中，所关注的只是社会上熊熊燃烧的革命烈火。故乡这片鹅黄色的菜花地，并没有什么特别的启示和意义。1949年出生的林莽，是成长在谢冕所概括的"颂歌"和"战歌"年代。不论是"颂歌"还是"战歌"，都有一个共同点，就是经常处于革命激情熊熊燃烧的岁月，生命如火如荼，经常听到的豪言壮语是：革命的烈火烧毁一个旧世界；星星之火，可以燎原……

但是，中学生的林莽，曾经被这"熊熊燃烧的革命烈火"所严重灼伤。他后来回忆："我父亲被审查，关押起来，在单位无法回家，军代表找我谈话必须划清界限。我在家里跟我的父亲接触很多，我觉得他非常认真地工作，非常严格地要求自己，是非常好的人，对社会、对国家充满了热爱，我就对当时那些事情充满了疑问。当时学校的军宣队、工宣队说你这样划不清界限是不对的，我的直觉告诉我，我是对的，但社会生活让你茫然。"[1]

---

[1] 王士强、林莽：《"白洋淀"与我的早期诗歌创作——林莽访谈录》，《星星》诗歌理论2010年第11期。

诗探索11 理论卷 2018年 第3辑

正是经历了"文革"以"阶级感情""革命感情"代替人类的基本情感，并对人类的基本情感进行严重摧残的残酷岁月，青年林莽才较早地醒悟到：那亘古不变的人类基本情感的重要性。所以，转型后的林莽诗歌，是以表现人类的基本情感为主。这是对"文革"企图摧残和泯灭人类基本情感的暴行的反抗，具有强烈的时代感和深厚的历史内涵。但对于诗人来说，单单醒悟到这一点，还远远不够。林莽诗歌的独特之处，是找到了他表现人类基本情感一个独特的审美领域——"温情"。这就是林莽诗中所强调的："生命之火有时候燃烧得很平静"。这种静静燃烧的生命之火，相对于熊熊燃烧的"革命烈焰"而言，是人性中的"温情"。后来，他又在《林莽诗选》的扉页上题词："我寻求那些寂静中的火焰，它们是属于我的。"

为什么又是"寂静"的？

《林莽诗歌精品集》的前言，有这样的话："在一个社会生活动荡与变革的时代，一个人抵御喧嚣，力求回归心灵的寂静，无疑是一种耗费心血而又有些奢望的行为。面对无法摆脱的世俗生活，努力寻求自己热爱的那个诗意的世界，同样也是一种幸福。"① 回归心灵的寂静，也就是从世俗的喧嚣中超越出来，不受时代潮流的影响，才有可能关注那些寂静灵魂中平静燃烧的生命之火。这是林莽对自己独特的精神境界的发现，也是他追求的一种人生境界和诗歌中的审美理想。

那究竟是一个怎样的艺术世界？

在这个独特的艺术世界里，寂静心灵所珍惜、爱护的人类的基本情感：是充满着温暖而内守的亲情、乡情、友情、爱和永恒的善意的。②

早在二十世纪三十年代，诗人林庚就指出："一个文学作品有三件基本的东西，一是人类根本的情绪；这是亘古不变的；所以我们才会读到佳作时，便觉得与古人同有此心。二是所写到的事物，这也是似变其实未变的。……还有第三呢，那便是感觉，那便是怎样会叫一种情绪落在某一件事物上，或者说怎样会叫一件事物产生了某种情绪的关键……这感觉的逐渐演变当然又是随着生活而消长的……至于感觉的进展，却确是人类精神领域的园丁；

有了这进展所以才能一代一代不同的诗……"③

① 《林莽诗歌精品集》，南海出版公司 2012 年版。

② 参见林莽对李琦诗歌的评论，两人的诗歌内质有许多相似之处。见林莽：《诚实的倾诉者》，《穿透岁月的光芒》，百花文艺出版社 2001 年版，第 198—210 页。

③ 林庚：《新诗格律与语言的诗化》，经济日报出版社 2000 年版，第 13 页。

林莽找到了属于自己的"童年经验"和"白洋淀的经历"的题材，又找到属于自己寂静心灵中的火焰——温情，但这还不够；还要有新的感觉、新的语言、新的形式，来表现他心中独特的"温情"。这种新的诗歌艺术的主要来源，是林莽对中外多元诗歌传统的师承，以及独特选择之后的综合创新。

林莽最早的诗教，是唐诗宋词的影响。他说："我记得当时小学、初中、高中包括上百首诗词，都是要学要背的，最少七八十篇应该是有的，这种教育是潜移默化的，'文革'之中也有意读过背过，插队的时候还背过。虽然不是用古典诗词那种方式写，但是它们对我创作有影响，汉语特有的遣词造句、它的语音的特性等等，对我们的现代语感肯定有好处。""一个人的写作与文化的熏陶是分不开，中国传统的东西对我更有吸引力。我觉得唐诗、宋词，婉约的、抒情的，对秋天、黄昏的感受等，是自然而然亲近的。"①

中国古典诗歌传统对林莽的影响：一是诗的感知方法，特别是在季节转换中抒发情思，如秋天的思绪，黄昏的感受；二是情感表达的方式，如唐诗中送别和思乡的友情和乡情；三是宋词的婉约风格，适合"温情"的表达；四是古典诗歌的语言，简洁、精炼，对言外之意和象外之境的追求。

青少年时期，中国古典诗歌这种先入为主和深入心灵的影响和熏陶，激发了林莽的性灵，形成艺术个性的根基。后来的多重影响，是建立在这个根基之上。置身于六十年代和"文革"时期的时代语境，林莽所受的影响还有毛泽东诗词，贺敬之、李瑛、郭小川、闻捷，以及马雅可夫斯基等人，但这些影响是次要的。对林莽诗歌决定性的影响，是中国古典诗歌传统和外国浪漫主义诗歌及现代诗。

外国诗歌传统对林莽的影响，他说得很清楚："回顾我的诗歌写作，有这样几位诗人对我启发是最多的，他们是普希金、泰戈尔、洛尔伽、聂鲁达、波德莱尔、阿赫玛托娃、茨维塔耶娃、埃里蒂斯、弗洛斯特、赖特、沃伦、塞弗尔特……"他说："我从普希金那里获得了诗歌美好的金属般的音质，它纯洁、响亮、充满着想象；我从泰戈尔那里听到了神圣的声音，它们萦绕在文字之中，我知道那是诗歌至高的境界，是我们永远应该崇尚的，我们毕生都是为了接近它……"②

---

① 王士强、林莽：《"白洋淀"与我的早期诗歌创作——林莽访谈录》，《星星》诗歌理论 2010 年第 11 期。

② 林莽：《时光转瞬成为以往》，华文出版社 2005 年版，第 187、188 页。

诗探索 11　理论卷　2018 年　第 3 辑

从林莽对普希金和泰戈尔的师承中，可以看到他对世界抒情诗传统的重视和承接，并不像八十年代的青年诗人那样，受线性思维的影响，只追随单一的西方现代派诗歌。林莽所坚持的是在多元诗歌传统上的综合创新，并且是自觉选择之后的综合创新。林莽对以艾略特和奥登为代表的英美现代派的知性诗歌，是明显回避的，因为与他的艺术个性和审美理想相悖。但他对西方现代派诗歌的源头——波德莱尔，却有着自己的理解："波特莱尔以最初的现代主义手法让我开始懂得了诗歌的另外的方式。他的同情、怜悯和源于生命的爱是潜在于文字背后的，只有以生命与他对话的人才会真的理解他……"[①] 林莽所关注的不仅仅是波德莱尔新奇的现代手法，而是潜藏在文字背后的同情、怜悯和源于生命的爱，这才是他感悟到的西方现代诗的灵魂。

林莽认为诗要表现平常生活，但不能回避生活中的悲剧性："茨维塔耶娃和阿赫玛托娃的诗歌带来了俄罗斯那种沉郁的激情，她们的抒情意味让人回味无穷，她们悲剧性的生活与我们的时代是相通的，我从中理解了人格的力量……"[②] 以一种俄罗斯式的沉郁激情，表现悲剧性的生活，是一种方式。林莽还从希腊诗人埃利蒂斯的诗歌中，看到对生活悲剧的另一种艺术处理："明亮和透彻是埃里蒂斯给我的最大的启示，他说写苦难并不难，难的是把它们写得透明。在他的作品中地中海的阳光与蔚蓝的海水将我们的灵魂净化，他不同于泰戈尔的神性感，使我体会到了诗歌的另一种境界……"[③] 这是对苦难的一种超越，一种精神性的升华，极大地影响了林莽的美学思想。

除了表现生活中的悲剧，诗歌更多的是写日常生活中的诗意和境界。这是林莽现代诗所重点关注的内容。"弗洛斯特、赖特和沃伦三位美国诗人给我的是一种源于生活体验的升华。他们沉静、细微，将人生的经验溶入朴素的诗行中，他们的想象力让诗歌生出了飞翔的翅膀……"[④] 弗洛斯特能以非凡的想象力，将平凡的农场生活延引入诗，这种"源于生活体验的升华"，对林莽的诗歌艺术影响很大。林莽现代诗的新鲜审美感，来自他以一种"沉静"的态度，对日常生活细节和场景"细微"地呈现。但这种"细微"，并不流于细琐，因为经过感觉、想象和结构的特殊处理，得以升华。但林莽的诗中，没有弗洛斯特那种

① 林莽：《时光转瞬成为以往》，华文出版社 2005 年版，第 188 页。
② 林莽：《时光转瞬成为以往》，华文出版社 2005 年版，第 188 页。
③ 林莽：《时光转瞬成为以往》，华文出版社 2005 年版，第 189 页。
④ 林莽：《时光转瞬成为以往》，华文出版社 2005 年版，第 189 页。

现代诗的高层结构，更多的是保持抒情诗的结构，是吸收塞弗尔特"松散结构的包容性"。林莽说："塞弗尔特以他晚年的写作，那种平静文字下的大海般的力量，那种松散结构中的包容性，让我理解了诗歌结构的微妙……"[①]这种"松散的结构"，既能涵容和收纳当代日常生活的画面和场景，又便于表现抒情性和整体的暗示，从而显现超越日常生活的精神境界。

年复一年，林莽孜孜不倦地向十多位世界一流诗人学习中，通过对多元诗歌传统的独特选择并综合创新，形成独创性的现代诗艺术。

三 开放的情感结构，日常生活升华为诗境

1986 年，在林莽诗歌创作中具有不寻常的的意义，他写出真正具有自己艺术风格的精品：《小城霏雨》《瞬间》《暮冬之雪》，它们都表现了人类基本情感中的"温情"。但林莽表现温情，不是传统的直抒胸臆，也不是写实，而是用独特的"情感结构"来呈现。换言之，用沉淀在作者生命中的当代日常生活画面和场景，经过想象和重新组织，形成一种有丰富意味的"情感结构"。这种"情感结构"每一首都不相同，是根据不同的情感内容而创造的，充分表现了新诗形式"不定型"的特点。而且，每首诗的建行、句式和分节，都是依据"情感结构"而进行，也各不相同。"情感结构"是一种开放性的"松散结构"，因为"松散"才能自由地容纳当代生活的各种画面和场景，从而突破传统抒情诗的单一和单薄，追求一种多层次的"包容性"。

《小城霏雨》的第一节，先营造一个"寂静的空间"，写清晨在北京家的小院中，听到雨声滴答。不写"下雨"，而是用"落雨"，强调夏雨的稀疏有声，有重量有质感，不同于润物细无声的春雨。在清晨的寂静中，落雨不停地滴答声，引发作者联想起夏日曾经客居过的江南小城的霏雨。这种联想，不是急速、跳跃式，而是从容而舒缓地展开，便于诗中画面和场景的描述和刻画。

第二节，作者回忆在霏雨中游览异乡小城早市的情景。为什么用"霏雨"，而不用细雨？"霏"，是指飘落、飞扬。"霏雨"，是强调夏雨飞扬和飘落的感觉，有一种温馨、悠闲的情调。如果用"细雨"，则很难传达出这种情调。从"落雨"到"霏雨"，可以看出林莽在语言所追

① 林莽：《时光转瞬成为以往》，华文出版社 2005 年版，第 189 页。

求的"细微"，就是在细微处见精确。第三节，写作者晨起外出漫步后，回到客居的小屋，看到桌上摆着一束鲜花，感受到异乡主人无言的好客和温情，于是心生感动："连雨水也那样亲切"。这首诗所弥漫的雨水中的多情，就在意象的"细微"处，被暗示出来。

最后一节，又回到北京的家中，但不是简单地重复，而是展示北京家中的另一种"温情"："有如我北方的家／晚饭后院落中的寂静／小女儿一整天玩得疲倦了／在初睡中喃喃梦呓"。作者所写的是日常生活中的家庭亲情，但又不止于此；接着又回到写夏雨："有时雨水就是在这时滴落在葡萄架上／一丝凉意正浸入夏夜的深处／有如那束晚香玉所唤起的"。在这样一个寂静而充满花香的空间，把读者引向更深远的境界。

林莽表现情感，不是单一的、直线的，而是追求多层次的多义。这首诗有一种两两相对的联想：北京家中小院的夏雨与江南小城的霏雨、江南小城客居小屋的鲜花与北京家中小院的晚香玉、异乡小城无言的友情与北京家中的亲情，形成超越日常生活的温馨境界。通过"雨"和"花"的联想，来呈现日常生活中最容易忽视和不易觉察的温情。在暗示中提醒读者珍惜这种"静静燃烧的温情"。

林莽独特的才华，是擅长表现日常生活中被忽视的各种各样的温情。

《瞬间》写平平淡淡"过日子"的夫妻之情，按常理，这种平淡的夫妻之情，很难写出诗意。但林莽对于人的各种情感，有着敏锐而细致的体验。作为表现情感的圣手，他擅长用不同的"情感结构"，表现各种不同的温情。《瞬间》的情感结构，分为"生命日复一日""生活日复一日""情感日复一日"，通过这样三个层次的层层深入，最后一节以叙述者对"日复一日"的感悟而获得人生智慧。

叙述者先从在自家窗前所见的事物写起："有时候，邻家的鸽子落在我的窗台上／咕咕地轻啼"。看似绕着写，却充满着暗示的深意。"窗口的大杨树不知不觉间已高过了四层楼的屋顶"。这是全诗最长的句子，长达二十一字。但读之并不感到长，因为它充满了暗示：以长句暗示大杨树在不断长高，时光在不知不觉中流逝，诗中的这对夫妻，在这里已经生活了好多年，生命在日复一日中，不知不觉地变老了。写完树，又回到鸽子，"它们轻绕那些树冠又飞回来／阳光在蓬松的羽毛上那么温柔／生命日复一日"。鸽子的生命，虽然日复一日，但也有美好的瞬间："阳光在蓬松的羽毛上那么温柔"。

第二节是丈夫作为叙述者，对妻子的心灵告白："我往往空着手从街上回来／把书和上衣掷在床上／日子过得匆匆忙忙"。"空着手"是一种多义的暗示，后面再强调："我时常不能带回来什么／即使离家数日／只留下／你和这小小的屋子／生活日复一日"。这时出现的"你"，是指妻子。在这样单调重复的"日复一日"的"过日子"中，虽然夫妻情感趋于平淡，但也有温情。"面对无声无息地默契／我们已习惯了彼此间的宽容"。接着，又写到鸽子："一对鸽子在窗台上咕咕地轻啼／他们在许多瞬间属于我们"，不直写夫妻的温情，而是荡开笔，写"一对"鸽子，在窗台上的亲密轻啼来暗示，更意味深长。

但夫妻的情感，需要时时更新，否则容易引起单调、乏味和消沉。"日复一日／灰尘落在书脊上渐渐变黄"，就是暗示这种情感的变化。于是，经常独处的妻子，在无意间提出请求。具体是什么样内容的请求，诗中没有明说，留出空间让读者猜测和想象。但丈夫表达了他的歉意和理解："我知道，那无意间提出的请求并不过分／我知道，夏日正转向秋天／也许一场夜雨过后就会落叶纷飞"。淡淡写来，却深入到情感的深处，非常精微。婚后平淡的夫妻生活，不可能再回到恋爱时的激情。"不是说再回到阳光下幽深的绿荫"，现在是"过日子"："日子需要闲暇的时候／把家收拾干净，即使／轻声述说些／无关紧要的事／情感也会在其间潜潜走过"。其实，夫妻情感就潜藏在过日子的平淡之中。最后三句，丈夫极其郑重地对妻子说："当唇际间最初的战栗使你感知了幸福／这一瞬已延伸到了生命的尽头／而那些请求都是无意间说出的"，表白他所意识到必须承担的责任和义务。

从未见过一首现代诗，把婚后日复一日的夫妻生活、过日子的平淡和单调，写出这样富有变化的丰满情感和审美意味，充满着深情的理解和人生智慧，在艺术达到了很高的层次。激情虽然短暂，而温情却能永久。林莽的诗性智慧，就是告诉读者，要珍惜和爱护这种貌似单调和平淡中"潜潜走过"的温情。他在另一首诗《黄昏，在异乡的寂寞中》中，这样写道，"该离去的都已离去／只有我坐在这把黄昏的椅子上／想着远方的家／灯下与妻子的闲话……／我突然感到／平凡的日子里／逝去了多少值得珍重的情感"。在家中与妻子闲话中所表现出来的温情，平时可能觉察不出有什么特别的意义，可一旦身处异乡的孤独中，才发现其中充满着平时没有觉察和好好珍惜的夫妻温情。

但《瞬间》的深义，还不止这些。林莽在这首诗中，还表达出超越夫妻之情的人生境界：那就是对生命、生活和情感中，一个个瞬间的珍惜和感悟。正是一个个瞬间，构成生命、生活和情感的过程，瞬间的重复，虽然日复一日，貌似单调，但也有美好的瞬间。换言之，单调的瞬

诗探索 11　理论卷　2018年　第 3 辑

间和美好的瞬间交替出现，构成了生命、生活和夫妻情感的内容，人生的意义就在其中。所以要懂得珍惜和品味这些瞬间。"瞬间"是林莽诗的主词之一。对时间流逝中一个个瞬间的敏锐感觉和体验，是林莽诗的一个重要特点。"时光转瞬成为以往"，是他一本随笔集的书名，其中潜藏着多少生命感悟和人生慨叹。

《瞬间》表现了鲜明的林莽诗歌语言风格：平静而有深味的语调、从容舒缓的节奏、在往返回旋中相互应答的旋律。整首诗是用现代口语写的，多采用"四字词组"：日复一日、不知不觉、无声无息、无关紧要……"四字词组"带来的语感，能传达出平静而单调的"过日子"的感觉。这样，就能把现代口语转换成充满意味和暗示的诗语。

林莽语言的特点，就是追求细微。非常细致地表达日常生活中的意象和场景，它们源自诗人生命和情感中体验最深切的新鲜细节，长期沉淀在诗人的无意识中，凝聚着生命的温情，通过细微的语言，如浮雕般清晰地呈现出来。这样的诗语，充满着新鲜感和生命感。林莽讲究语言的音乐性，提出：打开生命的闸门，让情感如水一样流动起来。这种发自生命中的情感流动，给语言带来了节奏和旋律。具体而言：一是语调，林莽诗具有独特的明朗、从容、自然、舒缓，如水一样流动的语调；二是情调，林莽诗充盈着湖水般荡漾的温情语言，有一种隽永的意味。

母爱，是永恒的主题，但也难以写出新意。

林莽的《暮冬之雪》，以他独特的现代诗艺术，写出了感人至深的母子温情。这首诗的特点，是以作为叙述者的儿子视角来写：

我来到您的身边
静度这一年最安闲的时光

开篇这两句，写得何等深情又何等自然。尊称"您"，充满着儿子对母亲无限的敬重和爱戴。"静度"一词甚好，表明儿子回到母亲身边，那种全身心的放松和愉悦，可以静静地享受"这一年最安闲的时光"。这高度凝聚和浓缩的两句，蕴含了多少真情。

但整首诗并不都是儿子对母亲的诉说，第二节，就转为对母亲家居场景的描述和刻画。在一年最寒冷的雪夜，儿子回到母亲身边。这是作者精心安排的场景，以雪夜的寒冷，映衬母爱的温暖。"炉火不用生得很旺 / 这里已足够温暖 / 可以无心地睡一会儿 / 梦着小时候的日子"。虽然儿子已经是成年人，但回到母亲身边依然是儿子。儿时在母亲身边的那种安全感油然再生。于是，"可以无心地睡一会儿""无心"就是暂时放下生活中的所有烦恼，重回孩童时代，在母亲身边安睡："梦着小时候的日子"，那是多么美好的时光。

第三节，叙述者进入童年回忆："靠着棕色的木板隔墙／我仿佛又听到了／那有些忧伤的哼唱"。诗中联想的展开，非常自然，不是跳跃性的，而是因物起想。往日母亲，陪伴子女睡觉前的哼唱，是每一个人最深刻最美好的记忆。虽然，"当年乡下的老屋／也许早已不存在了"，但是"石竹花在窗台上慢慢地生长"这一句大有深意，石竹花仿佛超越了时间，开花在时间之外，又仿佛是母爱的隐喻，暗示母亲对子女童年的精心爱护，像与康乃馨同科的石竹花那样永远开放在子女心中。但在诗的语境中，又分明感到其内在的深意又不止这些。这一句真是神来之笔，它丰满的诗意，是无法用散文来复述和分析的，但它把读者引向"象外之境"的广阔联想空间。呵，老屋也许不再了，"石竹花在窗台上慢慢地生长……"

《暮冬之雪》是两段式的情感结构。前三节为第一段，第一节二行，写来到母亲身边；第二节四行，写母亲居室的炉火；第三节六行，斜靠着木板隔墙回忆童年。每节的行数不断加长，展示了回到母亲身边，心中的温情不断涌出的特点，这是以情感来建行和分节。

后三节为另一段。第一节，与第一段第一节对应，也是两行，"暮冬的雪飘落一个又一个黄昏／寂静中能听到它们打在玻璃上的声音"。开启了另一个场景，不单写此夜，而是许多暮冬的雪夜"集合"，是一种概括式的联想。在雪夜的寂静中，"透过被飞雪映得发亮的窗子／老树的枝丫显得更加黝黑／屋檐上融雪垂落的声响／使我久久不能入睡"。为什么会失眠？因为想起母亲的一生："像我小时候一样／母亲依旧那样整日地操劳／她从这间房到那间房最后／掩掩我的被角才去睡了。"这样温暖的记忆细节，触及人类情感的深处，非常感人。"飘飞的雪花渐渐掩住了以往的记忆／隐约间我听到／细枝坠落／温暖的炉火上／水壶在发出嘶嘶的声息"。在睡意蒙眬中，屋外的雪越下越大，隐约中听到树枝被大雪压折而坠落的声音，雪夜也越加寒冷。诗的最后，以母亲家居中的炉火、水壶的热气，以及由此暗示出的母爱，构成雪夜无比温暖的美好境界。

如果将《暮冬之雪》与《小城霏雨》和《瞬间》相比，可以看出，这三首诗的共同特点，就是完全不同于传统抒情诗的那种概括性的抒情，而是以"精微"的意象和细节，以刻画当代日常生活各种场景为主，浓

诗探索 11　理论卷　2018年　第 3 辑

浓的温情潜藏其中，经过想象的升华，创造出一个个独特的诗境。这样的现代诗，在八十年代以西化为先锋的诗潮中，可谓独树一帜。对比之后，可以说是一种真正的艺术创造。

四　独特的情意空间，多样化的艺术表现

三十多年来，林莽创造了一个独特的情感世界，一个用诗意表达的充满温情的艺术世界。温情的内核，就是爱心；没有爱，也就没有温情。林莽是以充满爱心的态度，观察和对待世界，发现世界善意的美。这个由亲情、友情、乡情组成的温情艺术世界，在当代诗歌中，也属罕见。

林莽从各种角度，以多样化的艺术，来写他无比挚爱的母亲。除了前面的《暮冬之雪》，2004 年又写《风中的芦草》，是另一个写法。先从"和年迈的母亲谈起久别的故乡"写起。长期居住在北京的母亲，人老了格外思恋故乡，于是母子两人谈起久别的故乡。"时间让往事沉寂／他年的河水／今年已遥远得听不到喧响"。时间似乎消除了往事的喧闹，故乡旧事，也已模糊和淡忘了。

第二节，儿子继续与母亲闲谈久别的故乡。"言语沉默的间隙／消散了轻声的叹息"。谈话是断断续续的，伴随着轻声的叹息，这是一种清晰的现场感。老年人思乡的特点，总是与岁月的流逝，生命老去的悲凉连在一起，令人联想起"叶落归根"，有一种人生的悲怆感。

"幽鸣"，是林莽诗中的关键词之一。他在另一首《深夜·幽鸣》中写道："我听到了寂静中发出的幽鸣"。只有在心灵的寂静中，才能听到灵魂深处的微响。"幽鸣"，这也是引发诗人林莽联想和想象的一种审美心理状态。

"幽鸣中我恍惚看见／风中遒劲的芦草／叶梢整齐地侧向水波涌动的方向"。在这个联想的画面中，故乡风中遒劲的芦草，究竟暗示着什么？芦草，也就是芦苇，但林莽为什么不选择诗中常用的"芦苇"而用"芦草"？这是因为中国诗中的"芦苇"，常与悲秋连在一起；而林莽是要表达"风中遒劲的芦草"，用"芦草"，才能打破读者"芦苇悲秋"的习惯性联想，而表达出芦草在风中对抗的遒劲力量。这是暗示长寿的母亲，在多难的岁月中与苦难抗争的力量？还是表达作者的感悟：暗示在尘世中，应该像遒劲的芦草那样与世风抗衡？诗中没有明说，给读者留下广阔的联想空间。其目的是把读者从开篇年老思乡的写实场景，

引向对风中遒劲芦草的丰富联想，而产生"象外之境"。

《风中的芦草》的情感结构，是根据内容而创设的，并由此来决定建行和分节。它也是两段式结构，但又与《暮冬之雪》不同。上段二节：第一节四行，第二节是五行，写在北京家中与母亲谈久别故乡的情景，并引发想象；下段分为三节，每节变成有规律的两行，即双行体，在跳跃性的想象中，写作者回忆中的思乡画面：

家畜归栏 / 夕阳里多么温暖

黄昏的街巷袅出炊烟 / 那些当年熟悉的乡亲们还都在吗

湖水静谧 泛起午夜的微澜 / 收割后的田野 飘来根的苦涩

黄昏中家畜归栏，农人回家，炊烟升起，这是一幅多么温暖的家乡图画。但是，"那些当年熟悉的乡亲们还都在吗"，又很自然地引出人在岁月中老去的人生悲怆感，并丰富了前面母亲人老思乡的内涵：即便回到故乡，当年那些熟悉的乡亲可能大都不在人世了，回乡其实只会增加陌生感和沧桑感。这些复杂的人生感，都潜藏在诗中，让有阅历的读者慢慢联想和细细品味。作者采用"双行体"的原因是：思乡情感是读者们所熟悉的，用不着多写；而简短的画面，更能诱发读者融入自己的人生经验，和多向度的联想。

写到这里，本来就可以结束了，但林莽又加上最后一节，展开更深层次的想象。这又是一个寂静的空间：先写黄昏中故乡湖水的静谧；到了半夜，起了微风，湖面上泛起小小的波澜；风儿还吹来了收割后田野上，残留在土里的根的苦涩味。根的苦涩，其实是多义的隐喻和暗示：落叶归根、根在故乡；但根是苦涩的，因为它与生命的老去相联系。作者通过最后的场景，寓人生情感于自然画面中，把亲情、乡情与生死及对生命的沉思融合在一起，把读者引向一个充满情思的寂静而深远的意境。

2007 年，九十高龄的母亲逝世，林莽异常悲痛，写了十首感人至深的组诗《我的怀念》。他采用不同于《暮春之雪》和《风中的芦草》的写法，主要是用抒情的手法，写留在他心灵中的母亲一生的细节。他回忆母亲的少女时代："妈妈也曾是这样的窈窕 / 春天的洋槐花般地开放 / 她是家里最小的女儿 / 清香荡漾在乡村所有打谷场的院内 / 娇小地享有着长辈的呵护 / 还有三位爱她的哥哥 / 那是妈妈多么幸福的青春"。

他始终记得妈妈做的春卷是心中的第一美食："妈妈像个女神／被我们围在灶台的当中／炉火映红了她的面颊／她的心中为孩子的愉悦而感恩"。他永远无法忘却母爱的艰辛："那年父亲为了避开'文革'的摧残／出逃到乡下的亲友家／是母亲带着我们度过了那些困苦的年岁／／那些年为了我们插队回城／母亲的头发渐渐地白了／是她与父亲的共同努力／使一家人又团聚在同座屋顶下"。他这样铭记母亲的恩情，因为即使在病中："她的心中还没有停止一生的操劳／她经历了那么多／面对不平静的世界／妈妈的同情爱担忧与怜悯／依旧呵护着每一个儿孙和亲人"。

林莽诗中这质朴而深情的文字，之所以能引起广泛的共鸣，是因为他写的不仅仅是他的母亲，也是在歌颂全天下的母亲，令人想起了以写母爱而闻名全世界的塞弗尔特。

林莽思念他的父亲，又换了一种写法。《我站在春天的草坡上》，先是回忆："那是父亲曾引领我们爬过的山路／如今他已不能健步急行／光阴消逝／是什么磨损了人们充满活力的肌肤／／苍劲的大树于一夜秋风／是怎样陷入了一个季节的空旷中"。如今，诗人也已做了父亲，能深切地体验到父爱了："我站在春天的草坡上／看女儿倾听泉水／鸟儿与蜜蜂的吟唱／她与自然的每一个细节相互吸引／而我已穿越了春风听夏雨的来临／而后便是冬雪压断枝丫的寒冷"。女儿长大了，做父亲的就走向暮年。在对三代人的联想中，他用隐喻暗示的手法，这样思念他的父亲："仿佛杜鹃满含着疑虑的啼鸣／唤醒了遥远的沉郁／而一片春风中的新绿／也无法阻止那来自岁月深处的幽鸣"。亲情中包含着复杂的人生况味。

亲情的记忆，始终是林莽的诗歌灵感。有一次，林莽听到窗下充满稚气的童声在喊："奶奶！"他的心灵一下子被触动，联想起水乡的童年："那是湖岸边的家／一群鸡在夏日磨坊的阴凉处／那些园子里的青菜发着光／一头小毛驴拉着石磨／发出轻微的轰轰声"。这是他永远无法忘却的童年环境，"远处湖水在阳光下闪烁／奶奶从门道里走出来／她用蒲扇遮着光／看着我们从栅栏门外跑回家来"。（《蘑菇》）那个慈祥疼爱他的奶奶，永远活在他的心中，才会有这样清晰难忘的画面。

2006年写的《在秋天》，是后期的代表作。虽然是写他与女儿的亲情，但与对生命、生死的沉思融合在一起，展示了丰富的内涵。

这是一首小长诗，现代诗的包容性得到最大限量的呈现，它是由"异国秋天""生命秋天"和"父女秋天"三个层面组成。作者是在秋天，到英国探望留学的女儿并同女儿一同旅游。诗中写了英格兰几个富有特色的画面和场景：喝英国的下午茶、参观莎士比亚的故乡、通向古堡路上的婴儿车、小镇二战纪念碑前的鲜花、傍晚教堂的钟声，组成一个清晰可见的游历过程，这是"异国秋天"。但作者的用意，并不是写常见的外国旅游诗，而且融进了"生命秋天"和"父女秋天"。这一年作者五十六岁，处在"生命的秋天"，特别是在英格兰，因为时空的变换，对于生命的短暂、生与死、生命的意义和价值，有着更深入的思考。作者是由女儿陪伴，一起游历英格兰，旅途中充盈着父女亲情。

《在秋天》采用一种"松散结构"，即打破线性时间的直线发展，通过不断地联想，展开各种时空的融合，把"异国秋天""生命秋天"和"父女秋天"，交织和融合于一体。比如，作者在英格兰喝下午茶，联想自己"少年时代／那些无以诉说怅然若失的童年"。在莎士比亚的故乡小镇，想起《哈姆雷特》的名言："活着还是死去"，这是每个人都会遇到的人生困境。这样，诗人在"生命秋天"对生死的沉思，就多了一层莎翁名著的内涵。诗人在英国寂静小镇上看到：一个母亲推着婴儿车，走在通向古堡的石路上；晒太阳的老人与狗；还有与女儿在异乡的风中，遥远地想着北京的家和亲人们。这众多的异国意象和场景，看似不经意地写来，但与作者在异国对"生死"的沉思，与女儿相伴的亲情，融合在一起，诗的"包容性"不断得以丰富和扩展。进入"生命秋天"的作者，一方面，对生命短暂，有敏锐的体验；另一方面，又深切地认识到生命的意义、亲情的温暖和价值。因为有女儿相伴，在异乡的秋天不会感到陌生和孤寂；他享受着父女相聚的快乐和幸福，享受着生命秋天的安详和异乡秋天的绮丽。但这层意思，作者没有明说，潜藏在诗中，让读者去联想和体会。概言之，《在秋天》展示的是一个充盈着亲情和人生感的"情意空间"。

《在秋天》所游历的虽然是英格兰的秋天，但奇怪的是，我们读来竟没有强烈的异域感和陌生感。这是因为诗人精心营造的是一个寂静而沉思的秋天境界，这是中国人所熟悉并喜爱的一种汉诗的秋天境界。

伦敦大都市的繁华和喧闹，诗人并不喜欢，只用十几个字就概述了结："我们在伦敦吃汉堡乘地铁／坐巴士穿越异乡的秋天"。但诗人特别强调的却是一个小细节："下午茶的瓷杯轻轻地相磕／寂静中的小小声响"。在诗中，作者不断写到寂静："寂静中，听到白天鹅青铜的嗓音，感觉到大雁低空沉重的飞行。"《在秋天》的寂静，并不是中国古诗山水的寂静，而是英格兰小镇的寂静，但二战纪念碑前仍然有鲜花摆

诗探索11　理论卷　2018年　第3辑

放，为人类正义事业而死去的英雄们，在家乡并不寂寞，更没有被遗忘；一束鲜花，代表了英格兰人对英雄的悼念和热爱（也是对哈姆莱特"生与死"思考的另一种呼应和拓展）。这种怀念是无言的，这是小镇"寂静"的深一层含义。作者对这种"寂静"，充满着深深的敬意和景仰，因为这是一个崇高的精神境界。所以，"我们轻轻地走过／不愿意惊动异乡的风"。虽然语调只是淡淡的、轻轻地，但震撼着我们的心灵。诗的结尾，写的又是黄昏降临时的寂静，回响着一阵阵来自教堂的钟声，这又是一种对生命意义冥想的强烈暗示。

现实中的英格兰，也许很难找到这样一种被诗人"剥离"出来的寂静秋天。为什么作者要在诗中营造出这样一个英格兰的寂静秋天？

这是因为《在秋天》的主题，是对生命秋天的感悟和对生命意义的思考。只有消退了尘世的喧嚣和浮躁，让红尘和市井隐去，才能让人获得一种心灵的宁静，从而倾听内在生命的声音，让灵魂更加澄明。一句话，在寂静的秋天，才能更深刻到感悟到"生命秋天"的意义。作者正是以寂静为基调，把"异乡秋天""生命秋天"和"父女秋天"统一起来："异乡秋天"是寂静的，"生命秋天"是沉静的，"父女秋天"是安静的，融合成一个宁静、丰赡而深远的审美境界。这是生命的境界和精神的境界，在这个审美境界中，生命虽然短暂，但亲情却是美好而长久的；生命虽然短暂，但为正义事业而牺牲就有永恒的意义。这些深厚的意蕴，诗中没有明说，是象外之境，留给读者去联想和感悟。《在秋天》把英格兰的秋天，转换成现代汉诗的境界，这是对古典诗歌美学传统的继承和更新。

陈伯海先生精辟指出："……西方现代诗学中重'意象'的倾向，同我国古典诗学中的'意象'说确有相通之处，都把诗歌意象作为诗人生命体验的显现。比较而言，西方现代派诗人似更注重个体生命的独特体验，或系于偶发，或指向超验，或归于无意识；而中国古典诗人却偏向于日常生活中的现实性体验，其独特性与普遍性、个体性与群体性、超越性与实在性经常是相交融的，这可能是我们接触现代派诗歌意象每觉新奇怪诞，而读古典诗歌常感平淡处有深味的一个重要原因吧。"①

林莽诗歌的特点，是没有西方现代派诗歌那种象征和隐喻的深层模式，而是在当代日常生活的种种细节中，展开想象的翅膀，重新营造一个艺术的整体场景，再通过暗示，把读者引向深远的境界。用陈伯海的

① 陈伯海：《中国诗学之现代观》，上海古籍出版社 2006 年版，第 12 页。

话来说，就是"从象内世界的感知空间，经象外的想象空间，最终导向最虚灵而邈永的情意空间,便形成了一条逐步上升和超越的通道,'意境'设置的意义也就在于提示了这条通道。"① 其中值得玩味的是"情感空间"，中国古典诗歌情景交融的境界，不全是自然的空灵，还有充满友情和亲情的聚散时空。比如杜甫的《赠卫八处士》、李白的《黄鹤楼送孟浩然之广陵》、王维的《送元二使安西》、李商隐的《夜雨寄北》……唐诗第一流的作品，都有着鲜明的"情感空间"。只是当代诗学多讲唐诗的禅意和空灵，很少提到唐诗中在离别时对友情和亲情的思恋。林莽则认为应该继承唐诗表达友情和亲情的传统。所以，他的《在秋天》，创造了充满着温暖亲情和生命意义的"情意空间"。

林莽的诗，创造了一个独特的情感世界，他在抒写这个情感世界，特别关注情感的流动性，并以此形成诗的音乐性，也就是语言的旋律和节奏。

在林莽的诗中，诗行的展开，是自然而从容的，有一种舒缓的调子，好像雨中听到远远传来的长笛声音。如早期的《湖边晚归》："黄昏，在一片紫色中多么宁静／一丝幽鸣在水面上缓缓地展开／把寂静凝结在旷野里／如果这时，突然间升起一串布谷鸟的叫声／村镇小学的晨钟温润地振荡……"有了这种自然从容的舒缓调子，林莽诗中的长句式，常常不觉得长，也没有艰涩之感，而是有一种如流水般的连绵不断，一种独特的旋律和节奏。

林莽常常是从心灵来感受和表达客观的事物，心物交感后的境界，诗人从容地抒写出来，像是从心中泉眼涌出的清亮流水："是木芙蓉在水边任意地开放／淡粉色的一簇簇的在深绿色的水面上／映出摇曳的碧叶和鳞状的波纹／我平静地走过／赞美一种已不再会动心的美／秋风拂动枝叶／也拂动我的白发"。

是什么让林莽选择和拥有这样的自然从容的舒缓的调子？读一读《星空》（1986年）里的内心独白，就明白了："阳光需要温和下来／海需要沉下来／星空静悬于头顶／这时，你走过沉沉的夜之大地／把逝去和向往的组成情感的河流／一切都跃然于脑际／闪闪如夜空的星斗"。这里林莽所追求的审美目标，他在诗中做到了。诗人不喜欢"文革"时代的喧嚣，也不赞同新时期市井的热闹，他渴望拥有的是心灵的宁静和澄明。从这样心灵流出的诗句，就有了自然从容的舒缓调子，这

① 陈伯海：《中国诗学之现代观》，上海古籍出版社 2006 年版，第 16 页。

就是林莽诗中独特的音乐性语言。

但随着年龄的增长，林莽诗中的调子，也悄然发生变化，是丰富而不是单一的。如《秋风在不紧不慢地吹着》（2010年），在古诗中，春夏秋冬有着独特的含义，秋风是肃杀之气，把人吹向老年，吹向死亡。林莽并没有重复古义，而是换一种角度。在这首诗中，秋风主要是指自然界的客观时间，宇宙时间。"不紧不慢"形象地道出了客观时间有规律的均匀速度，这是一种时间的现代感。但人只有一次生命，并不能像春夏秋冬那样不断地循环。所以人对客观时间的感受，对秋风的感受，并不是"不紧不慢"，而是飞快地流逝，催促人加速老去，那"熟悉而难忘的一切／都已在秋风中消逝"。所以有"悲秋"之感。这样，客观时间（秋风），与主观时间就形成一种强烈的对比和反差。在诗中，"秋风在不紧不慢地吹着"，不断重复出现，形成强烈的主旋律，但更难忘的是从小到大的友情，它超越了秋风，永远留在诗人的心中，这才是这首诗的主题。

这首诗的旋律和节奏，貌似"不紧不慢"，实际上非常强烈，有一种中年哀乐的强烈情感，一种人生沧桑感。是诗人的内在情感，决定了诗的旋律和节奏。

五　对朋友、底层平民和弱者的温情，对信仰、良知的坚守

林莽的诗中，除了亲情，还有友情，特别是童年和青年时代结下的友情。那时没有功利，只有纯真的梦想和希望。在他的笔下，那些抒写友情的诗篇，也格外地触动心灵。

《黑鸟与紫色的果子》，从表面上看，写得非常自然安静，实际上是精心安排。第一节："夏日雨后的树林静得出奇／一只黑鸟飞临／它轻轻地啼鸣／仿佛在呼唤着另一只"。这是客观的描述，却又是伏笔。"树上的雨滴还没有落尽／清凉地滴入脖颈／让我们驻足／抬头看见那些熟透了的果子"。又是非常细致入微的细节刻画，一群人从树下走过，因为脖颈落入雨滴，才停下脚步，抬头看见熟透的果子。一连串动作的顺序，从容而舒缓地展开。接着，又看到树上熟透的紫色果子掉落在地上，"它们坠落染黑了地面／紫色顺着雨水流入了石头的缝隙"，精确、干净的语言，把写实的小细节放大，形成清晰的画面。

因为看到紫色果子，作者很自然地联想起儿时的情景。第三节的叙

述中，出现了"我们"和"你"。这是作者在心里，对儿时伙伴"你"的述说："那些染黑了地面的果子／也曾染黑过我们小小的手指／记得我们因大人的呵斥而偷笑时／我还看见你染黑了的小小的门齿"。这一连串"染黑"的联想，把儿时顽皮趣事的动作和面容，用细节生动地呈现出来。林莽诗中的联想，不是大跳跃；而是集中在某一点上联想，精心安排联想的桥梁，让读者有迹可循。最后一节，看似对第一节的重复，其实不然。"那只黑鸟转动头颈／它圆圆的眼睛／有如阳光下闪动的水滴／它跳动在枝丫间／低低地鸣叫"。这是对黑鸟进行更细致的写实刻画，但这种写实，是"以实写虚"，引向"象外之境"。

黑鸟的鸣叫，是客观的画面；而作者对儿时小伙伴的回忆和思念，则是主观的情感。主观与客观两个层面，在诗中并没有明显的融合。在结构上，用重复来暗示两者的关联：第一节，写作者听到鸟叫，猜想黑鸟"仿佛在呼唤着另一只"；最后一节的重复，则变为："仿佛在呼唤着心中的另一只"。增加了"心中的"，就悄悄由客观黑鸟的鸣叫，变成作者在心中，对分别很多年的儿时小伙伴的回忆和呼唤。这才是这首诗的主题。这是一种超越岁月的乡情和友情，是时间和空间无法阻隔和割断的。这是一种充满情意的空间，诗中没有实写，而是通过黑鸟的两次鸣叫，和对儿时吃野果的回忆而暗示出来。这个充满儿时友谊以及中年回忆思念的情意空间，也就是"境生于象外"。

《黑鸟与紫色的果子》宛如"纯诗"，由声音（黑鸟的鸣叫）、色彩（紫色果子的黑色果汁）和动作，组成画面和场景。没有直接的抒情和议论。语言多用两字和三字词组，清脆、纯净，高度精练，达到一种现代汉语结晶体的纯度。在形式上也相当讲究，是两段式的结构，上段两节，第一节四行，第二节六行；下段行数严格对等。整首诗押尾韵，中间有转韵，具有严谨的现代格律化，在单纯中见深厚。

林莽笔下，不仅有童年的友谊，更多的是写青年时代结下的友情。

《泥土轰然滚入了湍急的河流》，共五节。前面按春夏秋冬分为四节。第一节，写春天夜晚一个意味深长的梦境："是四月还是五月／北斗七星依然闪烁在深蓝的夜空／它下面是寂静的河流／一个生命因年轻而充满了无法实现的向往／心灵的灯盏在风中摇曳／被冲刷的堤岸崩塌／泥土轰然滚入了湍急的滚入"。具有隐喻性的画面，展示了苦难岁月，富有理想的年轻一代因理想无法实现而痛苦，犹如被冲刷的堤岸崩塌，泥土不断滚入河流。好在还有温暖人心的友情。作者回忆发生在夏、秋、冬季节中的友谊，那些像电影画面一样清晰而难忘的往事。如第二节：

"那是曾经的夏日／带着雨意的风吹过不久／我们躲雨在屋檐下／湿漉漉的头发淌下晶莹的水滴／……你挥挥手跑进了雨中／电车驶过／遮住了你刚刚跳过水洼的身影"。

第五节是把第一节最后两句，提取出来单独成节："被冲刷的堤岸崩塌／泥土轰然滚入了湍急的河流"。就变成是对全诗的概括，这两句写实意象的隐喻，就有了新的含义。诗中年轻一代曾经有过的青春和梦想，也如这崩塌堤岸的泥土，一块块地滚入湍急的时间河流，永远地消失了。林莽用"轰然滚入"，这令人心悸的巨响，再加上河流的"湍急"，把生命中快速流失的青春，表现得多么惊心动魄！青春和梦想虽然逝去，但友情却永远铭记心里，留在诗中。

著名诗人江河，是林莽当年的诗友。他后来移居美国，与林莽已经二十五年不曾相见。2013年，林莽在纽约见到江河，写了《他乡遇故知》："在岁月的波纹中／我们倾听着回声／故人往事曾经的理想／和青年时代的情谊／时光磨砺的笑容岁月镌刻的印记／都浓缩在这间异国他乡的屋子里／人生历经风云只是老去的时间凝结／并已渐渐地归于沉寂"。林莽在江河纽约的住所庭院的夜晚，还看到萤火虫，于是回忆起："那年我们才二十岁／在香山刚刚入夜的山路上／成群飞舞的萤火虫／比远方城市的灯火更稠密／／此时山中空无一人／我们放声朗读着自己的诗句／那空谷回声一晃已过了近半个世纪"。

现实中的异国相聚，与青春回忆融合在一起，写出经历了漫长岁月的充满沧桑感的友情。

写友情的诗还有：《我想从星光说起》《水乡纪事》《五月的鲜花》《迟到的约定》等，尽管怀念的友人身份不同，但有一个共同的主题，那就是岁月流逝，友情永存，留在诗人的心中，永远温暖着……

林莽诗中的情感世界，是宽广而阔大的，并不止于亲情和友情；他对底层的平民，对弱者，有一种特别的关爱和温情。

《月光下的乡村少女》写于1986年，大概是作者返城后，回忆插队的乡村少女们。在她们这个年纪，如果在城里，多数还是在学校里读书。可是，乡村的少女们，早早就在田野劳作。林莽以月光下劳动归来的画面，写出乡村少女们的鲜明特点："她们径直地走在前面／相互依恋着晚风中的收工行列／说笑着结实又年轻／在转向灰蓝色的晚霞倦怠又安宁"。虽然劳累了一天，但她们毕竟青春年少，充满着活力："径直地走在前面""相互依恋着晚风中""说笑着结实又年轻"。在乡村小道上，走了一段路程，天色渐晚，她们"在转向灰蓝色的晚霞"中，

"倦怠又安宁"，毕竟是劳累了一天，倦怠了，但还安宁，没有抱怨和沮丧。这一句，作者没有断开，把晚霞与少女们融为一体，很有意味。

这首诗，大概是林莽在一个月夜，在月光下回忆乡村少女们，激发了他的思绪："也许如今她们都已做了母亲／也许一生你都不会再走上那些乡村小径"。"也许那些怀乡和离别之情已沉淀得透明／也许只有告别了青春才知道什么是痛苦和爱情／也许她们从来没有想过就做了母亲"。

那些很小就参加劳动的乡村少女，她们在劳作中，多数很快就做了母亲。也许不知道什么是爱情，也许不曾有过爱情，也许无法按照自己的心愿找一个喜欢的小伙。如今已经离开乡村的林莽，为她们悲剧性命运而担忧和焦虑，笔下充满着温情："这一切已远得使你无法触摸／在新月的光辉下／那些质朴的影子飘来荡去／我已无法辨别她们的面容"。以一种惆怅的语调，留下温情思恋的悠远意味。

2008年5月12日，汶川发生大地震。15日，林莽就写了《我想起那片梨花》。乍一看，以梨花为题，与大地震的惨烈和巨大的伤亡不相称。但细读之后，你就会惊讶这首诗的奇异和独特。许多诗人都写过汶川大地震，但林莽的《我想起那片梨花》却与众不同，显示了他鲜明的艺术特点。他是从审美的艺术高度来表达。他不写地震的惨状和悲泣，而以川北的梨花为主意象，以诗的想象，把现实题材升华到艺术的境界。

第一节，先写川北梨花之美，和诗人的喜悦之情："那片开在川北的梨花／在坡上／在阳光下／那片开得洁白开得纯美的梨花／让我悄悄地与你们说话"。第二节，前面三行继续扩展第一节的情境："那些落满山坡的花瓣啊／曾经那样的寂静／犹如月光一般的寂静"。但又与第一节不同，开始悄悄地转调了。第一行句尾"啊"的感叹，和后面的"曾经"，暗示原来如月光一般寂静的花瓣，现在已经过去了。为下面四行写大地震的到来，作了细致的铺垫和转向，这样，飘落的花瓣就有了死亡的暗示(这就是林莽诗艺术的细微和精致之处)。接下来，以短句转折："而今天地灰暗／暴雨肆虐"，惊心魂魄的大地震发生了。短句显示了作者震惊时的无语和情感的顿挫。震惊之后，诗人悲伤的情感释放出来，句子也越来越长："一场空前的劫难／将那么美好的山川毁于一旦"。

第三节，诗人问道："那些寂静的梨花呢／你让我想起／那些美丽的女子和欢快的娃娃／那些寂静的梨花呢／你让我想起／那些微笑的面孔和慈祥的白发"。通过诗人的联想，把梨花与遇难者融合在一起。而后，诗人悲痛地问道："如今他们都在哪儿啊！"

诗探索 11　理论卷　2018年　第 3 辑

最后一节，是对全诗的归结和概括。"在川北的大地上／那些飘逝的灵魂／在我的心头洁白的飘落／化成了寂静的花瓣／铺满在血色的大地上"。这里的"洁白"，既呼应第一节"那片开得洁白开得纯美的梨花"；又增添了新的内涵，洁白的梨花，寄托着诗人无限的悲伤和深情的悼念（白花，在中国也是悼念之花）。"寂静"，也呼应第一节的落满山坡的花瓣，月光一般的寂静；而此时的"寂静"，是死亡的寂静，凝聚着诗人无限的哀伤。这样，梨花主意象的内涵，就变成多义，才能传达出大地震带来的巨大的悲痛。这首抒情诗的隐喻，是通过词语的重复，逐步完成。

在诗的语境中，无数遇难者飘逝的灵魂，在诗人的心上飘落；又"铺满在血色的大地上"。"血色"两字，浓缩着大地震巨大的破坏和人员伤亡，这是诗的高度概括。最后一句，梨花洁白的花瓣，铺满了血色的大地上，完成了梨花的悼念内涵，和充满温情的悼念主题，也完成了这首诗独特的境界创造。这首现代抒情诗，在形式上也非常讲究。第一节五行，第二节七行，第三节七行，第四节五行。是一种头尾两节对称，中间两节对称的严密结构。这种两两相对的结构，是题材内容和审美的需要。

这首诗，不是那种常见的挽歌，充满着沉重的悲哀和无法承受的伤痛。虽然，它也是写"美的毁灭"，但作者以博大的温情，创造了洁白而寂静的梨花花瓣，铺满血色大地的意境，哀伤和悲悼，就潜藏其中，能唤起读者广阔的联想。这首诗，有一种埃利蒂斯所说的"明亮"和"透彻"，是对苦难的一种精神性的升华，具有鲜明的林莽诗歌艺术风格，蕴含着温润的审美情感和艺术力量，是难得的现代抒情诗佳作。

林莽对平民和弱者的关爱和温情，还扩展到世界各地。

《在早春的清晨听一只大提琴曲》，作者接到老友发来的大提琴曲《往事》，先想起"往昔众友们日渐苍老的面容""想到我们曾经沦落的水乡／青春伴着欢乐／也伴着无以诉说的苦闷与创伤"。接着，又想到："今晨在早间新闻里／那个因阿富汗战乱而亡命爱琴海的阿萨德／一个多么优秀的青年／英俊健壮的体魄流畅的英语／他远离家乡和新婚的妻子／从去年到现在一个普通难民的旅程／从一个边界到另一个边界／从一所难民营到另一所难民营／吃尽了饥寒与离别之苦"。

中国当代诗歌，不仅要吸收外国现代诗的手法和形式，更要用诗回应某个历史阶段人类最关心的世界问题，"向人类发出善良的呼声"（郑敏）。

林莽诗中最重要的特质，是情感世界与精神世界融合在一起。人类世世代代遗传下来的良知、信仰，和理想，构成他诗中精神世界的博大内涵和审美价值。

虽然，从 1984 年起，林莽诗歌就从政治性和社会性的现实题材，转向人的情感世界。但这并不意味着此后林莽的诗，就没有或者不再表现时代和社会内容。只不过是诗的视角变了，从政治性和社会性，转为审美性。也就是说，是从审美的角度，来表现时代和社会，关注人类更广阔的文化背景和文化价值。林莽中、后期的诗歌，诗中的情感，融化着沉思，形成一种饱含情感的思考——"情思"。越是晚年的诗作，这种情思不断增加，也越发沉重。

《蕨·在一卷古籍的扉页上》，这首诗，很少有人关注。林莽在一次诗会之后，专程到渭河的上游，一条小而寂静的山谷里，参拜伯夷、叔齐的墓。为什么题目不写大家熟知的"采薇"，而写蕨？虽然两者是同一种植物。我猜想，林莽写这种诗的用意，不是歌颂不食周粟而采薇，最后饿死的古贤；他所关注的是从中折射出的对信仰的忠诚、对良知的坚守。所以不用"采薇"，而用"蕨·在一卷古籍的扉页上"，这样奇异的题目，就是以一种艺术的"陌生化"，打破读者习惯性的联想，而带入一个新的审美视角。

"穿过那片古老的黄土之塬／突现的山峦太阳仿佛照耀着了另一种时空／伯夷、叔齐那一丝微弱的良知／沿汹涌的河水而上／穿越死亡焦黄与暗蓝的书页／在历史的水渍与尘埃中已封存了千年"。现在，大概很少有诗人会像林莽这样，冒着酷暑，走很长的山路，去参拜似乎与今天网络时代无关的古贤之墓。

这首诗，传达出这样一个信息：林莽对人类良知和信仰，对精神力量是多么的关注。

《如果我生活在一百年前的中国》，是为纪念辛亥革命 100 周年而写的。诗中想象："如果我生活在一百年前的中国"，"我"或是一个旧式的文人，或是一个昔日身着新军制服的青年，或是一个剪了辫子的起义者；他们各自在辛亥年，都在为推翻封建王朝，而焦虑而思考而行动。诗的最后："我重读'辛亥'两字／它启示人们拯救就在当下／'辛亥革命'这一最终的命名／将它未实现的理念——留给了未来"。

《枣园的碎石路》，写抗战时代的青年，继续完成辛亥革命未完成的事业，"拯救就在当下"，又成为新时代的主题。林莽来到延安，参观鲁艺的旧址，想起当年抗战期间，几万名热血青年，从全国和海外，怀着抗日救国的崇高理想和希望，不远万里奔赴延安。"延安鲁艺的旧址正在修复／……后面山坡上的土窑已在岁月中消失／当年那一张张曾经年轻的脸／他们与理想、辉煌／混同在一个时代的词语间"。林莽缅怀和歌吟的，正是当年这些热血青年对祖国命运和民族未来的崇高理想和献身精神。"他们缀满了补丁的土布衣裳／让我心中充满了对追求者的敬重／边区女人们纳出的千层底布鞋／踏着那条碎石路梦想过未来"。这是林莽认为永远不能忘记，并且应该继续发扬的信仰和理想。

《未知不需要一种错误的解释》，诗分四节：第一节是从生与死的角度进入沉思；第二节具体写在草原夏天的一次游历，看见一只羊被宰杀；第三节，写作者无法忘却羊临死前善良无助的眼神，联想到历史上发生的血腥事件；第四节，又回到对生与死的思考。这首诗的情感，不再是平静，而是强烈，表现了诗人的良知，展示了一种大爱。

《圣诞节的告别》，是诗人对失去信仰的年代的忧思。作者在圣诞夜送别一位出国的朋友，看到这座东方城市"空亮"着许多灯火。虽然"这圣诞夜的歌声响彻千年／它袅袅的余音弥漫过全球的心灵"，但在现代人的心中，上帝已死了，"圣诞夜的庄严与肃穆／已消失在一片喧嚣之中"。还有所谓的智者说，"上帝死了，我们还有什么不可以做！"作者加了一句："是的，这个世界上的人们还有什么没有做"。所以，"这圣诞夜的东方城市／在失去信仰的心中空亮着许多灯火"。圣诞夜，失去对上帝的信仰，也就是徒有形式。林莽的忧思是沉重和沉痛的！"也许只有诗人还守护着上帝的席位"，也就是说，诗歌应该是"一支不息的烛火／也许它永恒的光芒／依旧照耀着我们心中最幽暗的角落"。

在林莽的心中，诗永远是一支良知、信仰和理想的不熄烛火。正因为这样，林莽诗中的情感和精神世界，才是丰富和博大的。它写时代，但又超越时代，指向永恒的价值和光芒。或者说，他是从人类永恒价值的角度，来写时代，写社会，诗的精神力量就在这里。

六 继承新诗主情传统，浪漫主义与外国现代诗的融合，多元化的诗歌标准

林莽继承了中国古典诗歌抒情的传统，继承了新诗主情的传统。

虽然从二十世纪三十年代开始，新诗受西方现代派诗歌的影响，产生了主智的传统，就有一批诗人把"智性诗"作为现代诗的方向；八十

年代中后期的先锋诗运动，更是把它推向一个高潮。诗界曾经陷入西方现代主义笼罩一时的影响，以写放逐抒情的"智性诗"为能事，并作为衡量新诗的艺术标准。朦胧诗后期，这种主智的写作越来越盛，因为符合政治性和社会性主题的表达。而林莽正是觉察到主智写作的局限，回归主情的传统。

其实，新诗史上，以浪漫主义为核心的主情传统，比主智传统更加长久和多样化。从郭沫若浪漫主义诗歌《女神》开始，中经浪漫主义与象征派融合的戴望舒、何其芳、艾青。抗战时期的艾青，还与现实主义融合，不断更新嬗变，以多样化的手法，扩大抒情性；还影响了后起的"七月派"。辛笛、陈敬容，以及穆旦和郑敏的早期诗歌，也是现代抒情为主。换言之，浪漫主义与象征派、现实主义和现代主义的种种融合，构成了新诗主情传统的丰富性和复杂性，形成各式各样审美形态的现代诗，其实也是新诗的大潮。

但是，由于受文学进化论线性思维的影响，在很长一段时间内，诗界流行的观点：把从浪漫主义，到现实主义，再到现代主义，看成是新诗单向发展和进步的过程。把浪漫主义看成是过时的、落后的诗歌流派；并把浪漫主义的抒情性，看成是必须抛弃的旧物。把放逐抒情的现代主义"智性诗"，当作新诗发展的主要方向，和最好的创作方法。

那些主张全盘西化的人，却不知：在二十世纪下半叶的世界诗潮中，现代主义与浪漫主义的融合，是后现代主义的一个基本方向。郑敏先生指出："……西方的后现代主义却反身向十九世纪的浪漫主义寻找启发，以消解现代主义过度坚硬，沉重的风格。正如狄克斯坦在上面的序文中所指出："我们文化中很大的一部分现在正积极地进入浪漫主义的新层面，在文学层面，艾略特的经典主义和新批评的形式主义的控制力正在减弱，或完全瘫痪。批评家逐渐认识到浪漫主义在现代文学中的延续。"① 也就是说，浪漫主义不但没有消失，反而是以一种新的形态，在世界性的现代文学中延续。表现人类情感的抒情性，重新得到重视。

在我看来，林莽的现代诗，也是属于"浪漫主义在现代文学中的延续"。具体表现为浪漫主义与外国现代诗的一种融合。林莽早期诗歌的影响，来自浪漫主义诗歌的普希金、雪莱、拜伦、莱蒙托夫、泰戈尔、洛尔伽；后来接触了现代主义的波德莱尔、聂鲁达、艾吕雅；但自觉回避艾略特和奥登为代表的英美现代派的智性诗歌，主要是向塞弗尔特、

---

① 郑敏：《又听到布谷声》，《哲学与诗歌是近邻》，北京大学出版社1999年版，第216页。

诗探索 11　理论卷　2018年　第 3 辑

埃利蒂斯、弗洛斯特、赖特、沃伦、阿赫玛托娃、茨维塔耶娃等学习，学习他们把传统与现代相融合。他们所写的诗，属于二十世纪卓越而多样的世界现代诗。林莽所走的就是这一路。

所以，林莽的现代诗，不但不是落后，反而具有前瞻性，与世界诗潮的发展方向相一致。只是我们常常用一种诗歌标准（现代主义的智性诗），来衡量多种多样的现代诗。诗界呼唤很久的多元化审美标准并存的格局，很难形成。每个历史时期，总会有一种声势浩大的流行诗潮，占据主流位置，同时也树立起一种审美标准，排斥与之相悖的其他诗歌和诗人，把他们推向边缘化。外国亦然。以二十世纪美国的三位大师为例。

弗洛斯特、艾略特与威廉斯，是美国同时代的三位大师（艾略特后来加入英国籍）。他们代表着二十世纪世界诗歌的多元性，艾略特是现代主义诗歌的代表，威廉斯是后现代主义诗歌的首倡者，而弗洛斯特却是美国诗歌半古典半现代的大家。最早产生世界性影响的是开创英美现代主义的艾略特，而作为后现代主义代表的威廉斯，要等到二十世纪五十年代，即现代主义诗歌走向衰落，后现代主义兴起，才为美国和世界诗界所关注和接受。而更具戏剧性的是弗洛斯特，当年他到英国乡下办农场，庞德邀请弗洛斯特参加他与艾略特等人发起的现代主义诗歌活动，但被弗洛斯特谢绝。他独自一人，开始独树一帜的现代诗探索。直到四十岁后，才先后四次获得普利策奖，赢得美国和世界各国读者的认同和喜爱。由此可见，同一时代的多元化诗歌，要得到诗界和读者的真正理解和公正评论，也是有先有后，后者需要拉开一段历史时间，才有可能得到普遍的认同。

这三位大师，其实代表着三种不同的诗歌审美标准，不可通约。假如用艾略特现代主义理论，来评价弗洛斯特的诗歌，自然会得出不够先锋、落伍的结论；假如用威廉斯的后现代观点，来看艾略特的现代派诗，对他的欧洲文化中心论是否定的，缺少美国的民族性和地域性；如果用弗洛斯特的审美观点，来评价威廉斯的诗歌，也会感到他写得太多，不够精练，过于生活化，缺少哲理性。可见，不同的诗歌经典，需要用不同的审美标准来衡量和评价，才能真正理解和欣赏其独特的艺术魅力。

同理，由于二十世纪文学进化论和线性思维模式，已经深入到国人的无意识；很难真正接受当代诗歌的多元审美标准。多元就是追求差异性，但"求同"的流派研究，却成为当代显学，遮蔽了一批具有独创性的诗人艺术家："九叶"研究中的辛笛、"七月"研究中的彭燕郊、"归来诗群"研究中的蔡其矫、朦胧诗研究中的芒克和林莽……

一个真正的诗人艺术家，总会带来一种新的诗歌艺术，一种新的审美标准；而要真正理解和欣赏它，则需要时间，甚至需要很长的时间……

[作者单位：福建省文联海峡文艺发展研究中心]

林莽与埃利蒂斯

路　也

一

　　我确信林莽受过那位希腊诗人埃利蒂斯的影响，同时，他与那位诗人在气质上存在着先天的某种联结，在精神上存在着后天的某种渊源。

　　林莽多次在诗文中引用埃利蒂斯的句子。

　　比如，在写于1993年1月的《圣诞夜的告别》中，他写道："在屏幕上呼唤爱的歌手／使我突然听懂了某位大师的话语／'又要爱又要梦想那是犯重婚罪'"。当年读到此处时，颇感惊喜，因为恰好我自己也非常喜欢这句诗，立刻意识到这里的"某位大师"，即指埃利蒂斯。在时代文艺出版社2005年11月出版的《林莽诗选》的序言的结尾，林莽引用了埃利蒂斯的话："双手将太阳捧着不为它所灼伤，并把它像火炬般传递给后来者，这是一项艰巨而我认为也是很幸福的任务，我们正须这样做。"这样借他人之语表达对于光明的热爱同时发出充满了使命感的公开宣言，竟让我联想到了丹柯，把燃烧的心举过头顶，让每一双眼睛都感受到光的指引。2013年6月，林莽在美国写下的那首《他乡遇故知》前面有一个引子，引的也是埃利蒂斯的诗句："尽力将自己镌刻在那里／然后再大方地将它磨平"，这个句子，我读到的翻译仿佛跟这个版本不太一样，毫无疑问都译出了埃利蒂斯式的口吻。在陆续写出的《读写散记》中，林莽干脆引用了埃里蒂斯在获诺贝尔奖的致答词中的话："我将以明亮和透彻为题，来谈谈这两种境界……描写痛苦和苦难并不难，难的是把它们写得透明。"引用完了之后，林莽又进一步阐释了自己对这段话的理解。

　　这些引用，并非完全出于偶然。

可以看出林莽对埃利蒂斯这个希腊"饮日诗人"的偏爱，以及他们之间在艺术本质追求上的相似性。

埃利蒂斯有他的爱琴海，林莽有他的白洋淀。

包括林莽在内的那一批从京城去白洋淀插队的年轻人，很有些像荷马史诗《奥德赛》里的奥德修斯，由于某种自己不可控的外力而被迫离开了安全的家园，被剥夺了一切，进入到一个相对来说冒险的外部世界，他们一边漂泊流离，同命运搏斗，一边也为这种"流浪"的自由而欢呼，后来又历经了千难万险才得以返家，然而家中的一切却并不尽如人意。白洋淀已经成为新建立的家，北京则是失去的家和回归的家。在这个漫长的过程中，这些人的身份发生了变更，归来时比出发时心智更加成熟，开始过一种省察之后的人生。而白洋淀已经演变成为生命中的一个重要符号和基因，当多年过去，再次回望之时，白洋淀又演变成了另一种故土和家园，京城与白洋淀互为异乡同时又互为故乡。在林莽后来的很多诗歌甚至包括后来那些大量在世界各地游走时写出的诗作中，总是影影绰绰地还存在着一个白洋淀，有时是一个自然而具体的白洋淀，更多的时候，是隐形的白洋淀，精神上的或者形而上的白洋淀。即便是最近的作品，即在进入二十一世纪第二个十年的作品中，也是如此，比如，当写到如今的一个雪天，还会使他想起四十年前下雪天初到白洋淀找寻安身之处时的情景；即使在布拉格，在六月会想起历史中的春天，触景生情，最终让他心中既蓄满怀念又充满无奈与忧伤的，还是他在黑暗幕布之下度过了青春岁月的白洋淀；而在俄罗斯的第聂伯尔河和伏尔加河畔，那一丝由衷的哀伤又是为何，当然仍然与白洋淀所代表的那段特殊岁月不无关系；当诗人看一部新放映的电影，里面的乐曲使他想起的仍然是白洋淀那段贫困、质朴、心灵却并不潦倒的岁月；当听到手机微信里的大提琴曲，他又想起了往事，想起了他年轻时曾经沦落的白洋淀水乡，并联想到不同国度每一代人都有不忍回首的罹难。是的，白洋淀对诗人就是如此重要，正是那一年离家时"汽笛长鸣那辆冒着浓烟的老火车开向了多年后的现在"。

甚至，"白洋淀""林莽"，这两个汉字中的词语，看上去都是有着相仿佛的原始、自然、斑驳和生机盎然。

诗探索11　理论卷　2018年　第3辑

二

林莽的诗风，有着接近着埃利蒂斯的那种光明与澄澈。

爱琴海之于埃利蒂斯，白洋淀之于林莽，有相通之处，不仅是自然的一部分，更是灵魂的一部分，埃利蒂斯将这个标志特征称之为"指纹"。

而且这一类似的自然地理特征以及所携带着的民族传统使得诗歌的质地趋于透明，埃利蒂斯认为这种透明是事物和事物之间存在着的无限延伸的穿透力。林莽则更进一步地把这种"穿透力"或者"透明"理解成在诗歌精神之光照耀之下的天籁，是对尘世苦难的提升或升华。林莽在《秋天的晕眩》一诗的前面引用了 W.H. 奥登《悼叶芝》中的诗句"靠耕耘一片诗田 / 把诅咒变为葡萄园"，由此可见，他会同意，这样的方式才是关注人类文明的诗人解决苦难的最佳方式，奥登这句诗还容易使人联想起克尔凯郭尔对于"诗人"所下的描述性的定义："诗人是什么？一个不幸的人；他心中藏着深深剧痛，而他的嘴唇却是被如此构造的：在叹息和哭叫涌过它的时候，这叹息和哭叫听起来像是一种美妙的音乐……"想必林莽对于这个说法也是同意的吧。

简言之，林莽观察事物的方式与埃利蒂斯有些相像。这是与生俱来的个人气质问题，同时也是文化背景影响之下个人精神对于外部自然的一种反映方式。

埃利蒂斯多次讲述过他的"对称"理论，"对称"，总的来看，简而言之，也许或可理解成，不仅是文本形式上的对称，语言的对称，光与影的对称，更是外部物质世界某个部分与内部精神世界某一部分的对称，大自然与人的意识或灵魂之间的某种对称。

某种特定的自然地理会产生出不同的氛围并且转而影响到人的精神，埃利蒂斯的阳光明媚的爱琴海在希腊文化之中产生出了圣洁与貌似乐观的观念。而白洋淀无论在什么样的意识形态背景之下，它的原始和野生的自然状态都是在北中国暖温带大陆性气候的灿烂阳光里及爽利的风中反射和荡漾着的粼粼波光，与纯洁、清新、柔性和亲切的观念相适应。离开白洋淀之后，许多年过去了，诗人生活于京城，游走了西方各国，生命经验在不断地积累和更新，而白洋淀依然是一个重要的存在，也许已经成为一个后花园式的存在了。

白洋淀作为一个或清晰或模糊的背景映照进他的诗中，读林莽的诗，不管这些诗是写在插队期间还是回城以后的日子里，不管是旧作还是新作，那些字里行间都时常会闪现出这样的水气与波光，仿佛有潮润的水汽从纸页上吹拂而来。

这种精神特质可能还适用于来解释为什么林莽那么喜欢在诗中写秋天，他写了太多太多的秋天，以至于信手拈来，全是秋天，几乎每首诗里都有秋的影子，即使不是直接的，也是间接的，至少是秋天的倒影或者回响，他同时还不厌其烦地在画布上画下秋天的景物，而且全都洋溢着明亮的色泽。最大可能在于，是因为秋天在删繁就简之后，天地显露出了最是光明与澄澈的氛围，秋天的透明、宁静与高远，这与作者的精神气质最为合宜。林莽诗中那些关于秋天的描述里，少有中国传统文人的"悲秋"情绪——那种传统意义上的中国文人的秋天，托物就是要言志，借景就是为了抒情，往往掺杂进了太多的个人际遇和社会现实的成分，而宇宙和大自然本身的价值却在无形中被忽略了或者被贬低了。林莽的秋天之诗中多的则是歌咏灿烂，即使现实生活中的苦难也被他升华成了光明。我曾经在一篇文章里谈到这一点："诗人的灵感、记忆、经验和情感全都集中在秋天了，仿佛诗人本人也像秋天一样散发出了锡箔般灿烂而优雅的气息……生命只有进入了秋天，才会成熟，才会散发出自然的光芒，照着自己也照着别人。"

至于林莽的那一大组诗《岩石、大海、阳光和你》，可以看成是向埃利蒂斯致敬之作，向大师那些写爱琴海的透明之诗致敬，向光明本身致敬，向自然界中的太阳和形而上的太阳致敬。

《当大风呼呼地刮过》这首诗虽然短，但在朗读过程中，会发现它在开篇之时的时间状语和疑问句式结合在一起，很接近埃利蒂斯《疯狂的石榴树》，有一种来自大自然本身的昂扬、敞亮和激越的节奏。《疯狂的石榴树》里也重点写到了风，"在这些粉刷过的乡村庭院中，当南风／呼呼地吹过盖有拱顶的走廊……"正是风让石榴树的叶簇欢舞，解开白昼的绸衫，那么，风是什么？风是自由，风是奋斗，风是能让美动起来的天才，风是透明。

诗人林莽自己也说："诚恳、真挚、明亮与透彻，是我一贯的诗歌取向。"

其实，无论现代工业文明如何发达与走向，最终我们只有在宇宙和大自然当中，才能找到真理。大自然，无论作为一个整体而存在还是作为碎片化元素而存在，在林莽的诗中确实占有相当重要的位置，这一点也与埃利蒂斯近似。

林莽既是诗人又是画家，既写诗，又画画，如果套用一下埃利蒂斯

诗探索 11　理论卷　2018年　第 3 辑

的那句诗，就成了："又要写诗，又要画画，那是犯重婚罪。"过多的美，过于奢侈了。

在我并不算详尽的了解中，林莽还喜欢沃尔科特，这是一个无论经历还是作品都与加勒比海及其岛屿有着密切关系的诗人，擅于通过自然物象来摹写生命感受和拓展经验，同时也是一位画家。

三

埃利蒂斯的诗中擅用《圣经》或荷马英雄史诗中的典故，但是，他的诗歌其实并不像绝大多数作家们和诗人们曾经所做过的那样简单地借助希腊神话本身来写作，而是启用希腊神话的生成机制来写出新的希腊神话，由此他的那些诗歌都被赋予了一种使命，到现实中活生生的青年男女身上去寻找到希腊神话人物的化身，使希腊神话富有了当代或者当下的意义。

林莽诗中涉及荆轲的历史故事与燕赵文化传统，恍惚之中似乎为自己找到了一种类似西方神话的原型的那么一类东西，这里当然是属于东方的一段历史记载。但是，与埃利蒂斯有些许相似度的是，林莽在他的诗中并没有直接使用或者改编这一历史资源和文化符号，作为自己灵感之源，他没有寻根或者阐释图腾的打算，同样他也没有使用这一历史事件和历史人物来影射现实的打算，他在有意无意之中做到的竟是，把这一个不同寻常的历史人物和历史事件在一定程度上"当代化"了。由于命运的驱使，他自己已经在扮演着荆轲，那一批青年男女全都扮演了当代的荆轲，在时代的秋风中坐着火车离开了故土，或许一去不返。在长诗《记忆》的第三部分，他用相当多的篇幅写到了荆轲，但这个史册中记载的遥远的人物的身影竟渐渐地与诗人自己的身影叠印在了一起，分不清彼此，最终又与诗人的同辈们的身影叠加在了一起，分不清彼此。《列车纪行》中那个离开京城奔赴乡野的诗人形象，有迷茫，亦有悲壮，虽然迷茫大于悲壮，但是呈现出来的别无选择并且无可挽回的宿命感，却颇似荆轲，列车的那"一声长啸"也颇似高渐离击筑时荆轲和而高歌"风萧萧兮易水寒，壮士一去兮不复还"，那一刻，诗人的心理状态以至外貌风神在某种程度上就是一个当代版的荆轲了。

而在林莽的诗中，荆轲所带来的这种刚性血统又不可避免地被白洋淀地区的另一脉文化传承，即以孙犁为首的荷花淀派之柔性血统所稀释了，两者形成一种合力，对他的诗歌创作产生隐形的影响。前者那对强权的蔑视，以弱抗暴的殉道之美，那与正统儒家很不相同的放荡不羁和个人英雄主义的作风，以及后者那朴野优雅之气和闲散飘逸之趣，用诗情画意书写人性的优美、清新、诗性的传统，同时融合在了这个后来的年轻诗人的诗中。这种既不完全属于慷慨悲歌也不完全属于轻柔纯情的表现方式，产生或呈现出了一种漫游和独语的特点。是的，漫游和独语的特征在林莽的诗中非常明显，这种特征恰好也体现在埃利蒂斯的诗中，只是，埃利蒂斯的漫游比林莽的漫游多了酒神精神的狂放，埃利蒂斯的独语比林莽的独语也更铿然，而林莽的漫游更多的是表现为物我两忘和天人合一，他独语时的语调更多的是表现为笃定和悠然。

诚然，精神本质相仿，两者在文本上终究有很大的不相同。虽然林莽在诗中偶尔也使用了一些超现实主义的手法，但是他的诗基本上没有埃利蒂斯诗中的无理性甚至晦涩，而是更多地体现着理想主义和浪漫主义的色彩，将现代派手法与他所处的这个东方国度的古典文化风尚结合在了一起。

四

作为一个诗人，林莽在诗歌文本中追求着平衡和秩序，这既表现在语言内部结构上，也表现在文本的外部结构上。至于后者，是可以与埃利蒂斯作一番比较的。同样，埃利蒂斯在诗歌的外部结构上尤其是在对于长诗的构建中，也讲究着形式上的严整或对称。

他们都缺乏艺术上的"粗暴"。

埃利蒂斯面对的是第一次世界大战之后的信仰丧失造成的混乱状态，他需要重新建立起一种新的秩序，而林莽面对的是"文革"刚刚过去之后的价值观的崩溃和调整，也需要建立起一种新的秩序。也许正是由于这种内心深处对于秩序的追求，使得他们在诗的文本结构上都特别留意。

比如，埃利蒂斯的那首巨形长诗《理所当然》，最初的章节都是竖着排列的诗行，接下来忽然出现几章散文诗的形式，然后的章节又是竖排的诗行，接下来又出现几章散文诗的形式，最后那些章节又变成了竖着排列的诗行。林莽的那首长诗《记忆》相比之下当然在体量上小了很多，但也同样使用了与此基本类似的结构，第一部分，是四章竖着排列

诗探索
11

理论卷

2018年

第3辑

的诗行，而到了中间，也就是第二部分，则忽然采用了散文诗的形式，共四章散文诗，最后在第三部分又成了四章竖排的诗行——这样既有了总体格局上的严整，又有内里及细节上的自由自在。这样做的结果是加重了诗歌的形式感，使之看上去更像一座恢宏而浑然的建筑，主体部分和附属部分相克相生，相互作用相互协调，似乎还有一个指向苍穹的尖顶，也许，看上去更像一座教堂？

林莽的《寄自高原的情歌》可以看成组诗也可以看成长诗，跟埃利蒂斯的《英雄挽歌》相比，它的结构自然还不够庞大和缜密，但是它们的思维脉络却有一些相似之处。《英雄挽歌》开篇写那个"在太阳最早居留的地方／在时间像个处女的眼睛那样张开的地方"，《寄自高原的情歌》开篇亦是由《晨歌》引出全诗，《英雄挽歌》接下来依次写战争开始、征战、死亡、回忆、怀念、思考，直到祝愿，《寄自高原的情歌》则依次写我到来、我看见、我冥想、我追寻、我敬拜、我将离开、我赞美。

林莽还写过大约近二十首《夏末十四行》，为了实现这种诗体由拼音文字到象形文字的移植与转化，暂且不管自二十世纪二十年代以来已经有多少诗人做过努力，但凡愿意做这件事情——不只是尝试而且还乐此不疲——的人骨子里一定是高度追求秩序的，这种秩序具体体现出来就是在自由与克制之间寻找平衡感。至于这些《夏末十四行》的语言色彩和口吻，我在读它们的时候，则不由自主地想起了埃利蒂斯的那首把夏天拟人化的《夏天的躯体》，另外，还想到了那首《海伦》"第一滴雨淹死了夏季／那些诞生过星光的语言全被淋湿"。

至于林莽的《二十六个音节的回想》这首相对较长的诗，把对个人际遇、民族命运、人类文明乃至自然宇宙的思索，按照英文的二十六个字母的顺序来排列成了段落。二十六个英文字母，与现代文明息息相关，同时更为重要的是，这是一个现成的稳固的既定的数字排序法，具有很强的秩序性，可以直接拿来用以组织篇章。这种使用既定数字的结构方法，埃利蒂斯也用过，他写过长诗《对天七叹》，为什么偏偏是恰恰是"七"叹？这与西方基督教文明有着重要关联，"七"在犹太人传统和《圣经》里是一个完全的数字，也是一个美好的数字，上帝创造世界用了七天，一个星期有七天，丰收后要守望住棚节七日，耶稣死在十字架上之后在第七天复活，要原谅别人七十个七次，启示录中更是充满了"七"的数字：七个教会、七个异象、七天使吹七号等等。当然，在这个问题上，林莽可能并没有受埃利蒂斯的影响，只不过是英雄所见略同的巧合。

五

最后，或许还可以将埃利蒂斯的那个"对称论"进一步地延伸，做出拓展性的理解，就是自然与人格上的对称。

作为诗人，作为中国当代诗歌的重要参与者和推动者，笃定、光明、澄澈，在诗，也在人，是自然与人格、诗与人格的统一。

我曾经在一篇论文里谈及林莽，并写下过这样一段话："……那是早已根植于这个诗人性情中的超越了诗歌创作本身的某种元素，那是比自己所有诗作都更阔大的人格元素。在这里我是指林莽多年来为以食指为代表的中国六七十年代地下诗歌浮出水面而所做的不懈而卓有成效的实际工作，我把这看成是白洋淀诗歌精神的一部分，从三十多年前的白洋淀地下诗歌时期一直延续至今。那种真正的同志式的友谊不仅有着类似于荆轲和高渐离之间的情谊那样的悲壮色彩，甚至或许还带有一点像孙犁《荷花淀》等一系列作品里所写到人与人之间的温厚体恤和脉脉温情？"

其实，何止于此，林莽在作为一个诗人和画家之外，同时又是一个很好的编辑家，他那像丹柯一样捧出燃烧之心的行动，不仅作用于与他同时代的同道者，而且又更进一步地延伸到了当今更年轻一代的诗人们身上——他不仅怀有热情与奉献，更可贵的是一直保持着警醒，而这些与他那一贯温润与淡定的个人风范从来不曾发生矛盾。面对圈子里太多的混乱，他是如何面对的？有一句他自己的诗，似乎可以为他的态度作一个注解："他们天真的胡闹让我同情"。

在一个非此即彼的时代，在一个粗鄙与创造力相混淆的时代，尽力地保持斯文与中正，也许这正是林莽的意义。

[作者单位：济南大学文学院]

关于林莽诗歌的几个关键词

牛庆国

我以为阅读和评价林莽先生的诗歌，应该把握这样几个关键词：见证、秋天、雾、忧伤、寂静、火焰。这几个关键词，基本勾勒了他诗歌创作的大致线索，基本表现了他的诗歌艺术价值，基本呈现了他诗歌的文学意义和社会意义，由此，也构建了他独特的诗歌文本。

一个时代的诗歌见证

林莽先生的诗歌贯穿了从白洋淀诗歌群落到当下诗歌创作实践的全过程，正像他的一本诗集的书名《我流过这片土地》，像一条诗歌的河流，见证了他流过的这片土地上的所有。是他见证了这一过程的诗歌，诗歌也见证了他的心路历程，和他所处的时代。作为一个诗人，看上去是他在写诗歌，但实际上是诗歌在写他，在写他们，也在写我们。

波兰诗人切斯瓦夫·米沃什《诗的见证》一书中说："在我们的时代，我们老是听人说，诗歌是一份擦去原文后重写的羊皮纸文献，如果适当破译，将提供有关其时代的证词"。林莽先生的诗歌就是一份这样的"羊皮纸文献"。尤其是他的早期作品，充满了对祖国的忧思、对现实的忧愤、对青春的忧伤。因为他意识到了"危险在威胁我们所爱的事物"，从而感到了"时间的向度"，在他"所看见和碰触的一切事物中"感到了那个时代的存在，我们通过他的诗歌感到了那个并不遥远的时代的存在。

在谈到为什么写作时，林莽先生说："我们这一代诗人，在青年时期经历了一次次的精神的幻灭，是诗歌给了我某种救赎，是诗歌让我内心的爱有了方向。""也许，只有艺术是永恒的，它用我们情感的符号记住以往，它把每个时代的人们嵌入历史。我相信，我们那个时代的诗人们所留下的作品也将会这样。"现在，我们可以肯定地说，已经这样了。

如果说到见证，我们还必须要说到，从白洋淀以来，他始终是一位现代诗歌写作的研究者，也是卓有贡献的诗歌活动的优秀组织者，同时也是一位具有现代意识和中国传统风格的优秀诗人，从这个意义上讲，林莽先生是当代中国诗歌的一根链条，他把自白洋淀以来的中国诗歌连接在了一起。依我看，中国的百年新诗有四个"波峰"，我没有说是山峰，而是说波峰，一是"五四"新文化运动中中国新诗的初创期，二是朦胧诗对中国新诗创作的推动，三是二十世纪八十年代新诗的大规模尝试，四是新世纪以来诗歌的基本成熟。林莽先生是从朦胧诗以来中国诗歌的在场者、见证者、研究者、参与者。可以毫不夸张地说，他是我们这个时代的一颗诗歌良心。

今天，我们讨论林莽先生的诗歌，在向他致敬的同时，我觉得我们必须要向白洋淀这片北方的水域深情地致敬，感谢白洋淀，是这片水域给了林莽先生和他的诗歌以立足之地，那里起伏的芦苇、水面的波纹、划过天空的小鸟都触动过诗人敏感的神经，白洋淀是中国当代诗歌的一个摇篮，是一个诗歌群落的保姆，如果没有这片水域，就没有林莽先生和他的同伴们落脚的地方，就没有"白洋淀诗歌群落"，中国诗歌史就会少了令人沉思的一页。林莽先生在一篇文章中说："然而我们依旧是'幸运'的，因为'我不相信'，我们选择了白洋淀这个距北京仅仅一百多公里的华北水乡，……相对自由的空间与处境相似的一伙人的相互撞击和启发，形成了白洋淀知青的一种独特的文化氛围。"因此，我们可以这样说，白洋淀是林莽他们的幸运，也是中国诗歌的幸运。

秋天停滞的时间

读林莽先生的作品，我总感觉这是一位一直在秋天写作的诗人。虽然他的作品题材比较广泛，但凡能够触动他心灵的事物都可以入诗，他写春天、写冬天，尤其是有《夏末十四行》这样优秀的作品，但不管他写什么，怎么写，我都能感觉到这些作品中秋天的气息。单从题目看，就有《深秋》《暮秋时节》《秋天的韵律》《秋天在一天天迫近尾声》《圆明园·秋雨》《深秋季节》《秋天的眩晕》《在秋天》《午后的秋阳》《再临秋风》等等，在他的诗集《记忆》中就有十四首在题目中出现"秋"的作品，在这些诗中，我信手摘出一些句子："深秋临冬的湖水，/清彻而寒冷。/淡云深高的天空，/时而传来孤雁的哀鸣。"（《深秋》）；"那短暂的幸福/是属于秋阳的/在初秋/这午后的阳光下的幸福/多么寂静"（《午后的秋阳》）；"这几日内心变得豁然/这几日我告别了最亲近的人/面对死亡人世淡漠/生命再次感到了高远的秋天"（《再临秋风》）……除了以秋天命名的这些诗，在其他诗歌中秋天的意象也比比皆是，比如他在《黄昏回想》中说："当夕阳坠落/当秋风来临/当我们老了""那是秋风中停滞的时间"；在《记忆》中写道："秋天飘落了它最后的叶子/光秃秃的枝干指向湛蓝的天空/短暂的激情骤然冷却/草丛小径上留下零乱的身影""如今我才知道/白洋淀的秋风为什么那么凉/白洋淀的浓雾为什么那么浓"；在《二十六个音节的回想》中说："祖国没有抛弃秋天般的乡愁/风吹不散我久已的情思"……

　　如果把人的一生也划为四季的话，那么青年时代是属于春天的，但林莽先生在青年时代就开始抒写秋天。在他的人生历程上，在本应该播种希望的季节，却遇到了悲凉的深秋，秋风、秋色、秋景、秋的愁绪，便成了他早期诗歌中的主基调，那时天空"时而传来孤雁的哀鸣"，那时"一群瘦弱的孩子/摇着细长的手臂说/我们什么也没有我们什么也不要"，但什么也没有的诗人，却有梦境，"深秋的人啊/何时穿透这冥想的梦境"；进入二十世纪八十年代，本来已春回大地，但他依然心有余悸，一再回想起他和他的同伴们经历的秋天的萧瑟，这一时期，他诗歌中的秋天由原来面对的秋天现实，而进入对"那个秋天"的回味和思考，他在《心灵回声》中说："我将在那儿/在雾气升起的地方/在天边那条曲线的无数描点上/抹平橙色的天空/布置蓝色的晚霞/像个天真无邪的孩子"。进入二十世纪九十年代以来，诗人已人到中年，游历过祖国和海外的一些地方，事业和生活都进入了安静和成熟的阶段，幸福感也油然而生，作品中的语言多了平和和温情，正如他在《在秋天》中所写："是的秋天它让我浮想联翩/有如湖水在秋天的思考/即使是一条河床/它少了源头溪水的欢快/在近海的地方开始流得宽广而舒展"；在《午后的秋阳》中他直接说出了在他的诗中少有的"幸福"一词，他说："多好啊/时间你别动/我在这午后的阳光下读书/幸福得像一块山崖/一棵树一片草场/群山怀抱里悠然自得的羊群"，有着陶渊明"悠然见南山"的境界。

　　这里需要提及的是，林莽先生在他的母亲去世后，写下了一大批悼念母亲的诗歌，我把它们也归入"秋天"诗，这些作品语言朴素、质朴而意蕴深厚，看似几乎不受任何诗歌技巧的束缚，是直接从心底流出的血和泪，这些直抵人心的作品，迥异于他的其他作品，是他创作中不可忽视的重要组成部分。

古往今来，写秋天的诗可谓不胜枚举，优秀的作品也很多，但把秋天作为写作的基调，几十年来把秋天融入生命、融入时代，多层次体验，多角度抒写，写出一代人的生命历程，写出时代的沧桑变革的，林莽先生当属第一人。

像雾一样的忧伤

忧伤，是林莽先生诗歌中出现频率很高的一个词。如果说秋天是他诗歌的基调，那么"忧伤"是他诗歌的主旋律，或者风格。这与他的经历和气质有关。在青年时代就遭遇秋天的他，曾在一篇文章中说："怀疑与反抗的情绪把一个一向积极热情的青年引向了内心与深沉。""天地是如此的广阔／我却只有曲曲弯弯的小路"（《列车纪行》），他的内心是忧伤的，他的深沉是"沉郁"的。

他在近期的《哀伤》中自己追问："为什么我心中总会有一丝由衷的哀伤"？即使在写于二十世纪八十年代的《故乡、菜花地、树丛和我想说的第一句话》这样一首写春天的美好的诗里，也写下了："春把希望和一丝过去的忧伤同写在二月"；在他近期的作品《当大风呼呼地刮过》中，依然写出了："歌声穿过久远的岁月／突然停滞于那组感伤的音乐"，欢快的情绪中忽然掠过一丝忧伤，让人有种心有余悸的痛感。他"从累累伤痕的记忆中／称出历史的重量"（《海明威，我是海明威》）。

在他表达忧伤的时候，用得最多的意象是"雾"，只有雾中的忧伤最使人难以忍受。他在《记忆》中写道："那是一个灰色的年份／湖水在一片大雾中"，他面对的湖水在一片大雾中，湖周围的一切都在大雾中，包括一个人的思想和情感。在《夏末十四行裂痕》中写道："我突然感到了心灵的裂痕／阳光不再明媚仿佛车窗的玻璃／被钝物撞击塌陷龟裂成为浓雾／清晰的影像骤然变得模糊"。他在《滴漏的水声》中说："你裹紧身子／匆匆地穿过车流不息的雨雾""有时候人们在一片烟雾中诋毁爱情"。在他诗中，有烟雾，有水雾，有雨雾，有雪雾；有眼前的雾，有心中的雾。早期作品中的雾是迷茫的，八十年代的雾是透明的，九十年代的以至近期作品中的雾是梦境的。总有一些雾，在他的心里挥之不去，笼罩在他的诗歌中。

诗探索11　理论卷　2018年　第3辑

我想他作品中多次出现的"雾"，并不是作者特意而为之：一是华北那片水域的多雾是客观存在的，在作者心里留下了深刻印象；二是用"雾"这样一个意象，最能表达他的心境，在写作中自然而然地有一片雾就会来到他的笔下。

有人说，诗人不同于其他人，是因为他的童年不会结束，他的青年也不会结束，他终生在自己身上保持了某种童年和青少年的东西，因为这个时期的感知力有着伟大的持久性，他最初那些诗作已经包含了他后来全部作品的某些特征。毕竟，这个阶段他所体验的快乐或不快乐的时光，决定着他以后的性格。我认同这个观点，从很多诗人的经历和创作中也印证了这个观点的正确。正是林莽先生的青年时代的那一些经历，使他敏感的心灵被一次次的伤害和震撼，造成了他性格中的沉稳、深沉、沉郁的特点。在这样一种情感中，他不断追问和思考，因此形成了他诗歌的显著特色。

寂静中的火焰

"寂静"同样是林莽先生诗歌中频频出现的一个词。把这个词从他的一首首诗歌中找出来，我们就会发现，这每一次的"寂静"是不同的，有时候，"寂静"是有色彩的，比如他写道："那是寂静中有农舍与树阴的风景""一棵大树在风中摇曳／隔着寂静的池塘我看见"，甚至他还十分具体地描写说："寂静的微澜是淡灰色的"；有时候，"寂静"是有声音的，他说："净月潭在寂静的春夜／倾听着大地的心声""倾听灵魂中最寂静的时刻／一股股旋律在内心不停地撕扯""寂静中听血液里每一颗微粒相互碰撞的声音"；有时候，"寂静"是有温度的，他说："土陶历经千年／寂静中呈现出温润的气息"；有时候，"寂静"还是有动感的，他说："我在寂静中翻书抬头看见／几棵小树在风中倾斜"，他说："午后的寂静中／我们走向坡地的小站"；同时，他的"寂静"也是可以怀想的，他说："下午茶的瓷杯轻轻地相磕／寂静中的小小声响／在秋天让我想起了少年时代／那些难以诉说的怅然若失的童年"；有时候，他的"寂静"中有忧伤，也有幸福和美丽，他说："在初秋／这午后的阳光下的幸福／多么寂静"，他说："那些落满山坡的花瓣啊／曾是那样的寂静／犹如月光一般的寂静"。

那么喧闹的时代，他是怎么发现那些寂静的呢？他在《清晨的蛛网》

中说："时间磨损的岁月 / 让我静下心来"。正如一个老人经历过那么多的事情，就会变得慈祥一样，一个一次次经历过生活和内心的风暴的人，一定会变得安静。但他的"寂静"，只是大海表面的平静，平静的海面下是波涛，他在《秋天在一天天迫近尾声》中这样设问："秋天的火焰在树丛中燃烧 / 作为回答我应呈现些什么"？后来，他在《慈航》中说："世俗的疑问如何抵达神圣的起点 / 虔诚的火焰永恒而寂静地燃烧"，由此，我们终于明白，这"寂静"，也是"火焰"。

对当下诗歌的几点启示

今天，我们研讨林莽先生的诗歌，我认为一个重要的意义应该是他对当下诗歌创作的启示。作为一位中国当代诗歌的重要诗人，除了对诗歌史的贡献，更重要的是对当下的贡献。为什么他几十年前的作品，今天读来依然感觉是优秀作品，依然不感觉陈旧和过时？为什么直到近年来他不断奉献给我们的新作，依然那么打动人心？我以为：

一、他的诗歌始终是当下的。因为是当下的，也就是历史的，同时也是未来的。他的写作几乎没有离开过他所处的时代，是他对这个时代的体验，是一个个体的生命在强大的时代的心跳和疼痛。由此可以说，他的诗既是他自己的，也是他所处的这个时代的，同时也是跨越时代的。唐诗宋词是他们那个时代的艺术，但早已跨越了时代，其光芒永远闪耀在中国诗歌的天空。我们有理由期待，当代诗歌中不断出现这样的杰作。

二、他的诗歌始终是有方向感的。他一直在向着他心目中的优秀诗歌前进，他说："建立一个崇高的'信仰'体系，是从一个一般诗人走向更高艺术境界的必然之路"。而"诚恳、真挚、明亮与透彻，是我一贯的诗歌取向。"因此，他的作品不阿谀奉承，不跟风随潮，不追名逐利，"有的只是一颗虔诚的心"，他说，回顾几十年来的写作，"所有的作品都是诚心以求的，它们都是源于我的情感体验和对生命的领悟，都是忠实于我的诗歌理念的"。

三、他的诗歌始终没有背离诗歌的源头。中国诗歌的源头在哪里？在《诗经》。《诗经》的源头在哪里？在生命，在心灵的天空和大地。林莽先生的诗歌深深地扎根在中国现实的大地，如果用一个比喻来说，他的诗歌是汉语的种子，种在中国的土地上，但阳光是世界的，雨水也是世界的。也就是说，他的诗歌是继承了中国诗歌的优秀传统，又汲取

诗探索 11　理论卷　2018年　第 3 辑

了世界优秀诗歌的营养而茁壮成长起来的一棵诗歌之树。他的诗歌不是当下的有些"转基因"诗歌，而是表达中国人的真实情感和所思所想，好好说中国的人话，始终张扬中国风格的汉语诗歌。

林莽先生很喜欢希腊大诗人埃里蒂斯的一段话："双手将太阳捧着不为它所灼伤，并把它像火炬般传递给后来者，这是一项艰巨而我认为也是很幸福的任务，我们正须这样做。"林莽先生在这样做着，很多优秀的诗人都在这样做着，"我们正须这样做"！

[作者单位：甘肃日报社]

林莽诗歌创作研讨会论文选辑 ·

张中海诗歌创作研讨会论文选辑

诗探索11 理论卷 2018年 第3辑

【编者的话】

　　诗人张中海，1954年生，山东临朐人，农民出身，曾任民办教师十二年，专业创作五年，媒体广告经营二十年。早在八十年代，张中海就已是中国著名的乡土诗人。1981年诗作《乡村》获山东省作家协会文学奖，1983年《泥土的诗》获上海《萌芽》创作荣誉奖，1989年《现代田园诗》获山东省泰山文艺奖，1990年《田园的忧郁》获四川文艺出版社处女诗集奖。1992年停笔，2014年恢复创作。2016年出版诗集《混迹与自白》，另一部乡村记忆诗歌《土生土长》也即将问世。张中海植根乡土，敢于直面人生，善于从乡村生活中发现诗意，近年来更是拓宽了视野，更新了思维方式，其乡土诗创作也呈现了新的变奏。有鉴于此，首都师范大学中国诗歌研究中心于2018年4月14日举办了"张中海诗歌创作研讨会"，来自北京、山东，以及全国各地的诗人、评论家，以及部分研究生出席了会议。与会者主要围绕张中海的乡土诗写作特质、写作身份的转换、归来期与早期写作的比较、乡土诗的语言表达等议题，以及张中海所受到的西方现代主义思想的影响、当前语境下学界对乡土诗认识的变化等方面，进行了热烈而深入地探讨。现从会议论文中选出陈敢、孙晓娅、吴昊、王巨川、丁航与张立群等人的文章，希望通过对张中海个案的解剖，进一步引起学界与读者对当代乡土诗的关注。

穿行于忧郁田园
与现代荒原的时代悲歌

——张中海诗歌创作论

陈　敢

　　中海是二十世纪八十年代初驰名诗坛的乡土诗人。他一出手就不同凡响，作品频现于《诗刊》《星星》《人民文学》等名刊，先后出版了

《泥土的诗》《现代田园诗》《田园的忧郁》和《混迹与自白》四部诗集，已编辑好的新诗集《本乡本土》也即将面世。

整个八十年代是中海诗歌生长成熟硕果累累的十年，是奠定他在新时期诗歌地位的十年，也是他诗歌形成鲜明艺术特色和独特艺术风格的十年。当多少诗友和读者对他充满期待，以为他将会在二十世纪末和二十一世纪初奉献出更多更好的作品时，谁知他竟然闪身隐去，在1992年退出诗之江湖，从此销声匿迹二十年，直至2014年才重返诗坛。

由此看来，中海的诗歌创作可划分为两个时期：七十年代至新时期十年（准确地说是2014年）为第一个时期（或者叫前期），代表性作品为《泥土的诗》《现代田园诗》《田园的忧郁》；2014年至今的创作为第二时期（或叫后期），代表作品为《混迹与自白》《本乡本土》。这两个时期诗歌的题材风格发生了极大的变化：前期诗歌是现实主义加现代主义的新乡土诗，既饱含着原汁原味的泥土芬芳又兼具现代气息，属于现代乡土诗的另类；后期诗歌追求口语化、颠覆神圣崇高、拆除深度，具有后现代主义的审美风范。

以个人审美趣味来看，我更喜欢中海前期的诗歌。我认为，迄今为止，中海诗歌的代表作，或叫中海诗歌的主要成就在前期的《现代田园诗》和《田园的忧郁》两部诗集中。尽管归来后的《本乡本土》全写乡土田园，但笔下的故乡恍如隔世，实际上已是隔世故乡，毕竟诗人生活的根在泉城而并非临朐那生于斯长于斯的故乡热土，毕竟诗人已经不能与乡土同呼吸共命运，有点隔靴搔痒的味道，总之不那么地道、不那么纯正。而且有些作品与文学无涉。

中海多才多艺，主攻诗歌之外，兼写散文、小说、报告文学和诗评。小说和报告文学都曾获奖。诗评有哲学根底和理论色彩，对一些作品的点评切中要害，中肯到位，具有较高鉴赏水平。可见中海是一位有自己的诗学主张和理论自觉的诗人，是一只具有两个翅膀的文学青鸟。三篇悼念散文情深意切、情文并茂，可谓至性至情至灵魂的泣血之作，那不忘来路的感恩之情溢于言表，令人动容，折射出超拔的人格魅力，彰显出一个堂堂正正的汉子、一个真正诗人的风骨与人文情怀。研究中海其人其诗，绝不能绕过《一个堂堂正正的汉子一个真正的诗人》《老墩头郝湘臻》和《兄弟》三篇散文。尤其是《兄弟》读之泪雨滂沱，仿佛听见诗人泣血的哭声穿透云层在齐鲁旷野遥遥远飞。

我们知道，俄罗斯文学的灿烂与辉煌，离不开"别车杜"的扶持和推动。中海很幸运，一出道就引起评论界的瞩目，八十年代以来，好评如潮，不乏名家。张同吾、程光炜、谢冕、袁忠岳、李掖平等在诗坛如雷贯耳的著名评论家、著名学者都为中海撰写论文，其中程光炜对中海田园诗哲学底蕴和创作心理的分析可谓振聋发聩。袁忠岳对中海心路历程与诗歌审美流变的勾勒清晰到位，举重若轻，极见功力。值得称道的是李掖平的《一位荒原"浪子"的真诚歌吟——解读张中海的诗集〈混迹与自白〉》这篇长文，较为全面系统地梳理论述了张中海田园诗与都市诗的思想和艺术特色，那情思俱动充满激情与哲思的文本分析，体现出文本细读的深厚功力，令人叫绝，自叹不如。好友柯平的序，梳理清晰，文字简约灵动，如同压缩饼干。晚辈郜筐对一根木头的前世与今生的分析，见解独到，鞭辟入里，让我们洞见诗人所走过的时代背景和心理背景，这样的分析就自然具有历史的厚度和思想的穿透力。

在这样的背景下，面对中海的作品真有点"眼前有景道不得"的尴尬，自知说不出新的东西，但中海毕竟是仁厚的兄长，我想，说重说错，他都不会见怪的。

挣扎逃离与深情眷恋

前期出版的三部诗集——《泥土的诗》《现代田园诗》《忧郁的田园》总的主题就是突出重围，逃离忧郁田园。后期出版的《混迹与自白》及即将出版的《本乡本土》是诗人混迹都市时的回望回忆，是精神上的"还乡"。因此，解读中海的诗歌必须抓住"逃离"与"还乡"两个关键词，这是悖论，似乎也是所有进入都市在都市安身立命的乡村后裔的宿命，他们无法摆脱这两难境地。

乡愁叙事与回忆美学在中国文学中源远流长。新文学已降，周氏兄弟、沈从文、师陀和萧红等都是我们耳熟能详的大家。新时期以来，贾平凹、莫言、汪曾祺、迟子建、张炜等作家，他们用一部部作品为我们构筑了一个个宏阔辽远的乡土艺术世界。诗人延续并拓展了这一美学传统，超越现代作家乡土意象的启蒙性诉求，赋予乡土书写的现代性内涵，在频频的眺望与回望中不断进行穿插闪回，在城乡对立比较观照中挣扎突围。诗人立足本土，沿着过往生命的来路，追溯那些散落在时空之涯的历历往事，将一个脆弱敏感忧郁的灵魂放置于时代暗房进行显影，还原当时的时代氛围，追逐人物的心路历程，呈现一个更为宏阔深广的历史时空和精神世界，从而为时代变迁与个人成长保留内心的见证。事实上，中海的诗有着自己乡村生活的深刻烙印，却超越自我，写出了一代人的履历，表达了一代人的心声，因此能够在诗坛产生广泛共鸣。

对于养育自己的家乡，诗人的爱与生俱来，爱得那么执着那么深沉。无论是土腥味、汗水味、牛粪味，还是那袅袅的炊烟、鸡鸣狗吠的喧闹，他都是那么熟悉那么喜欢。这一切的一切，伴随他度过青葱岁月，进入一个个甜美的梦乡。因此，纵然浪迹天涯，他也忘不了暮色苍茫的田园，"当暮色渐蓝／我曾赤足漫步乡间／谷禾闻风起舞，鲜花频频问安／沐浴着晚风，仿佛梦游／多舒服呵，鹅卵石的微温／草地的清鲜"（《爱，在田园》）。他也忘不了故乡的五月，"阳光如蝴蝶，从四壁合围中／轻盈逸出，在你身后／我是幽暗的潭，因你的普照／才发一圈灵光"。这时"土腥的温热袭来，谷禾／自四野朝拜，纹丝不动／看你静静的编织黄金小屋"（《麦秸草帽》）。他分明地感受到作为农民的荣光和尊严。他发自内心钟爱田园，"像一见到海就脱光衣裳的渔人／我一入田园，就半步也不能挪动了／扑倒在你的怀里／一种渴望接触的疯狂／把我的灵魂扭曲。"结尾处，诗人向世界庄严宣告："如来生再世／我还甘心情愿，做土地的儿子／我还俯首帖耳，做田园的情人"，这是因为"在我泥塑的胚胎中／我本钟爱尘埃的一切"（《钟爱》）。

然而，看着父辈们一辈子辛劳却衣不蔽体食不果腹，日子艰辛充满苦难。回想祖祖辈辈的耻辱人生，诗人又不甘心固守故土，而期冀着逃离，投身于大海的怀抱，在没有月色的夜晚不告而别，扬帆远航，去圆那"大海的梦，蔚蓝色的梦"，驾驶着巨轮遨游世界，"通过好望角和马六甲海峡的航道"（《海的梦》）。谁曾想到，残酷的现实很快粉碎了诗人的梦，泥塑的出身使他感到失落主体的焦虑，他感到误入荒原掉进都市陷阱，从而陷入无限的痛苦与矛盾之中，他显然处于两难的境地：爱在田园却一再背弃，诅咒都市却离不开它（《没有月色的夜晚》）。他感到孤独、绝望和茫然："从田园到大海，从大海到田园／我的灵魂始终徘徊往复／没有一霎平安／直到现在，我仍不明白／睡在床上或睡在船上，怎样更安全？／葬身土地或葬身大海，哪个更体面？"（《爱，在田园》）。在《田园与情人》组诗里诗人将这矛盾重重而又找不到出路的心境和撕心裂肺的苦痛表达得淋漓尽致，他彷徨、犹豫、忧郁、焦虑，试图在"霓虹灯下，寻找失落的家。"他明知道寻找的悲哀却依然坚持悲哀的寻找，那渺小孤独踽踽前行的身影淹没在都市的喧嚣里。显然，这是一种无望的寻找，绝望的反抗，一切努力都是徒劳的。我个人认为，《田园与情人》组诗奠定了中海乡土诗的基调，那矛盾无奈的焦虑忧郁贯穿全诗，也贯穿中海整个诗歌创作的历程。要想把握中海诗歌的思想艺术特色，就必须精研这组诗，它是中海诗歌的代表作。

《现代田园诗》与《泥土的诗》同年出版，前者更具有审美价值，写得更集中概括凝练。在诗思照耀之下，美，在盈盈地漾开，那诗意飞翔充满遐想的田园，令人遐想而心生敬畏。

回望乡愁与都市欲望同构的生命镜像

我们知道，一个时代的文化精神背景，或者叫历史文化语境，往往对诗人的创作产生深远影响。每一个成熟的诗人都有自己的生活场，这其中的经历感受就构成了每个诗人独特的创作源泉或资源，这就是他们曾经经历生命体验密切相关的场地故乡、居住地和所处的生活位置等等。例如鲁迅的鲁镇，沈从文的湘西，师陀的果园城，汪曾祺的高邮，贾平凹的商州，莫言的高密东北乡等等。的确，故土是诗人滋养生命以及创作的源泉，是诗人人生最坚实的出发地与人生最后的归属。因此女诗人林雪说："当她老了，头发白了，她拼命想起的便是故乡。"她还说："我在生命的中途，回望故乡东洲。她经常使我的眼里充满泪水。有她在，我就是一个感恩的、等待还乡的人。"（林雪诗集《在诗歌那边》）江西诗人江子在他的散文集《田园将芜》里也同样表达了这样的心声。中海的多首诗都表达了返归田园的强烈愿望。当然，这里的还乡并不一定要叶落归根，葬身故土，主要是指精神层面的返乡，即魂归故里，穿越时空的守望。中海的新诗集《混迹与自白》与即将要出版的《本乡本土》就是这样的作品。

《混迹与自白》具有诗人的自传色彩。这是一个复杂独特、充满矛盾的艺术世界，它真实生动地披露了一位真诚本色忧郁诗人的人生轨迹与心路历程。那回望故乡的苦涩年华充满苦难悲慨心酸怨恨和愧疚，那都市"二道贩子"的另类人生充满欺诈和险恶，在华丽风光的背后，透出难以言说的凄凉与无奈。这部具有自传色彩的诗集，真切生动地描写了一位生活在都市的乡村后裔回望乡愁与都市欲望同构的生命镜像。诗歌真诚本色的书写与严厉的自剖色彩折射出超拔的人格魅力。诗人独特的人生感悟与生命体验，弥散着泥土的芬芳，蒸腾着血的热气，沉郁内敛而直逼人心，具有历史质感、人性深度与哲学向度。正如袁忠岳所指出："较之八十年代前期的诗，《混迹与自白》少了些隽永和田园诗意，

诗探索11 理论卷 2018年 第3辑

多了一份闯荡红尘的自嘲与反讽，以及由此经历而生发的人生体验及哲学思考。"

通过个人的自嘲与反讽，表达诗人质疑现实、批判社会的思想锋芒，彰显诗人浩大的悲悯情怀。混迹于都市虽也混出了个人模狗样，招摇过市，风光无限。然而诗人十分明白这一切都将会是过眼烟云，都并非是他想要的生活，光鲜的背后隐忍心酸，那说不出的痛与排解不掉的郁闷，使诗人感到灵魂无处安托，仿佛生活在别处。诗人时常感到莫名惆怅与空虚，那寓居多年的城市是那么陌生冷漠，那么无情绝义。都市里的水和风都没有家乡的味道，喧嚣的环境、雾霾、灯红酒绿的都市欲望使他感到恐惧后怕焦虑。多少次潮涨于午夜，依稀中，他隐隐听到奶奶"快给它送回去"的命令（《童话》），他隐隐听到母亲"带着哭腔找遍山野"的凄厉呼声（《檩垛》），还有玉米拔节的声音（《玉米拔节的声音你听不见》）和秋夜豆荚爆裂的脆响（《田园诗》），醒来一枕热泪，思绪的风筝骤然飘至故乡。显然，在《混迹与自白》《本乡本土》的诗里，诗人试图通过返乡来进行突围与精神救赎，守望田园的精神家园。这其实是不切实际的幻想。诗人实际上既融不进都市又回不去故乡。这使他陷入"城愁"与"乡愁"的两难境地。这就注定中海诗歌的悲剧性。《田园与情人》组诗，《没有月色的夜晚》《不如归去》《钟爱》《私语》《回望那辉煌的落日》等都是这种矛盾心理的真实写照。《钟爱》对土地深沉的爱恋近乎痴狂，《回望那辉煌的落日》把夕阳下田园牧歌式的古典意境描绘得栩栩如生，令人销魂，读后就想追随诗人"一并去漂泊，一并去流浪，"携手走进"辉煌的落日"里。

《混迹与自白》具有严厉的自剖色彩。诗人通过解剖自己来解剖一代人、一个时代。如《生逢其时》《混世》《张中海的鞋子》《半截子革命》《张中海与奥巴马》《破车子张中海》《传言》等作品便是明证。《生逢其时》揭示时代变迁与个人命运的关系，尽管是农人出身却没丝毫自卑，充满自豪自信，"谁能有我铺满白沙、摸不完鱼虾的清洌的河水？/ 有我高高白杨树、白杨树的雀巢？/ 有我篱笆下的蛐蛐、豆棵里的蝈蝈？"而且谁也不敢与诗人过招，"所过之处，放屁也要砸上个窝。"《破车子张中海》写的是聪明反被聪明误的喜剧。《张中海的鞋子》有人物、情节、场景，寥寥数笔便让人物形神兼备雕塑般跃然纸上，那黑色幽默令人捧腹。《传言》看似玩世不恭，没个正形，却透出思想锋芒、思辨色彩。诗的结尾耐人寻味，"哪一浪漫女子，不存有月黑风高之夜被强暴一次的幻想 / 哪一本色男人，没有嫖一回的欲望？！"《张中海与奥巴马》用调侃反讽的语言对现实不公与都市文明进行辛辣讽刺与批判："譬如同一物件，要看谁使用 / 一个打了碴的黑碗 / 一件七十三块补丁的睡衣 / 于奥巴马：文物 / 于张中海：废品"。这个世界没有绝对的公平，人世间有许多事情永远说不清道不明。

如果说《混迹与自白》的诗人是混迹都市的浪子，那么《本乡本土》的诗人则是本色农民，是一位世事洞明的智者。老之将至，回望漫漫人生路，生出许多悲慨。忘不了"文革"十年的非人时代，极左政策下农村到处割资本主义尾巴，说什么"宁要社会主义的草，不要资本主义的稻"，造成大量山地坡地丢荒也不让农民种植经济作物，"人民公社庄稼地，唯荒草茂盛"（《农村》），农村凋敝，农民经年饿着肚皮。《再写二六七号牢房》揭示物资匮乏的饥饿年代，人们的生活水平还比不上一个囚犯过得那么好。"平生坐一回大牢的梦想 / 也还是因为《二六七号牢房》/ 作家受法西斯虐待：一星期只给一次 / 番茄肉菜汤 / 我却一面讲课一面吞咽唾沫 / 还愤愤不平 / 人心不是蛇吞象呀 / 要不，咱俩换换？ // 讲这课的时候世道已经变了 / 队长领着社员促生产 / 地里也开始长庄稼了 / 但一周一回番茄肉菜汤，对于我 / 也还是癞蛤蟆想吃天鹅肉的妄念""那时候家家养猪""一头它姓社 / 超过两头就姓资了。铲除不动摇"。庆幸的是这荒唐的年代已经结束，改革开放的新时代给中国农村带来翻天覆地的变化，如今的农民基本都解决了温饱问题，过上好日子。

描写故乡风貌，表现乡土生活，再现地域风情，追寻儿时回忆是《本乡本土》的基本主题。

回忆儿时生活的作品，顽劣村童的陈年往事，尽管久远，却温馨迷人，记忆犹新。童真童趣清新脱俗，跃然纸上，野性十足。《童戏》摸戏，《沙堡》筑堡筑坝，捉迷藏睡在"自家的禾垛里""被这个世界 / 生生抛弃"（《捉迷藏》），冬日"挤挤暖和""抱团过冬"的童趣（《童趣》），透出特定年代的苦涩艰辛。村里发洪水时，"到嘴的庄稼全部泡汤"，大人们"扎庵屋，换衣裳"惊恐失措，而"我们只坐在崖头，看水长"，振臂高呼："让雨再大一些！让洪水再猛一些吧！/ 把我们冲进大海 / 冲进太平洋 / 让我们一群旱鳖喝个饱 / 与那挑着红灯笼，舞着剑戟的水物，大物一场狂欢！"这真是少年不知愁滋味，大难当前，他们却欢欣雀跃，真令人啼笑皆非（《大水》）。《后园》写诗人儿时在奶奶的寿材里"翻上翻下，藏猫猫，还在里面 / 睡了一觉。/ 那时的我多么聪明，知道 / 死亡和衰老，正如地里的农活 / 都是大人们的事"。大人们视为忌物的寿材竟然成为诗人玩耍和睡觉的地方，顽劣的天性十分可爱。

有人说，在个人成长的历程中，父母是人生最好的启蒙老师。的确，儿时善良仁慈奶奶的言传身教，使中海懂得做人要厚道，善待他人。《落漏》有意留枣给孩子们带来的欢乐，"给鸡刨刨""给小鸟留食"，还有《童年》命令"我"把捡来的软枣给喜鹊送回，骗"我"说："人吃了，要肚疼的 / 如果蛇找不到它过冬的干粮 / 会追到咱家绑着你就走"。这些散落在岁月河流的久远往事，弥散着人性的光辉。此外，中海幽默风趣的性格，显然是受母亲的影响。"好鞋也让你穿瞎了！ / 这是母亲为做一双新鞋犯愁常说的理由"，还有："'你是穿，还是吃？'一双上好的鞋子，在别人脚上有始有终 / 到了张中海那里，不出半年 / 不是脚后跟上啃个窟窿 / 就是脚趾从前脸拱出来"（《张中海的鞋子》）。此外，母亲缝衣被扎手，"扎着一次，就骂一句 / 你个狠心贼！ / 我给你缝衣，你还扎我 / 叫着我小名 // 好像扎她的不是针 / 不是她自己 / 而是我姊妹兄弟，还有爹爹 / 轮流扎她。扎着她玩。"这些富有个性的幽默语言像甘露般滋润诗人幼小的心田，幽默的种子植入心里，生根发芽，长成参天的大树。

在"乡村记忆"（十三首）、"记忆与想象"（十四首）、"农时与农事"（九首）和"古意"（八首）这四辑作品里，诗人为我们描绘了一幅幅繁复瑰丽的乡村风景画、风俗画和风情画，这些具有浓郁地域文化特色的时代画面，具有较高的民俗学价值和审美价值，它真实地再现了那繁复多变、苍翠欲滴、起伏连绵、巍峨耸立的沂蒙山水，同时又切入了乡村命运与农民的情感旋律，从而给孤独漂泊的灵魂予以清凉与抚慰。这种倾注了原乡人的感恩与赞美，本色真诚充满归属感的歌唱，令人感慨，深长思之，在审美的荒漠里发出阵阵爆响。

许多散发土壤味原汁原味的作品如果没有乡村阅历和切身体验根本无法写出来，它需要人生历练与深厚的生活积累。中海"土埋泥浸尘淹三十四载，牛耕笔耕舌耕集于一身"，所以才能写出这些泥土的诗。《插曲：追一只兔子》写麦田割麦时逐兔的趣事，洋溢着农民丰收的喜悦之情。《禁忌》的乡俗寄托美好的祈愿，写出祖母的虔诚与敬畏。《打囤》"实在是象征艺术在民俗上的体现。特别是缺衣少穿的年代，寄托了农民祈求囤尖仓满的想象。"每逢"二月二""龙抬头"，乡人把"草木灰，撒成一圈又一圈 / 囤里，再撒几粒粮食，那分别就是 / 苞谷囤 / 麦子囤 / 红薯干囤 // 有的囤还摺上了折子，搭上了梯子 / 老爹喊，快过来帮忙 / 老娘应，这么高，挖瓢粮食也愁得上 / 好像她已抖抖嗦嗦，爬上了梯子

/一不小心，曾经跌下来一回"，这虔诚煞有介事的打囤，看似好笑，但我们不会笑，因为它寄托了农民美好的祈愿和丰收的渴望。这不是迷信，而是一种精神寄托，是农耕文化的重要组成部分，具有民俗学的价值。此外，《好消息或蛛丝马迹》和《露水闪》等农事诗具有科普价值，给人以启迪。

中海写诗心诚，把写诗作为一种修行。对每一首诗都苦心经营，对语言反复锤炼，精益求精，有着自己的话语系统和独特的叙事策略。前期的诗（2014年前）具有田园牧歌式的古典韵味，语言反复推敲锤炼，典雅精工，具有古汉语的美质，显示出深厚的旧学根底。许多精警的优美句子，在汲古润今中逸出新意。例如"你抱定前方一豆萤火"（《微光》），"石榴树不小心被五月熏风点燃，乡村庭院 / 一片光明"（《田园的情绪》），"落红满地 / 柳芽噙露"（《苗情》），"阳光如蝴蝶，从四壁合围中轻盈逸出"，"耳边却有着暮秋的蟋蟀临风哭泣"（《麦秸草垛》），"晚霞染红归鸦的翅膀"（《远远的一望》），"小鸟飞来又飞走了，滴露的啼声 / 使整个田野充满生气"（《回望那辉煌的落日》）等等信手拈来的诗句，足见诗人炼字炼句的功力。后期诗歌诗人追求后现代的叙事风格，口语入诗，折除深度，解构宏大叙事，颠覆神圣崇高，追求日常生活审美化。诗人常用隐喻和反讽的表现手法，质疑现实，批判社会，透出思想锋芒和介入现实的力量，所揭示的现实生存图景具有警世醒世的作用。例如《二道贩子》《背道而驰》《时疫》《张中海的鞋子》《一切》《远足》《游戏》等作品便是明证。

诗歌是以抒情为本质的内视点的文学。中海不喜欢毫无节制、直抒胸臆的情感表达，他理性地把握情感闸门，让如烈焰般喷涌的诗情缓缓溢出，内敛冷峻，不事张扬，形成冷抒情的艺术风格。他的《田园与情人》组诗属于矛盾的抒情结构（类似舒婷、北岛的作品），涵盖了中海诗歌的两大主题："逃离与返乡"，或叫"城愁与乡愁"，这两个截然不同的世界相互缠绕相互确证，中海陷入其中无法自拔。

中海深悟中国书法的"飞白"与中国泼墨山水画写意之精妙，从不把诗写得太满，让跳跃性的意象并置叠加，构成立体的审美意象，给读者留下辽阔的审美时空，让不同的读者通过联想与想象从中获取不同的审美感受。例如《私语》《钟爱》《回望那辉煌的落日》等作品都具有这样的特点。

如果真要说点所谓的意见或建议，我不太欣赏《本乡本土》部分诗歌的写法，有些作品有史料价值而缺乏审美价值，因为他们缺乏诗歌的灵魂。此外，中海对当下农村存在的矛盾、潜在的危机、乡村教育的衰败、乡村文化逐渐走向消亡、乡村伦理的堕落、都市化进程对农村现状及农民生存境遇的破坏揭示不够，一句话，对土地的沉沦揭示不够。作为一个有良知有担当的当代诗人，决不能冷眼旁观，而应该发出自己的声音。这是一种责任，更是一种使命。

[作者单位：广西师范学院文学院]

乡音、乡俗、乡情

——张中海八十年代早期诗歌创作的心灵历程

孙晓娅

诗探索11　理论卷　2018年　第3辑

纵观中国现当代的诗歌创作，"书写乡土"始终是诗人念念关怀的母题。在城市化发展的历程中，乡村作为城市文明的镜像被纳入诗人的抒情语系中。当这些来自麦秸地和芦苇荡的"地之子"们怀着无比热爱与崇敬的心情描写乡村时，作为"农业文明"缩影的田园乡村就承载了诗人对故土的无限深情。三四十年代，艾青在苦难和战火纷飞中写下《大堰河——我的保姆》《我爱这土地》《太阳的话》等诗作，通过这些作品，我们可以感受到诗人对于祖国以及生长、劳作在土地上的人民的同情与深深的爱。八十年代，我们在海子的诗篇中感受到了"远方忠诚的儿子"对于城市文明冲击下的中国乡土的深刻反思和隐忧。而同样是八十年代走上诗坛的张中海，通过他的《泥塘》《乡俗》《田头》等很多诗篇，我们看到了乡土中国在一位诗人笔下的变迁以及作为目睹这一变化的亲历者的心灵历程。

张中海的诗歌创作以其质朴的语言、真挚的情感给读者带来了一种重归故土般的真实体验。他在写于八十年代早期的作品中为我们勾勒了一幅田园风景画，这其中或是描写诗人对于农家生活的即时感兴，或是用饱含真情的笔调展现了身在异乡的游子对于家乡的深切眷恋。作为在乡村中成长起来的诗人，张中海的诗歌创作没有用那种"居高临下"的城市眼光去描写乡村而始终是以一种平视的视角在表现乡村生活，走到农民百姓中间，融入他们的日常，反映他们对于美好未来的向往。正如诗人在《农家情》一诗中表白了自己诗歌创作的情感来源："这不，正月里走亲戚转了一圈 / 我拾得了不少诗，还是这些东西 / 极平淡极一般的琐屑小节 / 对于我，却是那么如痴如迷"，他痴迷于乡村中那些看似琐碎却又充满着生活情趣的琐屑小事，比如拥挤的院落、腊月里熙熙攘攘的街道、人们的欢声笑语以及那只如天真孩童般蹦蹦跳跳的小驴驹等等。从这些事物身上，诗人找到了最原始的诗意，无须细加刻画仅用最平实的语言就能将这种"泥气息""土滋味"展现得淋漓尽致。其中还夹杂着某些山东地区的俗词俚语，如"巡眸""尥蹶子"等口语化的词汇，这些语言的使用让诗歌表达更加地贴近生活在乡土之中的劳动人民的表达方式。其早期诗歌押韵整齐，大部分诗歌都以"i""an"、"ang"作为韵脚，节奏明快，在阅读中可以感受到诗人内心澎湃的激情。比如《腊月集》一诗中，"泥""迷""挤""气"等均押"i"韵，读起来朗朗上口，也便于诗人表现乡土中那种热情、和谐的民风："粗喉大嗓喊顾客，挑肥拣瘦尽着你 / 一街笑语一街歌 / 一河春水荡涟漪嘻 / 姊妹越逛心越滋儿 / 不觉空手到散集"，这些来自山东地区的"乡音"在张中海的诗歌中错落有致地跳跃着，构成一曲曲婉转动听的乡间歌谣，使得我们不禁愿意跟随诗人的笔触回到那一间朴素的"小院"中去，感受那些最质朴的"农家情"。

"风俗画""风景画"的描绘在历来乡土作家的笔下都占有一定的比重，通过对乡土风俗的展现我们可以更深入地了解一方水土的民风民情，正如汪曾祺曾在其短篇小说自序所写："我以为风俗是一个民族集体创作的生活抒情诗。我小说里有些风俗画成分，是很自然的。但是不能为写风俗而写风俗。作为小说，写风俗是为了写人"①，同样，在诗歌方面，"乡俗"在一定程度上承载着诗人、作家对于劳作、生活在这片土地上的人的体察和关照。在张中海的诗歌中，他用了大量笔触描写了土生土长的农民的日常生活以及豫东地区的风俗民情，在《乡俗》一诗中，诗人描写的就是豫东地区农家"祈风"的习俗，"风"作为贯穿全诗的主要意象，牵动着农家人生活的点点滴滴，大风时黄沙漫天让人们不得不为生存环境而担忧，他们一遍遍的祈求着充满黄沙的天气可以得到有效的治理，而在他们"祈风"的民俗中也饱含了人们对美好生活的无限向往。

张中海的诗歌善于发掘生活琐事中的诗意，在乡村中的一景一物中寻找到可以给予平凡生活不断向前的动力。其语言尽管并无华丽的辞藻，字里行间却流露出一种可贵的朴实与纯粹，那些简单的事物中又寄托了作者对于未来的美好憧憬。比如《窗子》一诗中，一扇新安的玻璃窗使

① 汪曾祺：《谈谈风俗画》，《汪曾祺全集》（第四卷），北京师范大学出版社1998年版，第350页。

农家人的生活带来了新的变化："一缕阳光涌进来了 / 也涌进了暖酥的温情 / 耀眼的瑰丽 / 连空气中浮动的尘粒都看得清晰 / 请出去了—— / 那糊了多年带有窟窿的油纸 / 连同冬夜呼哒呼哒的风声 / 墙旮旯里尘土的沉积 / 那扇曾堆积着尘土的油纸窗"。玻璃窗不仅明亮了房屋更是明亮了人们的心灵，诗人从"窗户的更换"这一小小的变化中感受到了大时代潮流中日新月异的发展，当窗外的阳光透过玻璃窗照进屋中时，诗人热情地表达着内心的那份喜悦，诗人相信这是一个新的开始，即使"门窗的样式不是很新"但新安的玻璃却可以让人们看到村庄的昨天和明天。诗人看到了新变化给人们带来的喜悦，于是在诗歌的结尾诗人这样写道："不用怕玻璃也会蒙上云翳 / 像蓝天，有云翳就会有风雨不断擦洗 / 你看，连年迈的妈妈也靠上窗子 / 摘下老花眼镜，非认个针 / 试试……"《泥塘》一诗采用托物言志的手法，诗人以泥塘中的鱼自拟，而泥塘则象征着诗人赖以生存的乡村，在这条小鱼的眼里，泥塘承载着它所有的梦，关于未来的憧憬，以及关于童年、故乡的回忆。即使眼前的泥塘并不能满足它所有的愿望，但是"养育它自由这黏稠的泥浆 / 即便是有一天它变成古潜山化石 / 它也仍以栩栩如生的模样 / 向后人诉说着远古的风光"。这其中既有对有如大江般的远方的无限向往又有在大时代变化下对故乡的眷恋与热爱。此外，像《小窗》《苦菜花》《扫落叶的小姑娘》《逃学》等诗篇中通过作者对日常的所见所闻，尤其是对生长于土地的一代青年人的心理刻画，都隐约流露出他们对于更广阔天地的向往。阅读这些诗篇，我们发现在这些形象身上可以看到诗人青年时期的影子，正是因为诗人对家乡的熟悉，对家乡农民的关怀所以这些诗歌才能引起那一代人的共鸣。

诗人曾在《田园的忧郁》的后记中这样写道："我也曾有过梦想，但梦见的往往都是一堆一堆树叶子（因为要扫其煮饭）；一片一片苦菜花（因为要挖其充饥）。土地的儿子，生来就营养不良，吃饱了也只知道在墙根晒太阳。生于乡土，讴歌乡土，土埋泥没尘封三十四载，牛耕笔耕舌耕集于一身……写了几首诗是因为生活所苦，也是生活所赐，平心而论，我还是赚了生活的便宜。如果没有乡土，背离乡土，我将更是一无所有——但我却总时时刻刻想逃离它，不知为什么，离心力竟有如此之大！"正如诗人所说，乡土生活所给予他的不仅仅是物质供应更是其精神食粮的源泉。尽管远方对诗人有着强大的吸引力，但诗人始终都作为"土地的儿子"反复地吟咏着自己深爱的土地，在《穰垛》《新麦坟祭》等诗篇中，诗人将自己对于母亲的爱同样献给了自己的祖国和脚下的这片土地。诗人张中海是中国乡土中深情的歌者，他热情地歌唱着所置身的土地同时又将这种诚挚的目光倾注于劳作在豫东大地的农民身上，关注他们在新的时代背景下的生存困境以及心理变迁，如《六月雨》里，诗人描写了在一个阴雨天里，无法劳作也无心消遣度日的庄稼人惆怅的矛盾心理。诗中反复出现"细雨涟涟"四个字，这种反复的吟咏与"庄稼人"的自白交相呼应，使整首诗具有强烈的画面感。在这里，我们读到的是来自庄稼人心底的孤独，在生存环境、伦理道德、自由选择与命运归宿面前，他们虽然极力想要摆脱这种既定的生活现状却又不得不为了家庭和生存做出妥协。

与他前期那些赞颂乡土的诗歌作品不同，张中海在此后的一些诗中更多地关注那些在生存现状与命运之间苦苦挣扎的劳动人民，《田头》《一个种瓜的农民在歌唱》《药草》中那些承受着生活重负的庄稼人，面对自然的厄运与生活的艰难，他们也会流露出无奈。但是在厄运面前，他们又总能以一种乐观的心态来对抗厄运："在这片冰雹袭击后的土地上一个种瓜的农民在歌唱 / 他歌唱中午烙着腰眼的沙土埂 /（细砂烙着酸腰，要多烫有多烫）/ 他歌唱傍晚微风拽歪的细雨丝 /（雨丝中瓜在撑个，香在膨胀）/ 他歌唱即将到手的喜悦和收获 / 他歌唱已经收获的伤悲与懊丧"（《一个种瓜的农民在歌唱》），朴实的庄稼人就是这样歌唱着一切幸与不幸，自然的厄运降临的时候他们依然对明天抱有一丝希望，这其中有着诗人对于庄稼人生存现状的关切。此时，作者已从宣传性诗歌转入有着自己美学追求的诗歌艺术创作。他开始重新发现乡村，所创作的《六月雨》《田头》等已反映出农村变革新形势下面对新追求的焦虑、惶惶不安等现代意识。当现代化已逐渐深入到乡村的时候，城市文明在一定程度上冲击和影响着中国古老的乡土文明，是这些祖祖辈辈生长于此的农民对自己生活现状有了新的认知，他们向往乡村以外的世界，但不管外部环境如何变化这些朴实的庄稼人始终未曾改变他们心底的那份纯质与善良。

张中海八十年代早期的诗歌中虽然有大量作品是为了顺应大时代潮流而创作的，具有较强的宣传性，如《拥挤的院落》《窗子》等诗作不可避免地带上那个时代的烙印，但我们在这些诗歌中仍能看到诗人唱出了自己真诚与热情的声音。时代不断向前发展，诗人的目光始终关注着中国大地上的人民，诗人是从这片乡土中成长起来的，身体里流淌着的是与千千万万"地之子"一样的血液。诚如诗人所说："中国是一个农业大国，严格地说，中国就是一个大的农村或者说是一个扩大了的小庄。谁若对农民、对土地没有一种透彻的了解和研究，谁若不对自我进行一番脱胎换骨的再造，谁就不会有凌驾于一切之上的权力——这不仅仅是诗！现代社会的发展带来了工业文明，工业文明的扩张又使淳朴安宁的田园诗一般的生活失去平衡，如何在这种新的紧张的生活节奏中捕捉更多的田园诗意，这便成了诗人面前的艰难课题。我以为乡土诗总应该以它浓郁的土腥味、汗水味、炊烟味盟誓；由于是新时期的乡土诗，必不可少的还应有它的现代味。"（《田园的忧郁》后记）诗人是如此熟悉乡村又在成长中亲眼看见着时代的变迁，从他的诗歌中我们可以看到中国乡村经历了怎样翻天覆地的变化。他将思想情感立场由歌颂乡土转向生活在底层的百姓，这也构成他诗歌创作的源泉和思想指归。

[作者单位：首都师范大学中国诗歌研究中心]

无法回归的田园

——论张中海的乡土诗歌

吴　昊

　　生于1954年的张中海可谓是新中国一系列农村重大变革的见证者。他的童年与少年时期生活在"人民公社"的农业体制中，对这段生活的记录与回忆构成了其日后田园诗写作的重要部分。改革春风深入农村之后，张中海成为土地承包责任制的受益者，正因为这一制度的实施，他的物质生活得到了改善，并在八十年代初创作的乡土诗歌中表达了对土地承包责任制的赞美之情。但也正是因为改革，张中海感受到了来自现代化城市的召唤，他在社会主义市场经济体制正式确立的那一年停笔，然后奔赴市场大潮，直到2014年才恢复诗歌创作。可以说，张中海写作起始、停笔、恢复的几个时间点是饶有意味的，体现了一位农村出身的诗人在时代潮流中的自我选择。在张中海诸种选择中，离开乡村、奔赴城市这一举动是最具有时代意义的，体现了自二十世纪八十年代以来现代化城市对农民的诱惑。然而，张中海毕竟是土生土长的农民，他虽然通过拼搏在城市享受到了更好的物质生活，但他的心灵之"根"仍在乡村。因此，张中海虽然在身体上离开了乡土，但他在诗中却一再"返乡"。值得注意的是，张中海在诗中返回的"故乡"主要是其童年、少年记忆中的故乡，实体的乡土却无法回返。对于正处于转型期的中国社会而言，张中海对"离乡"与"返乡"之间的矛盾的书写，以及对自我与时代、城市与乡村之间关系的认识，具有一定的保守主义倾向，体现了城乡缝隙中的农村知识分子的典型心态。

一 对乡土的"背叛"

二十世纪八十年代初期,张中海曾被视为乡土田园诗歌的代表诗人。他的《现代田园诗》这本诗集中就充溢着歌颂农村生活的热情诗篇。最典型的作品如《一个种瓜的农民在歌唱》:

在这片冰雹袭击后的土地上
一个种瓜的农民在歌唱

他歌唱这片松软的沙土地
他歌唱枯黄的沙土底新泛绿的希望
他歌唱按在大红合同上带有斗纹的指印
他歌唱夜半瓜棚里美妙的设计和想象

他知道,他的歌并不是唱给他自己的
也不仅仅是为自己而歌唱
那个和他打赌的青年在瞅着他呢
那个咒他要发洋财的汉子在瞅着他呢
为了今天这一曲泣血的歌唱啊
谁知他积聚了多少力量

这首诗中,虽然冰雹最后还是把瓜地砸坏了,但农民们对土地责任制所带来的新生活的信心却没有被销毁,他们仍然执着地相信劳动致富,相信土地会给他们带来幸福。这是时代变革赋予他们的信心,也是中国农民自古以来的坚强与乐观精神的体现。但即便如此,农业经济还是有其限制,即便农民再辛勤劳作,也摆脱不了"面朝黄土背朝天"的命运,种瓜的农民可以承受住一次冰雹的损失,却难以承担起无数次生活中的失望。"靠天吃饭""靠土吃饭"所换来的收入仍然是微薄的。所以,为了更好地生活,张中海还是和许多"种瓜的农民"一起,从农村来到了城市。正如张中海在新诗集《土生土长》序言中所说的那样:"不是觉悟,是不得已。一家老小的生计,都在这一亩二分地里。'土埋泥没尘掩三十四载,牛耕舌耕笔耕集于一身'。这是我当时个人诗集简介中的自我描述。由此,你也可以想见,一旦有时代的缝隙来临,我就不惜九牛二虎一龙之力,即便拖泥带水,也还是面对身后的土地,一个念头:逃!一辈子也不回来!"

诗探索11 理论卷 2018年 第3辑

于是张中海在 1988 年从临朐师范调入东营文化局之前，创作了《田园的忧郁》组诗，这组诗实际上预示着张中海与田园作别：他虽然舍不得离开生他养他的田园，但是与"日出而作，日落而息"的安静、规律的田园生活相比，二十世纪八十年代后期蓬勃发展的现代化城市无疑更具有诱惑力。尤其是在社会转型时期，城市生活的变动特质体现得更为明显，日新月异的城市像一只魔盒，对习惯了平凡乡土生活的农村人有无穷的吸引力，张中海或许也不例外。他在诗中这样说：

> 我和田园有过盟约，而我却一再背弃
> 我对都市一千次诅咒，却离不开他
> ……
> 可我无论如何却还要逃离
> 毫无理由地逃离
> 祖上的宅基我不想问津
> 饱食终日的安逸也不想享受
> 为了避免意志在最后的关头崩溃
> 没有月色的夜晚我不告而别
>
> （《没有月色的夜晚》）

> 我也要动身走了。我只是凭直觉
> 走向引领我去的前方
> 现代之荒原、市场之汪洋、众生云集之竞技场
> 没有宇宙飞船我就乘公共汽车去
> 没有公共汽车我就徒步去
> 同流合污，激流勇进
> 一水当前，谁还再去顾惜是否有一身
> 纤尘不染的衣裳
> 睁眼我也能听见，闭眼我也能听见
> 远远的大山那边，有一个声音，正激烈地
> 敲打着我的门窗
>
> （《新茵纳斯弗利岛》）

叶芝的《茵纳斯弗利岛》表现的是对资本主义城市生活的厌弃以及对田园生活的向往，张中海却在诗中反其道而行之，将城市比作"茵纳斯弗利岛"，不顾一切地从田园向城市逃离。《新茵纳斯弗利岛》这首诗足以体现八十年代末至九十年代初的城市生活对以张中海为代表的乡村知识分子的诱惑力。尤其是在社会主义市场经济体制正式确立之后，

商业化的"下海"浪潮更为迅速地席卷全国。张中海也置身于"下海"浪潮中，从黄河三角洲来到省城济南，从诗人成为商人，相当于一场"自我放逐"。不过张中海也付出了代价：1992年之后的二十年期间，张中海不但告别了乡土，还告别了诗歌。

张中海"不顾一切"地从乡村奔向城市，这无疑是对乡土田园的"背叛"。但从中国二十世纪八九十年代社会转型这一背景来看，张中海的"背叛"却是中国乡村知识分子的正常选择。正如李掖平所说："作为二十世纪五十年代出生于农村的这一代诗人，他们虽生于农村长于农村，被赋予了乡土人的身份，被打上了乡土文化的精神烙印，但他们毕竟经历过中国现代乡土世界的数次变革，接受了现代文明的洗礼。在自我人生价值诉求的求索中，在城市化进程的快速推动下，尤其是面对从物质生活到精神追求全方位呈现出巨大差距的城乡的对比，他们必然会产生逃离乡村到城市寻求更开阔更远大发展空间的强烈愿望，必然会为此而努力拼搏，所以，田园世界从来就不是他们的伊甸园，也不是张中海的精神乌托邦。"[1] 不过，张中海并不是永不回头的浪子，步入花甲之年后，他又拿起了写诗的笔。张中海恢复写作之后的作品，充满对乡村生活的怀念：一方面，张中海虽然身处城市，但他的心灵之"根"仍然在生他养他的乡村；另一方面，现实中的田园因种种原因无可回返，张中海只能在诗歌中书写对往日生活的回忆。

二 "返乡"的悖论

李掖平在评论张中海2016年的诗集《混迹与自白》时提到："诗人几乎是一离开乡土故园就尝受到了闯入城市后却难以真正融进其中的尴尬、焦虑和迷失，即便在城市中实现了自己的梦想，在红尘里成就了自己的事业，也始终只是一个过客。在异乡的土地上，他始终无法扎下精神的根。"[2] 张中海毕竟是土生土长的农民，农业文化与乡村生活对其产生的深厚影响是城市文明无法替代的，即使张中海久居于城市，他的心灵之"根"仍在乡村。在《向往》中，张中海写道：

当流浪成为一种病

① 李掖平：《一位荒原"浪子"的真诚歌吟——解读张中海的诗集〈混迹与自白〉》，《百家评论》2017年第3期。

② 同上

成为时装，在街上流行的时候
我向往一种世俗的生活
一片遮风挡雨的屋檐
一个劈柴烧热的炕头
三亩园圃，年年新韭
两头牛，把奔命的生活拉回田园的节奏

    在城市中虽然可以获得充裕的物质生活，但却是通过"奔命"的方式获得。与悠闲、缓慢的田园生活相比，城市生活无疑意味着无穷的变化与波动，"日出而作，日落而息"的自然时间变成了以钟表度量的机械时间，每个人都生活在紧张与忙碌之中。在城市生活中，"一切坚固的东西都烟消云散了"。张中海虽然不得已"混迹"于商海之"动"，但他心底仍然怀恋田园之"静"，于是在"圣火在荒原点燃"的时候，张中海却在与故乡的母亲通话："我守着通向故乡的热线／对于慷慨激昂的场面充耳不闻／作为一名公民，未必就是好公民／可于此时此刻的我，还有什么／能比故乡的炊烟更天长地久！"（《圣火在荒原点燃》）"故乡的炊烟"在张中海的心中象征着一种"天长地久"、永恒不变的情感，也意味着张中海在城市漂泊的同时，并没有忘记田园生活，对乡村有着深切的思念。

    张中海即将出版的《土生土长》一书就是表达其对田园生活深刻眷恋的诗集。在这本诗集中的大部分诗篇都是张中海对已经逝去的田园生活时光（尤其是其童年、少年往事）的回忆，字里行间足以见出他对乡村的深情。张中海用力颇勤的是写孩提时"调皮捣蛋""恶作剧"的一些诗篇，比如《捉迷藏》《余烬》《一墙之隔》《满地月光》《禁忌》《坡火》等；以及写农村自然景观、风俗人情的一些诗歌，比如《村井》《古井》《浆果处处》《落漏》《祭扫》《大牲口》《雁阵》等。这些诗歌写的都是张中海童年、少年时期日常生活中最常见的场景与细节，很多诗句充满童真童趣，比如《捉迷藏》：

少年的游戏并没有多少谜可藏
无论一黑夜色还是满地月光
无论怎么藏，也都是为了让人捉住
如果真的把自己藏得让人找不到
那也不算什么高级
如此经历我就遇着一回

自家的禾垛里，我一藏进就睡迷糊了

自然在小伙伴搜索过来时，不会故意弄出一点动静

而当他们找遍两条胡同里的碾棚、牲口圈

找遍了每一柴禾园（那是我们划出的防区）

甚至，闹鬼的吕家屋子也没放过

翻了个底朝天

就各自回家了

而一夜大睡的父母，居然没有发现他的孩子，少了一个

天近黎明。我被尿憋醒，也可能是冻醒

被这个世界

生生抛弃

　　张中海以口语化的语言生动地描述出童年做"捉迷藏"游戏的场景，这种场景是城市孩子很难体会到的。对这种美好乡村场景的书写呈现出张中海在"离乡"与"返乡"之间的悖论：身处于农村环境之中时，人们往往没有感受到太多田园生活的美好，拼命想逃离；而在城市漂泊多年之后，往事的温暖才浮现于心头。或许这是出生乡村、在城市打拼的人群的共同感受——"久在樊笼里，复得返自然"，回忆中的乡村场景能给予在城市漂泊的游子以心理安慰。

　　值得注意的是，张中海所写的大多是其童年、少年时期的乡村记忆，而天真无邪的孩童对生活苦难、时代风云的感受，并不如成人那样深刻，从历史的角度来看，五六十年代的乡村成人生活并不美好。比如在《大水》一诗中，孩子们想的是大水"终于发了"，可以到水里去玩；大人们却都为庄稼和房屋忧心忡忡，甚至摆供磕头求老天爷。因此，张中海笔下的乡村回忆只是属于他个人的童年往事，与大历史背景中的乡村生活存在一定距离。这也可以从一定程度上解释为什么张中海在《土生土长》中所写到的乡村回忆大多是童年、少年时期的往事，而较少写到其成年之后的乡村经历。然而，童年、少年的岁月早已随风逝去，无论张中海再怎样怀念昔日的乡村美好时光，他都无法忽略一个事实：那些欢乐无法在现实中复制。即便张中海回到乡村，他所见所感也只能是当下的现实，他所熟悉的一切无可回返；并且经历过几十年的沧桑，他的心境也发生了许多变化，无法再从孩子的视角审视当下的乡村场景。张中海自己或许也感受到了"返乡"的悖论："所谓乡愁，虽然无论时代怎么变化它也永远不可消逝，但从另一面理解，也同样是已不复存在。"所以，张中海在《土生土长》里所唱的，是一曲无可奈何的乡土挽歌。

虽然认识到田园生活不可回返，但张中海还是认为自己应负有在诗歌中表现乡土的责任："或者唯一应该不能消逝的是我们这过来一代人理应不辞的责任，这就是对千百年来乡土文化、农耕文化所造成积淀的反思与省察，以及建立在审查基础上的重构与再造。"为了完成这一责任，张中海选择从"构成自己心灵历程的因素切入"，写下了《好想头》《母亲祭日致英雄老刀》等诗篇。从个人与时代、城市与乡村的关系来看，张中海虽然选择在作品中"重构与再造"乡土田园，但他的诗篇却具有一定保守主义色彩，体现了社会转型中一部分农村出身的知识分子的典型心态。

三 "重构"与"保守"的矛盾

张中海的诗集《混迹与自白》中有一首名为《生逢其时》的诗值得注意，这首诗写到了他自己"落生时挨饿／上学又停课""半生折腾，好歹拿着旱涝保收的粮本了／大锤凌空，铁饭碗又破／跑得慢了穷撵上／跑得快了撵上穷"的"生不逢时"的人生经历，但张中海并没有抱怨或者批判命运的不公，相反，他认为苦难、坎坷是一笔财富，塑造了自己现在的人生：

> 落生时挨饿，恰恰给我一副草根也嚼出香的牙齿
> 石头也能消化的胃
> 上学时停课，恰让我幸免
> 四周墙壁的围堵，又见证那空前的浩劫
> 即便是看客，也是前无古人，后无来者呵！
>
> 即便是食不果腹的童年也有上苍的恩赐
> 和当下独一代独二代相比
> 谁能有我铺满白沙、摸不完鱼虾的清冽的河水？
> 有我高高白杨树、白杨树的鹊巢？
> 有我篱笆下的蛐蛐、豆棵里的蝈蝈？
>
> 多么幸运
> 我是古老中国最后一代标本式农民
> 第一代农民工
> 第一代土里刨食的新兴资产者
> 我怀恋已逝的年代，并非希望悲剧再来一遍

我感恩，我走过

是感恩它的血与火，是怎样把我这块庄稼地里的土坷

折磨成一块，一会扔进凉水、一会重进炉膛、一会又置于砧子

锻了又锻，至今也没成型的——铁

这首诗字里行间体现出张中海"五十年代生人"特有的乐观，他对自己拥有"古老中国最后一代标本式农民""第一代农民工""第一代土里刨食的新兴资产者"这样的身份感到幸运，甚至还流露出一些自豪感。的确，张中海的身份是较为复杂的，他既是土生土长的农民，又是城市生活的最早一批追逐者；他既是诗人，又是商业大潮的受益者，这两对看似矛盾的身份同时存在于张中海一人身上。张中海的复杂身份是被时代所塑造的，同时也是他自己选择的。随着时代的变化，张中海的身份也不断在变；或许正是因为身份的变动性与复杂性，才导致了他对自我的最新认知："今天彻底的新保守主义者"①。

"新保守主义"最初是一个政治方面的概念，不过张中海所使用的"新保守主义"一词或许定义更为宽泛，牵涉着个人与时代关系的问题。如前文所述，张中海在二十世纪八十年代初曾是"田园诗"写作的代表诗人，为农村土地责任制的到来而欢呼；二十世纪九十年代又是市场经济的"弄潮儿"。可以说，张中海见证并参与了二十世纪八九十年代的社会转型。值得玩味的是，就是这样一位曾热心于"变"的诗人，在新世纪之后却声称自己倾向于"保守"。究其原因，或许一方面与张中海的人生经历有关：在经历了一系列风浪之后，张中海已迎来自己的花甲之年。青年人的热情与冲动被岁月替换为老年人的冷静与沉稳。另一方面，张中海的"保守"一定程度上还带有"五十年代生人"的代际意识。他们这一代农民从出生就遭受饥饿的威胁，并在六七十年代被卷入"文革"，在物质与精神方面都是贫乏的。但这些苦难的岁月给予了"五十年代生人"坚强的心，使他们能历经社会之"变"仍能留住心中"不变"的部分。因此，张中海的"保守"可以视为"五十年代生人"农村知识分子的典型心态。

张中海的"保守"在他的一些作品中也能够看出，比如这首《童戏》：

---

① 张中海在2016年于林洲召开的《诗刊》当代诗歌美学构建座谈会上曾谈到自己身份的流动性："五十年代大跃进的饥饿者，六十年代扛一根红缨枪的造反者；七十年代批林批孔又批宋江的继续革命者；八十年代农村改革到来之前的鼓吹者；九十年代市场经济大潮的追随者；以至于今天彻底的新保守主义者——总之，半个多世纪覆地翻天，是在场者也是参与者、见证者。"

还是当年童伴，还是当年院场，还是日落未落的黄昏
此情此景
"石头"回来了。摸了一辈子教鞭，雨没淋着
风没刮着
"瓦茬"回来了。刚摸上印把子，就去摸了摸阎王鼻子
回来了。老家空气好
"窝猪"也回来了。两千块贿赂暖了暖手，就摸着了老虎屁股
号子里蹲两年，毕竟全须全角
"拴牛"回来了。皇城回的，骨灰盒
"坷垃"没回来。都说他大发了，贩毒还是军火？
活不见人，死不见尸
唯一不用回的是今晚做东的"化学"
摸了一辈子锄镰锨镢，从来就没
离开小庄
红光满面，儿孙满堂

当年一起玩游戏的农村小伙伴，多年后却有了不同的命运。离开乡村的"石头""瓦茬""窝猪""拴牛""坷垃"中，似乎只有当教师的"石头"生活较为平稳，而经商、做官的"瓦茬""窝猪""坷垃"都命运坎坷，不是"摸过阎王鼻子"就是"蹲过号子""活不见人，死不见尸"；去大城市北京打拼的"拴牛"甚至死于他乡。与离乡伙伴的命运相比，从未离开"小庄""摸了一辈子锄镰锨镢"的"化学"却在晚年过着安稳、平和的小日子，成了"红光满面，儿孙满堂"的幸福之人。《童戏》中对小伙伴长大后不同命运的描写，某种程度上正是张中海"保守"心态的体现：离开乡村的人往往人生坎坷，留守之人生活安稳，而离乡之人在多年漂泊后倾向于回到乡土田园。前文已经提到，经过许多年的变迁，乡村已经不再是当年的模样，张中海也认识到了乡村无法回返的事实，但他却仍然要写这样一个"回乡"的故事。这种现象一定程度上由张中海"保守"的心态所致——在二十一世纪中国城镇化汹涌大潮中，田园无法拒绝城市带来的影响，甚至逐渐被城市替代。张中海却希望在"一切坚固的东西都烟消云散了"的今天，在诗中留住一些"不变"的乡村场景。所以他在《土生土长》里所写，大部分都是其童年、少年时期未曾城市化、现代化的乡土田园。

然而问题是，张中海所希望的是在诗歌中"重构与再造"乡土田园，他的"保守"心态与"重构与再造"显然存在一定矛盾。在张中海的诗歌中，城市与乡村的关系是紧张的，城市似乎是一个外在于乡村的"他

者"，它改变着乡村，乡村似乎只能被迫接受城市的"收编"。当"后来乡亲，一阵风搬进公寓楼"时，回乡的人在"千人一面的新村规划"中找不到祖先的坟地，竟然"哭错了坟"。这或许暗示着张中海对农村现状持担忧心态。一方面，他意识到农村之"变"是不可改变的趋势，但另一方面，他又似乎不满意乡村被城市"收编"而丧失自我个性的现状，所以他很少写到现在的乡村场景，即使写到也带有批判与悲悯色彩。基于这种担忧，张中海的"重构与再造"似乎意味着还原"前现代"的乡村，而不是为当下的乡村问题提供解决方案，这种写法是值得讨论的。因为乡土记忆固然弥足珍贵，但怎样在乡土诗歌中处理记忆与现实的关系，是当下乡土诗歌写作亟须解决的问题。"重构与再造"不仅是过去乡土场景的再现，而是要在"乡愁"的基础上深入思考"城市化浪潮中的乡村往何处走""乡村与城市究竟需要怎样的关系"。"乡愁"不是回到过去，而是要把怀乡的情感当作向未来挺进的动力。

张中海的人生经历与写作历程在中国当代乡土诗人中具有典型意义。他出身于农村，曾热情讴歌农村改革；后来为了生活奔赴城市，并加入了二十世纪九十年代的商业大潮。从这个意义上说，张中海是传统乡土中国的"背叛者"，但他的"背叛"并不彻底，他在城市漂泊与奋斗时仍然对乡村充满眷恋，并想要回到乡土田园。然而，现实中的乡村已经发生了很大变化，虽然张中海有着强烈的"乡愁"，但他记忆中的乡村却一去不返。处于乡村与城市夹缝中的张中海，新世纪以来在诗歌中所持的是一种"新保守主义"心态，这种心态由其坎坷的人生经历所致，同时又反映了他对当下乡村的观察：他不满于乡村被城市"收编"的现状，意图在作品中"重构与再造"乡土田园，但他选择的是"还原"其童年、少年时的乡土记忆，而非对乡土之"变"做出更为深入的反思。因此，张中海在诗歌中"重构与再造"乡村的意图与其"保守"心态存在一定矛盾。值得注意的是，指出张中海乡土诗歌中的矛盾，并非是对其写作的苛责，而是由此说明中国乡土诗歌写作中存在的普遍性问题，为今后的乡土诗歌写作提供更多可能性。

[作者单位：廊坊师范学院文学院]

"泥土"中生长的现代诗意

——张中海诗歌作品综论

王巨川

诗人鲁藜在 1945 年曾写过这样的诗句："老是把自己当作珍珠／就时时有被埋没的痛苦／／把自己当作泥土吧／让众人把你踩成一条道路。"（《泥土》）这种"俯身"的姿态使得他的诗歌拥有了更丰富的养分和更深远的价值，这也是把"泥土"作为淳厚无私、平凡高远的审美意象的表达，比如鲁藜与叶千华的《泥土》同名诗。基于此，笔者从"泥土"的视角来观照他的诗歌创作后，认为生长于"泥土"中并被冠以乡土诗人的张中海（虽然他曾辩解说自己不愿写纯粹的乡土诗），其诗歌创作无疑也是把"泥土"作为抒发浓郁诗情和深刻哲思的出发点，或者说是他把"泥土"当作在诗歌中表达理性和情感的一种"情结"。应该说，这种从"泥土"中生长出来的诗情诗意是极具生命力的，它既可以让诗歌能够坚实地扎根于大地之中，又能让诗歌伸展出哲性的翅膀飞翔在高高的蓝天之上。"泥土"不仅是诗人身份的名片，也是他诗歌创作诗意生长的摇篮。从这里生发而成的诗歌以其丰厚的生命力表达着诗人的现代意识和诗性情怀。

一 "泥土"之于诗人的意义

在一般理解层面中，词语"泥土"中包含着两层意义：一是物质层面的意义，指地球表面覆盖着的具有生命创造力的土壤层；二是转喻层面的意义，所指为草野、民间等广大民众的空间环境。而"泥土"的意义在张中海这里，前述两层都不可置疑地存在着：一方面，是他自身就是从泥土中生长起来的，是纯粹地与土地为伍的农民出身，不论是年轻时代的农民经验还是民办教师身份，都成为无法抹灭的烙印刻在他的精神深处，这是他诗歌创作的起点；另一方面，是他诗歌创作的根脉深深依附在草野之中，来自于广博的民间，不论是早期抑或现在的诗歌书写，都属于"草莽"诗作而非"学院"派写作，贯穿三十余年的"乡村"烙印在他的诗歌中或深或浅，"泥土"的味道或浓或淡。

虽然我把张中海置于乡土诗人的范畴，把他的诗歌与"泥土"联结在一起，但他又与一般的乡土诗人有着明显的不同之处。这是因为，"泥土"的双重意义让他在三十余年（虽然其中有过长时间的中断）的诗歌创作中不仅仅是对农村或乡土经验的白描和呈现，而是在经验的沉淀和感悟的升华中寻找独属于自己的抒情之路，其中不乏浓郁的关怀、理性的哲思，也有不羁的嘲讽、诙谐的调侃。他自己曾说："无疑，我的诗是属乡土诗范畴。但我不愿写纯粹的乡土诗，就像我不是一个纯粹的人。我反对树乡土诗旗帜。树乡土诗的旗帜实质上大多是画地为牢，排斥了诗中最根本的哲学意蕴和现代意识。"（《田园的忧郁》后记）这是诗人在 1986 年的一次讲演中对自己和诗作身份的思考，也是对自己内心中升腾着的诗学观的阐释。他在这里表达的意思是，既不想把自己束缚在乡土诗这样的"画地为牢"中，又不能离开"乡土"的创作养分。似乎矛盾却又合情合理，因为他的身体和思想以及创作的审美观念都与"乡土"紧紧缠绕在一起。即便是"不惜九牛二虎一龙之力，即便拖泥带水，也还是面对身后的土地，一个念头：逃！一辈子也不回来！"然而依然"不可救药地想起了家乡，想起了远方"。

在诗人张中海的自述中不难看出，他对自己乃至诗歌身份的观念的焦虑所在不仅仅是担心"画地为牢"，而是一种作为有自省意识或现代意识的诗人对自己创作未来走向的有意识探索。就像程光炜评价张中海时所说的那样："我以为他的诗所以引起人们心灵的震荡和感应，与其说是齐鲁乡间旧闻故事的'出土'，莫如说是历史的巨大身影徘徊在今天农民心理世界的困惑和憧憬，并由此而滋生的极其复杂的心理情绪。……有的诗人在形式上无意于立异标新，也不愿将自己的作品纳入某一流派的美学范畴，但却能使自己的身姿独霸于世，使作品在读者中产生持久的感染力。"[①] 因此，程光炜在这里所说的"感染力"我以为最终是落在了诗人自诩的"志"上。

在我看来，张中海最终没能"画地为牢"是因为他在"泥土"中的

---

① 程光炜：《意在揭橥——新时期农民复杂的心理情绪》，《文学评论家》1998 年 4 期。

诗探索 11　理论卷　2018年　第 3 辑

创作中所达到的高度不仅仅是基于乡土，而是在乡土的书写中明自己的"志"。由此，他一方面使自己超越了"乡土诗人"的范畴，另一方面也让自己的诗歌创作在"泥土"的给养中，通过诗歌对这一隅乡土的展示，呈现出一片宏阔的"荒原"般的广袤大地，透过这片乡土中的人、物、事来书写自己的志向。一个"志"字突显出诗人的乡土经验与情怀志向的融合。就像诗人自我描述的"土埋泥没尘掩三十四载，牛耕舌耕笔耕集于一身"一样，这里的"土""泥""尘"与"牛""舌""笔"浑然一体，也构成了诗人所说的"乡土诗志系列"：《泥土的诗》《现代田园诗》《田园的忧郁》《混迹与自白》与《土生土长》。

从拒绝"树乡土诗旗帜"到明确"乡土诗志系列"，张中海的诗学之路历经三十余年的解构与建构，也是诗人从外在的审美观念到内在的精神创造的塑造过程。在这个过程中，张中海创作的诗歌中也逐渐强化着一种具有理性精神的现代意识。笔者这里所说的"现代意识"，并不是理论上的现代主义思潮或者在西方思潮影响下创作诗歌的诗学意识，而是更接近于"表现现代人情感"的现代意识，它不仅是历时性的，也是共时性的。在张中海的诗歌创作中，这种"现代意识"一方面是在创作现场中生成，一方面又随着他的诗学观念变化而变化，比如他在二十世纪八十年代诗歌中表现的代表农村状态的时代性是一种"现代意识"，同样在二十一世纪诗歌中所表达出来的精神困惑、故土回望等等也是一种"现代意识"。就像《驴道》到《大牲口》之间的关联性一样，在1982 年写的《驴道》中，他在"驴"这一生命状态的诙谐、戏谑呈现中透出一种省思的深刻："在它面前 / 没有终点 / 也没有起点 / 世世代代 / 月月年年 / 它的杰作永远是一个圈"；2016 年的《大牲口》中，写的是"牛、马、骡"，同样发人深省："不是猪，羊，狗之类 / 毛驴也算不上 / 在我们生产队，大牲口 / 拉车，犁田，山半腰里驮上驮下。都是 / 人干不了的 / 活 // 农业社的账簿上，有它专门一份 / 口粮。二月二炒豆，就是 / 给它加小灶，留下的民俗 / 社员死一个，又一个，像拉开了秸垛 / 队长没事人一样。而死 / 一头牛，却哭得稀里哗啦 / 牛，马，骡三牲谁最不受待见？/ 马，毛病多。牛 / 活好，但脾气大。最受劳动人民欢迎的是 / 骡子。驴和马杂配的那种 / 几近完人"。

二 "泥土"之于诗人的回归

张中海诗歌的现代意识随着他的回归诗坛而愈发强烈，这些都表现在后期创作的诗歌之中。

程光炜在 2013 年的一篇文章中曾这样判断田禾的诗："八十年代以饶庆年、张中海和庞壮国为代表的乡土诗，多少还夹杂着伤痕文学的某种痕迹，到了雷平阳和田禾这里，则基本是以对全球化背景下的中国乡村问题的思考为轴心的。最近二十年的当代诗坛，一直是被先锋诗统治着，而且似乎给人越走越偏的印象。这就是写小人物小情调多了，写朴素人间的情感反倒显得格外的离奇，田禾的诗，正是在这里打动读者的。"① 程光炜的判断同样也适用于重新回归诗坛的张中海，综合他回归后创作的诗歌，如《土生土长》中一首首写普通乡土的景致、人物的诗作，《混迹与自白》中诙谐的调侃自己、深刻地讽刺世态以及怀恋过往的惆怅等等，同样以"朴素人间的情感"为内核，只不过他的情感记忆来自于更加深沉丰厚的"泥土"之中，对"中国乡村问题的思考"就更加深沉、更加醇厚，因而呈现着一种浓郁的现代诗意。

从这个意义去理解张中海的诗歌，可以发现他的诗歌虽然大都是在写家乡的"荒了的园子""炊烟""村井"，以及诗人记忆中的"农家情""母亲""捉迷藏""童戏"等等这样发生在小村庄里面的一草一木、一人一物中生发诗意。但是，从他诗歌艺术来看都有一个清晰的指向，即通过朴素的语言、厚重的形式和现代的审美等方式来超越所谓"画地为牢"的乡土范畴。在这些诗歌中，诗人重新阐释着乡土抑或说"泥土"的概念，重新思考人与人、人与物、人与自然之间的关系。

比如他在二十世纪八十年代写的《拥挤的院落》里写道：

该怎样描绘院落的拥挤
不仄楞身子挤不进院里
高粱挤上了墙，玉米挤上了树
落脚不小心，地瓜也拌你个前歇

这是诗人对农村收成的一种喜悦的表达，"望着拥挤的院落社员真烦 / 嘿，不挤咱心里还不欢喜 / ——假若每年收成都像今秋 / 种粮的就甭愁再买粮食吃"。但如果放在今天再来看前面这几句诗，我们是不是也

---

① 程光炜：《田禾和新崛起的乡土诗》，《诗探索》理论卷 2013 年第 2 辑。

诗探索 11　理论卷　2018 年　第 3 辑

可以理解为这不仅仅是空间的"拥挤",更深层的寓意应该是类似于中国这样的农业国家在工业化进程中对农业的挤压。是啊,在这样的拥挤中,人与自然应该怎样去摆放自己的位置?

这一点,我们在他创作于 2017 年 12 月的《荒了的园子》中得到回答,就像两个世纪间的对话与回应,他写道:"平生最大的奢侈,就是 / 让这园子 / 荒着。再也不种了"。而"荒"的理由是因为"老年人说,阴气太重"。"蒿草""古藤""淤土""陈年冰凌"等等物象在诗中彰显着破败与阴郁,"黄鼬""刺猬""狐狸""菜花蛇""旱鳖"等等虽然显现着这里生命的延续,但只是为"荒了的园子"添了一点注脚而已,因此诗人最后感叹道:

> 好好的地
> 好好的园子。谷穗,曾狼尾巴
> 粗,棒子,牛角还大
> 插根扁担也发芽!怎么就
> 说撂就撂了
> 在这五谷丰登,繁荣昌盛的
> 世纪,坚持
> 最后的
> 荒芜

这一类诗作是诗人面对三十年间乡村历经世事沧桑的迷惘,在"直逼黑暗的力量"(邰筐)中,展开对生命与灵魂深度挖掘的各种可能,从形式到语言的诗意构建中生成自我独特的诗学观。应该说,张中海的诗学观并不像那些高蹈的、形而上的关乎人类命运和家国大事,但同样也不是个人呓语似地在巧令词汇中挤出某种哀怜与矫情。也许正是这样,他的诗歌在根脉深深植入泥土之后,总能够在不经意中生长出令人意想不到的效果,那就是强烈的现代意识和深厚的家国情怀。

因此,"泥土"的两层意义都在张中海的诗学观中展现出来,既是属于大地万物的生命,又是游走于民间草野的精灵。这就赋予了他的诗歌以最朴素的姿态和最顽强的生命,因为在他的笔下,永远都不会有那些所谓"崇高的""大雅的"物象出现。比如《土生土长》集子中的《乡愁》《童戏》《满地月光》《屋檐水》《炊烟》《草木灰》《麻雀》等诗作,似乎都是"下里巴人"常见的土得掉渣的事物,但细细读来又令人熟悉可知、倍感亲切。我想,这也是诗歌艺术精神独有的时代穿透力和感染力之所在吧。

《麻雀》的副标题注有"和邰筐《白鹭赋》"，用"麻雀"对"白鹭"，明确标示出这首诗的对象与邰筐所写不同（邰筐的白鹭是众多中"落寞的一只。像个鳏夫 / 它以八大山人的技法 / 在龙虎山下，一块水田里 / 遗世而独立"的一只）。在这首诗中，诗人把"麻雀"的出身、姿态以及境遇在短短的诗中一一展现出来："不是夜的莺，不是云的雀 / 是雀，羽毛带麻点的那种。不好入诗 / 更难入济慈，拜伦，邰筐法眼 / 土老帽一个。国货。但却不是白的鹳，黄的鹤 / 那些，它压根儿就搭不上帮 / 不过也不影响自得其乐 / 凑一堆。像它的近亲 / 张中海一族。叽叽喳喳 / 讨论的好像还是，国家大事"。在貌似自贬的语言中却也写得趣味横生，"生性胆小 / 一只稻草人就吓得它四散而逃 / 在确定没有杀身之祸之后，就又飞回 / 潇洒一回 / 稻草人头上拉屎"，同时又插入"记吃不记打 / 曾经被打成四类分子，四害"的历史深度，可见诗人独特的诗意呈现视角。诗的落脚点并不是要让"麻雀"这个书写成为形而上的对象，而是"盛夏，不北方避暑 / 雪天，不南方过冬 / 胸无鸿鹄之志安身立命我家檐下"的"顽劣村童"。与邰筐所写一只特立独行的白鹭不同的是，张中海这里体现出来的不仅仅是一群或者一类普通人的缩影，更深的意义在于诗人对这一类普通人的境遇的关怀，从而体现出深切的家国情怀。

三 "泥土"之于诗歌的诗质

对于以农业为生存主体的中国而言，文化之根更多的是深深地扎在"泥土"之中，人们对土地有着深厚的情感，比如安土重迁、远走他乡常常会带上一把故乡的泥土。"泥土"之于人们大都有着朴素、诚实、厚重以及坚韧而具有生命、深沉而富于创造的特征。这些无疑也构成了张中海诗歌的一个特质，这种特质从二十世纪八十年代到今天一直在他的诗作中延续着、发展着，虽然很多诗作透着戏谑、讥讽或批判，但根骨中的"泥土"味道未变，只不过越来越深沉、越醇厚。比如他在二十世纪八十年代写的《苞米田头》中这样说道："一阵甜凉的微风拂来，/ 把颗闷热的心儿浸透。/ 苞米叶锯齿拉下的缕缕血道，/ 汗水一卤生疼生疼；/ 站在田头扇着泛盐的披肩，/ 要多好受，有多好受！"田间劳作的辛苦在这里已经完全被"秋收"的喜悦所遮盖，"手心里攥着一个沉甸甸的秋收，/ 全忘了刚才的筋乏骨皱。"这首诗读来首先是那种朴素的质感扑面而来，形象多于意象，没有多余的修饰和矫情。这种特质在他创作的《大地组诗》《泥土的诗》等系列诗作中比比皆是，这里就不再一一列举。

之所以说"泥土"的性格在他今天的创作中同样存在，是因为在张中海近年出版的诗集《土生土长》《混迹与自白》中的诗作，不论是写乡村的一事一景、一人一物，还是写流浪城乡中的足迹与心境，"泥土"依然是他挥之不去的诗情出发地。在他行走于乡村之外时，他内心的栖息之地依旧是"向往"的田园和那里生存的人："当流浪成为一种病 / 成为时装，在街上流行的时候 / 我向往一种世俗的生活 / 一片遮风挡雨的屋檐 / 一个劈柴烧火的炕头 / 三亩园圃，年年新韭 / 两头牛，把奔命的生活拉回田园的节奏"（《向往》）；"一炬圣火，在这座荒原点燃的时候 / 我的电话正接通我的村庄 / 越过千山万水 / 我与故乡的母亲通话"（《圣火在荒原点燃》），诗人在这里通过体育圣火的点燃，联想到家乡的母亲，与母亲的"家长里短"远远要比圣火的"慷慨激昂"具有温度，而且"故乡的炊烟 / 更天长地久"。再比如《乡愁》中诗人面对"心在那片云山雾沼的迷茫"以及诗中"亚马逊热带雨林""阿波罗之梦""宇宙飞船"等等穿越般的思维转换，让他有着逃离和摆脱的冲动。同样是《乡愁》，张中海笔下的"乡愁"不再是哀怜与惆怅，而是这样的乡愁又落回到对家乡泥土的回想："在我遗失已久的麦秸草帽下 / 豆苗青翠肥硕 / 雕栏玉砌应犹在？蒿草没膝，鸟屎 / 落满旧时檐下 / 这是我唯一的净土呵 / 触手可及 / 却还九霄云外……"

"泥土"特质的另一个方面就是语言的"俗化"处理，这里的"俗化"并非等同于粗俗、不雅等，而是与"雅化"语言相对的一种风格，也是多数成功乡土诗的密码。可以看到，张中海的诗作语言大都没有经过刻意的雕琢与打磨，属于一种日常审美化的诗化审美而非异化审美的语言，符合朱熹所说，"凡诗之所谓风者，多出于里巷歌谣之作"的说法（《诗集传》）。换句话说就是，张中海的诗歌语言多出于乡间泥土之作。同时，在日常审美化语言中，诗人更多表达的不仅仅是景致、物象的抒情，而是通过某一景致或者某一物象达到更深意义的讽刺与戏谑，这正是现代诗意的一种体验。

我们来看他的《满地月光》一诗：

凛冽。地上像落满一层白霜

又像火塘烧得只剩蓝火了
不能靠近。一近了就会刺啦一声，灼伤
大人说街上的叫花子已冻死两个
屋门外尿尿，得有人使棍子砸
孩子们却不信这个邪
"嗖"一声，就蹿出去了
即便就是这一个小庄
两根胡同，也够我们折腾了
如果大人拖着长腔跟在后面追
那就请他们也参加我们的"拿人"
类似哈萨克兄弟的"姑娘追"
不过，我敢保证，被拿住的肯定不是我们

世界是你们的，也是我们的
但归根结底是我们的
你们老年人，就快回家抱你们的"暖婆"暖脚去吧
（烧热的砖头）
那又白又大又圆又冷的月亮
也是我们七八点钟的太阳！

　　单从标题来看，就已经先验了一般意义上的审美思维。在许多的歌
咏之作中，"月光"是何等优雅与闲适的景致，更何况是"满地月光"呢？
就像德国施托姆所写那首《月光》："现在整个的世界 / 全埋在月光之
中 / 笼罩世界的安宁 / 是多么幸福无穷 / 月光是如此温存 / 风只得闷声
不响 / 它轻轻吹了一阵 / 终于遁入了梦乡"。而张中海则与施托姆这样
的抒情不同，他诗中的"月光"是"凛冽"的，是会"灼伤"人的。抒
情的语言完全来自于诗人最深切的生活体验和清晰的诗歌审美，像"刺
啦一声""'嗖'的一声""折腾"以及"快回家抱你们的'暖婆'暖
脚去吧"等等。即便是对月亮的描述也是"又白又大又圆又冷"，自然
而人性，全然超越了我们对月亮的抒情预期。就像有学者评价他的诗作
时认为"他的诗是传统的，又是现代的；是乡土的，但又远远超出了乡
土范畴"。
　　诗集《混迹与自白》中的诗作可以看到诗人对语言的熟练运作，对
于各种主题的恣意不羁犹如流水般指向内心、深掘灵魂犹如阿Q般不
知所措。比如《向往》中"脱去冠冕堂皇的伪装 / 在一口口衔泥垒起的
小窝里 / 我终于原形毕露（没人嫌弃我的丑陋）/ 像山顶洞人或蓝田猿

人 / 把权力交给女人，交给母系氏族 / 谢天谢地，我终于恢复原始共产主义所赋予的，/ 男人的自由"；《中年书》中"这是一棵再也不求高度的树 / 树的向往，不是白云蓝天？/ 现在的它，只能躬腰变身一座桥 / 给后来者以渡——/ 那不可逾越的鸿沟和深不见底的涧"；《快乐的驴子》中"和鬼推磨，驴就附了鬼魂 / 给人拉犁，驴就有了灵性 / 畜生虽笨，耳朵却总竖着 / 呛毛驴，顺毛驴 / '锢锅锉锯驴叫唤' / 也还是让人类列为最不能忍受的三大噪音"；《传言》中"都说张中海下海了 / 哪里是海？其实是湾，泥塘 / 困于阡陌、作坊、庄稼地旧有格局中的那种 / 兴风作浪没有可能，喝个饱也难——/ 我说的是自绝于党，自绝人民 / 一个花样跳下去，充其量也只能搅起些浑水 / 啃一嘴泥，或撞折脚踝子"等等。诗作语言中不乏幽默、戏谑的腔调，然而在传统与现代的语言张力中，把深邃的哲理、自然的形象、丰富的感情以精炼清新的形式表达出来。因此，他笔下的乡土已经不再是记忆中的故乡一隅之地，他的超越范畴涵盖了人类生存的各个角落，包括思想的、精神的、灵魂的以及身体的各种焦虑、狂妄、希望、困惑及痛苦等感受。

语言的张力使诗人能够轻松地挖掘内心的情绪，并且能够把各种感受化为理性的诗句，就像他在《张中海与奥巴马》这首诗中的自省式抒情：

同样一句话
奥巴马说出，名言
张中海呢？胡言
同样一个姿势
奥巴马：潇洒，亲和
张中海：目中无人，大逆不道
奥巴马是特点，闪耀着个性光辉
张中海则陋习，为人诟病
偏见并不在于东西文化冲突
譬如同一物件，要看谁使用
一个打了茬的黑碗
一件七十三块补丁的睡衣
于奥巴马：文物
于张中海：废品

这首诗在"打油""戏谑""自嘲"的标签下映射出了"科层""褶皱""等级"等人类社会的状态，使人读来能够产生共鸣。

纵观来看，张中海的诗歌创作属于乡土诗范畴，但正是因为他能够切实地扎根于"泥土"之中，其诗情诗意所达到的"志"又远远超越了"乡土"的维度和"乡村"的视野，引领诗歌朝向哲理抒情的路径行进，并且体现出独特的自我反省式的现代意识，诸如《半截子革命》《原木》《另一个张中海》《这一个春天》等诗作，都是对当下转型后农村状态的精神书写，更加具有特别的现实意义。

[作者单位：中国艺术研究院]

张中海诗歌中乡土经验的历史书写

丁　航　张立群

一

有人说，张中海的诗歌是新乡土诗、现代田园诗。这一观点，针对他早期的诗歌是有道理的，尽管张中海本人对此明确地表示反对，他认为"树乡土诗的旗帜实质上大多是画地为牢，排斥了诗中最根本的哲学意蕴和现代意识"。当然，这显示的是诗人张中海对诗歌的现代品格孜孜不倦的探索与追求。

而回望诗人过去三十余年的创作，恰如其友人王延庆在《张中海其人其诗》里总结的："他总喜欢从生活的原生态出发，由有限的叙事开始，进入顺理成章有迹可循的升华，继而是富哲学意味的形而上概括，其思维、观念、情感、心理与语言都是'农民式'的……"这里所说的"农民式"绝非贬义，也并非品格高下的评判，而是提示我们注意张中海诗歌贯穿始终的应当进入我们探究视野的乡土经验。

诗人从早期写作"泥土的诗"很快转向揭示"田园的忧郁"，从在时代裹挟下下海经商后回归田园的"混迹与自白"到再次确认自身归属的"土生土长"，全方位而多层次地反映了诗人乡土经验的历史变更。张中海的诗歌创作经历了探索、中断、回归、再探索这一历程，其诗歌内蕴与乡土田园紧密关联，技艺上不断求新求变，诗歌品质上追求现代化的哲思意蕴，不断自我反思、自我学习、自我挑战，具有时代观照的意味，也反映一代诗人的成长轨迹。

二

张中海将自己踏入诗坛的契机归结于一场"时疫"："那时，文学常和有病的青年联在一起 / 可以不爱官不爱钱 / 不可以不爱诗 / 可以不吃饭，不种地 / 不可以不作诗"。诗人一边自嘲写诗是"年轻时干下的荒唐事"，自谦"我写的诗本来就没啥价值"，一边又用诚挚而鲜活的诗句为我们进入乡村了解农民打开了一扇窗口。

写作初期，即二十世纪八十年代初，诗人创作了一系列宣传农村企盼变革的诗歌，透露出农民式的乐观情调，形式上追求句式工整对仗，韵律和谐，加入地方方言的语言鲜活浅白，朗朗上口。及至八十年代中期，这一时期写得比较好的诗歌反映乡村的人、景、事，将劳动人民的辛勤与疾苦、喜悦与期待展露无遗，充满关怀意识。然而农民式的乐观情调也意味着它的不够深刻，对于小儿女似的心事捕捉得较为细腻，但对于乡土变革中人们思想的动荡展现的不够深入。要注意的是，为乡土而歌的张中海，生于乡土长于乡土，却并不是一个地地道道的农民，准确地说他代表的是农村中受过教育的知识青年一类。写农民并不等于为农民写作，他早期诗歌中在乐观的理想主义基调下，为抒情而抒情，刻意拔高思想，对农民思想情感进行想象的作品就陷入了失真的尴尬境地。例如：这首《月蚀》——

月亮是何时落下去的
当险些跌跤的姑娘
骂今晚天黑
找今晚的月亮时
月亮才在中天出现了
小小一片，如甜甜的桔仁儿
算计着今晚应该是月圆的日子
这群刚从山会上归来
摸了好一段黑路的山民
突然惊异了
在大自然的奇迹面前
一个个威慑地不能自持
经过了好长、好长时间的沉寂
一场新的争嚷，才忽而重在谷地响起
他们不再谈论种子、儿子、自留地
他们谈起了恒星、天体
谈起地球、宇宙、太阳系
因月光渐渐明亮
天穹的星星不再像刚才那样

显得繁密

拐出峡谷

落完叶子的洋槐树林

也把自己的影子描得清晰

虽然没有看到月圆是怎样被

一口口吞噬

却看到了它从阴影中再生的痕迹

怀着一种莫大的喜悦，这群

见着了月蚀的山民，走向

各自温暖的归宿。淡淡的月光

织一片梦幻般的迷离

1988 年，随着农村改革的深入发展，诗歌技艺的进一步娴熟，诗人一改"农民式的乐观"转而揭示"田园的忧郁"。这一时期的诗歌从单纯的再现乡土生活转向个人意识的表现，以更为口语化、散文化的句式代替了早期的押韵，语言色彩华丽、抒情意味愈浓。开始展现自我，写乡土的忧郁、农人的疲惫，以及个人的情爱，诗境更为开阔与自如。程光炜撰文高度评价张中海这一时期诗歌的历史贡献在于其揭示了历史巨大身影徘徊在农民心灵世界的困惑与憧憬，并赞扬了诗人为寻求新的超脱做出的努力。笔者以为，言中肯綮。

如果说前期张中海诗歌为我们提供的乡土经验是一个简单、乐观、温情、充满希望的农村世界，那么到了后期，他让我们看到了在历史演变中处于焦虑、忧郁、疲惫、躁动状态中的乡土中国。这与历史的变迁息息相关，处于历史转折期的中国面临着巨大的挑战与机遇，而这反映在乡土世界中，被诗人敏锐地察觉到了。这时期他笔下的农民（更多的是农村知识青年，抑或即诗人自己）身在安逸的乡土却渴望苦难，向往外面世界的未知与精彩，灵魂躁动不安，发出了痛苦的思索："睡在床上或睡在船上，怎样更安全？葬身土地或葬身大海，哪个更体面？"（《爱，在田园》）

在《没有月色的夜晚》一诗中，于土地（乡土世界）与大海（外面的世界）之间矛盾挣扎的"我"虽然爱田园，"可我无论如何却还要逃离/毫无理由的逃离"，只是这个决定是痛苦的，带着剥离母体成长的阵痛与不安，于是我恳求着"我可以遗弃你，可不允许你遗弃我/如果我再受你的诅咒，我再失去你/我的摇篮就会失去笑声/我的花朵就会失去芬芳"。经历一番苦苦的挣扎"我"终于下定决心"我也要动身走了。我只是凭直觉 / 走向引领我去的前方 / 现代之荒原、市场之汪洋、众生云集之竞技场……"（《新〈茵纳斯弗利岛〉》）这一行为与心理上的转变英勇无畏，悲怆而崇高，预示着诗人代表的农村知识青年生活的巨变，预示着诗人乡土经验的再一次更新。

三

进入新时期，张中海的诗歌创作形成鲜明的个人风格，彻底脱离了政治意识的大叙事的怀抱，转而个性化的书写，找到了一条更适合他的道路，更深地思考与开掘在日常事务和普通生命中所蕴藏的那些属于永恒性的和富有哲思的意蕴，思想上进一步成熟，诗歌艺术渐趋成熟，亦为我们带来了一种新的乡土经验。

在这期间由于身份的转变（农民张中海、教师张中海、商人张中海），地理位置的位移（从乡村到城市，从家到远方），张中海诗歌中的视野内涵不断延展，于古今中外、历史现实之间轻松切换。事实证明口语化的语言更能适应诗人汪洋恣意的联想，从容不迫。当然，这种转变不是一蹴而就的，教师身份的张中海似乎爱好引经据典，由早期单纯追求韵律平整的句式变为追求内在韵律的典雅和谐，下海之后回归诗坛的诗人张中海则放开了束缚，更为口语化、个性化，带着特有的自嘲似的幽默诙谐，以及猛然的尖利，直抵人心。

张中海的诗歌不为揭示空洞的理论刻意说教，不为刻意抒情而情感泛滥，而是学会了克制及点到为止，从而真正实现了诗性的自由。所谓诗性自由，就是如诗评家陈超所言："从身边细微的能够引发生命感喟的具体出发，笔随心走，揭示生存，流连光景，闪耀性情。"看似毫不费力却是最本真的最直接的诗思展露。

新时期以来，诗集《混迹与自白》和《土生土长》中的代表作是那些使用白描手法、叙事平实、联想自由，不拘一格的诗作。诗人擅长由眼前的细微处入手展开联想，或感兴或叙事或白描，最后不动声色的凝练升华，余味无穷而戛然而止，反映一时之心境，发人深省或自得其乐。

朱光潜认为，诗人的想象是以联想为基础的，诗完全属于"联想的思想"，和梦极为相似，诗的微妙往往在于联想的微妙。诗境往往是一种梦境，在这种境界中，诗人愈丢开日常"有意旨的思想"，愈信任联想，则想象愈自由，愈丰富。张中海诗歌的丰富的意蕴正得益于他不拘一格的联想能力，在诗人称之为"个人心灵史的碎片化记录"的诗集《土生土长》有许多追忆童年的诗作，打通了过去与现在，返归自身，反思历史又立足当下，具有较高的艺术品质和思想内涵。如程光炜所说，是"成年与童年、异地和故乡的地理、心理的逆差"，采用"回视式"心理倾向切入诗质。

四

总结张中海新时期诗歌的乡土经验，首先，是仍旧保留了早期生动鲜活的语言，将富有地方特色的乡土话语引入诗中给我们带来陌生而新奇的乡村体验，如"落漏、酸枣、拆拆梨子、棠棣子、屎瓜子、狗奶子、红薯瘩子"等名词。"河潮十里，露打三寸！露水闪、锄镰锨镢、谷子拔节、小麦灌浆"农作常识或工具。再如形容起火时用的语言："先是贴着地皮，舔／一回头功夫，就——／忽——站了起来／山涧小溪没有谁能一步跨过／却让它，蓄势待发的火头，不费吹灰之力／匍匐在堑上的小松林居高临下……"

其次，张中海诗中传达的"乡愁"意识具有普遍的认识价值。离开土地的张中海没有一刻忘记自己是土地的子民，在异乡异国街头对于故乡的思念与隔膜"触手可及，却还九霄云外"，好不容易携家带口回乡认祖却遭遇哭错了坟的尴尬境遇，即使自认土生土长也无法避免心灵的无所适从。这份乡土经验对于许许多多个张中海而言都是一份沉重然而不得不面对的精神震荡。

最后，用诗展示时代的卑劣。回归诗坛的张中海始终没有放弃作为一个知识分子的担当与良知，其《土生土长》集创作了一批反思历史的诗作，《尝试赞美卑微而又英雄的母亲》《1977，我的文科考卷》《由我始作俑者的一场谋杀案或花褂子》《暗处》等将极端政治经济环境下乡土中国儿女们精神与生存的双重压迫刻画得触目惊心，具有很高的思想价值。

张中海的诗歌创作经历了探索、中断、回归、再探索这一历程，其诗歌内蕴与乡土田园紧密关联，技艺上不断求新求变，诗歌品质上追求现代化的哲思意蕴，不断自我反思、自我学习、自我挑战，具有时代观照的意味，也反映一代诗人的成长轨迹。张中海诗歌难能可贵之处在于秉承着诗和远方的精神向度，对真实生命的感叹，毫无矫揉造作、无病呻吟之态，一如既往的真诚，充满真情与求新求变得谦虚。

有人说，张中海的诗从不晦涩难懂，似乎也缺乏时下流行的"先锋"技巧，反叛、前卫只在诗歌的意旨中，而非形式技巧上。而这并非就是短处，朱光潜先生依据西方心理学的理论，把各种人的心理原型分为"造型的想象"和"泛流的想象"两种，认为属于"造型类"的人们，不容易创作和阅读"迷思隐约"的诗，而属于"泛流类"的人们，不容易创造和欣赏"明白清楚"。可见，并非"晦涩难懂"的现代派技法就是好诗，明白清楚"缺乏技法"就做不出好诗。什么是好诗？再借用诗评家陈超的话说："诗人自由地处理各自的生命体验，只要忠实于心灵，在技艺上成色饱满，就是好诗。"

[作者单位：辽宁大学文学院]

一门难易相成的艺术

[英] 道格拉斯·邓恩 著　李一娜　赵慧慧 译

章　燕 审校

【译者前言】

　　道格拉斯·邓恩 (Douglas Dunn，1942—)，苏格兰诗人、学者、批评家。1942 年出生于苏格兰的伦弗鲁郡，曾在赫尔担任图书管理员，其间深受诗人菲利普·拉金（Philip Larkin）的影响。1969 年他出版了处女作《特里街》（Terry Street），崭露头角，被冠以"北方诗人"的称号，但这并不一定特指其诗中的苏格兰腔调。他随后陆续出版的诗集显示出他对诗歌形式的高度敏感和特有的语调，同时，也表现出他在政治观点上颇为尖锐，常机智地表达不满，又具有高度的感性去进行颂扬。然而，直到《野蛮人》（Barbarians, 1979）和《圣·科尔达的议会》（St. Kilda's Parliament，1981）出版，这些独特的历史和文化维度才与他成熟的诗歌语调联系起来。《挽歌》（Elegy,1985）是为悼念他早逝的第一任妻子而作的诗集，获得很大成功，拥有广泛的读者群。《北极光》（Northlight,1988）继续令他在苏格兰小镇的"河口共和帮"中有意识地进行重新定位，并在两卷本短篇小说集中进行探索。他曾在圣安德鲁斯大学担任英语学院教授。近期的著作包括《但丁的架子鼓》（Dante's Drum—kit, 1993）、《那年午后》（The Year's Afternoon,2000），以及长诗《驴子的耳朵》(The Donkey's Ears,2000)。道格拉斯·邓恩至今已出版了十多部诗集，并编辑过多部诗选集，如由费伯出版社出版的《二十世纪苏格兰诗选》（The Faber Book of Twentieth—Century Scottish Poetry, 2000)。2013 年，他获得女王诗歌金奖。邓恩与希尼 (Seamus Heaney)、哈瑞森 (Tony Harrison)、莫瑞 (Les Murray) 以及沃克特 (Derek Walcott) 一道，被认为是当代诗歌去中心化的大师之一。

　　本文为邓恩为 2000 年血斧出版社出版的《强有力的词语》（Strong Words）一书撰写的评论。他在文中探讨了社会现实与诗人个性的关系，认为诗应该具有艺术的独立性，诗人应该将非诗化的社会现实、历史等存在纳入诗人的个体之中，通过个人的诗性想象传达对社会和历史的思考。文中还探讨了诗的想象与理智的关系，诗人的自我与非我的关系等等。

谢默斯·希尼说："诗歌遵从于其自身的假借物。"这句话很可能道出了大多数当代诗人的内心所想。然而，每位诗人在其一生中都会发现他（或她）常常不止一次地被裹挟到政治与个人相对立的情形之中，此时，自由地进行美学选择所带来的全然的快乐远远超过了任何其他选择，这种快乐令人感到放任，或成为诗人的特殊诉求。可是，在回应即刻的当下问题，或永久性的问题时，诗人所做的可能只是忠实于凭经验的一时冲动。诗歌可以被看作是一次博弈，一方是颂扬并保留更好的事物、人生及其经历的欲望，另一方是记录、反映并思考负面的、痛苦的及令人厌恶的事物的需求。诗歌也可以被看作是抒情与讽刺、接受与拒绝之间的一场争斗。在很大程度上，诗歌的情形恐怕历来如此。然而，假如我们将注意力（我希望暂时）集中于历史、社会和个人生活对诗歌艺术所造成的压力，我们就会发现，在第一次世界大战之后，诗歌写作中的这一情形变得尤为显著。这种压力迫使诗歌去遵从似乎是诗歌以外的假借物，而非诗歌自身。

像奥西普·曼德尔施塔姆① 那样遭受历史的摧残和迫害的诗人终会战胜他的厄运——这是诗歌的胜利，是写作的胜利。他写道：

> 成堆的人头走进了遥遥地远方。
> 我在这里越发渺小——再也无人注意，
> 而在书的爱抚里，在孩童的游戏中
> 我将在死亡中升起，说阳光普照大地。②

这诗句极具启发性。虽然我喜欢这些诗行，也喜欢从中所理解的意蕴，然而，像大多数我这代的英国诗人以及更年轻的诗人们一样，这些诗句告诉我，其实我根本连一半的痛苦都没体会到。因此，诗人曼德尔斯塔姆的例子，以及很多其他诗人的例子，就将"为我的艺术而痛苦"这一综合症变成了一个十足的笑话。

诚然，每个国家都有各自不同的政治环境。相比而言，在英国，即

---

① 奥西普·曼德尔施塔姆（Osip Mandelstam, 1891—1938），俄罗斯白银时代卓越的天才诗人，阿克梅派最著名的诗人之一。1933年他因写诗讽刺斯大林，次年即遭逮捕和流放。流放结束后再次被捕，死于远东集中营的中转营。

② 这一节诗译自英国翻译家、编辑、文学评论家大卫·迈克达夫（David McDuff, 1945—）的英文译本。

使我们处于最糟糕的政府的管辖之下，尽管这些政府的治理已经造成了伤害，尽管他们仍在使社会和文化持续委顿，一直以来我们还是幸运的。即便如此，政治时局提供给诗人的是枯燥无味的语言，诗人的态度得依赖政治时局和意识形态，还得用甜言蜜语去讨好民粹主义者。许多诗人（假如不是所有诗人）都意识到，在进行事关政治生活、理想等问题的想象性考察时，有必要营造一种莎士比亚式的自由决策权。但即使是伟大的诗人，这点也并非总能实现。例如：奥登（W. H. Auden）在其写作中几乎是正统地列举了时事和政见，随后却不得不对此进行修改或删除。再比如，庞德（Ezra Pound）和艾略特（T. S. Eliot）都因错误地卷入所处时代的极端信仰，比如法西斯主义、反犹太主义而受到后世的指责。同样糟糕的是（至少我认为是这样），在当今这一与商业利益密切相关、严重依赖广告宣传的文化中，诗人很可能不惜以牺牲诗歌深刻的本质为代价，迫不及待地去讨好大众并赢得"声誉"。

每位诗人都是真实的，这意味着，如果就诗人所享有的公民权利来看，而不是从诗歌成就来看的话，诗人至少与他同时代的其他人一样是平等的。然而，若从哲学和心理学的角度来讲，诗人可能会将自己与现实混淆起来。也就是说，诗人可能会将自我与非我等同起来，这个非我显然比个人、经验的范畴更为复杂、多样、博大，无法纳入任何个体之中。这可能导致一个错误，那就是，当诗人有意识地围绕自我，或从自我的角度出发进行写作时，他会误将主体认定为现实。这与"从经验出发"去写作不同。诗人需要学会避免这种错觉和狂妄的幻想，清楚地认识到经验并不等同于现实，经验只是将诗人与其他人联系起来的诸多线索之一。

许多诗人逐渐意识到这一点，由此养成了一种近乎本能的独立而谦卑的态度，以鼓励形成独到的观察视角，创造出新颖的意象。这也促成了法国思想家加斯东·巴什拉（Gaston Bachelard）（尽管他处于不同的背景）"非我属于我"这一思想的产生。我想将其理解为一种流动的、非自我本位的第一人称个体，即一个诗性的自我。的确，我乐于相信很多诗歌都依赖于我所说的"第一人称个体的品质"，我是说，诗人人格的艺术品质，而不是仅仅依赖于诗人自传性的写作。除《十四行诗》之外，莎士比亚刻画了大量人物以及他们的言语和行为，而此时他的第一人称个体似乎都是隐形的、不发声的。但当他利用和检视传统习俗时，他的第一人称个体便显现出来，这显然是他的信念。同样，弥尔顿在《失乐园》中除了在第七章的开篇向他的天神缪斯进行祈求外，《失乐园》

中并未突出表现弥尔顿本人的个性。在他的一些十四行诗中，弥尔顿的"我"是带有个人色彩的，是哀婉的，这点甚至超过了约翰·邓恩，与本·琼生悼念逝去的爱子的诗类似。

自我表白当然不是诗歌的主要目的。它时不时出现在一些诗人笔下，大多数情况下，它只出现在那些几乎只拥有抒情天赋的诗人笔下。虽然像布朗宁（Robert Browning）这样的戏剧诗人删除了诗中的自我表白，这对第一代现代主义诗人（尤其是庞德）影响颇深，但我们最好（或者至少有理由）这样理解：去除抒情性第一人称个体是为了通过采用"人物角色"来扩大想象力的特权。然而，自我消融和"非个人化"现已成为一些诗人争相追逐的空中楼阁。近年来，它一直被包围在迷惑人的准科学主义的迷雾之中，因为其实践者看起来跟其他诗人一样具有"文学特质"，而他们对科学的态度都是从别人那里借鉴来的，而不是从实验中学来的。换言之，除了少数诗人外（如已故的米洛斯拉夫·赫鲁伯、大卫·莫利、伊恩·班福思），这些人充其量只是类似于"科学论派的鼓吹者"或基督教科学派信徒一般的科学家。

诗歌在其原则和创作步骤上是抵制革新或激进的变革的。诗歌虽然植根于伦理道德，但它有时也可能是一种有关神秘感受的活动，或者是一种在非理智情况下，易于识别或发现神秘，但却不捏造神秘的一种活动，这是生命和心灵维度的活动，或许最好将其描述为精神的活动。

诗歌虽然不像其他人类活动一样主要基于理性，但是有序工整的诗歌这一自觉的艺术让人产生理性的幻觉，当这一艺术被认为传达出无序的思想和情感而又试图使这些思想和情感合情合理的时候，诗歌就使人感觉它是一种积极可行且充满反讽的理性幻象。

所有这一切似乎都源自诗歌想象力能够间或使自己从理性的束缚中解脱出来，同时又不完全摈弃分析能力，实际上，诗歌想象力往往从另一个方面服务于分析能力。但是，诗歌不能代替宗教。它太世俗化了，受限于各种现象和情欲，受限于生命的繁杂与离散。对于它的侍奉者来说，诗歌是一种奉献，就像是一种宗教：一种没有上帝的神学。不过，诗人都渴望顺从于一个被称为缪斯的女神，这个称呼朦胧而神秘，有时还带有毁坏性。正是诗歌的灵魂（anima），诗歌的感性、情感以及它勇于生活的渴望，才保证了（虽然并不总是这样）诗歌的真实性，而此时，在诗的世界里，文字常常五花八门，具有迷惑性，并不完全可信。同样，通过诗歌与理性之间、与鼓励冒险和勇往直前的愿望之间的一种微妙关系，诗人感到他须得能够摆脱学校教育中的"语法之神"，同时又要充分调动记忆中的博识和学问。在诗歌中，知识和学术都是愚笨之人的权宜之术。诗歌存在于活生生的语言之中，这种语言带来了敏锐观察力和丰富想象力所发现的事物。诗人要学习当代语言及其文学表达，通过真切地生活，与人相识、钟爱他们，通过了解为何一些人不受爱戴、不被信任，通过体会人类和事件中的全部喜悦和欢愉，通过感知所有的悲伤、欢笑、泪水、惊奇、困惑、憎恶，通过完全沉浸于生存中来学习。

我的意思是，诗歌的技艺经过人们多年的锤炼和钻研已经被掌握，而最好的诗歌篇章却都是不自觉的。诗歌似乎存在于所有语言、文化和社会中。若真如此，这着实让人备受鼓舞。若非别的缘由，仅这一点似乎就能说明为何诗人要将生命耗尽，奉献于诗歌这一既艰苦又令人满足、既孤独又令人绝望、既使人悲伤又让人愉悦、既困难又简单的艺术。

[译者单位：北京师范大学外文学院]

Poetry Exploration

(Theory Volume 3rd 2018)

CONTENTS

// THESISES COLLECTION FROM SEMINAR OF ZHANG ZHONGHAI'S POETRY PRODUCTION

// FOREIGN POETRY TRANSLATION STUDY

图书在版编目（CIP）数据

诗探索·11 / 吴思敬，林莽主编. —北京：作家出版社，
2018. 9

ISBN 978-7-5212-0236-6

Ⅰ. ①诗… Ⅱ. ①吴… ②林… Ⅲ. ①诗歌—世界—
丛刊 Ⅳ. ①I106.2-55

中国版本图书馆 CIP 数据核字（2018）第 221181 号

诗探索·11

主　　编：吴思敬　林　莽
责任编辑：张　平
装帧设计：杨西霞　刘　颖
出版发行：作家出版社
社　　址：北京农展馆南里 10 号　　　　邮　　编：100125
电话传真：86-10-65930756（出版发行部）
　　　　　86-10-65004079（总编室）
　　　　　86-10-65015116（邮购部）
E⊠mail：zuojia@zuojia.net.cn
http：//www.haozuojia.com（作家在线）
印　　刷：北京亚通印刷有限责任公司
成品尺寸：165×260
字　　数：426 千
印　　张：26
版　　次：2018 年 9 月第 1 版
印　　次：2018 年 9 月第 1 次印刷
ISBN 978-7-5212-0236-6
定　　价：75.00 元（全二册）